Michael Kibler
Schattenwasser

PIPER

Zu diesem Buch

Eine alte Dame treibt tot im Solebecken des Darmstädter Jugendstilbads – sie wurde ertränkt. Nur wenige Tage später wird der gesamte Fischbestand in den Anglerteichen vergiftet. Dann geschieht ein weiterer Mord im Wasserreservoir der Stadt. In kryptischen Bekennerschreiben nimmt der Täter Bezug auf die Bibel, auf die vernichtende Kraft des Wassers. Ist Darmstadt die Bühne für einen Serienmörder? Und welche Rolle spielt die Frauenleiche, die vor drei Jahren bei Restaurierungsarbeiten im Jugendstilbad ausgegraben wurde? Die Kommissare Margot Hesgart und Steffen Horndeich tappen zunächst im Dunkeln und beschließen, eine Profilerin des LKA zu Rate zu ziehen. Als sie dem Täter schließlich auf die Spur kommen, beginnt ein dramatischer Wettlauf gegen die Zeit, und Margot Hesgart muss um die Sicherheit von Menschen aus ihrem privaten Umfeld fürchten …

Michael Kibler, geboren 1963 in Heilbronn, ist heute leidenschaftlicher Darmstädter. Nach Studium und Promotion arbeitet er als Texter und Schriftsteller. Seit 2005 veröffentlicht er erfolgreiche Kriminalromane um die Darmstädter Ermittler Steffen Horndeich und Margot Hesgart. Mit »Sterbenszeit« erschien 2014 außerdem sein erster Krimi um den BKA-Hauptkommissar Lorenz Rasper.

Michael Kibler

SCHATTEN WASSER

Kriminalroman

PIPER
München Berlin Zürich

Mehr über unsere Autoren und Bücher:
www.piper.de

Von Michael Kibler liegen im Piper Verlag vor:
Darmstadt-Krimis:
Zarengold
Schattenwasser
Rosengrab
Todesfahrt
Engelsblut
Opfergrube
Totensee
Seelenraub

BKA-Hauptkommissar Lorenz Rasper:
Sterbenszeit

Für Dulcinea

FSC
www.fsc.org
MIX
Papier aus verantwortungsvollen Quellen
FSC® C083411

Originalausgabe
1. Auflage September 2010
8. Auflage Januar 2017

Umschlaggestaltung: semper smile, München
Umschlagabbildung: Mauritius images/imagebrokerr/J. W. Alker
Satz: Kösel Media GmbH, Krugzell
Gesetzt aus der Sabon
Druck und Bindung: CPI books GmbH, Leck
Printed in Germany ISBN 978-3-492-25906-4

Und dann springst du rein,
Tauchst ganz tief ein,
Tauchst einfach ab,
Und bist ganz für dich allein.
Du bist in deinem Element,
Und alles das, was in dir brennt,
Wird gelindert und gekühlt
vom Wasser, das dich ganz umspült …

Wise Guys, »Wasser«

Heavy, heavy water
Won't wash away the sins of the father
Unholy, holy water
Leading us like lambs to the …

Styx, »Heavy Water«

Prolog

Der Teppich ist schwer. Deshalb tragen wir ihn zu zweit. Wäre nicht die tote Frau darin eingewickelt, könnte ich ihn auch allein tragen. Es ist spät in der Nacht, und es ist gut, dass die eine Straßenlaterne trübe ist wie immer und die andere eine neue Birne braucht, denn sie flackert nur noch. Der Weg, den wir mit dem Teppich gehen müssen, ist zum Glück nicht weit.

Meine Kleidung werde ich wegschmeißen müssen. Das Blut hat die Schulterpartie durchweicht. Und wenn ich genau hinschaue, werde ich sicher noch ein paar weitere Flecke entdecken. Der Boden der Baugrube wird auch meine Schuhe versauen.

Sie ist tot, doch ich kann keine Traurigkeit empfinden. Ist es schlimm, dass – neben der Angst – nur eine einzige weitere Empfindung bei mir vorherrscht, nämlich Erleichterung? Am stärksten ist das Gefühl, von einer Bürde befreit zu sein. Nur dass sie augenblicklich durch eine andere ersetzt wurde. Das war mir nicht klar. Immer, wenn ich mir ihren Tod vorgestellt habe, wenn ich daran gedacht habe, wie es sein würde, wenn sie nicht mehr keifen und verbales Feuer speien würde, war sie einfach nicht mehr da. In diesen Gedankenspielen hat sie sich einfach in Luft aufgelöst oder ist in ihrer Verwirrtheit vor ein Auto gelaufen. Keinen dieser beiden Gefallen hat sie mir getan. Es musste nachgeholfen werden, damit sie aus meinem Leben verschwindet.

Dennoch, ich denke: Endlich! Ich denke, dass die Zeit eigentlich schon längst gekommen war, ihr Leben zu beenden. Kein Mann kann so existieren, mit einer wie ihr an seiner Seite.

Gut, dass die andere zu mir steht, wie eine Frau zu ihrem Mann stehen sollte. Dass sie mir hilft, diesen verdammten Teppich mit dem verdammten toten Körper zu tragen. Dass sie die

Last mit mir teilt. Dass sie ebenfalls ihre Bürde auf sich genommen hat, in mehrfacher Hinsicht.

Ich frage mich, wie unser aller Leben nun weitergehen wird. Ihres, meines und natürlich auch das von Hans. Ich habe keine Antworten. Im Moment ist alles, was ich weiß, dass es ein stilleres Leben sein wird. Ohne Kreischen, ohne Zetern. Ohne Angst, die eigene Wohnung zu betreten, weil gleich, wie einem Naturgesetz folgend, statt einer Begrüßung die erste Attacke kommen wird.

Der Weg hinab in die Baugrube ist nicht leicht mit dem Teppich auf der Schulter. Es ist rutschig, aber wenigstens nicht schlammig. Die Dunkelheit schützt unsere Mission, doch wir sehen kaum, wo wir hintreten.

Wir haben an drei Stellen Kordel um den Teppich geschlungen, damit er sich nicht abrollen kann. Und unter die Kordel haben wir den Spaten gesteckt. Ich ziehe ihn heraus, nachdem wir die Leiche abgelegt haben.

Es gibt in diesem Boden nur wenige Stellen, an denen mehr Erde ist als Stein. Ich weiß um diese Stellen und fange an zu graben. Auch hier ist kein Licht, aber ich kenne mich aus. Das Loch muss nicht tief sein. Es wird die Leiche keine vierundzwanzig Stunden lang verbergen müssen, dann wird man Beton darübergießen.

Sie steht an meiner Seite und hilft mir, die Tote in die Grube zu legen. Ich schaufle Erde darüber. Wer morgen früh genau hinschaut, wird sehen, dass der Boden an einer Stelle etwas dunkler ist als drum herum. Aber bevor der Beton kommt, wird niemand mehr graben.

Wir verlassen die Baugrube. Und gehen gemeinsam zurück in die Wohnung.

Der Weg ist kurz.

Und führt sie und mich in ein neues Leben.

Montag

Der Schrei gellte.

Und Margot Hesgart fand es einfach ungerecht.

Nun hatte sie das Baby schon aus dem Kinderwagen heraus- und auf den Arm genommen, doch Zoey Jansen, Margots Enkelin, dachte nicht daran, sich dankbar zu zeigen, indem sie die Lautstärke ihres Kreischens wenigstens ein bisschen abmilderte.

Margot stieß den Wagen von sich – wozu waren die eigentlich gut, wenn man die Kinder ohnehin tragen musste? – und fingerte nach dem Hausschlüssel. Der war – natürlich! – in der anderen Manteltasche.

Sie bugsierte das schreiende Bündel Mensch auf die andere Schulter. Der Hörtest würde also künftig auch auf dem linken Ohr schlechter ausfallen.

Entnervt öffnete sie die Haustür und entdeckte gleich darauf den roten Hartschalenkoffer. Rainer Becker – Freund, Lebensgefährte, Vater ihres Sohnes Ben und Opa von Zoey – musste schon aus Berlin zurück sein. Auch wenn sein Koffer eigentlich nicht rot, sondern schwarz war. Vielleicht war der alte kaputtgegangen, dachte Margot, während sie das Schreien des Kindes mit ihrer eigenen Stimme zu übertönen versuchte. »Rainer?«, rief sie und betrat gleichzeitig das Wohnzimmer.

Der Angesprochene saß auf dem Sofa.

Zoey übte sich immer noch in der Erweiterung ihres Lungenvolumens. Margot hatte die Melodie ihres Handys nicht gehört, aber sie spürte den Vibrationsalarm in der Hosentasche. Sie trat drei Schritte auf Rainer zu, drückte ihm die menschliche Heulboje in die Hände, kramte nach dem Mobiltelefon, trat in den Flur, schloss die Zimmertür und nahm das Gespräch an. Das Display hatte ihr gezeigt, dass Steffen Horndeich anrief, ihr Kollege von der Mordkommission in Darmstadt.

»Was gibt's?«, fragte sie knapp und fügte schnell hinzu: »Ich hab Urlaub.« Auch wenn der Lautstärkepegel aus dem Wohnzimmer nicht wirklich für Erholung und Freizeit sprach.

»Wir haben hier eine Leiche«, sagte der Kollege.

Margot antwortete nicht. Sie fragte sich nur still und heimlich, ob Horndeich nicht in der Lage war, die Ermittlungen in einem neuen Fall allein anzugehen.

Er interpretierte ihr Schweigen offenbar als Aufforderung weiterzuerzählen. »Eine alte Dame.«

»Und warum rufst du mich an?«

»Weil das alles ziemlich seltsam ist.«

»Was ist seltsam?«

»Sie wurde ertränkt.«

»In der Badewanne?«

»Ziemlich große Badewanne. Ich hol mir gerade nasse Füße im Jugendstilbad.«

Das Jugendstilbad war Darmstadts Wellnessoase, mit Schwimmbad, Spaßbädern und einem großen Saunabereich.

»Horndeich, ich hab Urlaub. Du kommst mit einer Toten wohl allein zurecht.«

»Ich dachte nur, wenn du Donnerstag wieder arbeitest, dann wärst du vielleicht froh, wenn du dir das hier mal persönlich angeschaut hättest.«

»Ich hab Urlaub«, wiederholte Margot und beendete das Gespräch, indem sie die Taste mit dem roten Telefonsymbol drückte, ihre Lieblingstaste.

Sie hatte keine Lust, die Wohnzimmertür wieder zu öffnen, denn die dämpfte das Geschrei, mit dem Zoey nun Rainers Trommelfelle malträtierte. Horndeichs dreister Versuch, sie zum Tatort zu zitieren, erschien ihr auf einmal als verlockendes Angebot. Eigentlich müssten alle Eltern spätestens nach dem dritten Kind taub sein, dachte sie und öffnete dann doch die Tür.

Zoey erblickte sie, ruderte mit den Ärmchen in ihre Richtung – und Rainer machte keinen Hehl aus seiner Freude, dass das Kind eindeutig klarmachte, wessen Schulter es für seine Stimmübungen bevorzugte.

Margot nahm das Kind wieder auf den Arm. »Schhhh«, machte sie und klopfte der Kleinen sanft auf den Rücken.

Das Bäuerchen war ein ausgewachsener Bauer und entlud sich in einem Schwall auf dem Mantelstoff über ihrer Schulter. Das Gute war, dass unmittelbar danach das Schreien aufhörte. Das Schlechte, dass sie sicher zwanzig Euro für die Reinigung berappen durfte. Sie sollte eine Liste der Posten aufstellen, die sie ihrem Sohn und seiner Freundin in Rechnung stellen würde, wenn die wieder im Lande waren.

Vor drei Wochen waren sie nach Amerika abgedüst. Bildungsurlaub für Ben, den Kunststudenten, von Kunsthistoriker Rainer kräftig gesponsert. Rainer und sie hatten sich bereit erklärt, in dieser Zeit Zoey zu versorgen. Bis es dann an ihr hängen geblieben war, weil Rainer kurzfristig nach Berlin gemusst hatte.

Margot ignorierte den säuerlichen Geruch, der von ihrer Mantelschulter ausging. Sie gab Rainer einen Kuss. »Hey – schön, dass du wieder da bist.«

»Ja. Schön.«

Eines Tages würde er an seinen euphorischen Ausbrüchen noch zugrunde gehen, dachte Margot.

»Du wolltest doch nach Frankfurt fahren, in den Palmengarten, oder?«, fragte er.

»Ja. Aber Zoey nicht. Sie hat ständig gekreischt.«

Wie zur Bekräftigung entfuhr dem kleinen Mädchen ein tiefer Seufzer.

Margot legte das Kind in die Wiege im Wohnzimmer, und die Kleine schlief sofort ein. Margot zog den Mantel aus. »Also hab ich nur einen Spaziergang gemacht. Und du? Hast du nicht gesagt, du wolltest erst abends wieder hier sein? Bist du die Nacht durchgefahren?«

»Ich, also …«

Erst da begriff Margot, dass irgendetwas nicht stimmte. Zoeys Phonorgien hatten die feinen Gefühlsantennen, mit denen Margot ausgestattet war, in ihrer Funktion beeinträchtigt. Nun aber lieferten sie wieder satte Signale. Nur waren das keine guten. »Was ist?«

Rainer war zehn Tage in Berlin gewesen. Eine Cousine zweiten Grades war gestorben. Er hatte sich um die Beerdigung gekümmert und die familiären Angelegenheiten geregelt. Es gab offenbar keine nahen Verwandten oder andere Familienmitglieder, die sich darum hätten kümmern können. Sie bewunderte seine Ritterlichkeit. Auch wenn sie sich etwas mehr Unterstützung hinsichtlich ihres kleinen Gastes erwünscht hätte. Aber sie mochte ihm daraus keinen Vorwurf machen.

»Sag mal, warum hast du dir einen neuen Koffer ausgerechnet in Rot gekauft? Ich dachte immer, du bevorzugst konservative Farbtöne?«

Die Wohnzimmertür wurde geöffnet. Herein trat eine junge Dame, bekleidet nur mit einem hellblauen Badetuch, das sie um ihren Körper geschlungen hatte, und einem dunkelblauen Handtuch, das um ihre offensichtlich üppige Haarpracht gewickelt war. Eine braune Locke lugte frech unter dem Frottee hervor.

Margot starrte die junge Frau – die *sehr* junge Frau – an, sah dann wieder zu Rainer.

»Hi«, flötete die Grazie, »du musst Margot sein.«

Rainer sagte gar nichts. Aber seine Gesichtsfarbe war auf einmal Ton in Ton mit dem Koffer, dessen Herkunft nun geklärt war.

Keine achtzehn, dachte Margot, während sie versuchte, all die Empfindungen und Fragezeichen in ihrem Kopf unter einen Hut zu bekommen.

»Sag, dass das nicht wahr ist!«, fauchte sie dann. Eine wirklich gute Eröffnung.

Doch Rainer sagte kein Wort.

»Ich bin Dorothee«, flötete die Lolita in Blau. In dem *sehr wenigen* Blau.

Margot sah zu Rainer, der seine eigene Interpretation von Lots Frau abgab und Salzsäule spielte, dann wanderte ihr Blick weiter zu Dorothee und wieder zu Rainer, und schließlich sagte sie: »Und ich bin nicht mehr hier. Wenn ich zurückkomme, würde ich mich über eine gute Erklärung sehr freuen. Und über eine glaubhafte. Am besten eine, die beiden Ansprüchen gerecht wird.« Ihre Augen blitzten, als sie Rainer ansah. »Und ich will niemanden außer dir in diesem Haus antreffen.«

Sie zückte ihr Handy, drückte auf eine der Kurzwahltasten.

»Margot, Schatz …« Rainer hatte seine Stimme wiedergefunden.

Margot wandte sich um. »Jetzt sag nur nicht: Es ist nicht so, wie es aussieht!«

»... es ist nicht so, wie es aussieht.«

Ihre Hand klatschte auf seine Wange.

Was Zoey weckte und sogleich zum Schreien animierte.

Margot schnappte sich ihren Mantel – ihren vollgespuckten Mantel – und vergaß nicht, die Wohnzimmertür laut knallen zu lassen, ebenso wenig wie die Haustür.

Dann eben nicht, dachte Horndeich und steckte das Handy wieder ein. Jedenfalls konnte Margot später nicht behaupten, er habe ihr nicht Bescheid gesagt.

»Ich danke Ihnen«, sagte er zu dem Arzt. Sie standen beide im Sanitätsraum des Jugendstilbads. Neben ihnen auf der Liege lag die tote alte Dame. Sie trug einen schwarzen, sehr konservativ geschnittenen Badeanzug. Ihre silbergrauen Haare bedeckte eine rosafarbene Bademütze mit hässlichen rosa Gummiblümchen.

Ihren Namen kannten sie nicht. Aber den Grund ihres Ablebens. Der war zugleich auch der Grund, weshalb der Doktor die Polizei gerufen hatte.

»Sie wurde ertränkt«, hatte er Horndeich soeben erklärt.

Der hatte gefragt, woran er das denn erkennen könne. Schließlich gäbe es ja außen keinen Wasserstandsanzeiger der Lunge.

Der Doktor hatte auf die Überreste von Schaum gezeigt, die um den Mund der Dame zu erkennen waren. Der erinnerte Horndeich eher an Rasierschaum. Ziemlich unpassend auf dem Gesicht einer Dame.

»Das ist Schaumpilz«, hatte der Mediziner erklärt. »Eindeutiges Zeichen dafür, dass sie nicht an einem Herzanfall gestorben, sondern ertrunken ist.«

Horndeich musste sich entscheiden: Sollte er zunächst warten, bis Hinrich von der Gerichtsmedizin die Diagnose bestätigte? Oder sollte er die Erklärung des Doktors schon mal als Arbeitshypothese übernehmen und bereits mit seinen Ermittlungen anfangen?

Margot hätte die Entscheidung sicher schneller getroffen.

Aber Margot war nicht da. Horndeich hatte, als er gerade mit ihr telefonierte, Babygeschrei im Hintergrund gehört. Mit ihr war sicher nicht mehr zu rechnen.

Offenbar hatte der gute Doktor seine Gedanken gelesen, denn er sagte: »Sie können mir glauben. Und Kollege Hinrich in Frankfurt wird meine Diagnose bestätigen und kann Ihnen auch ergänzend mitteilen, wie viel Wasser sich in den Lungen der Guten befindet.«

»Sie kennen sich?«, fragte Horndeich irritiert.

»Wir sind in derselben Studentenverbindung.«

Das war zwar sicher nicht unbedingt ein Gütesiegel, doch wenn es sich bei dem Ableben der Dame um ein Tötungsdelikt handelte, wollte Horndeich keine weitere Zeit verlieren.

»Danke noch mal«, wiederholte er sich, dann verließ er mit dem Arzt den Raum.

Ein Bademeister stand vor der Tür, und Horndeich bat ihn: »Halten Sie bitte diese Tür verschlossen, bis die Leiche abgeholt wird. Dann möchte ich, dass Sie das Bad schließen. Machen Sie eine Durchsage, und erklären Sie den Gästen, dass meine Kollegen alle Personalien aufnehmen werden, bevor sie gehen können.«

»Das kann ich nicht, das muss der Badleiter entscheiden.«

»Dann sagen Sie dem Badleiter, dass *ich* es so entschieden habe. Wenn es Probleme gibt, soll er sich an mich wenden. Und jetzt möchte ich mit dem Bademeister sprechen, der gemerkt hat, dass die Dame nicht mehr lebt.«

»Das war Jürgen Wohlfahrt. Er sitzt dort hinten.«

»Gut, dann bringen Sie uns bitte in einen Raum, in dem wir ungestört reden können.«

Der Bademeister nickte nur. Horndeich veranlasste, dass sich die Spurensicherung das Becken vornahm, in dem die tote Frau gefunden worden war, und wies dann die Kollegen an, dass sie die Personalien der Gäste aufnahmen. Danach führte ihn der Bademeister zusammen mit dem jungen Jürgen Wohlfahrt in einen kleinen Büroraum abseits des Badebetriebs.

Sie hatten sich kaum an den Tisch gesetzt, als es klopfte. Als sich Wohlfahrt nicht bemüßigte – oder bemächtigt fühlte –, Einlass zu gewähren, rief Horndeich: »Herein!«

»Guten Tag, mein Name ist Sigmar Karawitschek. Ich bin der Leiter dieses Bades.«

Horndeich erhob sich, reichte dem älteren Herrn die Hand. »Horndeich, Kripo Darmstadt.« Nette Schildchen tragen die hier, dachte er. Neben dem Namen war ein Tintenfischsymbol abgebildet, das Emblem des Bades.

»Herr Horndeich, mein Angestellter sagte mir gerade, wir sollen das Bad schließen.«

»Ja, das ist richtig.«

»Bei allem Respekt, Herr Horndeich, ich kann das Bad nicht zumachen. Auch wir müssen schauen, dass wir rentabel arbeiten. Zumindest ohne Verlust.«

Verlust, dachte Horndeich. Du hast heute einen Gast verloren, und das für immer.

Laut sagte er: »Herr Karawitschek, Sie werden das Bad jetzt schließen, denn die Kollegen von der Spurensicherung müssen ihre Arbeit tun, und ich weiß nicht, wo die überall ihre Lupen hinhalten wollen.«

»Können wir nicht wenigstens die Saunalandschaft geöffnet lassen?«

»Klar. Wenn es die weiblichen Gäste nicht stört, dass sich die Jungs von der Spusi auch dort gründlich umschauen...«

»Aber das mit den Personalien... Ich meine, das wirft nicht gerade ein gutes Licht auf unser Haus.«

Horndeich seufzte. »Herr Karawitschek, mal Klartext: Die alte Dame ist höchstwahrscheinlich ermordet worden. Mein Job und der Job meiner Leute ist es, denjenigen zu finden, der dafür verantwortlich ist. Und Sie wollen sich doch lieber damit brüsten, der Polizei bei der Aufklärung eines Verbrechens geholfen zu haben, statt in der Zeitung lesen zu müssen, dass Sie die Ermittlungen behindert hätten, oder?«

Karawitschek wirkte auf einmal ziemlich entgeistert. »Ich wusste nicht, dass die Dame... Wie ist sie denn gestorben?«

Horndeich ignorierte die Frage. »Könnten wir einen Kaffee bekommen?« Er wandte sich an Wohlfahrt. »Sie könnten auch einen vertragen, nicht wahr?« Wohlfahrt reagierte nicht, also sagte Horndeich: »Zwei, bitte.«

Karawitschek verließ den Raum.

Horndeich setzte sich Wohlfahrt gegenüber. »Also, jetzt erzählen Sie mir doch bitte, was hier passiert ist.«

»Ich verlier meinen Job«, jammerte der junge Mann.

»Am besten von Anfang an«, fügte Horndeich hinzu.

»Okay. Ich hatte heute die erste Schicht. Bin schon seit acht Uhr da. Vorhin war hier im Salzbad Mutter-und-Baby-Schwimmen, von neun bis Viertel vor zehn. Um zehn macht das Bad dann für alle auf. Die Ersten kommen so um kurz nach zehn. Ich hab die alte Dame gegrüßt, die hat zurückgegrüßt, hat mich sogar mit Namen angesprochen.«

»Sie wissen aber nicht, wer die Dame ist ... beziehungsweise war?«

»Nein, die Gäste tragen ja kein Namensschildchen. Sie kam so um zehn nach zehn, war die Erste, die in das Solebecken ging.«

»Was ist das Besondere an diesem Becken?« Horndeich hatte schon gehört, dass das frisch renovierte Jugendstilbad als Tempel der Entspannung konzipiert war. Aber er war nicht gerade ein Fan von Hallenbädern. Und von sogenannten Spaßbädern ohnehin nicht.

»Das Solebecken hat einen Salzgehalt von drei Prozent. Sie können darin treiben, ohne unterzugehen. Zumindest fast. Wenn Sie sich so eine Schwimmnudel aus Schaumstoff in den Nacken und unter die Beine legen, dann schweben Sie regelrecht im Wasser. Das Becken ist von einer Wand umgeben, und das Licht dort ist recht gedämpft.«

»Aha.« Horndeich nickte. »Was geschah dann?«

»Ich machte meine Runde. Schaute, dass hier im Spa-Bereich alles in Ordnung ist.«

Die Bezeichnung Spa kannte Horndeich. Am Tag der Neueröffnung des Bades war Margots Vater, Sebastian Rossberg, auf dem Präsidium gewesen, um seiner Tochter ein Buch über die Rosenhöhe vorbeizubringen. Horndeich stritt gerade mit Margot darüber, wofür das Kürzel Spa stand. Er tippte auf »Sportive Pulse Action« oder auf etwas ähnlich Sinnloses aus Amerika, Margot glaubte an einen deutschen Ursprung. Sebastian Rossberg verfolgte das verbale Duell, um schließlich einzugreifen.

»Spätestes damit dürfte erwiesen sein, dass es sich gelohnt hat, meine Lateinkenntnisse wieder aufzufrischen«, sagte er mit einem triumphierenden Lächeln. »Spa steht für ›sanitas per aquam‹ – Gesundheit durch Wasser.«

Der Bademeister fuhr fort: »Auch die Dame hat sich mit zwei Schwimmnudeln treiben lassen.«

»Und dann haben Sie nach zwanzig Minuten gemerkt, dass sie sich nicht mehr rührt?«

»Quatsch. Ich muss spätestens alle vier Minuten persönlich nachschauen, ob im Solebecken alles in Ordnung ist. Da sind in der Wand überall die Fensteröffnungen, und immer, wenn ich nachgeschaut habe, schwamm die Dame an einer anderen Stelle.«

»Und daraus haben Sie geschlossen, dass sie noch lebt?«

»Nein, ich hatte *überhaupt keinen Zweifel* daran, und da bin ich mir auch jetzt sicher. Unter Wasser, da sind ja diese Düsen, die eine Strömung erzeugen.«

»Also schwimmt jemand, der sich treiben lässt, immer im Kreis herum?«

»Nein. Wenn man sich gar nicht bewegt, dann landet man in einem der toten Winkel, aus denen man nicht mehr herausgetrieben wird. Wenn man sich weiter vom Wasser treiben lassen will, muss man schon ein bisschen paddeln, um sich wieder in die Strömung zu manövrieren. Deshalb kann sie nicht lange tot gewesen sein, denn als ich merkte, dass was nicht stimmt, befand sie sich seit maximal vier Minuten in der einen Ecke des Beckens.«

»Kam sie öfter her?«

»Ja, jeden Montag und jeden Donnerstag.«

»Und?«

»Nun, sie schwamm im Wasser, in einer dieser Ecken, aus denen man sich herausmanövrieren muss. Sie war ja schon zwanzig Minuten im Wasser. Da hab ich nach ihr gerufen, direkt von der Fensteröffnung aus über ihr. Sie hat nicht reagiert. Da ist mir aufgefallen, dass sie so einen stieren Blick hat. Da bin ich sofort rein ins Becken. Kein Puls, also hab ich sie rausgebracht, auf den Boden gelegt, nach den Kollegen gerufen, dass sie einen Arzt holen sollen.«

»Und dann?«

Eine Träne rann über die Wange des Jungen. »Wie gesagt, ich konnte keinen Puls mehr spüren. Also hab ich sofort mit der Herzmassage begonnen. Ich glaube, ich hab ihr ein paar Rippen gebrochen.«

Gebrochene Rippen waren nun wirklich ihr geringstes Problem, dachte Horndeich.

»Zusammen mit dem Doktor hab ich sie auf die Liege gelegt. Der hat dann gesagt, es sei zu spät.«

Wieder klopfte es an der Tür.

Horndeich hatte sich schon an die Rolle des Conférenciers gewöhnt. »Herein.«

Karawitschek brachte den Kaffee sogar persönlich. Auf einem kleinen Tablett, mit Zucker, Milch und sogar ein paar Keksen.

Das nennt man Stil, dachte Horndeich.

»Herr Karawitschek, haben Sie eigentlich Kameras im Kassenbereich?«

»Ja, klar. Auch bei den Wertschränken und an noch ein paar sicherheitsrelevanten Stellen.«

»Das heißt, wir können sehen, wer das Bad betreten und wer es verlassen hat?«

»Ja. Nicht unbedingt in HDTV-Auflösung, aber das sollte möglich sein.«

»Im Solebad ist auch eine Kamera«, brachte sich Jürgen Wohlfahrt wieder ins Gespräch ein.

»Dort, wo die Dame gestorben ist?«

»Ja.«

»Zeigen Sie die mir, bitte.«

»Kommen Sie mit«, sagte Karawitschek.

Margot lenkte ihren schwarzen Einser-BMW auf den großen Parkplatz vor dem Jugendstilbad. Wenigstens war um diese Zeit noch ein Parkplatz zu ergattern. Statt einen Parkschein zu ziehen, ging sie direkt auf das Bad zu.

Die Fassade gefiel ihr, besonders nachdem das komplette Gebäude seit einem Jahr wieder in würdigem Glanz erstrahlte. Hundert Jahre war der Bau bereits alt, errichtet in einer Zeit, in der es keineswegs in jeder Wohnung ein Badezimmer gegeben hatte. Damals war eine öffentliche Badeanstalt eine hygienische Notwendigkeit gewesen.

Nach dem Krieg notdürftig zur Hälfte wieder zusammengeflickt, hatte die knapp dreijährige Restaurierung dem einstmals prunkvollen Bau seine Würde zurückgegeben.

Margot zeigte dem Polizeibeamten am Eingang ihren Dienstausweis. In der weitläufigen Eingangshalle saß ein Pulk von Menschen. Beamte in Uniform nahmen die Personalien der Gäste auf.

»Wo finde ich den Kollegen Horndeich?«, fragte sie einen der Gesetzeshüter. Der zuckte nur mit den Schultern und schrieb weiter Name und Adresse einer adretten Brünetten in seinen Notizblock.

»Die Kollegen sind im Technikraum«, klärte sie ein junger Polizist auf.

»Und der ist wo?«

Darauf zuckte auch er mit den Schultern.

Das ist nicht mein Tag, dachte Margot. Sie ging weiter zum Kassenbereich, hielt ihren Ausweis hoch. »Der Technikraum – wo finde ich den?«

»Welchen Technikraum?«, fragte die Dame in blauer Kleidung.

Margot konnte einen Teil des Badebereichs hinter der Kasse einsehen. Und dort eine junge Frau, die ein dunkelblaues Handtuch um ihren Körper geschlungen hatte und ein hellblaues um die Haare.

»Nicht mein Tag«, murmelte sie.

Die Dame hinter der Kasse hatte inzwischen ihren Chef angefunkt und herausgefunden, wo sich die Polizisten aufhielten. »Ich bringe Sie hin«, bot sie an.

Zehn Gänge und gefühlte zwanzig Abbiegungen durch ein Labyrinth später öffnete sie eine Tür, deutete hinein. »Hier sind sie.«

»Danke«, sagte Margot.

Die Kollegen Horndeich und Sandra Hillreich standen zusammen mit zwei Männern vor einem großen grauen Stahlschrank, in dem kubikmeterweise Technik verstaut war. Margot sah in dem ganzen Gewirr von Rechnern und Kabeln, Kästen und

Knöpfen einen Monitor, der Horndeichs ganze Aufmerksamkeit zu fesseln schien.

»Da geht sie rein«, sagte der Jüngere der beiden Männer, deren blaue Kleidung sie als Mitarbeiter der Badeanstalt auswies.

»10 Uhr 09«, fügte der andere hinzu.

Horndeich schaute gebannt auf den Monitor, und Sandra Hillreich schaute gebannt auf Horndeich. Weshalb sie Margot wohl als Erste entdeckte. »Hallo, Margot«, sagte sie und hüstelte, weil Margot wieder einmal ihr kleines – offenes – Geheimnis erkannt hatte.

Horndeich drehte den Kopf synchron mit den beiden Mitarbeitern. Dann machte Horndeich sie mit Bademeister Jürgen Wohlfahrt und dem Leiter des Bades, Sigmar Karawitschek, bekannt.

»Gut, dass du doch noch kommst«, meinte er und berichtete knapp, was er bislang in Erfahrung gebracht hatte. »Da hängt eine Überwachungskamera über dem Solebad«, erklärte er. »Vielleicht können wir sehen, wann sie ertrunken ist.«

Margot stellte sich so neben Horndeich, dass sie das Bild auf dem Monitor ebenfalls sehen konnte und sie zugleich Sandra nicht die Sicht auf Horndeich versperrte.

Sandra Hillreich war der Computercrack der Abteilung. Und seit geraumer Zeit verschossen in Kollege Horndeich, der das entweder einfach nicht merkte oder nicht merken wollte. Vor eineinhalb Jahren, als sie nach einem schweren Autounfall lange Zeit in der Rehaklinik gewesen war, hatte Margot gedacht, zwischen ihr und Horndeich hätten sich zarte amouröse Bande entwickelt, zumal er sich an dem Unfall schuldig gefühlt hatte.

Aber sie hatte sich getäuscht.

In den vergangenen achtzehn Monaten war Horndeich immer wieder mal von anderen Damen vom Präsidium abgeholt worden – ein Zeichen für Sandra, dass es wohl besser für sie sei, ihren Traum zu begraben. Umso erstaunlicher war es, dass sie in den vergangenen Wochen offenbar erneut Anlauf genommen hatte, Horndeichs Herz zu erobern.

Margot ertappte Sandra abermals dabei, wie sie nicht auf den Monitor sah, sondern Horndeich anschaute. Sie erinnerte Margot an Nora Tschirner, die in der Vorabend-Soap »Sternenfänger« ihren Schwarm Jochen Schropp angehimmelt hatte, auch wenn Sandra optisch eher der weitaus forscheren Florentine Lahme glich.

Horndeich lenkte sie ab, indem er ihr zuflüsterte: »Hier riecht's auf einmal irgendwie sauer.«

»Aha«, murrte Margot nur.

Er warf ihr einen schnellen Seitenblick zu und fügte an: »Du hast da was auf deiner Mantelschulter.«

»So so«, murrte sie.

»Siehst irgendwie eklig aus.«

»Ich weiß«, zischte sie.

»Und riecht auch so.«

Margot holte bereits Luft, um ihren Kollegen zu maßregeln. Sollte der doch mal ein kleines Gör hüten. Er würde sich wahrscheinlich sehr lautstark bedanken, wenn ihm das Baby nur aufs Jackett *sabberte*. Doch Wohlfahrt warf in diesem Moment ein: »Da, jetzt hat sie je eine Schwimmnudel unter Beinen und Nacken.«

»Da ist außer ihr niemand im Becken«, stellte Horndeich fest. »Gibt es hier so was wie einen schnellen Vorlauf?«

Wohlfahrt nickte, und einen Mausklick später zog die alte Dame ihre Kreise wie ein Sportboot.

»Stopp!«, rief Horndeich. Er deutete mit dem Finger auf den unteren Rand des Bildes. »Können Sie das mal ein bisschen ranzoomen?«

Der Schatten am unteren Bildrand wurde zu einem dunklen Pixelgebirge.

»Ist das ein Mann?«

Margot starrte auf den formatfüllenden Fleck. Horndeichs Frage erinnerte sie an einen psychologischen Test: »Was könnte dieser Fleck sein?« Wer darauf antwortete: »Ein Blutfleck«, war gewalttätig, wer sagte: »Eine Frau«, war Triebtäter, und wer sagte: »Ein Mann«, war schwul. Oder ein schwuler Triebtäter. Zum Glück durfte Margot bei ihren Ermittlungen noch den gesunden Menschenverstand benutzen, doch man munkelte, dass beim LKA in Wiesbaden die Psychologen langsam, aber sicher das Ruder übernahmen.

»Nein, das ist ein Haufen dunkler Pixel«, brachte es Sandra auf den Punkt. »Weiter, bitte. Normalgeschwindigkeit, Normalgröße.«

Margot bemerkte die zunehmende Nervosität der jungen Kollegin.

Sandra ging um Margot und Horndeich herum. »Darf ich mal?«, sagte sie in einem Tonfall, der eher Befehl als Frage war, und übernahm die Herrschaft über Maus und Tastatur.

Einmal mehr fragte sich Margot, wie Sandra es schaffte, auch komplexe Programme aus dem Stegreif bedienen zu können.

Wenige Sekunden später entpuppte sich der Pixelhaufen als der Kopf eines Mannes, der ebenfalls ins Solebad stieg. Sandra fror das Bild ein, vergrößerte es. Dann fragte sie: »Geht das auch ein bisschen schärfer?«

»Schärfer?«, wiederholte Karawitschek.

»Ja. Sodass wir zum Beispiel das Muster der Badehose sehen können? Oder zumindest eine Ahnung von seinem Gesicht bekommen?«

Auch Margot war der Ansicht, dass das Bild ziemlich wenig hergab. In dem Raum auf dem Monitor war es zudem recht dunkel. Es gab zwar Lampen unterhalb der Wasseroberfläche, doch da sie den Mann von unten anstrahlten, wirkte er wie ein Scherenschnitt.

Karawitschek antwortete nicht, und Sandra ließ den Film weiterlaufen. Der Mann machte keine Anstalten, sich vom Salzwasser treiben zu lassen. Vielmehr steuerte er direkt auf die alte Dame zu.

Er erreichte sie, als sie unmittelbar über dem Lichtkegel eines Strahlers trieb, genau dort, wo eine der Düsen das Wasser aufwirbelte.

Zwei dunkle Schatten vor sprudelndem Wasser, mehr war nicht zu sehen.

»Er bringt sie um«, keuchte Wohlfahrt, obwohl er es mehr ahnte als sehen konnte.

Etwa dreißig Sekunden später trat der Mann wieder rückwärts aus dem Becken.

Sandra spulte den Film zurück, vergrößerte den Ausschnitt. »Und das geht wirklich nicht schärfer?«, fragte sie verärgert.

Wasser wirbelte, spritzte. Es war nicht auszumachen, was davon dem Todeskampf der Frau und was der Düse im Becken zuzuschreiben war.

»Nein, das geht nicht schärfer«, erwiderte Karawitschek, dessen Ton dafür umso schärfer war.

Sandra sah ihn an. »Dieses verwaschene Pixelgemisch ist alles, was die Kamera liefert?«

»Ja, gute Frau. Wir sind hier nämlich nicht beim Geheimdienst. Wir wollen mit den Kameras nicht unsere Gäste ausspionieren, sondern nur dafür sorgen, dass nichts passiert und keiner Dummheiten macht. Zumindest nicht unbemerkt.«

Toll, dachte Margot, wenn das eure Absicht war, ist es leider voll in die Hose gegangen. Die Kamera hatte einen Mörder bei der Tat gefilmt, aber die Aufnahme brachte gleich Null. Das heißt, zumindest den Todeszeitpunkt kannten sie nun auf die Sekunde genau.

»Ich werde die Festplatten mitnehmen«, sagte Sandra, an Horndeich gewandt. »Vielleicht kann ich bei uns noch was aus den Bildern rauszaubern.« Dann ließ sie die Aufnahme weiterlaufen.

»Der weiß ganz genau, dass wir hier filmen«, sprach Wohlfahrt Margots Gedanken aus.

Die Frau trieb im Halbkreis, dann bewegte sie sich nicht mehr.

»Das ist genau der tote Punkt. Wenn jemand dort hingetrieben ist, muss er erst wieder in den Strudel reinrudern.«

»Das dürfte ihr in diesem Zustand schwergefallen sein«, vermutete Sandra.

»10 Uhr 24«, murmelte Wohlfahrt. »Ich hab sie danach noch mal gesehen. Da war sie aber in der anderen Ecke!«

Sandra schaltete wieder auf schnellen Vorlauf. Ein Pärchen stürmte ins Bad. Sie plantschten im Wasser, küssten und neckten sich. Und während einer stürmischen Umarmung stießen sie gegen die alte Dame, die daraufhin die nächste Runde im Wasserkreislauf begann.

Nachdem sie wieder in einem der toten Winkel der Wasserstrudel feststeckte, betrat Wohlfahrt den Raum. Es war 10 Uhr 28.

In diesem Moment erschien Polizeiobermeister Bernd Süllmeier im Technikraum, erkannte Margot als ranghöchste Ermittlerin und sagte zu ihr: »Wir wissen, wer die Dame ist.«

Alle Augenpaare richteten sich auf ihn.

»Wir haben in ihrem Spind den Personalausweis gefunden. Susanne Bretz. Sie ist … Ich meine: Sie *war* fünfundsiebzig.«

»Danke«, murmelte Margot. »Damit sind wir schon mal ein Stück weiter.«

Sie drehte sich schon wieder um, um zu sehen, was weiter auf dem Monitor geschah, doch Süllmeier fuhr fort: »Wir haben da draußen auch noch einen Badegast. Die Bretz war nicht allein hier.«

Horndeich saß wieder in dem kleinen Büroraum, doch ihm gegenüber hockte diesmal kein Bademeister, sondern ein durchtrainierter, sonnenstudiogebräunter Mittdreißiger.

Margot lehnte an der Wand und sah auf den Rücken des Mannes.

»Sie heißen?«, eröffnete Horndeich das Gespräch.

»Ferdinand Markötter.«

»Sie waren mit Frau Susanne Bretz heute Morgen hier im Jugendstilbad?«, fragte Horndeich.

»Ja. Wir kommen hier jeden Montag und Donnerstag her. Die alte Dame will … wollte sich fit halten.«

»Und in welcher Funktion begleiteten Sie Frau Bretz?«

»Ich bin ihr persönlicher Leibsklave«, antwortete der Schönling trocken.

»Leibsklave?«, wiederholte Margot fragend.

»Unterhalter, Bespaßer, Beglücker, Zeitvertreiber … Nennen Sie es, wie Sie wollen.«

»Gegen Geld?«, fragte Horndeich.

»Na klar. Ich verdiene mein Geld damit. Verdien*te* … War ja klar, dass sie irgendwann stirbt. Aber sie war eigentlich noch ganz rüstig. Wenn auch das Gehirn wahrscheinlich nur noch die Hälfte des Schädels einnahm.«

»War sie geistig nicht mehr … beieinander?«, fragte Horndeich vorsichtig.

Ferdinand Markötter war da weniger rücksichtsvoll: »Sie war

senil. Eine zickige, senile alte Schachtel, die keine Freunde mehr hatte, nur noch den bezahlten Leibeigenen. Der sich alles anhören musste. Wie schlecht die Welt ist, wie gut alles früher war, wie böse die Politiker, Verbrecher, Jugendlichen, Faulen, Terroristen und Tagediebe sind – womit sie sicher neunundneunzig Prozent der Menschen um sich herum meinte. Das erzählte sie jeden Tag gleich viermal, weil sich das Kurzzeitgedächtnis in den vergangenen zwei Jahren so ziemlich verabschiedet hatte. «

Die Schilderungen des Adonis zeichneten kein freundliches Bild der Verstorbenen. Aber sie gaben auch keines von ihm selbst ab. Horndeich gab diesem Ferdinand Markötter, der seine tote Herrin so hässlich ankläffte, im Stillen den Spitznamen Marktköter.

» Woran ist sie eigentlich gestorben? «, fragte Markötter. » Herzanfall beim Schwimmen? «

» Nein. Sie wurde ermordet. «

Markötter starrte Horndeich an, dann drehte er sich um, sah Margot an und wiederholte ungläubig: » Ermordet? «

» Ja. Um 10 Uhr 24 «, bestätigte Horndeich. » Wo waren Sie zu diesem Zeitpunkt? «

» Ich? «

Horndeich antwortete nicht.

Es dauerte ein paar Sekunden, dann sagte Markötter: » Ich war im Saunabereich. Unter der Dusche. Wir kamen ja erst um kurz nach zehn hier an. Ich musste mich erst noch ausziehen, dann ... dann ging ich duschen. «

Horndeich erwiderte nichts.

» He, ich hab mich mit der Bretz unten umgezogen und bin dann über das Schwimmbad und den Spa-Bereich hoch zur Sauna «, erklärte der Befragte, dem wohl gerade dämmerte, dass er zurzeit ganz oben auf der Liste der Verdächtigen stand – schon deswegen, weil bisher nur sein Name auf dieser Liste vermerkt war. » Das können Sie doch an meinem Schlüssel ablesen. Die ganzen Drehkreuze zwischen Sauna und Schwimmbad – da muss man den Schlüsselchip nämlich dranhalten, dann wird registriert, wo man war. «

» Es sei denn, man klettert drüber «, sprach Horndeich den Gedanken aus, der auch Margot sofort gekommen war.

»Wo drüberklettern?«, fragte Ferdinand Markötter, offensichtlich zu nervös, um folgen zu können.

»Über die Drehkreuze«, präzisierte Horndeich.

»Was soll das?«, regte sich Ferdinand Markötter auf. »Warum sollte ich die alte Dame umbringen?«

»Vielleicht, weil sie Ihnen auf die Nerven ging?«, schlug Horndeich nonchalant vor. Natürlich war das ein ziemlich schwaches Motiv, und jeder Jurastudent im dritten Semester hätte es ihm um die Ohren geschlagen, ganz zu schweigen von der Staatsanwaltschaft, wenn er damit Haftbefehl gegen Markötter beantragen wollte. Aber der Mann vor ihm war ihm unsympathisch. Außerdem kann man einen Täter frisch nach der Tat mit ein bisschen Provokation gut aus der Reserve locken, wie Horndeich aus Erfahrung wusste, denn sie gehen zu diesem Zeitpunkt immer davon aus, einen entscheidenden Fehler gemacht zu haben.

»Hören Sie, wenn ich jeden umbringen würde, der mich nervt, säße hier ein ganz übler Serienkiller vor Ihnen«, behauptete Markötter.

Horndeich zuckte nur mit den Schultern. »Sie sagten, Sie verdienen ... oder verdienten ... Ihr Geld durch Frau Bretz. Arbeiten Sie ...«, Horndeich suchte nach dem richtigen Wort, »... freiberuflich?«

»Ich? Nein. Ich bin angestellt. Bei ›ProGlide‹.«

»Wer oder was ist das?«, fragte Horndeich und notierte sich den Namen in sein Büchlein.

»Das ist ein Limousinenservice. Bei uns können Sie ein Auto mieten samt Chauffeur. Aber eben nicht nur die ganz teuren Limousinen, sondern auch etwas günstigere Fahrzeuge.«

»Und Sie arbeiten dort als Chauffeur?«

»Ja.«

»Und in Ihrer Funktion als Chauffeur bespaßen Sie alte Damen«, hakte Horndeich nach. Sein Tonfall klang, als würde er einen Bäcker fragen, ob er auch Schweinelendchen verkaufe.

»Ja.«

»Gehört das auch zum ... äh, *Service*?« Er betonte das letzte Wort mit Absicht.

»Nein.«

»Ja, nein ... Also was jetzt?«

Markötter seufzte. »Ich bin zu dem Job gekommen wie die Jungfrau zum Kind. Vor drei Jahren ... nun, da lief das Unternehmen nicht so rund. Das heißt, wir sind nicht genug gewachsen. Das ist nämlich die Definition von ›nicht rund‹ für meinen Chef. Und dann kam diese Anfrage von der Bretz, ob sie nicht jemanden für dreimal die Woche haben könnte, der sie rumkutschiert und mit ihr was unternimmt. Und bevor ich eine betriebsbedingte Kündigung riskiert hab, da hab ich lieber diesen Job gemacht.«

»Und seitdem fuhren Sie Frau Bretz?« Margot war um den kleinen Tisch herumgetreten und stemmte die Hände in die Hüften. Offenbar war auch ihre Sympathie für den jungen Mann von begrenzter Natur.

»Ja. War ja anfangs auch okay. Sie hat mich immer mal wieder zum Essen eingeladen oder mir mal eine Pulle guten Rum geschenkt. War wirklich okay. Aber in den letzten zwei Jahren, da hat sie einfach massiv abgebaut. Auch im Jugendstilbad wusste sie schon zweimal nicht mehr, wo sie war. Verlangte nach ihrer Mutter. Und erkannte mich nicht. War echt gruselig. War nach ein paar Minuten vorbei, der Anfall. Sie hat mir nicht glauben wollen, was passiert war. Ist richtig aggressiv geworden. War nicht lustig, echt nicht.«

Alzheimer, dachte Horndeich, und kurz fröstelte er. Hatte er selbst noch nicht erleben müssen. Aber Anna – seine Exfreundin – hatte eine Mutter, die unter Alzheimer litt. Anna pflegte sie. In Moskau. Dorthin war sie zurückgekehrt, nachdem sich ihre Mutter ein Bein gebrochen hatte. Kurz danach war die Krankheit zutage getreten, sehr schnell und sehr heftig. Er hatte noch losen Kontakt zu Anna, hin und wieder schrieben sie sich E-Mails. Ihre vorletzte Mail, in der sie ihre ganze Wut auf diese Krankheit herausgeschrien hatte, war ihm noch Tage später durch den Kopf gegangen.

»Gut, Herr Marktkö ...« Horndeich schluckte. Fast hätte er sich versprochen. »Herr Markötter, das war es dann erst mal für heute. Bitte halten Sie sich für weitere Fragen zur Verfügung.« Was das bedeutete, wussten die fleißigen Fernsehzuschauer inzwischen: Verlassen Sie nicht die Stadt, das Land, den Planeten ...

Markötter nickte, stand auf und war gleich darauf verschwunden.

»Was hältst du von ihm?«, wollte Margot von ihrem Kollegen wissen.

»Keine Ahnung. Welches Motiv sollte er haben, die Bretz umzubringen? Sie war sein Job. Sägt jemand in der heutigen Zeit an dem Ast, auf dem er sitzt?«

Die Liste mit den Namen der Badegäste verschaffte Margot ein Alibi, um sich vor dem Heimweg zu drücken. Horndeich war ins Präsidium gefahren und wunderte sich gewiss noch immer, weshalb Margot, die noch vor wenigen Stunden darauf gepocht hatte, Urlaub zu haben, auf einmal so dienstbeflissen war.

Sie hatte bereits sechs Leute aufgesucht, die zum Todeszeitpunkt der alten Dame im Jugendstilbad gewesen waren. Aber sie hatte nichts herausgefunden, was ihren Informationsstand um eine Neuigkeit bereichert hätte. Bademeister Wohlfahrt war wohl der ergiebigste Zeuge.

Es ist an der Zeit, nach Hause zu fahren, dachte Margot, als sie den Motor ihres BMW erneut anließ.

Rainer hatte sechsmal versucht, sie anzurufen. Dreimal hatte er eine Nachricht auf ihrer Mailbox hinterlassen, die sie jedoch nicht abgehört hatte.

Sie lenkte den Wagen auf die Straße. Und spürte erneut Widerwillen, nach rechts, in Richtung Heimat, abzubiegen. Sie entschied sich für links. Und dachte, wie schlecht es um ihre Beziehung wohl stand, wenn sie nicht einmal mehr zum gemeinsamen Heim fahren wollte. Doch sie war Rainers Extratouren und Halbwahrheiten allmählich leid. Wie sehr sie das *hasste*. Und wie wenig sie bereit war, das in Zukunft hinzunehmen.

Wer auch immer das Mädchen war, das er da angeschleppt hatte – die Kleine war bestimmt keine Tramperin, der er eine Dusche gewährt hatte. Margot spürte, dass dahinter viel mehr steckte. Und dass Rainer ihr wieder etwas verschwiegen hatte.

Es hatte Jahre gedauert, bis sie endlich zueinander gefunden hatten. Mal war sie verheiratet gewesen, mal er, und zwischendurch hatten sie immer wieder eine Affäre zusammen gehabt. Ihr Timing war noch nie besonders gut gewesen. Seit fast fünf

Jahren waren sie nun fest zusammen, vor zwei Jahren war Rainer ganz zu ihr gezogen, in das Haus im Richard-Wagner-Weg 56.

Sie hatte gedacht, damit hätte das große Verschweigen und Taktieren ein Ende – wie etwa vor drei Jahren, als er ihr nicht gesagt hatte, dass er einen Tumor hatte. Oder vor eineinhalb Jahren, als er fünfzigtausend Euro verloren hatte, weil das Unternehmen, in das er investiert hatte, pleitegegangen war. Er traf seine Entscheidungen wie ein einsamer Wolf und ließ Margot an den wirklich wichtigen Überlegungen und Ereignissen immer erst dann teilhaben, wenn er Fakten geschaffen hatte. War das die Art von Ehe, die sie führen wollte? Auch für die nächsten zwanzig Jahre?

Sie musste sich korrigieren – sie waren ja gar nicht verheiratet. Auch so ein unausgesprochenes großes, schwarzes Etwas, das zwischen ihnen stand. Er hatte sie nie gefragt, ob sie seine Frau werden wolle. Und hatte jede ihrer Brücken ignoriert, die sie ihm gebaut hatte, damit er sie fragen konnte. Natürlich, sie war emanzipiert genug, um auch ihn fragen zu können. Doch sie hätte ein Nein nicht ertragen. Noch weniger ein Herumdrucksen, das nichts anderes als ein Nein bedeutet hätte.

Und nun stand eine junge Dame in ihrem gemeinsamen Wohnzimmer, die ihm zumindest so vertraut war, dass sie sich nicht schämte, vor Rainer mit einem Handtuch nur recht mäßig verhüllt aufzutreten. Und deren roter Koffer darauf hinwies, dass sie nicht vorhatte zu gehen, wenn sie wieder trocken war. Eine Person, die offenbar genau wusste, wer Margot war, von der Margot aber im Gegensatz dazu keinen blassen Schimmer hatte. Und Margot war sich keineswegs sicher, ob sie überhaupt wissen wollte, wer die Kleine war.

Sie stellte den Wagen vor einem winzigen Einfamilienhäuschen in der Nansenstraße ab. Hier also hatte Susanne Bretz gewohnt.

Ein kleiner Garten lag zwischen Haus und Trottoir. Das Gartentörchen war nicht verschlossen. Rechter Hand befanden sich hübsch angelegte Blumenbeete. Auch wenn die alte Dame etwas senil geworden war, ihre Blumen hatte sie offenbar noch pflegen können. Oder sie hatte einen Gärtner gehabt. Wenn sie sich einen bezahlten Kavalier samt Limousine hatte leisten können, dürften auch für die Gartenpflege noch ein paar Euro drin gewesen sein. Auch wenn das Haus wirkte, als könne es einen frischen Anstrich durchaus vertragen.

Margot hatte den Haustürschlüssel von Polizeiobermeister Süllmeier erhalten. Der Schlüssel hatte sich ebenfalls im Spind im Jugendstilbad befunden, wo Süllmeier auch den Personalausweis und die anderen Sachen der alten Dame entdeckt hatte.

Margot betrat das Haus. Alle Räume lagen im Erdgeschoss, die Tür zum Dachgeschoss war verschlossen. Links führte ein kleiner Flur ins Schlafzimmer. Das Ehebett war nur auf einer Seite in Gebrauch. Umso stärker wirkte der Kontrast zwischen der linken, nicht besonders ordentlichen Seite und der nicht angerührten rechten.

»Witwe«, konstatierte Margot.

Kleider lagen über den Boden und einen Stuhl verstreut. Die Möbel wirkten alt, stammten offenbar noch aus der Zeit, als das Haus gebaut worden war. Im Kontrast dazu stand der riesige Panasonic-Flachbildfernseher, der die Wand neben dem Kleiderschrank ausfüllte. Billig war etwas anderes.

Sie sah auf die Uhr. Horndeich hatte bestimmt schon Feierabend. Es würde bis morgen dauern, bis sie mehr über das Leben der Susanne Bretz erfahren würde.

Ein weiterer Raum war nur noch schemenhaft als Arbeitszimmer zu erkennen. Frau Bretz schien ein kleines Messieproblem gehabt zu haben. In dem Zimmer häuften sich alte Zeitungen, überall standen Kartons und volle Plastikkästen. Ein massiver Schreibtisch, der augenscheinlich um Befreiung von der Last flehte, ächzte unter weiteren angesammelten Dingen, die ein normaler Mensch unter dem Überbegriff »Müll« abgetan und entsorgt hätte. Hat Ähnlichkeit mit deinem Schreibtisch, meldete sich das vorlaute innere Stimmchen in Margot. Wobei sie nur wichtige Akten auf ihrem ablegte, verteidigte sie sich vor sich selbst.

Rechter Hand gelangte man in die Küche, daneben befand sich das Wohnzimmer. In der Küche stand ein nagelneuer Herd mit Ceranfeld, der sich unter den anderen Küchenmöbeln ausmachte wie ein Ferrari auf dem Werksparkplatz von VW. Die

Küche war ebenfalls nicht sonderlich ordentlich, doch zumindest roch es nicht nach verdorbenen Lebensmitteln.

Das Wohnzimmer erschien wie ein Lagerraum und war nur am betagten Röhrenfernseher als solches zu erkennen. Ansonsten fanden sich dort Tageszeitungen und Frauenillustrierte der vergangenen zehn oder zwanzig Jahre, fein säuberlich zu Haufen gestapelt. Sie waren überall, auf der Couch, auf den Sesseln, auf dem Boden. Die Verlage vom »Darmstädter Echo«, von »Frau im Spiegel« und dem Werbeblättchen »Südhessenwoche« brauchten kein eigenes Archiv mehr; in diesem Wohnzimmer fand sich jede Ausgabe zumindest der letzten zehn Jahre.

Auf dem Tisch zwischen zwei Stapeln des »Darmstädter Echo« stand eine Vase mit einem verwelkten Blumenstrauß; Margot wollte nicht wirklich wissen, wie alt das Wasser darin war – sofern es noch nicht gänzlich verdunstet war.

Morgen würde sich die Spurensicherung durch das Chaos von Susanne Bretz' Eigenheim wühlen.

Ihr Blick fiel auf Fotografien auf einem der Regale. Susanne Bretz neben ihrem Mann. Dann ein paar Mal sie allein. Und sogar ein Bild von ihr und ihrem bezahlten Begleiter Markötter.

Margot stutzte. Das Gesicht der Dame kam ihr bekannt vor. Vorhin hatte sie sich die Aufnahmen der Toten im Display von Horndeichs kleiner Digitalkamera nur flüchtig angeschaut; im Hallenbad hatte Margot die Tote nicht mehr zu Gesicht bekommen, denn sie war bereits auf dem Weg zur Gerichtsmedizin nach Frankfurt gewesen. Doch auf den gerahmten Fotos auf dem Regal kam ihr Frau Bretz seltsam vertraut vor.

Die ist schon einmal im Präsidium gewesen, dachte Margot.

Und dann fiel der Groschen.

Margot erinnerte sich wieder genau, wann sie Susanne Bretz schon einmal begegnet war.

Sie verließ die Wohnung. Rainer und das Lolita-Problem würden noch etwas warten müssen. Ihre Fahrt führte sie zum Präsidium.

Die alte Dame, die sie am Morgen aus dem Wasser gezogen hatten, hatte schon einmal vor ihr gesessen, in einem Verhörraum. Margot hatte sie zu einem alten Mordfall befragt. Susanne

Bretz' Schwester Kathrin war vor mehr als vierzig Jahren verschwunden. Die Leiche hatte man jedoch erst vor drei Jahren auf dem Gelände des inzwischen renovierten Jugendstilbads gefunden. Kathrin Bretz war ermordet worden. Doch ihrer Schwester hatte man nach all den Jahren nichts nachweisen können. Der Fall lag zu weit zurück.

Aber nun wirkten die Parallelen doch befremdlich: Die Schwester einer Frau, die ermordet wurde, wird ebenfalls umgebracht. Und dann auch noch am selben Ort. War das Zufall?

Margot saß am Schreitisch ihres Büros, wollte gerade aufstehen, um sich auf den Weg ins Archiv zu machen und die Akte zu holen, da klingelte ihr Telefon.

»Hier ist Zupatke. Ich habe einen etwas verstörten Mann in der Leitung. Sein Hund wurde erschossen.«

»Wir sind zuständig für menschliche Leichen.«

»Ja, aber ich glaub trotzdem, es wär gut, wenn Sie mit ihm sprechen.«

»Stellen Sie durch.«

Es klackte in der Leitung, und Margot nannte ihren Namen und ihre Dienststelle.

»Rudolf Sänger, guten Tag. Jemand hat meinen Hund erschossen.«

»Ihren Hund, ja?«

»Ja. Laska, meinen Wachhund. Eine Schrotladung aus unmittelbarer Nähe, von vorn. Ich hab meinen Hund kaum mehr wiedererkannt.«

»Haben Sie eine Ahnung, wer das getan haben könnte?«

»Nein. Schicken Sie jemanden vorbei. Das muss man untersuchen.« Margot hörte, dass der Mann weinte. »Da muss doch jetzt jemand kommen von Ihnen. Ich meine, sie ist tot. Ermordet.«

Nun, strafrechtlich gesehen handelte es sich bei der Tötung eines Tieres um Sachbeschädigung. Nicht gerade ganz oben auf der Prioritätenliste eines Kriminalisten, der gerade einen Mordfall zu bearbeiten hat. Doch Margot war klar, dass sie dem Mann diesen feinen Unterschied nicht würde begreiflich machen können.

»Gut, ich schicke jemanden vorbei.«

Sie ließ sich noch die Anschrift des Bauernhofs von Rudolf Sänger geben, dann rief sie Zoschke an. Er würde kurz nach Spachbrücken fahren und den Tatbestand aufnehmen. Wahrscheinlich hatte ein Nachbar, dem das Gebell auf die Nerven ging, dem Hund eine Ladung verpasst. Margot hatte es in ihrer Polizeilaufbahn mehrfach mit sich fanatisch bekämpfenden Nachbarn zu tun gehabt. Zwei waren sogar einmal mit Messern aufeinander losgegangen. Wegen eines Streits, wer wann von ihnen wo Schnee zu schippen hatte. Einer der beiden hatte den Streit nicht überlebt.

Und einen Hund zu erschießen war ebenfalls nicht die feine Art. Margot war froh, dass sie keinen Hund hatte. Zum einen mochte sie die bellenden, sabbernden Vierbeiner nicht besonders. Zum anderen wusste sie genau, dass sie ihr Herz dennoch an den Köter verlieren würde. Wenn das mit Rainer wirklich auseinanderging, vielleicht würde sie dann …

Margot seufzte. Sie sollte sich besser auf die Arbeit konzentrieren. Und die Akte Bretz aus dem Archiv holen. Ein Blick darauf würde bestimmt nicht schaden.

Da aber hörte sie das Quietschen des Wägelchens von Werner Klewes draußen auf dem Flur. Der Handwagen des Hausboten zeichnete sich dadurch aus, dass eines der vier Räder immer quietschte. Zumindest wurden die Polizisten durch das Geräusch stets vorgewarnt, wenn das redselige Faktotum im Anmarsch war. Als Klewes sein Wägelchen an der offenen Bürotür vorbeigeschoben hatte, wollte Margot schon erleichtert aufatmen, da verstummte das Quietschen abrupt.

Und im nächsten Augenblick stand Klewes doch im Türrahmen von Margots und Horndeichs Büro.

»Na, Sie sinn ja aach noch da, Frau Koleeschin!«, begrüßte er sie. »Noch kaan Feie'abend? Isch bin heud ja aach a bisssche schpäd dran – hawwe Sie den komische Brief scho' aafgemachd? Isch binn ja nedd neugieriesch, awwer der war scho' seldsamm …«

»Was für ein Brief?«, fragte Margot.

»Na, der, denn isch Ihne auf Ihne ihr'n Disch geleegt hab.«

Margot ließ den Blick ihrer Argusaugen über das Alpenmassiv aus Akten schweifen, das sich auf ihrem Schreibtisch erhob, entdeckte aber keinen Brief.

»Wenn isch Ihne da grad mal helfe däffd, Fraa Koleeschin«, sagte Kleves und nahm vom äußersten Stapel links etwa die Hälfte herunter und legte diesen kurzerhand auf Horndeichs Schreibtisch ab. Margot erinnerte sich, dass sie, als sie für die Akten von Susanne Bretz Platz geschaffen hatte, genau diesen Stapel erhöht hatte.

»Da isser ja«, freute sich Klewes und hielt den blauen Umschlag, der mit dem Piktogramm einer kleinen Träne verziert war, triumphierend in die Höhe. »Saache Sie mir mo'je, was da drinn schdand? Isch mein, isch binn ja nedd neugierisch, awwer ...«

Margot sah auf den Umschlag. Kein Absender, abgestempelte Briefmarke, die Postfachadresse des Polizeipräsidiums mit dem Zusatz: »Hauptkommissarin Hesgart persönlich.« Sie schlitzte die Oberkante des Kuverts mit dem Brieföffner auf, während das Quietschen verriet, dass sich Klewes wieder auf den Weg gemacht hatte.

Sie überflog die Zeilen. Dann griff sie zum Telefon. Susanne Bretz' Tod bekam gerade zum zweiten Mal an diesem Tag eine gänzlich neue Dimension.

Er war es ihr schuldig. Horndeich hatte sein dummes Versprechen bereits in dem Moment bereut, als er es gegeben hatte. Vor einem halben Jahr, nach dem dritten Glühwein auf dem Darmstädter Weihnachtsmarkt. Damals hatte er vor Sandra getönt, einen Ikea-Wohnzimmerschrank aufzubauen sei ein Kinderspiel. Sandra – der es nicht schwerfiel, jedem Computer binnen Minuten seine bestgehüteten Geheimnisse zu entreißen – hatte gemeint, dass selbst Straßenkartenlesen einfacher sei, als mit den Aufbauanleitungen des schwedischen Möbelhauses zurechtzukommen. »Ich bin sicher«, hatte sie gesagt, »die Anleitungen werden von Mitarbeitern von Edelmöbelhäusern eingeschleust, um Ikea das Geschäft zu verderben.«

Horndeich hatte nur selbstgefällig gegrinst. Ein Grinsen, das sich nach dem dritten Glühwein unwillkürlich bei ihm eingestellt hatte.

»Dann bau du mir doch das nächste Mal so ein Teil auf, wenn du meinst, dass das so einfach ist!«, hatte sie gefaucht.

»Klar«, hatte er geantwortet.

»Versprochen?«

»Ein Mann, ein Wort.« Er hatte sich den Machospruch nicht verkneifen können.

Vor acht Monaten war Sandra umgezogen, in ein kleines, gemütliches Häuschen in der Waldkolonie in Darmstadt. Das Haus hatte blaue Fensterläden, einen kleinen Garten und insgesamt vielleicht neunzig Quadratmeter Wohnfläche. Knuffig, hatte Horndeich gedacht, als er beim Umzug geholfen hatte. Zwar waren die Decken niedrig – und er liebte die hohen Decken seiner Altbauwohnung –, doch das Häuschen hatte was.

Vor drei Wochen hatte Sandra ihn dann gefragt, ob er sich seiner markigen Sprüche noch erinnere, sie habe da jetzt einen neuen Schrank gekauft, der gerade geliefert worden sei. Und nun stand Horndeich da, den Sechskantschlüssel in der einen, den verwirrenden Plan in der anderen Hand. Er hatte den Verdacht, Sandra habe den Wohnzimmerschrank ausschließlich nach einem Kriterium ausgewählt: der blödesten Aufbauanleitung.

Er rätselte immer noch darüber, in welches der sechzehn zur Verfügung stehenden Löcher der Schraubverschluss einzusetzen war. Acht schieden aus, aber die anderen acht erschienen jedes für sich betrachtet eine gute Lösung zu sein.

»Noch ’nen Kaffee?«, flötete Sandra.

Er nahm die Unterbrechung dankbar an. Auf dem Esstisch, dem eine rustikale, bayerisch anmutende Sitzbank zur Seite gestellt war, hatte Sandra ein paar belegte Brote drapiert.

»Aus diesen blöden Filmchen aus dem Bad ist wirklich nicht mehr rauszuholen«, sagte sie nebenbei und völlig unvermittelt. »Die Aufnahmen sind so grobkörnig und dunkel, da können wir froh sein, dass wir wenigstens erkennen konnten, dass es ein Mann ist.«

Horndeich nickte, doch seine Gedanken waren nicht bei der Sache.

Bevor Sandra ihn zur Pause gebeten hatte, hatte er aus den

Augenwinkeln registriert, wie sie im Türrahmen gestanden hatte, den Blick auf ihn gerichtet, während er seinen Kampf mit dem Schrank ausgefochten hatte.

Es war ja nicht das erste Mal.

Dennoch war es für ihn irritierend.

Er hätte nicht behaupten können, dass es ihm gleichgültig gewesen wäre. Er hätte nicht behaupten können, dass es ihm unangenehm gewesen wäre. Allerdings auch nicht, dass es ihn wirklich freute.

Seit vielen Jahren arbeiteten sie bereits zusammen bei der Mordkommission in Darmstadt. Eine Zeit, in der sie sich ziemlich gut kennengelernt hatten. Besonders, nachdem Sandra vor zwei Jahren den Autounfall gehabt hatte. Er hatte sie oft besucht, zunächst im Krankenhaus, später auch privat, um ihr unter die Arme zu greifen. Nach komplizierten Brüchen im Knöchel und im Handgelenk hatte sie lange gebraucht, bis sie sich wieder ohne Einschränkungen bewegen konnte. Er hatte sie immer wieder aufgebaut, wenn die nur kleinen Fortschritte, die sie in der Krankengymnastik machte, sie daran hatten zweifeln lassen, ob sie sich jemals wieder würde vollständig bewegen können. Horndeich hatte sich schuldig gefühlt, weil der Unfall mit seinem Wagen passiert war, einem alten Golf II ohne nennenswerte Knautschzone, ohne Airbag und weitere Sicherheitseinrichtungen.

Noch während Sandra im Krankenhaus lag, hatte Anna, seine damalige Freundin, ihm mitgeteilt, dass sie nicht mehr nach Darmstadt zurückkommen werde, sondern in Moskau bleibe.

Natürlich war Sandra da Trost gewesen, um die Mischung aus Schuldgefühlen ihr gegenüber und enttäuschter Liebe zu Anna zu dämpfen. Aber sie waren nur Freunde. Ein Zustand, den er als Teenager auf der Suche nach Kontakt zum anderen Geschlecht gehasst hatte, den er aber in seinem Verhältnis zu Sandra tunlichst nicht aufgeben wollte. Sie waren Arbeitskollegen. Sehr gute Arbeitskollegen. Und Horndeich wollte das durch nichts gefährden.

Nun gut, er war auch nur ein Mann. Und als sie vor einem Jahr Sandras ersten Hundertmeterlauf nach dem schweren Unfall gefeiert hatten, da waren sie sich nähergekommen. Sehr viel näher. Zu nah.

Er hätte es gern auf den Alkohol geschoben, doch er musste sich eingestehen, dass in dieser Nacht ein Gefühl seltsamer Vertrautheit zwischen ihnen bestanden hatte. Als ob dies nicht die erste Nacht gewesen wäre.

Ja, er mochte Sandra. Vielleicht gab es sogar Momente, in denen er ein wenig in sie verliebt war. Aber vernünftig war es nicht. Und letzten Endes musste die Vernunft siegen.

Er biss herzhaft in das nächste Brot.

Während er in seine Gedanken vertieft war, erzählte ihm Sandra etwas, doch das nahm er nur als akustische Kulisse wahr. Erst als sie beim Gestikulieren mit dem Unterarm gegen den Blumenstrauß auf dem Tisch stieß, ihn jedoch noch im letzten Moment vor dem Umkippen bewahren konnte, indem sie mit beiden Händen danach griff, hatte sie wieder seine volle Aufmerksamkeit.

Rote Rosen, erkannte Horndeich, während Sandra sich wortreich entschuldigte, dass sie die Brotplatte mit Blumenwasser geflutet hatte.

Obwohl der Strauß die ganze Zeit vor seiner Nase gestanden hatte, hatte er ihn nicht bewusst wahrgenommen. Anna hatte sich schon immer darüber lustig gemacht, dass er solche Verschönerungen in ihrer Wohnung nie bemerkte. »Männerblick«, hatte sie es genannt.

Er fragte sich, ob sich eine Frau auch selbst rote Rosen kaufte oder ob es für ein Bouquet dieser Art immer eines männlichen Verehrers bedurfte.

Bevor er zu einer zufriedenstellenden Antwort fand, dudelte sein Handy. Margot. Er nahm das Gespräch an.

»Hallo, ich bin noch im Präsidium. Ich glaube, wir haben ein Problem. Ich brauch dich.«

»Was ist los?«

»Kannst du noch vorbeikommen?«

Horndeich war jede Ausrede recht, dem Ikea-Teufelswerk für einen weiteren Moment zu entkommen. Sandras Blick verriet zum einen, dass sie den Inhalt des Telefonats erahnte, zum anderen, dass ihre Meinung hinsichtlich eines Aufschubs der Bastelarbeiten jener von Horndeich diametral entgegenstand.

Während sie auf Horndeich wartete, fotografierte Margot den Brief ab und ebenso den Umschlag. Die Originale gab sie Kollege Otto Fenske, der beides auf Fingerabdrücke untersuchen würde.

Dann wählte Margot die Nummer ihrer Freundin Cora. Denn sie konnte sich nicht mehr lange vor einem Gespräch mit Rainer drücken. Der hatte inzwischen sogar auf ihrem Dienstapparat angerufen, nachdem sie seine Anrufe auf dem Handy geflissentlich ignoriert hatte.

Doch Cora ging nicht ran, und unter der Handynummer meldete sich nur die Mailbox. Schade, denn Cora war Margots beste Freundin und für einen Gedankenaustausch – zumindest einen kurzen – prädestiniert. Sie hatte alle Höhen und Tiefen zwischen Margot und Rainer miterlebt und Margot immer mit guten Ratschlägen versorgt. Und auch wenn Margot es nicht immer hatte wahrhaben wollen, so war Coras Blick auf die Dinge zumeist ein treffender.

Margot schickte ihr eine kurze SMS, bat um ein Treffen am kommenden Tag.

Sie hatte gerade auf »Senden« gedrückt, als Horndeich im Türrahmen zum Büro erschien, gefolgt von Sandra. Margot runzelte kurz die Stirn, war aber mit ihren Gedanken noch viel zu sehr mit Rainer und Cora beschäftigt, um über Horndeichs und Sandras Liebesleben nachzugrübeln.

»Was gibt es denn so Wichtiges?«, fragte Horndeich.

»Wir haben Post bekommen. Schau mal.« Sie deutete auf den Bildschirm ihres Computers. »Fenske ist seit zehn Minuten dabei, den Brief und den Umschlag auf Fingerabdrücke zu untersuchen. Dann darf sich das Labor damit beschäftigen. Ich hab ihn mit der Digi abfotografiert, damit wir schon mal damit arbeiten können.«

Horndeich trat hinter Margot und las die Zeilen. Es waren nicht viele.

Nummer eins
Und ich sah, dass die Bosheit des Menschen auf der Erde groß war und alles Sinnen der Gedanken seines Herzens nur böse den ganzen Tag. Ich will den Menschen von der Fläche des Erdbodens auslöschen. Also ließ ich das Gewässer überhand nehmen, und es wuchs sehr, 15 Zentimeter hoch ging das Gewässer. Da ging alles Fleisch unter. Alles, was einen lebendigen Odem hatte auf dem Trockenen, das starb.
Wie auch sie.

Die Botschaft war auf einem Computer geschrieben und dann ausgedruckt worden. Sie trug weder Anrede noch Unterschrift.

»Was ist das für krudes Zeug?«, fragte Horndeich.

»Das ist ein Bekennerschreiben, würde ich sagen«, meinte Margot.

»Wie kommst du darauf? Kann das nicht irgendein Spinner an der Pforte abgegeben haben?«

Margot drückte eine Taste, und auf dem Bildschirm erschien der Briefumschlag. »Nein. Dieser Brief wurde vorgestern in Darmstadt abgestempelt. Jemand hat hier quasi den Tod von Susanne Bretz angekündigt.«

»Wie kommst du denn darauf?«, fragte Horndeich verwundert.

»Na, wie viele Leute sind denn heute hier ertränkt worden?«

»Da steht aber nicht: ›Hey, werte Polizei, ich habe die Bretz ertränkt!‹«

»Natürlich nicht.«

»Was ist das überhaupt für eine verquere Sprache? Und wieso soll die Bretz böse gewesen sein?«

»Das kann ich dir nicht sagen.«

Sandra, die Margot zuvor nur flüchtig gegrüßt hatte, hielt den Blick auf den Bildschirm gerichtet. »Schick mir bitte mal die Datei mit dem Brief«, sagte sie zu Margot. »Ich glaub, mir ist was aufgefallen.«

Margot schloss das Dokument, versendete es als Anhang einer E-Mail an Sandras elektronische Postadresse.

»Morgen solltet ihr euch die Wohnung der Bretz noch mal vornehmen«, sagte Margot zwischendurch. »Ein bisschen messiehaft, aber vielleicht findet ihr noch was Brauchbares.«

Horndeich nickte. »Du meinst, etwas über ihren persönlichen Hintergrund, das ein Motiv ergeben könnte.«

»Wenn ich an diesen Brief denke, frage ich mich, ob wir es nicht mit jemandem zu tun haben, der gar kein persönliches Motiv hat.«

»Das ist aber nicht gerade die Regel«, meinte Horndeich. »Ich meine, welches Motiv ist schon unpersönlich und dient nicht der Rache oder dem eigenen finanziellen Gewinn?«

Margot gab ihm keine Antwort.

»He, du meinst doch nicht etwa, wir haben es hier mit einem Hannibal Lecter zu tun, der gerade eine Serie von Morden beginnt?«, rief Horndeich.

»Wenn, dann ist der Täter kein Kannibale, sondern ein religiöser Fanatiker«, sagte Sandra, die eben wieder ins Büro trat.

»Religiös?«

»Ja. Mose. Erstes Buch, sechstes Kapitel. Und siebtes.«

Margot schlug sich mit der Hand gegen die Stirn. »Die Sintflut. Klar.«

Horndeich schaute von Sandra zu Margot und wieder zurück, als ob sie sich in einer anderen Sprache unterhielten. Die Sprache hieß »Bibel«, und die beherrschte er ungefähr so gut wie Hindi, Chinesisch und Esperanto. Mose kannte er natürlich. War ja auch fast so bekannt wie Jesus. Aber bibelfest, das war etwas anderes.

Es hatte noch eine Sprache gegeben, in der sich Sandra und Margot einstmals hatten austauschen können, ohne dass er ein Wort verstanden hatte: Computer. Aber da hatte er aufgeholt.

Damit allerdings war sein Ehrgeiz im Erlernen von Fremdsprachen gedeckt.

»Wer immer den Brief geschrieben hat, er hat sich Versatzstücke aus dem Buch Mose geklaut.«

»Also kein wörtliches Zitat?«, fragte Margot.

»Nein. Kommt mit, ich zeig es euch.«

Horndeich war froh, dass Sandra ihn wenigstens gedanklich noch mit einbezog.

Ihr Schreibtisch wurde von einem Siebenundzwanzig-Zoll-

Monitor eingenommen, ganz offenbar der Rudelführer der anderen, kleineren Bildschirme. Darauf waren zwei Dokumente nebeneinander geöffnet. Das eine kannte Horndeich: Es war der Brief. Das andere kannte er nicht. Doch Sandra klärte Margot und ihn sogleich auf. »Das hier links ist das Alte Testament, das Buch Mose.«

»Und das hast du hier zufällig auf dem Rechner?«, fragte Horndeich. »Falls mal ein Pfarrer umgebracht wird?«

»Oder jemand Bekennerschreiben schickt. Klar.« Sandra grinste breit. Dann präsentierte sie, was sie herausgefunden hatte. »Hier, das ist Kapitel 6, Vers 5: ›Und der Herr sah, dass die Bosheit des Menschen auf der Erde groß war und alles Sinnen der Gedanken seines Herzens nur böse den ganzen Tag.‹ Dann lässt der Schreiber einen Vers aus und springt wieder beim siebten Vers ein: ›Und der Herr sprach: Ich will den Menschen, den ich geschaffen habe, von der Fläche des Erdbodens auslöschen.‹ Dann lässt er wieder etwas weg, rafft dann im Kapitel 7 ein paar Verse zusammen: ›Und das Gewässer nahm überhand und wuchs so sehr auf Erden, dass alle hohen Berge unter dem ganzen Himmel bedeckt wurden. Fünfzehn Ellen hoch ging das Gewässer über die Berge, die bedeckt wurden. Da ging alles Fleisch unter, das auf Erden kriecht, an Vögeln, an Vieh, an Tieren und an allem, was sich regt auf Erden, und alle Menschen. Alles, was einen lebendigen Odem hatte auf dem Trockenen, das starb.‹«

Horndeich und Margot schauten auf die Zeilen, die Sandra inzwischen gelb hinterlegt hatte.

»Er redet von sich«, meinte Margot. »Als ob er Gott wäre.«

»Vielleicht ist ›er‹ auch eine ›sie‹. Und vielleicht ist das alles auch nur ein Bluff«, gab Horndeich zu bedenken. »Und das Wasser steigt fünfzehn Zentimeter. Fünfzehn Ellen sind natürlich ein bisschen viel für das Niveau im Schwimmbad.«

Margots Handy dudelte. Sie sah aufs Display: abermals Rainer. Es gab keine Möglichkeit mehr, ihm auszuweichen. Also nahm sie das Gespräch an und sagte: »Ich bin gleich zu Hause.« Sie drückte die Taste mit dem roten Telefonsymbol und wandte sich an Sandra: »Danke, das war gute Arbeit. Ich muss los.«

»Klar, bis morgen«, meinte Sandra.

Als Margot ging, hörte sie Horndeich noch fragen: »Wieso hast du den Bibeltext auf dem Rechner? Bist du so gläubig?«

Sandra antwortete: »Internet, mein Guter«, als Margot bereits die Tür zum Treppenhaus aufstieß.

»Warum bist du nicht ans Handy gegangen? Hast du meine Nachrichten abgehört?«

»Nein.« Eigentlich hatte sie keine Lust, mit Rainer zu sprechen. Kein bisschen. Denn was immer er nun sagen würde, konnte ihr beider Leben für immer verändern.

»Hallo?«, sagte er. »Reden wir noch miteinander? Was ist los?«

Sie standen immer noch auf dem Parkplatz vor dem Präsidium. Als er sie vor wenigen Minuten angerufen hatte, hatte er schon dort gestanden. Und auf sie gewartet. Seit über einer halben Stunde, wie er sogleich hinzugefügt hatte.

Sie wollte nicht mit ihm nach Hause fahren, bevor nicht geklärt war, um wen es sich bei Lolita eigentlich handelte. Sie hoffte, dass er ihr gleich erzählen werde, er habe auf dem Weg von Berlin nach Darmstadt eine Anhalterin mitgenommen mit irgendwelchen Teenieproblemen: Der Freund hatte sie verlassen, ihre Eltern waren Monster, ihr Schulzeugnis wies eine Sechs vor dem Komma-Null auf, und sie hätte sich die Pulsadern aufgeschlitzt, hätte sich Prinz Rainer nicht um sie gekümmert.

Aber Margot war zu lange bei der Polizei und zu gut in ihrem Job, als dass sie ihm – oder sich selbst – eine solche Lügengeschichte abgekauft hätte. Der Koffer war zu neu und zu teuer, um einer Tramperin zu gehören. Und ihr Ton … Ihr Ton war einfach zu vertraulich gewesen für ein Mädchen, das Rainer gerade erst kennengelernt hatte.

»Ehrlich«, sagte er, »ich bemühe mich die ganze Zeit, dich zu erreichen, mit dir zu reden. Aber du …«

»Was ›aber ich‹?«, schrie Margot. »Hätte ich denn aus deinen Nachrichten erfahren, wer sich da in unserem Haus – in *meinem* Haus – niedergelassen hat und halbnackt durch die Zimmer hüpft?«

»In deinem Haus! Ich wusste, dass das irgendwann kommen

würde. Ich bin offenbar doch nur der Mitbewohner. Oder besser wohl: Mietbewohner, mit ›ie‹.«

»Ja, richtig!«, keifte sie. »Genau so verhältst du dich nämlich. Schleppst diese Lolita an und …«

»Nenn sie nicht Lolita, verflucht noch mal! Was willst du mir damit unterstellen?«

Sie sprach leiser, als sie ihre Frage wiederholte: »Hätte ich aus deinen Nachrichten erfahren, wer sie ist?«

»Ich wollte es dir persönlich sagen.«

Genau das hatte sie erwartet. »Dann tu es endlich!«, schrie sie, ganz die hysterische Zicke, die sie nie sein wollte. Die sie nicht *war*, korrigierte sie sich selbst. Zu der man sie *machte*, fügte der innere Anwalt noch schnell hinzu.

Rainer sagte: »Sie heißt Dorothee Traunstein.«

Dann nahm der Punkt am Ende des Satzes den Raum ein, wuchs und vergrößerte sich zu einer dicken, schwarzen Gewitterwolke.

»Und wer ist Dorothee Traunstein?«

Rainer schwieg.

Okay, dachte Margot und holte tief Luft, gib ihm noch ein paar Sekunden.

Dann genieß diese letzten Sekunden deines alten Lebens, unkte der Anwalt, dessen Stimme sie nun wirklich nicht in ihrem Kopf hören wollte.

Rainer sah Margot nicht mehr an. Das untrügliche Zeichen, dass er endlich mit der Sprache herausrücken würde.

»Sie ist meine Tochter.«

Adieu, altes Leben. »Du hast … eine Tochter?«

Rainer starrte durch die Seitenscheibe ins Innere seines Wagens, an dessen Dach er lehnte.

»Du hast eine Tochter«, wiederholte sie, wobei sie diesmal das Fragezeichen gestrichen hatte. Und damit die letzte Hoffnung, alles könnte so bleiben, wie es war. Denn so schlecht war es nun auch nicht gewesen. Was man immer erst weiß, wenn es vorbei ist.

Sie traute sich kaum, die nächste Frage zu stellen. »Und du hast auch noch eine zweite Frau?«

»Quatsch.«

Na, es hätte noch schlimmer sein können. Man ist ja schon mit kleinen Erfolgen zufrieden. »Das heißt, das Mädchen ist ebenfalls ein uneheliches Kind?«

Auch ihr gemeinsamer Sohn Ben war schließlich das Ergebnis einer Affäre mit Rainer; Margot war damals noch verheiratet gewesen. Zwar war ihr Mann zu diesem Zeitpunkt bereits Alkoholiker im Endstadium, dennoch schämte sich Margot dieser Sache manchmal. Auch wenn sie ihren Sohn Ben niemals gegen einen anderen hätte tauschen mögen. Obwohl, manchmal ... Mein Gott, sind deine Familienverhältnisse kompliziert, dachte sie in einem kurzen Anfall von Panik und Verzweiflung.

»Ihre Mutter heißt Ramona.«

Ramona, so so. »Aber sie war verheiratet, und das nicht mit dir«, vermutete sie. »Irgendwie kommt mir das Muster bekannt vor.«

»Nein, sie war nicht verheiratet. Mit niemandem.«

Wenn sie mit niemandem nicht verheiratet war, dann war sie folglich mit jemandem verheiratet, stellte der innere Anwalt besserwisserisch fest. Die Haarspalterei eines Juristen eben ...

Rainer sah Margot wieder an. Von der Zärtlichkeit, die sonst oft in seinem Blick lag, war ungefähr so viel auszumachen wie vom Polarstern um zwölf Uhr mittags. Doch das war Margot in diesem Moment völlig gleichgültig.

»Seit wann weißt du es?«

»Was?«

»Was wohl?«, schnappte sie. »Worüber reden wir denn? Dass du diese Tochter hast. Wie lange hintergehst du mich schon?«

»Ich weiß es, seit Ramona schwanger war. Also seit fast sechzehn Jahren. Aber ich habe dich nicht *hintergangen.*«

»Nein. Entschuldige. Wie konnte ich deine Strategie der Offenheit und Wahrheitsliebe nur so missinterpretieren. Verzeih mir bitte das große Missverständnis, Geliebter.«

Rainer tat wieder das, was er am besten konnte: Er schwieg.

»Okay, Töchterchen besucht den Papa«, sagte sie. »Ich glaube, mehr Details will ich jetzt gar nicht wissen. Ich habe nämlich keinen Bock auf ein weiteres Kind. Deine Tochter, dein Problem. Ich fahre jetzt in ein Hotel. Verbring Zeit mit ihr, mach, was du willst – du kannst deine Enkeltochter gleich mitversorgen –, das alles ist mir scheißegal!« Obwohl sie es nicht wollte, schrie sie das letzte Wort.

»Wie meinst du das?«, fragte Rainer. Er war so verdutzt, dass er sogar die Stimme gesenkt hatte.

»Nun, während Püppi die Ferien mit Papa verbringt, mach ich mich aus dem Staub. Es ist zwar mein Haus – vielleicht sollte ich das wirklich öfter betonen –, aber bitte, ich bin großzügig: Macht euch eine schöne Zeit. Aber ohne mich. Wann fährt Püppi wieder zurück zu… Wie hieß sie doch gleich… Renate, Romina? Ach, jetzt fällt's mir wieder ein: zu Ramona-Schätzchen?«

Während der Anwalt in ihr sie nun doch bat, sich ein wenig zu mäßigen, da kleinliche Partner aus ihren schrillen Spitzen so etwas wie übermäßige Betroffenheit herauslesen könnten, vernahm sie Rainers Worte: »Gar nicht.«

Es dauerte ein paar Sekunden, bis sie den zwei Silben die adäquate Bedeutung zuordnen konnte. »Wie meinst du das?«, wiederholte sie Rainers letzte Frage.

»Sie kann nicht zurückfahren. Ihre Mutter ist tot.«

Dienstag

Kollege Marlock war sichtlich unzufrieden, stellte Horndeich fest, als dieser in sein Büro kam.

»Nix zu machen mit dem Festnetzanschluss – die hat einfach nicht telefoniert im vergangenen halben Jahr. Keine ausgehenden, keine eingehenden Gespräche. Die muss irgendwo noch ein Handy haben. Oder sie hat per Rauchzeichen kommuniziert.«

Horndeich, der gerade die Blumen im Büro goss, drehte sich zu seinem Kollegen um. »In ihrer Handtasche war aber kein Handy.«

»Dann hat sie es wohl zu Hause gelassen.«

»Da fahre ich jetzt sowieso noch mal hin.« Horndeich goss auch noch die restlichen Pflanzen. Unter seiner Pflege gediehen sie recht ansehnlich. Das Bürogrün hatte schon ein paar unfreiwillige Survivaltrainings absolviert, immer dann, wenn Horndeich längere Zeit im Urlaub gewesen war. Und als er vor drei Jahren wegen dieser blöden Masern sechs Wochen lang ausgefallen war, hatten sie vor Trauer Suizid begangen. Hatte zumindest Margot behauptet und mit rotem Gesicht und gesenktem Blick etwas von »Verweigerung der Flüssigkeitsaufnahme« gemurmelt. Seitdem legte er seinen Urlaub immer so, dass er sich nicht mit dem von Sandra überschnitt, denn die hatte ebenso wie er einen grünen Daumen.

Nachdem der Durst von Papyrus und Grünlilien gestillt war, machte sich Horndeich auf, Susanne Bretz' Wohnung in Augenschein zu nehmen. Er wunderte sich, dass Margot noch nicht erschienen war. Eigentlich hatte sie ja noch Urlaub, aber gestern war sie vor Tatendrang ja plötzlich nicht mehr zu bremsen gewesen. Er rief sie auf dem Handy an und fragte die Mailbox, ob ihre Besitzerin heute noch auf dem Revier erscheinen werde oder nicht.

Horndeich fuhr in die Nansenstraße, wo Susanne Bretz gewohnt hatte. Lag auch in der Waldkolonie und war gar nicht weit weg von Sandras neuem Domizil.

Er schloss die Tür auf. Margot hatte den Schlüssel auf ihrem Schreibtisch abgelegt, zum Glück *auf* irgendeinem Stapel und nicht dazwischen oder darunter.

Horndeich verschaffte sich einen kurzen Überblick und konnte Margots Bemerkung über das Messieproblem der alten Dame gut nachvollziehen.

Er fragte sich, wo wohl das Telefon war. Er entdeckte im Flur eine Anschlussdose. In diese war auch ein Kabel eingesteckt, also musste das Gerät irgendwo sein. Er hatte sich die Nummer notiert und tippte sie in sein Handy. Zwar hörte er das Freizeichen, aber kein Telefon schlug an. Er seufzte, ging in die Knie und folgte dem entlang der Bodenleiste verlegten Telefonkabel. Es führte ins Arbeitszimmer. Er musste etliche Kartons und Kästen zur Seite räumen, bis er dem Kabel zum Schreibtisch folgen konnte. Selbst wenn das Telefon funktioniert hätte – wenn es klingelte, wäre Frau Bretz wohl kaum rechtzeitig an den Apparat gekommen, um abzunehmen.

Es war ein schnurloses Modell, stand aber in der Station,

allerdings verdeckt hinter einem Stapel alter Prospekte. Es war ans Netz angeschlossen. Horndeich nahm das Mobilteil in die Hand. Sofort spürte er, dass etwas an der Rückseite nicht stimmte. Er drehte das Telefon um. Aus den Ritzen des Abdeckfachs für den Akku war bereits Säure gequollen und verkrustet. Der Akku war also ausgelaufen und konnte das Mobilteil nicht mehr mit Strom versorgen. Horndeich war gewiss kein Akkuexperte, doch auch einem Laien wie ihm war klar, dass das Telefon schon eine lange, lange Zeit tot war.

Er würde diesen Marktköter fragen, wie der mit Frau Bretz in Kontakt getreten war. Vielleicht hatte sie ja wirklich ein Handy besessen, und auch das hatte sich stante pede hinter irgendeinem Stapel versteckt, als Horndeich das Haus betreten hatte. Vielleicht gab es hier ja eine ganze Herde Handys …

Horndeich sah sich abermals in der Wohnung um, nun aber gründlicher.

Das Schlafzimmer und die Küche waren eindeutig das Lebenszentrum der alten Dame gewesen. Beide Räume konnte man zumindest entlang definierter Pfade begehen. Auch der schicke Flachbildfernseher stand im Schlafzimmer und nicht in dem Raum, der mal als Wohnzimmer fungiert hatte.

Wer auch immer für die Wohnungsauflösung zuständig sein würde, er würde sicher eine Menge Spaß haben. Doch wer würde dieser Jemand sein? Bislang hatten sie keinen Verwandten ausfindig gemacht. Es gab einen vor vielen Jahren verstorbenen Ehemann, aber offenbar keine Kinder.

Horndeich ging zurück ins Arbeitszimmer. Vielleicht hatte die alte Dame ja ein Testament gemacht. Und vielleicht hatte sie es an einen Platz gelegt, wo man es finden konnte. In einer Schreibtischschublade zum Beispiel.

Horndeich war nun gewiss kein penibler Ordnungsfanatiker. Aber eine gewisse Grundsauberkeit war ihm wichtig. Vor allem mochte er es, wenn er sich frei bewegen konnte, ohne ständig zu stolpern oder etwas umzuwerfen. Die Enge dieses Gerümpellagers machte ihn fast schon aggressiv.

Er öffnete die unterste der drei Schreibtischschubladen. Ein Prospekt des Opel-Autohauses in der Grafenstraße lachte ihn an. Nur dass es dort seit vielen Jahren kein Autohaus mehr gab.

Und den abgebildeten Opel Manta konnte man nur noch als Liebhaber-Oldie erstehen …

Horndeich nahm den Prospekt heraus, um darunter das nächste Druckwerk über die Einzelhandelsgeschichte Darmstadts zu entdecken: ein Prospekt von »Schade und Füllgrabe« in der Roßdörfer Straße. Es war sogar klein eine Jahreszahl darauf vermerkt: 1976. Höchstens noch interessant für ein Museum.

Er nahm die Schublade heraus, setzte sich in Ermangelung eines freien Sitzplatzes auf den Boden, blätterte den Stapel in der Lade durch. Und fühlte sich in eine andere Zeit versetzt. Nur fand er kein einziges persönliches Dokument.

Auch Schublade Nummer zwei war wenig ergiebig. Zunächst stieß er wieder auf antike Werbung der Darmstädter Händler, diesmal aus den Achtzigern, dann wenigstens ganz unten auf ein Fotoalbum. Sehr alt. Aus einer Zeit, als man zum »Photographen« mit zwei »Ph« ging und zwei Sekunden still sitzen musste.

In Schublade Nummer drei wurde er fündig. Ein Kuvert mit der Aufschrift »Testament« lag genau zwischen einem Stapel alter Prospekte und einem mit ganz aktueller Werbung.

Horndeich riss es auf.

Lang war es nicht.

»Mein Testament«, stand in schnörkeliger Handschrift oben auf dem Blatt, darunter: »Im Vollbesitz meiner geistigen Kräfte vererbe ich alles, was ich habe, Herrn Ferdinand Markötter.«

Darunter fanden sich nur noch ihre Unterschrift, die Ortsangabe »Darmstadt« und das Datum von vor etwa einem Jahr.

Interessant, dachte Horndeich. Vielleicht sollte man diesem Marktköter doch noch mal ein paar Fragen stellen.

Ferdinand Markötter wohnte im Lukasweg 13, unmittelbar an der Mathildenhöhe. Er war sogar zu Hause und bat Horndeich freundlich in seine Wohnung.

»Kann ich Ihnen noch irgendwie helfen?«, fragte er und geleitete den Kommissar ins Wohnzimmer. Es war solide eingerichtet, zwar nicht teuer, aber bestimmt auch nicht zu billig. Auch die Unterhaltungselektronik zeugte nicht von ausschweifendem

Lebenswandel. An der Wand hingen ein paar gerahmte Drucke in Alurahmen: Landschaften und Fantasiewelten.

Horndeich setzte sich aufs Sofa, während sich Markötter auf einem Sessel niederließ.

»Ja, ich hoffe, dass Sie das können«, beantwortete Horndeich die Frage seines Gastgebers mit Verspätung. »Hatte Frau Bretz eigentlich ein Handy?«

»Nein, nicht, dass ich wüsste.« Markötters Tonfall war ohne jeden Argwohn. »Jedenfalls hat sie mir niemals eine Handynummer genannt und auch nie in meiner Gegenwart ein Mobiltelefon in die Hand genommen.«

»Und wie haben Sie Kontakt mit ihr aufgenommen?«

»Nun, wir haben uns immer für das nächste Mal verabredet.«

»Aha. Sie haben sie also nie angerufen?«

»Nein. Das heißt... Nur einmal, als ich krank war, da habe ich versucht, sie zu erreichen, aber sie ging nicht an den Apparat, und es war auch kein Anrufbeantworter dran.«

»Wie haben Sie dann Ihr nächstes Treffen ausgemacht?«

»Sie rief *mich* an. Eine Woche später war ich wieder bei ihr.«

»Sie fuhren dann immer zu ihr nach Hause?«

»Ja, ich holte sie immer dort ab.«

»Sie klingelten also immer an der Haustür.«

»Ja.«

»Und dann haben Sie drinnen noch einen Kaffee getrunken?«

Markötter lachte auf. »Nein. Ich war niemals in ihrem Haus.«

»Wie meinen Sie das?«

»Nun, seit ich die alte Schachtel kannte, erzählte sie mir, dass sie gerade dabei sei, etwas umzuräumen oder auszumisten. Deshalb könne sie mich leider momentan nicht hineinbitten. Ich klingelte, sie kam heraus, fix und fertig aufgebrezelt. Nur zweimal hat sie mich warten lassen.«

»Sie haben ihr Haus also niemals von innen gesehen?«

»Nein. Nur...« Er stockte. Sein Gesicht nahm eine leichte Rötung an.

»Nur was?«, hakte Horndeich nach.

»Nun, ich hab einen Freund, der ist Messie. Seine Wohnung

gleicht einem Warenlager für gebrauchte Ein-Euro-Artikel und einer Sammlerbörse für alte Prospekte. Daher kann ich mir vorstellen, wie es bei Frau Bretz ausgesehen hat.«

Horndeich wagte den entscheidenden Vorstoß. Mal sehen, wie der Mann ihm gegenüber reagierte, wenn er ihn direkt darauf ansprach. »Was werden Sie mit dem Geld machen, das Ihnen Frau Bretz vererbt hat?«

Markötter runzelte die Stirn. »Was für Geld?«

»Das frage ich Sie.«

»Ich verstehe nicht. Sie hat mir kein Geld vererbt.«

»Doch. Sie erben alles. Das steht so in ihrem Testament.«

»Blödsinn.« Ferdinand Markötter schüttelte entschieden den Kopf. »Wieso sollte sie? Ich meine, ich hab sie dreimal in der Woche für sechs Stunden rumgefahren und ein wenig betüddelt. Und sie hat mir oftmals einfach so einen Zwanni oder sogar mal einen Fuffi zugesteckt. Weshalb sollte sie mir was vererben?«

Horndeich nahm seinem Gegenüber dessen Verwunderung zunächst ab, dann aber sagte er sich, dass es auch immer wieder Lügner gab, die ihre Kunst sehr gut beherrschten. Wenn Markötter das Testament kannte, war für ihn klar gewesen, dass Horndeich ihn darauf ansprechen würde, dann wäre er auf dessen Fragen vorbereitet gewesen, statt sich davon überrumpeln zu lassen.

Also war vielleicht doch ein Bluff nötig, um ihn aus der Reserve zu locken. »Sie hätten auch wenig Freude an dem Erbe. Auf dem Konto von Frau Bretz sind nur rote Zahlen.«

»Das würde mich wundern«, widersprach er leichthin. »Sie hat immer wieder teure Dinge gekauft. Haben Sie in ihrer Wohnung diesen Fernseher gesehen? Hätte ich auch gern.«

»Und den hat sie ganz allein aufgebaut und angeschlossen?«

»Nein. Ich war bei ihr, als sie das Teil gekauft hat. Wir sind nach Weiterstadt gefahren, in so einen Elektronikmarkt. Ich sollte sie noch beraten, aber ich hab auch keine Ahnung von diesen modernen Dingern. In der Innenstadt, da gibt es noch so einen Hi-Fi-Laden, die kennen sich aus. Sind einen kleinen Tick teurer, aber richtig gut. Und die wissen, wovon sie reden. Das habe ich der Bretz auch gesagt. Sie hat mich dann angeblafft, weshalb ich ihr das nicht gleich gesagt hätte. Also sind wir zu dem Laden gefahren. Und das Teil hat, glaube ich, um die viereinhalbtausend Euro gekostet. Das ist wohl mehr, als der Dispo einer Rentnerin hergibt. Sie hat sich den Apparat auch von denen liefern und aufbauen lassen – ich durfte ja nicht ins Haus.«

Die Worte des chauffierenden Gesellschafters klangen glaubwürdig. Oder der Mann war völlig abgebrüht.

»Hatte Frau Bretz eigentlich noch andere soziale Kontakte?«, kam Horndeich auf das nächste Thema zu sprechen. »Ich meine, wenn niemand in ihr Haus durfte – haben Sie sie vielleicht noch irgendwo hingefahren?«

»Ab und an, da hat sie eine Bekannte besucht. Annika Sander. Die hab ich aber nie wirklich kennengelernt. Ich hab Frau Bretz immer mal wieder zu ihr gefahren, meist am Ende der Stunden, die wir gemeinsam verbrachten. Sie ist dann mit dem Taxi heim.«

»Haben Sie die Adresse der Dame?«

»Ja, klar, die wohnt in der Paul-Wagner-Straße.«

»Okay, dann danke ich Ihnen zunächst für Ihre Auskünfte.« Horndeich erhob sich.

Margot hatte sich immer noch nicht gemeldet. Horndeich versuchte abermals, sie zu erreichen, als Markötter die Wohnungstür hinter ihm geschlossen hatte. Wieder meldete sich nur Margots Mailbox. Horndeich sagte: »Hallo, Kollegin, sag doch mal Bescheid, ob ich dich heute noch sehe. Ist alles in Ordnung?«

Es war gar nicht Margots Art, auf Nachrichten überhaupt nicht zu reagieren.

Er würde zunächst mal ein Häppchen essen und dann schauen, ob die Kollegen von der Kriminaltechnischen Untersuchung schon was über den Brief herausgefunden hatten. Horndeich musste Margot zumindest in einem Punkt recht geben: Seltsam war das Schreiben schon.

Mittwoch

Margot legte ein bisschen Lidschatten auf und danach einen Hauch Kajalstift. Sie hatte sich schon lange nicht mehr geschminkt. Dann sah sie sich im Spiegel an. Beschämend, dass sich im Bad des Hotelzimmers ein größerer Spiegel befand als in ihrem eigenen.

Sie hatte bereits die zweite Nacht im Hotel geschlafen. Nun, »geschlafen« war nicht der richtige Ausdruck, »genächtigt« stimmte schon eher, denn Margot hatte kaum ein Auge zugemacht. Ihre Gedanken waren um Rainer, ihre Beziehung, eigentlich um ihr ganzes Leben gekreist. Nachdem Rainer ihr offenbart hatte, dass er eine Tochter hatte, war sie nur noch einmal kurz zu Hause gewesen, hatte ein paar Klamotten in ihre Reisetasche gepackt und war in ihrem Wagen zum Hotel gefahren. Es lag in Traisa unweit des Waldrands. Sie hatte hier einmal eine Nacht mit Rainer verbracht. Urlaub vom Alltag, ohne zuvor fünfhundert Kilometer auf irgendwelchen Autobahnen abzuspulen.

Sie war Dorothee nicht begegnet, als sie ihre Sachen geholt hatte. Und sie war bestimmt nicht traurig darüber gewesen. Sie hatte Rainer nur gesagt, dass sie sich melden werde. Schließlich hatte sie noch zwei Tage Urlaub. Die wollte sie zum Nachdenken nutzen. Nachdenken darüber, was sie Rainer sagen wollte. Nachdenken darüber, was sich in ihrer Beziehung verändern musste. Wenn Margot sie denn weiterführen wollte.

Die Leiche aus dem Jugendstilbad musste warten. Zumindest auf sie. Sie würde ihre letzten Urlaubstage nehmen, konnte sich ohnehin nicht auf den Fall konzentrieren.

Sie hatte noch mehrmals versucht, ihre Freundin Cora zu erreichen, aber die ging weder an den Apparat ihres Festnetzanschlusses noch ans Handy, und sie rief auch nicht zurück.

Margot schloss ihre Hotelzimmertür ab und ging den Gang hinab in Richtung Treppe. Eine der Reinigungskräfte kam ihr entgegen, grüßte, und der Polizistin in ihr entging nicht, dass ihr Lächeln einen Tick zu freundlich war, um der Standardhöflichkeit zu entsprechen.

Sie hatte Rainer gebeten, sich nicht bei ihr zu melden. Nein, sie hatte es ihm *befohlen*. Warum musste er sich so konsequent daran halten? Nicht einmal eine Gute-Nacht-SMS hatte er ihr geschickt. Da hatten sie das erste Mal Zweifel beschlichen, ob sie mit ihrer Flucht richtig gehandelt hatte. Hätte sie ihn nicht einfach erst mal erzählen lassen sollen? Und sich danach ein Urteil bilden?

Verdammt, schalt sie sich, kaum ist er zwei Tage nicht um dich herum, fehlt er dir.

Sie ging die Treppe hinab, als ihr die Dame von der Rezeption entgegenkam und sie ebenfalls grüßte. Wie schon bei der Dame im weißen Kittel erschien ihr das ein bisschen zu freundlich. Erinnerte man sich noch an sie? Wusste man, wer sie war? Wollte man sich gut stellen mit der Polizei? Nein, wozu? Sie war schließlich nicht bei der Truppe der Knöllchenverteilerinnen.

Sie begegnete sogar der Hotelchefin persönlich, als sie auf den Frühstücksraum zuging.

»Guten Morgen, Frau Hesgart. Ich hoffe, Sie haben gut geschlafen?«

»Ja«, log Margot und sagte es forscher als beabsichtigt. Aber auch das Lachen dieser Dame war ... Du leidest unter Verfolgungswahn, sagte Margots innere Stimme. Und Margot gab ihr recht.

Als sie den Frühstücksraum betrat, sah sie zuerst den riesigen Rosenstrauß, der auf dem Tisch am Fenster stand. Dann erst nahm sie bewusst den Kinderwagen wahr, der neben dem Tisch stand. Und irgendwie dazwischen Rainer.

Er saß über eine Zeitschrift gebeugt, mit dem Rücken zu ihr, eine Hand im Kinderwagen. Opa Rainer, durchfuhr es Margot, und das dummerweise gleichzeitig mit einem fast überwältigenden Gefühl der Zärtlichkeit für diesen Mann. An ihre Enkelin hatte sie in den vergangenen sechsunddreißig Stunden kaum gedacht. Die hatte ja auch einen Großpapa. Und dass der sich um seine Enkelin zu kümmern verstand, sah sie gerade.

Sie wollte sauer auf ihn sein, aber es gelang ihr nicht.

Sie ging langsam auf den Tisch zu, setzte sich ihm gegenüber. »Guten Morgen.«

Er strahlte sie an, als wäre nichts gewesen. Nein, das stimmte nicht, dachte Margot, er strahlte sie an, als ob er froh sei, sie zu sehen.

»Schön, dich zu sehen«, sagte er prompt, nahm ihre Finger und gab ihr einen formvollendeten Handkuss.

Sie sah ihn an, überlegte, was sie sagen sollte. »Ich ...«, begann sie.

Mit einer sanften Geste brachte er sie zum Schweigen. »Ich war ein Trottel«, sagte er. »Ich kann nicht mehr gutmachen, was ich getan habe. Ich kann nur hoffen, dass du mein Verhalten zumindest nachvollziehen kannst. Deshalb bitte ich dich, mir nach dem Frühstück, das hier ja verdammt gut ist, die Gelegenheit zu geben, dir zu erzählen, was passiert ist.«

Margot sah ihren Mann – okay, ihren Vielleicht-einmal-irgendwann-Mann – an. »Woher wusstest du, wo ich bin?«

Da war wieder dieses spitzbübische Lächeln in seinem Gesicht. Sie kannte es. Es bedeutete: Ich erzähle dir jetzt eine lustige, aber völlig erfundene Geschichte. Er spürte im letzten Moment, dass das wahrscheinlich nicht gut ankommen würde, sein Lächeln verschwand, und er antwortete ernst: »Dein Vater hat mir gesagt, wo du bist. Du hast ihm eine SMS geschrieben.«

Ihr Vater Sebastian Rossberg war Rainers größter Fan. Sie verstand das nicht immer. Aber auch, wenn sie es sich selbst gegenüber nicht eingestehen wollte, sie war froh, Rainer zu sehen.

»Erst Frühstück, dann reden«, bestimmte Rainer.

Also frühstückten sie gemeinsam, schlugen sich den Bauch mit den mannigfaltigen Leckereien des Büfetts voll und unterhielten sich über alle Themen, die ihr Privatleben nicht betrafen. Margot wunderte sich, dass sie sich bislang kaum über Barack Obama unterhalten hatten, in dem beide die große Hoffnung für Amerika sahen.

Sie war satt und glücklich. Und verweigerte sich die Frage, wie sie glücklich sein konnte, während ihr Privatleben eher einem Trümmerfeld glich. Dennoch, die beschwingte Unterhaltung – vielleicht trug auch der Sekt dazu bei, den Rainer bestellt hatte – wirkte auf Margot wie das reinste Aphrodisiakum.

»Wollen wir spazieren gehen?«, fragte Rainer, nachdem er den letzten Schluck Kaffee getrunken hatte.

Zoey lag immer noch friedlich schlafend im Kinderwagen.

»Nein. Ich habe das Zimmer bis elf gemietet, und es ist erst halb zehn.« Nun war es an ihr, ein spitzbübisches Lächeln in ihr Gesicht zu zaubern.

Rainer griente zurück. »Wenn Zoey das zulässt.«

»Das kommt auf den Versuch an«, flüsterte Margot und küsste ihn über den Tisch hinweg auf den Mund.

Sandra saß auf Margots Schreibtischstuhl, einen Becher mit Kaffee in der Hand, und schaute Horndeich über Margots Aktenberge hinweg an. »Vielleicht solltest du einfach hinfahren«, meinte sie.

Horndeich saß auf seinem Platz und nippte gerade an seinem Kaffee.

Sandra hatte einen Cappuccino gewählt, Horndeich einen starken Standardkaffee. Die neue Kaffeemaschine war eine Wucht. Bis vor drei Wochen hatte im Büro die alte, ganz normale Kaffeemaschine ihren Dienst verrichtet. Doch sie war in den verdienten Ruhestand gegangen, wie Horndeich es nannte. Einstmals hatte diese Maschine den Titel »Schlechteste Kaffeemaschine der Welt« verliehen bekommen. Dann hatte Horndeich sie repariert, und seitdem hatte sie wieder treu ihren Dienst verrichtet.

Alle Kollegen in der Abteilung schlürften gern das Bohnengetränk, allerdings auf verschiedenste Weise zubereitet. Deshalb hatte man zusammengelegt und einen dieser viel zu teuren, aber einfach wunderbaren Automaten erstanden, die jeden Kaffeewunsch auf Knopfdruck erfüllten. Daneben an der Wand hing die Liste, wer jeweils an welchem Tag die Maschine vor Dienstschluss reinigen musste. Denn die Spuren geschäumter Milch zu beseitigen erforderte Zeit, Können und Akribie.

Dafür hatte die Abteilung nun die »Beste Kaffeemaschine der Welt«. Auf jeden Fall die beste im ganzen Haus. Und das Beste an der Besten war, dass sie nach wir vor in Margots und seinem Büro stand.

Horndeich nahm einen weiteren Schluck. »Wenn ich sie telefonisch nicht erreiche, werde ich sie auch persönlich kaum antreffen«, gab er zurück. Er hatte inzwischen sicher zehnmal versucht, Annika Sander, die Freundin der toten Susanne Bretz, anzurufen.

Horndeich sah auf die Uhr. Es war halb elf. Von Margot hatte er heute früh nur eine SMS erhalten: »Komme morgen, nutz noch meinen Urlaub.« Was auch immer da los sein mochte, normal war dieses Verhalten für Frau Kommissarin nicht.

Auf dem Gang vernahm Horndeich ein Quietschen. Klewes und sein Wägelchen waren im Anmarsch. Horndeich und Sandra warfen sich einen Blick wortlosen Verständnisses zu. Der Mann nervte zwar, aber ein Leben ohne ihn konnte man sich auch nicht mehr vorstellen. Horndeich begrüßte die Entscheidung, dass das Polizeipräsidium vor drei Jahren den Job des Büroboten eingeführt hatte.

»Aaach, des Fräuleinsche is aach hie'«, grüßte Klewes und strahlte über das ganze Gesicht. Horndeich war für ihn in diesem Moment durchsichtiger als Luft. »Isch saach Ihne, der Mann, der Sie mal kriegt … Ach, isch saach liewer gar niggs meh'. Die sinn' für Sie, ma Mädsche'.«

Klewes redete immer viel und war sich für keinen Tratsch zu schade, aber so gefühlsduselig hatte Horndeich den älteren Herrn noch nicht erlebt.

Und offenbar ging es noch dicker. Das jedenfalls dachte Horndeich, als er die Rosen auf dem Wagen sah.

Klewes nahm den Strauß, überreichte ihn Sandra.

»Ach«, seufzte er noch mal, dann zog er weiter.

Sandra lief rot an, während sie den Strauß betrachtete. Horndeich sah, dass ein Kärtchen daran baumelte. Täuschte er sich, oder war es das Logo von Fleurop, was er darauf ausmachen konnte? Ja, eindeutig: ein gelber Athlet mit einem Blumenstrauß statt einer olympischen Fackel in der Hand. Er kannte den Typen. Denn er hatte Anna immer wieder mal einen Strauß zugeschickt. Einmal sogar nach Moskau …

Von wem ist der denn?, dachte er, konnte aber gerade noch verhindern, dass seine Zunge die Frage akustisch vernehmbar über die Lippen schob.

Sandra sah Horndeich nicht an – was sie eigentlich den ganzen Morgen schon getan hatte –, während sie aufstand. »Ich hole mal eine Vase«, sagte sie und verschwand.

Okay, dachte Horndeich weiter, das erklärt auch die Rosen auf dem Tisch in ihrem Häuschen. Am vorigen Tag war er nicht mehr dazu gekommen, den Wohnzimmerschrank fertig aufzubauen. Und nun überlegte er, dass das dann eigentlich auch der Rosenkavalier erledigen konnte. Nicht, dass er eifersüchtig war. Er würde sich für Sandra freuen, wenn sie endlich den Richtigen getroffen hatte. Einen, der sie auf Händen trug.

Keinen wie ihn selbst, der nicht wusste, was er wollte, unkte ein mieser kleiner Kerl in Horndeichs Innerem, von anderen auch »schlechtes Gewissen« genannt.

Wieder hörte Horndeich das Quietschen.

»Herr Ho'ndeisch, endschuldische Sie vielmals, awwe' jedsd hab isch Ihne Ihrn Brief fassd ve'gesse. Da isser«, entschuldigte sich Klewes und reichte Horndeich ein Kuvert. »Isch maan, de' iss ja eischendlisch für Ihne Ihr Kolleschin, awwe' jedsd, wo die nedd da iss – da hab sich gedengd, den kann isch dann aach gleisch Ihne gewwe.«

Horndeich nickte nur, verdrängte das Bild der Rosen aus seinem Kopf und nahm den Brief entgegen.

Klewes quietschte mit seinem Wägelchen von dannen. Und Horndeich sah auf das Kuvert: »Hauptkommissarin Hesgart persönlich«, stand dort. Dazu das Piktogramm einer kleinen Träne.

Horndeichs Haltung versteifte sich, dann öffnete er den Brief, überflog die Zeilen.

Und rief: »Fenske! Sandra! Bei Fuß!«

Sie hatte sich bei Rainer untergehakt, der den Kinderwagen schob. Oft hatte sie seinen Pragmatismus verflucht, doch in diesem Fall musste sie ihm zu seinem Entschluss gratulieren. Er hatte sich nicht lumpen lassen, nachdem er verkündet hatte, er werde den Kinderwagen für die kleine Zoey kaufen. Ben und Iris hatten zunächst protestiert, sich dann aber Rainer gebeugt. Er als Kunsthistoriker hatte sich in wenigen Tagen so tief in die Materie »Kinderwagen« eingearbeitet wie sonst nur in Stilrichtungen oder Biografien berühmter Künstler. Das Ergebnis war der Rolls-Royce unter den Kinderwagen. Gefedert, die Kindertrage abnehmbar, alles einfach zu bedienen, anzupassen, einzurichten.

Sie waren, nachdem Zoey ihnen tatsächlich eine ungestörte halbe Stunde in Margots Hotelzimmer gegönnt hatte, vom Hotel aus in den Wald spaziert.

»Nun erzähl«, forderte Margot ihn auf.

»Ramona Traunstein war Friseurin in Berlin, im Sommer '93. Ich war zu diesem Zeitpunkt immer wieder dort, wir hatten ein großes Projekt mit der Berliner Uni laufen. Ramona und ich – wir haben uns immer abends im Hotel getroffen. Sie war der erste Seitensprung in meiner Ehe.«

Margot hörte nur zu, unterbrach ihn nicht. Sehr viel hatte Rainer nie über seine Ehe erzählt. Nur, dass sie von Anfang an nicht unter einem guten Stern gestanden hatte.

»Wir landeten im Bett, ein paar Mal. Aber das war es dann auch. Und Ramona wusste, dass ich verheiratet war; auch für sie war es nicht mehr als ein Abenteuer.«

Margot dachte nur: Dass du dich da mal nicht irrst …

»Ich kam im Dezember '93 wieder nach Berlin. Da sagte sie mir, dass sie schwanger und ich der Vater sei. Ich fragte sie, ob sie sich dessen sicher sei. Sie erklärte mir, sie habe im Sommer mit niemand anderem geschlafen als mit mir. Und das war vor der Zeit des Gentests für Privatleute. Ich wollte meine Ehe damals nicht aufgeben. Und Ramona wollte auch nicht mit mir zusammenleben, nur wegen eines Kindes. Sie wollte, dass ich für das Kind Unterhalt zahlte, aber mich nicht in ihr Leben einmischte. Und so haben wir es gemacht. Wir haben uns seitdem nicht mehr gesehen. Bis Dorothee mich vor vier Monaten anrief und mir sagte, ich sei wohl ihr Vater. Ihre Mutter hatte ihr nie etwas von mir erzählt, aber sie hat es selbst herausgefunden, ein wenig Detektiv gespielt. Wir haben uns zweimal getroffen. In Berlin, vor vier Monaten und vor zwei Monaten. Bis dahin ist Dorothee nur ein Dauerauftrag von meinem Konto gewesen.«

»Warum hast du mir nichts davon gesagt?«

Rainer schwieg, während er den Kinderwagen nach wie vor vorsichtig um Wurzeln und Löcher im Boden herumlavierte.

»Nach dem ersten Treffen dachte ich, wir würden uns nie wieder sehen«, fuhr er schließlich fort. »Wir waren einander fremd. Ich wunderte mich, als sie mir dann noch eine Mail schrieb, in der es hieß, sie wolle sich noch mal mit mir treffen.

Ab da überlegte ich ständig, wie ich es dir am besten beibringen könnte, wartete auf den richtigen Zeitpunkt – und glaubte immer noch nicht wirklich, dass ich von nun an regelmäßigen Kontakt zu ihr haben würde.«

»Und warum ist sie dann jetzt hier in…«, Margot machte eine kurze Pause, »…in unserem Haus?« Sie hatte das Possessivpronomen sorgfältig gewählt.

»Weil Ramona Traunstein vor zehn Tagen von der Leiter gefallen ist, als sie die Vorhänge nach dem Waschen wieder aufhängen wollte. Genickbruch.«

Margot hätte es für eine schnippische Antwort gehalten, hätte nicht Rainers Tonfall jeden Gedanken in diese Richtung von vornherein vereitelt.

»Jedes Jahr sterben mehr Personen im Haushalt als im Straßenverkehr, wusstest du das?«, fügte er hinzu.

»Als du nach Berlin geflogen bist, ging es also gar nicht darum, die Beerdigung einer Cousine zweiten Grades zu regeln«, stellte sie fest. »Es ging um die Beerdigung von Ramona, der Mutter deiner Tochter.«

»Ja.«

»Auch da hast du mich belogen«, hielt sie ihm vor.

Er schwieg einen Moment, dann wiederholte er: »Ja.«

»Und nun?«

Erneutes Schweigen.

Das war die schwierigste Frage von allen. Margot atmete tief durch. Die frische Waldluft war ein wenig zu kalt für einen sonnigen Maitag, tat ihr aber dennoch gut und würde vielleicht auch die Gedanken klären. Margot mochte den Wald im Osten Darmstadts. Als kleines Mädchen hatte sie noch auf dem Abenteuerspielplatz am Birkenwasser getobt, inzwischen ein zugewuchertes Areal.

»Ich bin nach Berlin gefahren«, fuhr Rainer fort. »Dorothee hatte den Tod ihrer Mutter erst ganz gut weggesteckt. Ganz die coole Berliner Göre. Dann haben wir Ramona beerdigt. Ging alles ganz schnell. Das war der Moment, in dem sie weinte. Danach haben wir darüber gesprochen, wie es weitergehen soll. Sie sagte in der für sie typischen Art: ›Papa, ich fürchte, du hast mich jetzt am Bein.‹«

Sie sah ihn an. Sah sein Lächeln. Und wusste, er würde seine Tochter nicht mehr gehen lassen. Jugendheim, betreute WG – all das waren nur Synonyme für »Abschieben«. Rainers Lächeln verriet ihn: Die wenigen Tage hatten genügt, und er hatte seine Tochter ins Herz geschlossen. Doch auch wenn es Margot Respekt abnötigte, dass der plötzliche Papa seine Verantwortung wahrnahm, wusste sie nicht, ob ihr das wirklich gefiel. Dorothee konnte in Bens Zimmer wohnen, er lebte ja nicht mehr zu Hause, aber ... Sie unterbrach ihre Gedanken, erstaunt darüber, in welche Richtung sie wie von selbst gingen. Einmal Mutter, immer Mutter?

Auf einmal nahm sie einen seltsamen Geruch war, einen Gestank wie von Erbrochenem, wenn auch nicht sehr intensiv, weil offenbar noch etwas entfernt. »Riechst du das?«

»Ja«, bestätigte er. »Stinkt, als habe sich jemand das Frühstück noch mal durch den Kopf gehen lassen.«

Vor ihnen tauchten die Fischteiche auf, und dort stand eine Gruppe von etwa zehn Leuten am Ufer des größten Gewässers. Sie gestikulierten, diskutierten. Dabei zeigten sie immer wieder auf die Wasseroberfläche, die seltsam glitzerte.

Margot und Rainer kamen näher und erkannten, worüber die Menschen sprachen. Das Glitzern kam von Hunderten Fischkörpern, die mit dem Bauch nach oben im Wasser trieben. Und je näher Margot und Rainer dem Teich kamen, desto mehr stank es. Margot schritt auf die Gruppe zu.

»Wer tut so was?«, fragte gerade eine junge Frau.

Ein Mann äußerte sich darüber, was er mit dem Fischmörder anstellen würde, wenn er ihn jemals zwischen die Finger bekäme. Er hatte wohl kurz zuvor das Foltermuseum in Rüdesheim besucht.

In diesem Moment meldete sich Margots Handy. Das Display zeigte Horndeichs Namen. »Hallo, Horndeich. Was gibt's?«

»Wir haben wieder Post bekommen. Von unserem Bibelfreak.«

Das war keine gute Nachricht. Wenn der Unbekannte mit dem ersten Brief einen Mord angekündigt hatte, tat er das mit dem zweiten wahrscheinlich auch, und dann würde es bald eine zweite Leiche geben. Jedenfalls ging Margot davon aus; sie kannte Serienkiller bislang nur aus US-Filmen, TV-Serien und aus der Fachliteratur, die sie zu diesem Thema gelesen hatte. »Was schreibt er?«

»Komm am besten her und schau es dir an«, sagte Horndeich. »Relgart ist ganz aus dem Häuschen. Ich soll dir sagen, er möchte dich hier sehen. In zwei Stunden ist Krisensitzung. Relgart fürchtet, dass es irgendwo einen weiteren Toten gibt.«

Johannes Relgart war seit Jahren der Darmstädter Staatsanwalt und ließ seine Ermittler stets an der langen Leine laufen. Mit Margots Team hatte er dabei auch gute Erfahrungen gemacht. Sie konnte allerdings verstehen, dass ihn ein weiterer Brief nervös machte. Das war nämlich bei ihr nicht anders.

»Was hat er geschrieben?«, fragte Margot.

»Ich lese es dir vor:

Nummer zwei
Darum spreche ich: Daran sollt Ihr erkennen, dass ich der Herr bin: Siehe, ich will mit dem Stab, der in meiner Hand ist, auf das Wasser schlagen, und es wird sich in Blut verwandeln. Dann werden die Fische sterben, und der See wird stinken, sodass es die Menschen ekeln wird, Wasser daraus zu trinken.«

»Lies das noch mal«, bat Margot mit Flüsterstimme.

Horndeich tat es.

»Ihr braucht keine weitere Leiche zu befürchten. Ich glaube, ich stehe gerade am zweiten Tatort. Schickt die Spurensicherung her.«

»Und wo bist du?«, fragte Horndeich verdutzt.

»An den Fischteichen. Im Wald zwischen der Lichtwiese und Traisa. Hier treibt der ganze Bestand Bauch nach oben im Wasser. Und es stinkt entsetzlich.«

Margot und Sandra saßen wieder am Schreibtisch der jungen Computerexpertin und schauten auf den großen Bildschirm. Nachdem man Relgart mitgeteilt hatte, dass der zweite Tatort offenbar ausgemacht und kein weiterer Mensch zu Schaden gekommen war, hatte er das Meeting auf drei Uhr verschoben, in der Hoffnung, dass dann schon erste Ergebnisse der Spurensicherung vorlagen.

Margot ließ sich den zweiten Brief erläutern. Erneut hatte Sandra eine Bibelstelle und das Bekennerschreiben nebeneinander auf dem Bildschirm platziert. Sie zeigte auf die rechte Seite. »Wieder hat er eine Bibelstelle aus dem Alten Testament benutzt. Wieder ein Buch Mose, doch diesmal das zweite, den ›Exodus‹. Er hat auch nicht so viel umformuliert wie bei seiner letzten Botschaft.«

»Welche Stelle hat er genau gewählt?«

»Es ist das siebte Kapitel, daraus die Verse 17 und 18.«

»Und was hat er verändert?«

»Zunächst wieder das Gleiche wie auch in Nummer eins: Er spricht in der ersten Person. Vers 17 lautet: ›Darum, so spricht der Herr …‹ Und eigentlich spricht Gott über den Nil, wie in Vers 18 erklärt, doch daraus hat er einfach ›See‹ gemacht. Das war's dann auch schon. Kurz und bündig.«

Margot hatte vorhin an den Teichen zusammen mit Rainer die Leute gebeten, zur Seite zu treten, damit nicht noch mehr potenzielle Spuren zunichtegemacht wurden, denn offenbar hatte der Schwimmbadmörder sein Betätigungsfeld auf Weiher ausgeweitet. Falls aber die toten Fische nicht im Zusammenhang mit dem Mord an Susanne Bretz standen, würde man das spektakuläre Polizeiaufgebot als PR-Maßnahme verbuchen.

Die Leute vom Anglerverein zumindest waren mächtig beeindruckt gewesen, als Baader mit seiner Spurensicherungstruppe in vier Wagen angefahren kam. Ein paar uniformierte Kollegen hatten gleich darauf die ersten Zeugenaussagen aufgenommen.

Rainer hatte Margot noch zurück zum Hotel begleitet. Am Abend wollten sie dann gemeinsam essen. Mit Dorothee. Margot hatte zwar ein ungutes Gefühl, doch sie würde sich irgendwann der Situation stellen müssen.

»Margot – ich bin ja kein Profiler oder Ähnliches, aber diese Briefe machen mir Angst«, gestand ihr Sandra. »Vor allem, dass jetzt noch ein zweiter gefolgt ist. Das heißt, dass wir erst am Anfang stehen, nicht wahr?«

»Ich weiß es nicht«, sagte Margot.

»Auf jeden Fall macht auch Relgart einen ziemlich besorgten

Eindruck. Schlimmer noch: Er wirkt wie ein aufgescheuchtes Huhn.«

»Wir werden es gleich sehen.«

Bevor Margot das Büro verließ, deutete sie noch auf den großen Strauß Rosen auf Sandras Schreibtisch. »Hübsche Blumen.«

Sandra lächelte ihr zu, und Margot konnte einen Hauch von Verlegenheit in diesem Lächeln erkennen. Das konnte nur zwei Dinge bedeuten: Entweder Horndeich und Sandra hatten zueinander gefunden, oder ihr Kollege war aus dem Rennen.

Nun, auch das würde sie zu gegebener Zeit erfahren.

Punkt 15 Uhr saßen alle im großen Besprechungsraum. Bei solchen Sitzungen konnte man Insider sehr schnell von Außenstehenden unterscheiden: Die Kollegen der Mordkommission hatten alle ihre individuellen Kaffeebecher, doch wer nicht dazugehörte, musste mit dem weißen Standardgeschirr für Gäste vorliebnehmen. Bis auf zwei gehörten alle im Raum zum inneren Zirkel: Johannes Relgart hielt sich zu selten in der Abteilung auf, um dort einen eigenen Becher zu haben, und die Dame, die neben ihm saß und von der keiner wusste, wer sie war, trank ihren Kaffee ebenfalls aus einem langweilig weißen Pott. Sie war Mitte dreißig, hatte lange schwarze Haare, und Horndeichs Ermittlerinstinkt registrierte mehrere Dinge ganz nebenbei: Sie trug keinen Ehering, aber offenbar Kontaktlinsen, denn auf ihrer Nase entdeckte er nicht ganz frische Abdruckspuren einer Brille. Sie war in ihrem grauen Businesskostüm recht konservativ gekleidet, hatte aber die oberen drei Knöpfe ihrer Bluse geöffnet, sodass sie mit ihren Reizen nicht geizte, ohne allerdings aufdringlich oder vulgär zu wirken. Außerdem schien sie der christlichen Religion zugetan, denn ein kleines goldenes Kreuz ruhte an einem Kettchen über besagten Reizen …

Doch Horndeich hatte keinen Schimmer, wer die Dame war und was sie hier sollte. Er tippte auf irgendeine PR-Tante vom LKA oder vielleicht sogar BKA, die den Staatsanwalt oder das Polizeipräsidium Südhessen ins rechte, positive Licht rücken sollte.

Johannes Relgart stand auf, begrüßte kurz alle Anwesenden,

dann kam er sofort zur Sache. »Werte Kollegen, vorgestern wurde eine Rentnerin im Darmstädter Jugendstilbad ertränkt. Dieser Fall ist traurig, gehört aber leider zur Routine unserer Arbeit. Eine neue Dimension bekam er, als eine Art verschlüsseltes Bekennerschreiben bei uns ankam. Heute erreicht uns ein weiteres Schreiben. Es sieht so aus, als ob der Verfasser dieser Botschaft die Fischteiche vergiftet hat, aber dazu nachher mehr. Meine Damen und Herren, werte Kolleginnen und Kollegen – die Frage, die maßgeblich unsere Herangehensweise an diesen Fall bestimmen wird, lautet: Haben wir es mit einem Spinner zu tun, der seine Freude daran hat, uns verklausulierte Botschaften zu schicken? Hat er eine alte Dame umgebracht und dann noch ein paar Fische und beide Male wirre Schreiben an uns geschickt, um sich auf diese Weise der Polizei überlegen zu fühlen? Oder stehen wir am Anfang einer Serie von Tötungsdelikten, und weitere Menschen stehen auf der Todesliste eines Irren?«

Er machte eine Kunstpause, trank einen Schluck Kaffee. Fräulein Unbekannt hatte, während er sprach, an seinen Lippen gehangen. Horndeich war sicher, dass sich die beiden kannten.

Ein wenig theatralisch setzte Relgart den Becher ab, dann verkündete er: »Ich weiß es nicht. Ich habe keine Antwort darauf. Aber ich habe ein gutes Team, das sie finden wird.«

Relgarts Worte waren eindeutig für Fräulein Unbekannt bestimmt gewesen, denn in vertrauter Runde äußerte er sich keineswegs derart weitschweifig und pathetisch.

Sie sah jeden der am Tisch Sitzenden an, um kurz Blickkontakt aufzunehmen. Als sie Horndeich anschaute, versuchte der sich in einem kleinen Lächeln. Wahrscheinlich nicht PR-Abteilung, dachte er, sondern schlimmer: Innere Revision.

Vielleicht sollte sie herausfinden, wer seinen letzten Kaffeepott geklaut hatte. Natürlich war das Heidelberg-Motiv ein wenig kitschig und Horndeich eigentlich auch froh gewesen, endlich einen Grund zu haben, sich einen neuen Becher zuzulegen. Der mit dem Alf zeugte schon von wesentlich besserem Geschmack. Als er den Becher in einem Internetshop entdeckt hatte, konnte er einfach nicht widerstehen.

Nun gut, dass die von der Revision auf einmal zum Schutz der Kaffeebecher abgestellt wurden, war vielleicht doch etwas unwahrscheinlich. Wer also war die Dame mit dem Kreuz im Ausschnitt?

Relgart fuhr fort, und sein Ton wurde sehr ernst. »Wir haben im Moment ein paar Teile eines Puzzles. Doch ich will so schnell wie möglich ein komplettes Bild. Wenn wir es hier tatsächlich mit der schlimmsten aller Möglichkeiten zu tun haben, mit einem Psychopathen, der eine Mordliste abarbeitet, dann gefährdet jede Stunde, die wir in diesem Fall nicht vorankommen, das Leben eines Unschuldigen. Deshalb habe ich das LKA um Unterstützung gebeten. Ich möchte Ihnen Ines Milbach vorstellen.« Mit diesen Worten richtete er den Blick auf Fräulein Unbekannt und gab ihr damit einen Namen. »Sie arbeitet in der Operativen Fallanalyse beim LKA, ist also eine sogenannte Profilerin und wurde uns von den Wiesbadener Kollegen ausgeliehen. Frau Milbach wird sich kurz selbst vorstellen, bevor Sie bitte alle Ihre jeweiligen Erkenntnisse zum Fall schildern. Frau Milbach.«

Profilerin? Das war nicht Relgarts Ernst, dachte Horndeich. Eine Psychotante?

Ines Milbach erhob sich. »Guten Tag«, sagte sie steif und förmlich. »Zu meiner Person ein paar Eckdaten: Ich arbeite seit zwei Jahren in der OFA des LKA und habe bereits in einigen Fällen zur Überführung von Mehrfachtätern beitragen können, etwa bei der Ergreifung von Gerhard Kleinn in Kassel im vergangenen Jahr. Ich hoffe, dass ich Ihnen helfen kann, auch Ihren Täter dingfest zu machen.« Sie setzte sich wieder.

Gerhardt Kleinn, so so, dachte Horndeich. Er erinnerte sich an den Fall. Kleinn hatte drei Prostituierte ermordet und war der Polizei bei einer Routinekontrolle aufgefallen. Welche Rolle Frau Milbach dabei gespielt haben sollte, war ihm schleierhaft.

Relgart blieb nun sitzen, während er fortfuhr. »Danke, Frau Milbach. Jetzt bitte ich darum, dass die Kollegen Sie und mich etwas aufschlauen. Herr Baader, bitte.«

Der Chef der Spurensicherung blieb ebenfalls sitzen. »Zunächst zu Susanne Bretz, der Toten aus dem Jugendstilbad: Da haben wir im Grunde gar nichts – und zwar deshalb, weil wir schlicht zu viel haben. Im Filter des Solebads befanden sich ganze Wollknäuel von Haaren, und ich möchte nicht weiter ausführen, was sonst noch. Der Spind von Frau Bretz war voller Teilfingerabdrücke, darunter aber keine brauchbaren. Im Wasser selbst und auch um das Becken herum haben wir ebenfalls nichts gefunden, was eindeutig dem Täter zuzuordnen wäre. Kurz: So ein Schwimmbad ist der Albtraum eines jeden Spurensuchers.

Etwas anders sieht es an den Fischteichen aus. Fest steht: Jemand hat die Fische vergiftet. Er hat Zyankali ins Wasser gegeben, daran sind die Tierchen innerhalb von wenigen Minuten eingegangen. Das ist aber nicht der Grund dafür, dass das Wasser so gestunken hat. Auch da hat unser Jemand nachgeholfen, und zwar mit Buttersäure. Wer auch immer das gemacht hat, wusste also genau, was er tat.

Wir wissen auch, wo genau der Täter das Zeug reingekippt hat. Dort hat er ein bisschen was von dem Gift verschüttet, und an diese Stelle ist er mit einem Fahrrad gefahren. Wir haben dort ein paar saubere Reifenabdrücke sichergestellt und sogar einen Schuhabdruck, Größe siebenundvierzig. Das sollte schon mal ein Hinweis sein: Der Täter ist also wahrscheinlich keine Frau. Und an einem Gebüsch fanden wir auch eine Faser, wahrscheinlich von einer Jogginghose. Welcher Schuh und welche Hose – das braucht noch ein bisschen, bis wir das wissen.«

Na, das war doch schon mal nicht schlecht für den Anfang, dachte Horndeich.

Danach war Sandra an der Reihe, die zunächst ihre Ergebnisse zum Bretz-Mord kundtat. »Ich habe heute Nacht die Videoaufzeichnungen des Schwimmbads fertig ausgewertet. Zunächst zur Mordszene«, sagte sie und ließ den Beamer ein Bild auf die Leinwand werfen. »Das ist unser Täter.« Sandra zeigte vier weitere Bilder, die alle aus der Aufzeichnung der Überwachungskamera stammten; das letzte ließ sie an die Wand projiziert stehen.

Horndeich kannte das Bild schon: Der Typ sah aus wie eine Computerfigur aus der guten alten C64-Zeit, so eine Art Super-Mario. Das Gesicht wirkte wie das eines Verdächtigen im Fernsehen, dessen Physiognomie absichtlich unkenntlich gemacht worden war. Der Typ hätte auch mit einer Maske rumlaufen können, das Ergebnis hätte nicht schlechter sein können. Vielleicht hatte er ja sogar eine auf…

»Sie sind sich sicher, dass es sich um einen Täter handelt, nicht vielleicht um eine Täterin, um eine Frau also?« Ines Milbachs erste Frage.

»Ja, hundertprozentig.« Horndeich fiel Sandras Lächeln auf, das fast schon einem Grinsen glich.

»Wie können Sie da so sicher sein?«

»Nun«, sagte Sandra und klickte ein Bild zurück, »unser Täter hat eine Badehose an. Wäre er eine Frau und wäre diese ohne Oberteil herumgelaufen, hätten wir sicher jede Menge Zeugen, denen sie in Erinnerung geblieben wäre.«

Der Punkt ging an Sandra, wenn sie auch klar im Vorteil gewesen war. Sie hatte sich die unscharfen Bilder wieder und wieder angesehen und hatte daher gewusst, dass der Mensch kein Oberteil trug. Jemand wie die Milbach, die zum ersten Mal diese Pixelanhäufungen sah, konnte das nicht auf Anhieb erkennen. Dennoch – die Art, wie Sandra sie hatte auflaufen lassen, zeigte, dass ihr Ines Milbach nicht sympathisch war.

»Okay, akzeptiert.« Damit gab sich die Milbach zumindest keine Blöße.

Sandra fuhr unbeirrt fort: »Ich habe außerdem die Größe des Täters einschränken können, indem ich ihn ins Verhältnis zu anderen Bezugspunkten gesetzt habe. Er ist zwischen 170 und 185 Zentimeter groß.«

»Also sieht er aus wie Goofy«, unkte Marlock, »wenn er siebenundvierziger Schuhgröße hat.«

Ein paar der Umsitzenden lachten, aber Relgarts Gesichtsausdruck zeigte, was er von derlei unqualifizierten Zwischenrufen hielt. Wobei Horndeich dem Kollegen Marlock recht geben musste. Ein Meter fünfundsiebzig groß – da würde er mit solchen Riesenlatschen auffallen.

»Er hat lange Haare, zu einem Pferdeschwanz gebunden«, erklärte Sandra, »aber das könnte natürlich auch eine Perücke sein. Außerdem hat er keinen ausgeprägten Bauch, ist also nicht fett. Das war's dann aber auch an gesicherten Fakten.«

»Wie sieht es aus mit den Gästen des Bades?«, fragte Ines Milbach.

Marlock setzte sich gerade hin; dies war seine Stunde. »Wir haben natürlich alle Männer dort, wenn sie nicht gerade Zwerge sind oder eine Obelix-Statur haben, genau befragt: Es waren exakt drei: Richard Belcke, Lkw-Fahrer bei einer Spedition, war mit Frau und seinen beiden Kindern da. Wollten sich einen Wellnesstag gönnen. War die ganze Zeit über mit seiner Gattin und den Kindern zusammen. Das belegt auch die Aufnahme einer Überwachungskamera, die zeitgleich zum Mord entstand: Da saß Belcke mit der ganzen Familie im Whirlpool. Franz Hollinger, achtunddreißig, österreichischer Staatsbürger, befand sich zur Tatzeit ebenfalls mit seiner Frau im Bad. Da gibt es keine Aufzeichnungen, die waren nämlich in der Sauna, und dafür gibt's leider auch keine Zeugen. Auch nicht Ferdinand Markötter, der behauptet, zu der Zeit ebenfalls in der Sauna gewesen zu sein. Allerdings war Hollinger in der finnischen Sauna, während Markötter angibt, zur Tatzeit geduscht zu haben. Zu Markötter – unserer Nummer drei – kann dann der Kollege Horndeich noch was sagen.«

»Was wissen wir über das Opfer Susanne Bretz?«, fragte Relgart.

Margot tauschte einen kurzen Blick mit Horndeich. Der nickte nur, und Margot berichtete sowohl über den Zustand von Frau Bretz' Haus, über ihre fortgeschrittene Demenz als auch über jene seltsame Geschichte von vor vierzig Jahren, als ihre Schwester ermordet worden war. »Am Interessantesten ist aber wohl, dass sie am Todestag nicht allein im Bad war, sondern eben mit Ferdinand Markötter.«

Horndeich übernahm, berichtete über Markötters Job und dass er wohl allem Anschein nach der Alleinerbe war. »Unterm Strich: Er hat kein wirklich gutes Alibi für die Tatzeit, dafür aber ein wirklich gutes Motiv, und mit viel Fantasie könnte er sich mit Perücke in den Typen im Solebad verwandeln. Aber glauben tu ich das nicht.«

»Womit wir bei den Briefen sind«, sagte Relgart, »und damit auch bei dem Grund, weshalb ich mich ans LKA gewandt habe.« Er sah Sandra an. »Frau Hillreich, Sie haben sich die Briefe genauer angesehen.«

Sandra nickte, warf die Schriftstücke per Beamer an die Wand und die entsprechenden Bibelpassagen dazu. Sie berichtete, was sie auch schon Margot und Horndeich gesagt hatte.

»Irgendwelche relevanten Spuren auf den Briefen?«, fragte Relgart anschließend.

Baader schüttelte den Kopf. »Nada. Auf den Briefen selbst nur die Abdrücke der Kollegen. Auf den Kuverts finden sich noch weitere Abdrücke, aber auf jedem Kuvert verschiedene.« Ein Grinsen huschte über sein Gesicht. »Auf dem einen haben wir sogar die Abdrücke eines alten Bekannten sichergestellt, der vor fünfzehn Jahren als Fahrer an einem Bankraub teilgenommen hat. Wir wissen auch schon, was der mit dem aktuellen Fall zu tun hat: Es ist der Briefträger, der den Brief zugestellt hat.« Sein Gesichtsausdruck wurde wieder ernst. »Auch wenn das nur eine Hypothese ist: Wenn wir die Leute finden, zu denen die anderen Fingerabdrücke gehören, werden wir höchstwahrscheinlich feststellen, dass die alle bei der Post arbeiten. Unser Mann hat mit Handschuhen gearbeitet. Was das bedeutet, kann sicher Frau Miesbach klären ...«

»Milbach«, verbesserte Relgart.

»Milbach ... Entschuldigen Sie.«

Horndeich ging es wie Baader und Sandra. Natürlich war jede weitere Hilfe willkommen, wenn es darum ging, den Mörder von Susanne Bretz dingfest zu machen. Aber eine Psychotante vom LKA? War das wirklich Hilfe? Oder eher eine Prüfung?

»Meine Damen und Herren, ich danke Ihnen für Ihre Berichte.« Relgart sah die Profilerin an. »Frau Milbach, Sie finden einen Platz im Büro von Kollegin Hillreich.« Sein Blick ging in die Runde. »Ich wünsche, dass Sie Frau Milbach in allen Belangen tatkräftig unterstützen. Und ich wünsche, dass Sie den Täter fassen, bevor er noch weitere Verbrechen begehen kann. Frau Hesgart, Sie halten mich bitte auf dem Laufenden. Danke und guten Tag.«

Mit diesen markigen Worten erhob er sich und war Sekunden später verschwunden.

Die Milbach sah Sandra an.

Horndeich hätte in diesem Moment schwören können, dass auch Frauen Testosteron produzieren konnten. Und zwar eimerweise.

Bevor auch Frau Milbach den Raum verließ, legte sie noch einen kleinen Zwischenstopp bei Baader ein. »Haben Sie die Abdrücke des Fahrradreifens und des Schuhs schon zum LKA geschickt?«

Baader warf Margot einen etwas hilflosen Blick zu und wirkte wie ein Hund, in dessen Rudel plötzlich ein anderer die Position des Alphatiers beansprucht. Doch Margot bemerkte es nicht mal, weil sie gerade in eine andere Richtung schaute. »Ja. Weshalb?«

»An wen haben Sie die Sachen geschickt?«

»An Heinrich Grundlinger.«

»Wunderbar. Bei Heinrich sind sie gut aufgehoben.« Sie setzte sich wieder Richtung Tür in Bewegung, legte dann aber bei Sandra den nächsten Stopp ein. »Können Sie mir bitte meinen Arbeitsplatz zeigen?«

Sandra nickte nur.

»Sie haben das klasse gemacht mit den Briefen«, lobte die Milbach, als wäre Sandra ein kleines Kind. »Wie schnell Sie darauf gekommen sind.«

»Bevor ich bei den Zeugen Jehovas angefangen hab, war ich Ministrantin«, entgegnete Sandra.

Ina Milbach verzog keine Miene, so als hätte sie die Spitze einfach überhört.

Die beiden Frauen verließen den Raum, nicht ohne dass Sandra Horndeich noch einen Blick zuwarf und dann mit den Augen rollte.

»Wie viele Bibelstellen mit Wasser gibt es denn insgesamt?«, hörte er die Milbach noch fragen.

Bevor er das Präsidium verließ, schaute Horndeich noch mal in Sandras Büro vorbei. Ines Milbach war offenbar schon gegangen.

»Na, machst du auch bald Feierabend?«

»Ja«, sagte Sandra kurz angebunden.

»Hast du so eine Laune wegen der Milbach?«

»Die Tussi nervt«, beschwerte sich Sandra. »Ruft ihren Kumpel vom LKA an, den, der die ganzen Sammlungen verwaltet – du weißt schon: Schuhabdrücke, Lackspuren und was die dort sonst noch alles aufbewahren.« Sie sprach mit Fistelstimme weiter: »›Heinrich, dieser Schuhabdruck und die Reifenspuren in Darmstadt, die sind wichtig, das hat ab-so-lu-te Priorität, kannst du mir da was zuschicken? – Morgen? Su-per!‹« Sie schaltete wieder auf normale Tonlage. »Würde ich mich durch alle Dienststellen vögeln, bekäm ich auch so schnelle Ergebnisse.«

Nun, Ines Milbach war Horndeich auch nicht gerade sympathisch, aber Sandras Worte fand er doch ein wenig zu hart.

»›Wie viele Bibelstellen mit Wasser gibt es denn insgesamt?‹«, fistelte Sandra wieder.

»Reg dich nicht auf«, versuchte Horndeich sie zu beschwichtigen. Er musste noch in die Stadt, wollte ein paar Lebensmittel kaufen und auch dem CD-Laden einen Besuch abstatten, sich die neue Scheibe von Tori Amos beschaffen. Er würde sicher auch was essen gehen, denn selbst kochen war ihm ein Gräuel. Sollte er Sandra fragen, ob sie …? Sein Blick fiel auf die Rosen. Halt dich besser mal zurück, dachte er.

Und sagte: »Ich wünsch dir noch 'nen schönen Abend.«

Als hätte jemand das Licht angeknipst, strahlte Sandra auf einmal. »Den werd ich bestimmt haben.«

Ich bin mir nicht sicher, ob du das so genau wissen wolltest, kommentierte eine böse Stimme in Horndeichs Hinterkopf Sandras Worte.

Horndeich fuhr mit seinem Crossfire in die Stadt. Er hatte den Chrysler-Sportwagen gekauft, nachdem sein Golf den Unfall vor zwei Jahren, bei dem Sandra so schwer verletzt worden war, nicht überlebt hatte. Das kleine metallicrote Geschoss war vor zwei Jahren ein Schnäppchen gewesen.

Er kurvte in das Parkhaus unter dem Luisencenter, dem großen Einkaufszentrum in der Innenstadt. Dann schlenderte er durch die Einkaufsstraßen der Fußgängerzone und kam auch an der großen Buchhandlung neben dem Luisencenter vorbei. Eines der Schaufenster war unter dem Oberbegriff »Darmstadt« dekoriert. Darmstadt-Krimis erfreuten die werte Leserschaft. Sollte endlich mal jemand aufschreiben, was Margot und er schon erlebt hatten, dachte Horndeich. Dann fiel sein Blick auf ein Buch über Darmstadts Gewässer.

Horndeich betrat die Buchhandlung, ging zielstrebig in die Abteilung mit Regionalia und erstand das Buch. Ein gewisser Thomas Deuster hatte es geschrieben. Kannte er nicht. Aber das Werk würde ihm vielleicht weiterhelfen. Auch eine Stadtkarte hatte er sich gekauft.

Er besorgte sich noch eine Tiefkühlpizza und die neue Tori-CD. »Abnormally Attracted to Sin«. Mit einem Gefühl tiefer Zufriedenheit ging er zum Kassenautomaten des Parkhauses, um seinen kleinen Wagen auszulösen.

Nachdem er die Pizza in den Ofen geschoben hatte, beschäftigten ihn zwei Gedanken. Der erste war: An welchem Platz mit Wasser würde der Täter das nächste Mal zuschlagen? Es bestand für Horndeich kein Zweifel daran, dass es ein nächstes Mal geben würde. Der Täter hatte die Orte seiner Verbrechen bereits lange zuvor ausgekundschaftet, um unentdeckt zu bleiben. Dieser Aufwand sprach nicht dafür, dass nun Ruhe einkehren würde. Seine zweiten Opfer waren Fische gewesen. Weshalb hatte er die umgebracht? Nach einem Menschen? Das machte nur Sinn, wenn die Fische ein weiteres Teil im großen Puzzle waren. Vielleicht hatte der Täter bereits einen neuerlichen Brief eingeworfen, in dem er seine dritte Tat ankündigte, nur würde das Schreiben sie wieder erreichen, nachdem er die Tat begangen hatte.

Der zweite Gedanke, der Horndeich beschäftigte, war der, wie Sandra wohl ihren Abend verbrachte. Obwohl ihn das nun wirklich überhaupt nichts anging. Du hattest deine Chance, alter Knabe, lästerte der Besserwisser in ihm.

Er zog die Pizza aus dem Ofen, teilte sie, biss in das erste Stück und blätterte sich durch das Gewässerbuch.

Wie viele Gewässer gibt es eigentlich in Darmstadt?, fragte sich Margot, als sie das Präsidium verließ. Vielleicht konnte man das morgen irgendwie herausbekommen. Möglicherweise waren so die nächsten Schritte des Täters zu erkennen.

Sie schob den Gedanken beiseite, während sie ihren schwarzen Einser-BMW aufschloss, der ihr nun auch schon seit ein paar Jahren die Treue hielt.

Als sie sich in den Verkehr einfädelte, konzentrierte sie sich auf das bevorstehende Abendessen. Das erste gemeinsam mit dem neuen Familienmitglied. Rainer hatte gelobt, Dorothee zu erklären, weshalb Margot vorgestern die Flucht ergriffen hatte. Und er hatte gelobt, er würde es genau so erklären, wie sie es am Vormittag abgesprochen hatten: dass er Margot früher von seiner Tochter hätte erzählen müssen, dass Margot deshalb so verärgert gewesen war und dass das nichts mit Dorothees Person zu tun hatte.

Rainer hatte auch versprochen, etwas Leckeres zu kochen. Und Margot hatte ihrerseits versprochen, pünktlich zu Hause zu sein.

Es duftete nach gebratenem Fleisch, als Margot das Haus betrat.

»Hallo, ich bin da!«, rief sie. Und schalt sich sogleich eine Idiotin, weil ihr Tonfall einfach ein wenig zu laut und zu freundlich war.

Margot linste ins Esszimmer. Rainer hatte fürstlich gedeckt, mit Stoffservietten und dem Tafelsilber. Er hatte zudem eine gute Flasche Wein geöffnet, auch Wasser auf den Tisch gestellt.

Sie ging weiter, betrat die Küche. Dort standen Vater und Tochter gemeinsam am Herd. Rainer schnäuzte sich gerade die Nase. Appetitlich, dachte Margot. Sie drehten sich simultan um, grüßten Margot. Rainer warf das Taschentuch in den Mülleimer, hielt kurz die Hände unter fließendes Wasser, gab ihr einen Kuss.

Dorothee hielt ihr die Hand hin, die Margot gern ergriff. »Hallo, Dorothee. Das mit deiner Mutter tut mir sehr leid.«

Dorothee zuckte nur mit den Schultern und sagte: »Hab gehört, dass Sie sauer waren.«

»Ja, aber das haben wir geklärt, Rainer und ich.«

»Dann ist ja gut«, meinte Dorothee. »Denn das ist echt nicht angenehm, wenn da so dicke Luft ist zu Hause.«

Zu Hause. Hoppla. Darüber war noch gar nicht gesprochen worden. Aber Dorothee war Waise. Halbwaise. Da musste man wohl ein bisschen Rücksicht nehmen. Und Margot wollte nicht gleich beim ersten Satz Kontra geben.

Sie holte tief Luft, dann fragte sie bemüht freundlich: »Kann ich schon was mit reinnehmen?«

»Nee, danke, machen wir schon«, lehnte Dorothee ab. »Vielleicht kümmern Sie sich um den Aperitif?«

Margots Blick wanderte zu Rainer. Delegierte die Fünfzehnjährige bereits den Alkoholausschank?

Aber sie wusste ja nicht, was Rainer mit Dorothee abgesprochen hatte. Vielleicht hatte er ihr ja versprochen, dass sie mit anstoßen dürfe. Oder so ähnlich. Margot zog es vor, einfach aus der Küche zu verschwinden.

Fünf Minuten später saßen sie gemeinsam am Tisch. Rainer schenkte Weißwein ein, auch in Dorothees Glas. Nach einem Aperitif fragte niemand mehr. Wobei Margot einer Fünfzehnjährigen weder den noch Wein eingeschüttet hätte.

Rainer musste sich nochmals schnäuzen – »Sorry«, murmelte er –, dann erhob er das Glas. »Ich bin nicht gut in Trinksprüchen. Deshalb einfach nur: zum Wohlsein. Und herzlich willkommen in Darmstadt, Dorothee.«

Sie stießen an. Nippten am Glas. Das heißt, Margot und Rainer nippten. Dorothee leerte es in einem Zug und wischte sich mit der Hand über den Mund.

»Echt geil, das Zeug«, beurteilte sie die Qualität des Hattenheimer Hassel trocken von 2007, prämiert mit dem goldenen DLG-Zeichen.

Rainer kommentierte die Bemerkung nicht, ebenso wenig, dass sich Dorothee gleich noch mal nachschenkte. Mit freundlichstem Gastgeberlächeln tat er Margot zuerst auf. Wenigstens das.

»Du kannst mich Margot nennen«, erklärte sie an Dorothee gerichtet. »Es wäre ja blöd, wenn wir uns an einem Tisch unterschiedlich mit Sie und Du anreden.«

»Ach, das würde mir nichts ausmachen«, erklärte Dorothee. »Aber meinetwegen duzen wir uns, das ist schon okay.«

Sehr gnädig, werte Dame, dachte Margot. Irgendwie hatte sie sich Rainers Tochter etwas anders vorgestellt. Zum Beispiel nicht ganz so frech. Ein wenig zurückhaltend-liebenswerter vielleicht.

Nun, das Fleisch schmeckte jedenfalls hervorragend, dazu gab es Kartoffeln, eine passende Soße und Krautsalat auf einem Extratellerchen. Das alles war sehr gelungen.

Zunächst aßen sie schweigend.

Dorothee stürzte auch das zweite Glas des »geilen Zeugs« herunter und wollte sogleich erneut nach der Flasche greifen.

»Du musst morgen zur Schule«, mahnte Margot und ärgerte sich sofort über sich selbst. Sie hatte keine Lust, auch nur auf irgendeine Weise in Dorothees Erziehung einzugreifen. Das lag ganz und gar ausschließlich in Rainers Verantwortung. Und wenn er diese Verantwortung nicht wahrnahm, würde sie das mit ihm ausdiskutieren, aber ganz bestimmt nicht mit Dorothee.

Doch sie konnte sein Schweigen zum unmöglichen Benehmen seiner Tochter kaum ertragen.

»Ich habe morgen keine Schule. Ich muss erst am Montag dort aufschlagen.« Dorothee lachte Margot an, und Blick und Stimme verrieten bereits, dass zwei Gläser Wein innerhalb weniger Minuten nicht spurlos an ihr vorbeigegangen waren.

Wäre auch schlimm, wenn's anders wäre, dachte Margot.

Rainer entzog seinem Töchterchen sanft die Flasche. »Es langt dennoch, junge Dame«, meinte er.

»Ist gut, Paps.« Sie fügte sich mit einem Augenklimpern.

Und Margot begriff: Es ging nicht darum, frech zu sein, es ging darum, ihre Position im Verhältnis zu Rainer abzustecken. Das konnte ja heiter werden.

»Und, wie hast du die ersten Tage hier erlebt?«, fragte sie Dorothee.

»Ich habe mir oben das Zimmer ein bisschen gemütlich gemacht«, antwortete Rainers Töchterchen. »Die alten Poster von den Wänden gerissen und was Nettes drangepinnt. Paps und ich waren gestern in einem Möbelhaus. Hab jetzt eine eigene Matratze. Weiß ja nicht, welche Spuren mein Halbbruder dort hinterlassen hat, aber ...« Sie giggelte wie ein kleines Mädchen.

Margot schluckte gerade das letzte Stück des Filets, doch Dorothees Worte leiteten eine Kehrtwende ein, das Stück wollte wieder raus und suchte den Weg nach oben. Margot verschluckte sich, hustete.

Das Biest hatte schon Bens Zimmer umgeräumt? Mit Rainers Zustimmung? Das hieß, Rainer hatte die Option eines eventuellen Lebens in ihrem Haus, über die sie erst noch hatten sprechen wollen, bereits zur Tatsache gemacht!

Rainer sah Margot an. »Bis wir wissen, wie es weitergeht, kann sie ja erst mal hier wohnen, oder?«

»Na klar«, mischte sich Dorothee ein, »denn ich wüsste auch gar nicht, wohin ich Che mitnehmen sollte.«

Rainer sah seine Tochter zum ersten Mal nicht ganz so liebevoll an. »Dorothee!«

»Ooops«, meinte die und senkte den Blick.

Che? Wer oder was war Che? Margot war sich nicht sicher, ob sie tatsächlich eine Antwort auf diese Frage hören wollte. »Ihr redet im Moment nicht davon, dass ihr den einbalsamierten Leichnam des kubanischen Revolutionärs im Hause habt, oder?«

Daraufhin senkte auch Rainer den Blick auf die Tischdecke.

Als wäre das einsetzende Schweigen gleichzeitig eine Art Stichwort, hörte Margot das Kläffen eines Hundes.

»Ich hole ihn«, flüsterte Dorothee und stahl sich an Margots Platz vorbei aus dem Zimmer.

Margots Geduldsfaden riss mit lauter akustischer Untermalung. »Scheiße!«, brüllte sie und ließ die Faust auf den Tisch krachen. Ihr Weinglas – das einzige volle – kippte um, genau auf ihren Teller. Beide zersprangen, Wein und Soße ruinierten die Tischdecke, einziges Erbstück ihrer Großmutter. »Du Arschloch!«, schrie sie. Wie konnte Rainer es wagen, diesen verzogenen Balg in ihr Haus zu bringen? Und dann als Zugabe auch noch eine Töle? »Bist du völlig übergeschnappt? Haben sie dir deinen letzten Funken Verstand gelöscht?«

Doch dann erhob auch Rainer die Stimme, was Margot bei ihm bisher nur selten erlebt hatte. »Kannst du mal von deinem hohen Ross runterkommen? Willst du, dass ich sie in ein Heim stecke und den Hund dem nächstbesten chinesischen Restaurant vor die Tür lege? Ich war froh, dass unser Sohn aus dem Haus ist, hab mich darauf gefreut, dass wir endlich mehr Zeit nur für uns hätten. Ja, das war auch mein Wunsch. Dass ihre Mutter stirbt, konnte ich nicht wissen, das ist einfach Schicksal. Sorry, ich bringe es nicht übers Herz, sie in ein Heim zu geben. Und den Hund ans Tierlabor zu verkaufen. Nur er ist ihr geblieben. Ich habe eine Hundeallergie, wie mir mein Arzt gestern bestätigt hat, und dennoch ... Wenn du sie in ein Heim schicken willst, dann sag es. Sag es ihr und mir ins Gesicht. Und der Hund ... «

Der Angesprochene schoss ins Wohnzimmer, ein Chihuahua, der zielstrebig auf Margot zusteuerte. Er stellte sich auf die Hinterbeine, legte die Vorderpforten auf ihre Jeans und begann sofort, ihre Hand zu lecken.

Bevor Margot instinktiv reagierte, nahm sie noch wahr, dass der Hund ein schönes weiches, hellbraunes Fell hatte, das nur an Brust und Bauch weiß war. Dann explodierten ihre Wut und die Enttäuschung über Rainer und seine Unfähigkeit zu normaler Kommunikation in einer unkontrollierten, weit ausladenden Armbewegung. Sie fegte den Hund zur Seite, dass er bis zur Wand rückwärts über den Boden schlitterte. Er quittierte die unfreundliche Behandlung mit lautem Quieken.

Margot sprang auf. »Ihr könnt mich alle mal«, sagte sie leise und verließ den Raum. Sie wusste, dass Rainer diese Tonlage richtig interpretieren würde. Es war die gefährlichste von allen. Es war jene, die Konsequenzen ankündigte.

Sie ging an Dorothee vorbei, würdigte sie keines Blickes, griff nach der Jacke, verließ das Haus und fuhr Sekunden später mit quietschenden Reifen davon.

Ein Déjà-vu, dachte sie, als sie den Wagen die Flotowstraße entlangknüppelte.

Nach dem Pizzaschmaus war Horndeich nochmals ins Präsidium gefahren. Er hatte die Stadtkarte an der Magnettafel des Büros fixiert, das er sich mit Margot teilte, und alle Stellen, an denen sich größere Wasseransammlungen befanden, mit farbigen Punkten beklebt, auf die er zudem noch Zahlen geschrieben hatte.

Auf dem Laptop führte er eine Liste, in der er jeder Zahl einen Text zuordnete. Rote Punkte bedeuteten, dass sich der entsprechende Ort seiner Meinung nach nicht für ein weiteres Verbrechen des Wassermörders eignete. Die alten Wassertürme Darmstadts etwa waren nicht öffentlich zugänglich. Auch die Hallenbäder erschienen Horndeich nicht geeignet, um dort unbemerkt jemanden umzubringen, auch wenn das im Jugendstilbad gelungen war, allerdings dort in einem Seitenbecken, die es in den anderen Bädern nicht gab. Auch das neue Wasserreservoir auf dem Oberfeld schied Horndeichs Ansicht nach aus, denn es war von einem Zaun umgeben, der sich nicht so ohne Weiteres überwinden ließ; der unbekannte Wassermörder würde sicherlich eines der leichteren Ziele wählen, von denen es in Darmstadt auch zahlreiche gab. Das alte Wasserreservoir auf der Mathildenhöhe wäre ein spektakulärer Ort, aber auch dort würde sich der Täter erst umständlich Zugang beschaffen müssen.

Gelbe Punkte standen für Plätze, die Horndeichs Meinung nach zwar nicht für ein Verbrechen prädestiniert waren, ihm jedoch als Tatorte möglich erschienen. Auch sie waren entweder nicht ohne Weiteres zugänglich, etwa indem sie durch einen Zaun abgesichert waren, oder aber sie lagen so versteckt, dass der Täter nicht sicher sein konnte, dass man sein Werk vor Eintreffen des Bekennerschreibens entdecken würde. Horndeich hatte nahezu alle offenen Gewässer mit Gelb markiert. Und er war erstaunt darüber, wie viele es waren: Teiche, Bäche, Quellen – von oben betrachtet sah Darmstadt aus wie ein Schweizer Käse, dessen Löcher Wasserstellen waren. So hatte Horndeich seine Stadt noch nie wahrgenommen.

Die grünen Punkte markierten Stellen, die Horndeich für gut geeignet hielt, um dort einen neuerlichen Wassermord zu inszenieren. Der Unbekannte würde wohl wieder einen Ort wählen, der für ihn leicht zugänglich war. Also vielleicht das Albin-Müller-Becken auf der Mathildenhöhe. Oder den kleinen Woog, ein Teich im Herzen der Stadt. Aber es musste auch eine Stelle sein, von der er sich einerseits leicht und unerkannt wieder davonstehlen konnte und wo seine Tat andererseits nicht lange unbemerkt bleiben würde. Was nützte das schönste Bekennerschreiben, wenn niemand das Opfer fand? Vielleicht der Teich im Herrngarten, der grünen Lunge Darmstadts …

Er schaute auf die Uhr. Es war nach zwölf. Aber die Liste stand. Er klickte auf der Befehlsleiste das Printsymbol an, nahm die Liste Sekunden später aus dem Drucker und betrachtete den Stadtplan, der aussah, als ob jemand reichlich Ketchup und Senf darüber verspritzt hätte, garniert mit ein paar wenigen Spinatflecken.

Also wo?

Vielleicht hatte die Psychotante ja morgen eine Idee.

Seit zwei Tagen hatte sich Cora nicht gemeldet. Wobei sich Margot während dieser Zeit sicherlich zehnmal auf ihrer Voice-Mailbox verewigt hatte.

Schließlich fuhr sie zu Coras Haus, doch Cora war offenbar nicht daheim. Jedenfalls stand ihr Smart nicht auf dem kleinen Carport neben dem Gärtchen.

Margot zögerte. Vielleicht hatte Cora den Wagen in die Werkstatt gefahren. Und sie selbst lag bewusstlos auf dem Boden ihres Wohnzimmers, weil sie einen Unfall gehabt hatte. Vielleicht war sie sogar Opfer eines Verbrechens geworden und war schon tot. Manchmal verleitete Margots Beruf sie dazu, das Schlimmste zuerst anzunehmen.

Sie hatte ihren BMW in Coras Einfahrt gestellt und ging durch das Gartentörchen, das wie immer nicht abgeschlossen war, und zur Haustür, wo sie den Klingelknopf drückte. Doch auch nach mehreren Versuchen erfolgte keine Reaktion.

Also entschied sie, einmal um das Haus herumzugehen. Aber kein Fenster war geöffnet, kein Fenster eingeschlagen, nichts Ungewöhnliches war auszumachen.

Wo war Cora? Ausgerechnet wenn Margot sie wirklich einmal brauchte, war sie wie vom Erdboden verschluckt. Vor einem Jahr hatte sich Cora von ihrem Mann Winfried getrennt. Vielmehr er sich von ihr. Margot hatte ihn insgeheim immer nur den Bären genannt, und aufgrund seiner Leibesfülle hatte er ernsthafte Probleme mit der Gesundheit bekommen und deshalb Diätkurse besucht. Cora hatte die Umstellung des Speiseplans ohne Murren hingenommen. Dann war er ins Fitnessstudio gegangen, hatte dort viele Stunden die Woche trainiert. Mit einer persönlichen Trainerin. Die effektivsten Übungen hatten jedoch in deren Bett stattgefunden.

Cora war auf dem Zahnfleisch gegangen, als sie davon erfuhr. Vierzehn Jahre Ehe steckt man nicht so einfach weg. Zumindest Cora nicht. Winfried hatte damit offenbar weitaus weniger Probleme gehabt.

Margot ging zurück zu ihrem Auto, als aus dem Nachbarhaus

eine Frau kam und auf sie zuschritt. Klock hieß sie, erinnerte sich Margot. Die Dame war bei einigen Grillabenden ebenfalls Gast im Hause Wilk gewesen.

»Sie sind Frau Hesgart, nicht wahr?«, fragte die Nachbarin.

»Ja, die bin ich. Haben Sie vielleicht eine Ahnung, wo Cora steckt?«

Frau Klock – Sivka, auf einmal fiel Margot auch der seltsame Vorname wieder ein – nickte eifrig. »Ja. Sie hat am Sonntagabend erfahren, dass ihr Vater verstorben ist. Sie ist Montagfrüh sofort nach Grömitz gefahren, oben an der Ostsee, wissen Sie.«

Die Duplizität der Ereignisse, dachte Margot. Alle Menschen, die ihr nahestanden, mussten in letzter Zeit zu irgendeiner Beerdigung, erst Rainer zum Begräbnis der Mutter seiner Tochter, nun Cora zur Bestattung ihres Vaters.

»Cora hat mich angerufen und mir gesagt, dass sie ihr Handy in Darmstadt liegen gelassen hat«, fuhr Sivka Klock fort. »Sie hat mir die Nummer des Hotels gegeben, in dem sie schläft, aber sie sagte, dass die Nummer nur für Notfälle ist, sie will nämlich nicht gestört werden.«

Notfall? War die Tatsache, dass Margot ein unschuldiges Tier quer durch den Raum gepfeffert hatte, dass sie das Gleiche am liebsten auch mit Rainer tun würde und mit seiner Tochter auch, dass sich ihr Leben in den vergangenen sechzig Stunden in seine Bestandteile aufgelöst hatte – war das ein Notfall?

Margot brauchte keine Antwort auf diese Frage zu finden, denn Sivka Klock sagte im nächsten Moment: »Sie hat gesagt, falls Sie sich melden, soll ich Ihnen aber die Nummer geben.« Sie fingerte einen Zettel aus der Brusttasche ihres karierten Holzfällerhemds – nie im Leben würde ich so rumlaufen, dachte Margot – und diktierte Margot die Nummer, die diese sogleich in ihr Handy tippte.

Margot bedankte sich, dann setzte sie sich in ihren Wagen und fuhr wieder in Richtung Innenstadt. Sie wollte auf keinen Fall wieder nach Hause, bevor sie nicht mit ihrer Freundin gesprochen hatte.

In der Erbacher Straße fand sie erstaunlicherweise einen Parkplatz vor dem »Pueblo«. In der Stammkneipe zelebrierten sie und Cora schon seit vielen Jahren ihre Frauenabende. Sie trafen sich nicht mehr ganz so regelmäßig, aber ungefähr alle vier Wochen erinnerte Cora sie daran, dass es mal wieder Zeit wurde, sich auszusprechen. Wenn sie beide im »Pueblo« saßen, hoben sie damit den Altersdurchschnitt der Gäste um fünf bis fünfundzwanzig Jahre, je nachdem, wie gut der Laden gerade besucht war.

Cora und sie saßen normalerweise an dem Tisch unmittelbar neben der Eingangstür, wenn der frei war. Er war durch einen gläsernen Windfang vor Zug geschützt, und von dort hatte man den besten Überblick – ein Vorteil, den Margots Polizistenseele gern wahrnahm.

An diesem Abend saß an dem Tisch aber wieder mal dieser Typ, der dort ab und an hockte und irgendwas in seinen Laptop tippte. Diesmal allerdings war er nicht allein. Eine junge Schönheit saß neben ihm, ebenfalls vor einem tragbaren Computer. Margot hatte keine Ahnung, was die da schrieben. Aber wenn sie die Blicke zwischen den beiden richtig deutete, dann verband sie nicht nur das synchrone Geklapper der Tasten.

Der Mann strich der Dame gerade zärtlich eine Strähne ihres dunklen langen Haares aus dem Gesicht, als Margot zu dem Tisch schielte. Sie konnte solch verliebtes Geturtel im Moment gar nicht ertragen. Ihr wäre es lieber gewesen, die beiden hätten sich richtig gezankt und gegenseitig die Augen ausgekratzt. Dann hätte sie wenigstens das Gefühl gehabt, nicht nur ihr eigenes Liebesleben würde in Scherben liegen.

Seufzend ging sie an den beiden vorbei und setzte sich in den hinteren Bereich des Lokals. Es war nur wenig los, auch die Musik war angenehm leise. Sie winkte Aaron, dem Kellner und Barkeeper. Der löste sich ein wenig widerwillig von der attraktiven Brünetten, die auf der anderen Seite des Tresens saß. Turteln war heute Abend offenbar echt angesagt …

»Na, wie geht's?«, fragte er sie mit breitem Lächeln. Der Grund dafür war wohl jene Hübsche, die gerade seinen Rücken anhimmelte.

»Das Leben läuft«, antwortete sie und wunderte sich selbst über die seltsame Formulierung.

»Das Leben läuft …«, wiederholte er. Und fügte in einem Anflug philosophischer Erkenntnis hinzu: »… meistens davon.«

»Da haben Sie wohl recht. Wie heißt sie?«

Hätte Aaron keine Ohren gehabt, hätte er im Kreis gegrinst. »Nadine.« Romeo hätte den Namen Julias nicht stolzer aussprechen können.

»Na, dann viel Glück. Und einen ›Titanic‹ für mich. *Carpe horam!*«

Sie war sich nicht sicher, ob er das von ihrem Vater abgewandelte Bonmot verstand. *»Nutze die Stunde«*, hatte der einmal geäußert. »In meinem Alter kann man nicht mehr *carpe diem* sagen.«

Aaron entschwand – und Margot hatte Verständnis dafür, dass ihr noch zu kreierender Cocktail weitere zwei Minuten in der Warteschleife kreiste, denn Nadine schenkte Aaron zunächst Mal einen langen, sehr langen Kuss. Den hätte Margot auch gern von Rainer … Falsches Thema!

Sie griff zum Handy und wählte die Nummer, die Sivka Klock ihr diktiert hatte, die Durchwahl für Coras Hotelzimmer. Aber es meldete sich niemand. Sie wählte sie erneut, tippte aber statt der letzten zwei Ziffern eine Null und hinterließ an der Rezeption eine Nachricht für ihre Freundin.

Aaron brachte das Getränk. Sie schlürfte daran. War lecker. Sie schlürfte noch mal. Und noch mal. Sie konnte es sich selbst nicht erklären, aber nach fünf Minuten war das Glas leer, deutlich schneller, als die Namensgeberin gesunken war.

Auch die Gedanken waren versunken. Als ob jemand den Stöpsel der Badewanne gezogen hätte, waren mit dem »Titanic« alle Grübeleien über Rainer, Dorothee und den Hund wie Wasser aus ihrem Kopf gelaufen und im Nichts versickert. Sie fühlte sich wohl.

Jürgen, der Besitzer der Kneipe, betrat sein Reich, grüßte das Pärchen am kleinen Tisch, winkte auch Margot zu und begann dann, mit der Sackkarre nach und nach Getränkekisten durch die Kneipe zu schieben.

Sie sah in die Karte und orderte einen »Sex on the beach«. Die Zutaten für den Cocktail kamen ihr ein bisschen seltsam vor, aber der Name war einfach zu verlockend. Außerdem wollte sie nicht, dass die Gedanken aufgrund irgendeines Rückstaus in der Kanalisation zurückgeschwemmt wurden. Also war weiteres Nachspülen angesagt.

Der zweite Cocktail schmeckte ihr noch besser. Und der Name des Gesöffs erregte ihre Fantasie: Rainer und sie unter Palmen an einem weißen Sandstrand und … Ach was, lieber sie und ein knackiger Bodybuilder, der einfach nur gut aussah. Punkt. Und der keine unehelichen Kinder, Hunde und weitere Komplikationen im Schlepptau hatte. Es kam selten vor, dass Margot etwas anderes trank als Wein, von dem sie dann zumeist auch nur ein oder zwei Gläser zu sich nahm. Und Cocktails, das wusste sie selbst, vertrug sie nicht wirklich gut. Aber es war ohnehin zu spät. Und dieser Name …

Das Pärchen mit den Laptops hatte sich bereits verabschiedet. Margot sah auf ihre Armbanduhr. Schon nach zwölf. Wäre noch Platz für ein letztes Mixgetränk. »Zombie«. Das klang gut. Denn sie wusste, dass sie sich morgen wie einer fühlen würde.

Als der Zombie nicht weiter untot, sondern in ihrem Magen verschwunden war, rief Cora auf ihrem Handy an.

Margot war betrunken, aber nicht betrunken genug, um nicht bereits an der Begrüßung festzustellen, dass es der Freundin nicht besonders gut ging.

»Was ist los, Margot?«, fragte diese jedoch sofort.

Seltsamerweise kreiste da nur ein einziger Satz durch Margots Kopf: Ich habe einen Hund durchs Zimmer geschleudert. Trotz Cocktails, Stöpsel und Gedankenabfluss rotierte dieser Gedanke innen entlang der Schädeldecke wie eine Kugel im Roulettekessel.

Dennoch sagte sie zunächst einmal: »Es tut mir leid … Also das … das mit deinem Vater.«

»Du bist ja betrunken«, sagte Cora, und in ihrer Stimme überwog die Überraschung den Tadel. »Was ist los?«

Endlich ließ sie den Satz los, der in ihrem Kopf mittlerweile derart wild Karussell fuhr, dass ihr fast schwindelig davon wurde: »Ich habe einen Hund durchs Zimmer geschleudert.« Sie hatte versucht, ihrer Stimme einen festen Klang zu geben, aber das war ihr nicht so richtig gelungen.

»Welchen Hund? Durch welches Zimmer?«

Und Margot erzählte. Coras Frage brachte all die bösen Gedanken zurück, und sie prasselten auf Margot ein wie ein Sturzregen. War also alles nur nach oben gepumpt worden, um von dort wieder in den Kopf zu pladdern.

Cora unterbrach sie nur zweimal, und ihre Zwischenfragen ließen Margot erkennen, dass der Alkohol sie der Fähigkeit beraubt hatte, schnell, klar und präzise die Fakten zu umreißen, wie es ihr Job von ihr zehnmal am Tag verlangte.

»Und der Hund?« Coras dritte Frage.

Margot erzählte auch den Schluss der Geschichte. »Die haben mich so wütend gemacht, dass ich einem unschuldigen Tier wehgetan hab.«

Erst als sie ganz undamenhaft die Nase hochzog, merkte sie, dass sie weinte.

»Hey, es ist gut, Margot, ist ja alles gut.«

Nichts war gut. Trotzdem baute sie diese kleine Lüge aus dem Munde der Freundin innerlich ein wenig auf. »Ich muss diese … diese Schuld irgendwie begleichen. Ich werde dem Tierschutzverein eine hohe Summe spenden und schwöre, dass so etwas *niiie* wieder passiert.«

»Quatsch. Morgen kaufst du eine Packung Hundeleckerli, und schon wird dich der kleine Racker lieben.«

»Meinst du?« *Niiie* wieder Cocktails, dachte Margot gleichzeitig, und in Gedanken zog sie das »nie« erneut in die Länge.

»Ja. Und was die beiden anderen Protagonisten angeht: Ich an deiner Stelle würde jetzt schlafen gehen und morgen ein Hühnchen mit Rainer rupfen. Ich glaube, du hast zwei Optionen: Entweder du setzt sie beide samt Hund vor die Tür. Oder du lässt den Balg mit dem Hund bei euch leben, bis sie achtzehn ist.«

Zu diesem Schluss war Margot auch schon gekommen. Rainer würde Dorothee nicht ins Heim schicken, also würde er mit Dorothee zusammen irgendwo hinziehen, wenn Margot sie rauswarf. Wobei dieser Gedanke sie im Moment nicht mit größter Trauer erfüllte. Wenn Dorothee jedoch blieb, dann war fraglich, ob Margots Haus auch weiterhin ihr Heim war.

Doch Cora hatte auch noch in einem weiteren Punkt recht:

Was Margot brauchte, war Schlaf. Und zuvor eine Schmerztablette. »Was du sagst, stimmt genau«, sagte sie. »Wann kommst du zurück?«

Eine Pause, und Margot merkte, dass sie einen wunden Punkt berührt hatte.

»Ich weiß es nicht. Mein Vater hat ein riesiges Chaos hinterlassen. Wir haben keine Ahnung, welche Konten er auf welcher Bank hatte, ob er Schulden hatte oder weitere Guthaben, welche Versicherungen er abgeschlossen hat. Mein Bruder und ich – wir haben keine einzige Vollmacht. Ich hab hier gerade einen Fulltimejob. Und wenn Papa beerdigt ist, muss ich noch bleiben, bis alles andere geklärt ist. Ich kann dir beim besten Willen nicht sagen, wie lange das alles noch dauert.«

»Kann ich dir irgendwie helfen?«

Cora lachte – nicht bitter, sondern herzlich. »Ja. Geh schlafen. Wir können morgen Abend noch mal telefonieren. Wenn du wieder nüchtern bist und ich beim Ausmisten der Unterlagen einen Tag weiter bin.«

Zehn Minuten später stand Margot auf der Straße. Die Cocktails sabotierten ihren Gleichgewichtssinn, und das ziemlich erfolgreich. Ans Fahren war natürlich nicht mehr zu denken. Sie dachte daran, ein Taxi zu rufen. Doch wohin sollte sie die Droschke bringen? Zu ihrem Haus? Und damit zu Rainer? Ganz gewiss nicht.

Sie sah Licht brennen in der Wohnung ihres Vaters. Der wohnte schräg gegenüber der Kneipe in einem schönen Altbau. Leider nicht mehr allein. Vor zwei Jahren hatte er sich auf seine alten Tage noch einmal verliebt. Und nun lebte Evelyn Hartmann mit ihrem Vater in der Wohnung, in der Margot als Kind mit ihren Eltern gelebt hatte. Sebastian Rossberg war schon seit fünfzehn Jahren Witwer, und eigentlich hätte Margot ihm das späte Glück gegönnt. Doch sie hatte den Eindruck, dass Frau Professor Dr. Hartmann ihrem Vater gegenüber ein wenig die Oberlehrerin heraushängen ließ, und das gefiel ihr nicht.

Ihr Vater hatte Margot gesagt, wann immer es einmal nötig sein sollte, für sie wäre jederzeit ein Bett frei. Und sie war sicher, dass es gerade dringend nötig war. In diesem Zustand wollte sie auch an keiner Hotelrezeption um ein Zimmer bitten.

Sie wählte die Telefonnummer ihres Vaters.

»Evelyn Hartmann«, meldete sich die Stimme, die Margot bestimmt nicht hatte hören wollen.

»Hallo, hier ist Margot. Ist mein Vater noch zu sprechen?«

Evelyn gab das Telefon ohne Kommentar weiter. Sie schien sich über den Anruf nicht halb so sehr zu freuen wie ihr Vater. »Margot, mein Kind«, sagte er – aber die kommenden Worte zeigten, dass seine Freude über ihren Anruf nicht ungetrübt war. »Ist alles in Ordnung? Weshalb rufst du um diese Uhrzeit an? Ist etwas mit Ben, mit Zoey, Rainer? Was ist los?«

In ihrem Suff hatte sie gar nicht bedacht, dass sie ihrem Vater mit einem Anruf um diese Urzeit einen Herzinfarkt hätte bescheren können. Er war vierundsiebzig, zwar immer noch fit im Kopf und mit einem leidlich gesunden Körper gesegnet, aber dennoch …

»Ja, alle sind gesund. Kann ich bei dir übernachten?«

Die Sorge in Sebastian Rossbergs Stimme nahm nur noch zu. »Wo bist du denn?«

»Gegenüber. Auf der Straße.«

Auf der Straße … Ob diese Antwort dazu geeignet war, die Sorgen ihres Vaters zu mildern, bezweifelte sie im nächsten Moment doch ganz erheblich.

»Komm rüber«, sagte er nur, und keinerlei Freude schwang mehr in seiner Stimme mit.

Sie bekam Evelyn gar nicht zu Gesicht. In seinem Arbeitszimmer hatte immer eine Schlafcouch gestanden. Doch die war verschwunden. Ein modernes Kanapee zierte stattdessen die lange Wand. Die Sitz- respektive Liegefläche war vielleicht sechzig Zentimeter breit. Auch die Regale waren modernen Schränken mit Glastüren gewichen. Und der Schreibtisch war leer geräumt, eine Hängeregistratur daneben schien nun die ehemaligen Papierstapel zu beheimaten.

Was war nur in ihren Vater gefahren? Doch Margot war das in diesem Moment völlig egal. Sie wollte nur noch schlafen.

»Rainer?«, fragte ihr Vater, als er mit einer Garnitur Bettzeug ins Zimmer trat. Früher hatte er als Anwalt gearbeitet, hatte sich aber schon vor Jahren zur Ruhe gesetzt. Wenn er in letzter Zeit in die alte Rolle zurückfiel, dann meist als Verteidiger seines Schwiegersohns. Offensichtlich konnte er Rainer besser verstehen, als Margot dies gelang.

Sie nickte. »Und Dorothee. Und Che.«

Ihr Vater schüttelte den Kopf. »Erzähl es mir morgen.« Trotz ihres benebelten Kopfes entging ihr nicht, dass das Alter offenbar nicht spurlos an ihm vorübergegangen war. Vor wenigen Monaten hätte er sie sofort aufgefordert: »Leg los!« Aber vielleicht nahm er nur Rücksicht auf ihren Zustand. Oder auf Evelyn.

Er küsste seine Tochter auf die Stirn. »Schlaf gut. So gut es halt geht.« Dann ließ er sie allein.

Sie entledigte sich ihrer Klamotten, legte sich hin, deckte sich zu. Und schickte noch eine SMS an Rainer: »Schlafe bei Vater.« Nicht, dass sie ihn beruhigen wollte. Aber sie hatte keine Lust, morgen von den Kollegen angegrinst zu werden, weil Rainer vor Sorge die Polizei informiert hatte.

Kurz darauf hörte sie ihrerseits den SMS-Ton ihres Handys. Er war also noch wach. Sie wollte gar nicht lesen, was er geschrieben hatte.

Sie legte sich auf den Rücken. Wie die Fische, dachte sie. Bauch nach oben.

Es war der letzte Gedanke, bevor sie einschlief.

Donnerstag

Die Kopfschmerzen waren brutal – jedes zahmere Wort wäre die Untertreibung des Tages gewesen. Sie fühlte sich wie ein Zombie, der sich, nach dem Untergang der Titanic an Land geschwemmt, bei brütender Sommerhitze in Sex on the beach versuchte …

»Noch 'nen Kaffee?«

Margot schüttelte den Kopf – was dieser augenblicklich mit neuen dumpfen Stechattacken quittierte. »Nein. Gib mir bitte noch ein Wasser und zwei Schmerztabletten.«

Ihr Vater sagte nichts, aber das als Lächeln getarnte Grinsen war nicht dazu angetan, seine Schadenfreude zu verhüllen.

Keine der Leckereien, die er auf dem Tisch platziert hatte, hatte Margot angetastet.

In der vergangenen Viertelstunde hatte sie ihrem Vater die Ereignisse der letzten drei Tage geschildert, und mit Genugtuung hatte sie festgestellt, dass auch Sebastian Rossbergs bisher unerschütterliche Sympathie für Rainer nach und nach ins Wanken geraten war. Und er kam zum selben Schluss wie Cora in der Nacht zuvor, nur dass er der Frage nach dem Verbleib des Hundes mehr Aufmerksamkeit schenkte. »Willst du, dass er im Tierheim landet?«, hatte er Margot unverblümt vorgehalten. Darüber müsste sie dringend nachdenken.

Sie sah sich in der Küche um. In diesem Raum hatte sie noch nie an einem Tisch gesessen, denn es hatte hier bislang nur eine Arbeitsplatte gegeben; gefrühstückt hatte man im Esszimmer. Aber die Küche war komplett neu eingerichtet worden, erstrahlte in schwarz-weißem Glanz, und die Arbeitsfläche bestand nun aus Marmor. Also war nicht nur das Arbeitszimmer umgestaltet geworden.

Ihr hatte ja die alte Küche besser gefallen. Was auch daran liegen mochte, dass es, abgesehen von den Geräten, die Küche ihrer Kindheit gewesen war.

»Soll ich mit Rainer reden?«, fragte ihr Vater, als er das Wasserglas wieder auffüllte und ihr noch zwei Tabletten gab.

»Nein.« Was auch immer passieren würde, sie musste ihr Privatleben allein auf die Reihe kriegen. Ihr Vater hatte schon seine Finger im Spiel gehabt, als Rainer sie damals wiedergewonnen hatte. Wenn das alles zerbrach, sollte Sebastian Rossberg nicht auch noch daran mit schuld sein. »Was ist mit deinem Arbeitszimmer passiert?«

»Toll, nicht wahr?«, fragte er, und Stolz schwang in seiner Stimme, jedoch auch ein wenig Unsicherheit.

»Wer hat dich denn dazu gebracht, deine geliebten Regale abzubauen? Und das Chaos auf dem Schreibtisch zu beseitigen?« Letzteres war etwas, eine Art Charaktereigenschaft, die Margot eindeutig von diesem Elternteil geerbt hatte. »Nun, ich wäre froh, wenn mein Schreibtisch …«

»Evelyn hat mir da geholfen«, fiel er ihr mit falscher Euphorie ins Wort. »Sie hat sich vor ein paar Monaten ein echt tolles

Buch gekauft: ›Simplify your life‹. Wichtige Tipps, um sein Leben zu entrümpeln – und ebenso den Schreibtisch freizukriegen.«

Auch das sollte wohl begeistert klingen. Doch Margot kannte ihren Vater gut genug, um abermals die Unsicherheit aus seinen Worten herauszuhören. Sie klangen wie die auswendig gelernte Phrase eines Sektenmitglieds, bei dem die Gehirnwäsche noch nicht vollständig angeschlagen hatte.

»Hm …«, brummte Margot.

Sie hatte sich anfangs schwergetan, die neue Beziehung ihres Vaters zu akzeptieren. Evelyn war Sebastian Rossbergs Lateinlehrerin gewesen, als die tote Sprache der alten Römer seine aktuelle Leidenschaft gewesen war. Es kam immer wieder mal vor, dass er seine Begeisterung für etwas entdeckte und dem dann exzessiv nachging, bevor er ein paar Monate später wieder das Interesse daran verlor.

Nun, Evelyn gehörte nicht in diese Kategorie. Sie war zu ihm gezogen. Und Margot war aufgefallen, dass ihr Vater seitdem viel weniger Entscheidungen in seinem Leben eigenständig traf. »Das werde ich mit Evelyn besprechen …« Diesen Satz bekam sie immer häufiger von ihm zu hören. Auch sie stimmte sich natürlich mit Rainer ab – mal abgesehen von der Aufnahme unehelicher Kinder –, doch der Tonfall ihres Vaters war zunehmend unterwürfiger geworden.

Margot sah sich in der Küche um. Die Arbeitsfläche war größer geworden, aber es befanden sich weniger Schränke im Raum. Offenbar betraf die Entrümpelung nicht nur Sebastian Rossbergs Arbeitszimmer.

»Ich kann dir das Buch gern mal leihen«, sagte er.

»Nein, danke«, lehnte sie hastig ab. »Ich entrümple mein Leben derzeit lieber nicht, sonst sortiere ich Dinge und Menschen im Affekt aus, um die es mir nachher leidtut. Ich glaub, das mache ich lieber ein andermal.«

Ja, ich mach's wie Scarlett O'Hara in »Vom Winde verweht«, fügte sie in Gedanken hinzu. Die war mit ihrem »Morgen ist auch noch ein Tag« ganz gut zurechtgekommen.

Sie lenkte das Gespräch auf ein anderes Thema. »Susanne Bretz' Mörder hat gestern die Fischteiche im Wald bei Traisa vergiftet.« Sie hatte ihrem Vater bereits von der Toten im Jugendstilbad erzählt.

»Die Fischteiche?« Er sah sie erstaunt und verwundert an. »Was soll das denn?«

»Wir wissen es nicht. Vielleicht ein psychopathischer Serienkiller ...«

»Psychopath? Ich hab als Anwalt die Erfahrung gemacht, dass es sehr viel weniger Psychopathen gibt, als man annimmt. Die meisten wissen ganz genau, was sie tun und warum sie es tun.«

»Kann ich jetzt ins Bad?«, fragte Margot.

»Ich schau mal nach.«

Evelyn tummelte sich schon seit gut zwanzig Minuten in der Nasszelle.

Sebastian erhob sich. Kaum war er aus der Küche verschwunden, dudelte Margots Handy.

Es war Horndeich, und der legte sofort los: »Margot? Ich weiß ja zu schätzen, dass du während deines Urlaubs ein paar Stunden hier im Präsidium verbracht hast. Aber heute hast du wieder Dienst, oder? Da *musst* du hier erscheinen.«

Er sprach, ohne einmal Luft zu holen, so kam es Margot jedenfalls vor.

»Guten Morgen, Kollege«, erwiderte sie. »Ja, mir geht es gut, danke der Nachfrage, Herr Kollege.« Ihr Kopf schien platzen zu wollen.

»Lass den Scheiß, Margot«, sagte er hastig. »Komm einfach auf die Mathildenhöhe. Zum alten Wasserreservoir. Wir haben wieder eine Leiche.«

Horndeich zog sich die Gummistiefel an. Die Fußbekleidung empfahl sich, wollte man ins Wasser des Reservoirs steigen. Neben ihm auf der Holzbank im Vorraum saß der Denkmalpfleger der Stadt, Klaus Hoinieß, der seine Stiefel schon anhatte. Ines Milbach stand an eine Wand gelehnt. Sie war mit Horndeich ausgerückt, als der Anruf eingetroffen war – und sie hatte ihre zarten Füßchen in null Komma nichts in die blöden Stiefel geschraubt.

»Sie haben sie gefunden?«, fragte Horndeich.

Der Mann nickte. Horndeich schätzte ihn auf knapp sechzig. Sein Name wurde immer wieder in der Zeitung erwähnt, wenn in Darmstadt ein historisches Gebäude restauriert wurde. Als sie das Jugendstilbad wieder von Grund auf aufgehübscht hatten, hatte er sogar alle zwei Wochen in der Zeitung gestanden.

Horndeichs rechter Fuß wollte einfach nicht in den Gummistiefel. Er zog und zerrte daran, überlegte, ob er eine größere Schuhgröße hätte wählen sollen; es standen ja mehrere Paare akkurat aufgereiht an der Wand. »Wie haben Sie die Leiche entdeckt?«

»Ich sollte heute eine Besuchergruppe aus Lettland über die Mathildenhöhe führen. Eine Delegation unserer Partnerstadt Liepāja. Fünfzehn Wirtschaftsleute und eine Übersetzerin. In einer Stunde sollte es losgehen. Vor zwanzig Minuten bin ich hier reingegangen, um das Licht einzuschalten und zu schauen, ob alles in Ordnung ist…«

Horndeich rekapitulierte kurz sein Wissen um das Gebäude. Gestern, als er die Gewässer und Wassersammelstellen Darmstadts studiert hatte, war es ihm besonders aufgefallen. Gerade weil man es auf den ersten Blick überhaupt nicht als Reservoir erkannte. Es stand am höchsten Punkt des Darmstädter Parks Mathildenhöhe und war schon vor über hundertvierzig Jahren errichtet worden. Vor gut hundert Jahren war es mit den Ausstellungshallen überbaut worden, in denen seither regelmäßig Kunstausstellungen stattfanden. Nur wenige wussten, dass sie, wenn sie sich eine der Ausstellungen ansahen, über einer Badewanne mit einem Fassungsvermögen von mehr als viereinhalb Millionen Litern spazierten. Bis vor fünfzehn Jahren war die Darmstädter Bevölkerung von dort aus mit Wasser versorgt worden. Seitdem war das Bassin verschlossen und wurde nur noch ab und an für Besucher geöffnet.

An diesem Tag war es offenbar anders gewesen…

»Ich habe mich gewundert, dass die Tür nicht versperrt war. Das habe ich noch nie erlebt«, fuhr Hoinieß fort.

Sofort hakte Horndeich ein: »Wann waren Sie das letzte Mal hier?«

»Am Sonntag. Da hatte ich ebenfalls eine Führung, so bis

17 Uhr. Danach hab ich die Tür abgeschlossen, wie ich es immer tue.«

»Sie sind sich sicher?«

»So sicher, wie man sich sein kann, wenn man darüber nachgrübelt, ob man den Herd ausgeschaltet hat«, griente Hoinieß.

Horndeich wusste, was er meinte: Man kann nicht mehr genau sagen, ob man den Herd auch diesmal wirklich ausgeschaltet hat, weil man ihn ansonsten immer ausschaltete. Solche Routinen wurden vom Gehirn schlichtweg nicht mehr gespeichert. »Also gehe ich davon aus, dass ich es gemacht habe, wie ich es immer mache«, fuhr Hoinieß fort. »Ich erinnere mich nicht an irgendetwas Ungewöhnliches, dass das Schloss klemmte, dass irgendetwas anders gewesen wäre oder so. Also kann ich ihnen sagen: Ja, ich bin sicher, dass ich die Tür abgeschlossen hab.«

Horndeichs Fuß flutschte – endlich! – in den Stiefel. Danach war auch er aufbruchbereit. Er hatte immer wieder zur Milbach hingeschielt, hatte erwartet, dass sie seinetwegen genervt die Augen verdrehte, den Mund verzog, die Nase krauste. Irgendetwas. Aber ihr Gesicht war ausdruckslos geblieben.

Das Trio ging durch einen schmalen Mauerdurchbruch. Von dort ging es über eine steinerne Treppe nach oben. Sie erreichten eine kleine Plattform, von der aus eine Eisentreppe nach unten in das Wasserbecken führte. Die Wände bestanden aus rotbraunen Klinkern. Mehrere Rundbögen stützten die Decke und verliehen dem Raum etwas Sakrales. Der Boden war mit rund zehn Zentimeter tiefem klarem Wasser bedeckt.

Sie sahen nur die Füße der Leiche, die im mittleren Teil des Beckens lag. Der Rest des Körpers wurde von einem der massiven Bogenpfeiler verdeckt.

»Warum ist hier überhaupt Wasser drin?«, fragte Ines Milbach.

»Das ist ganz einfach«, antwortete Hoinieß. »Wenn die Fugen zwischen den Klinkern ganz trocken wären, würden sie porös werden. Und dann würden irgendwann die Ausstellungshallen ins Becken plumpsen. Die haben damals den Kalkmörtel mit Eiweiß aus Hühnereiern veredelt. Deshalb ist er auch heute noch wasserdicht.«

Horndeich schmunzelte. Selbst in dieser Situation war Hoinieß noch ganz Stadtführer.

»Wie haben Sie die Leiche gefunden?«, fragte die Milbach.

»Genau wie jetzt. Das Licht war schon an. Und um Ihrer nächsten Frage vorzugreifen: Nein, ich habe nicht vergessen, es am Sonntag auszumachen. Ich bin so wie wir jetzt hier in den Raum gekommen, sah die Füße, dann bin ich runter.«

»Haben Sie irgendwas berührt?«

»Ja, die Leiche«, sagte der Denkmalpfleger trocken. »Ich bin natürlich hin, hab geschaut, ob ich dem Menschen, der da liegt, noch helfen kann. Aber die Augen waren geöffnet, der Blick starr, der Puls nicht mehr zu ertasten und der Körper kalt. Da bin ich raus und hab Sie gerufen.«

Horndeich überlegte kurz, ob er es Hoinieß gleichtun und die Leiche untersuchen sollte, entschied sich dann jedoch, zuerst die Spurensicherung den Tatort absuchen zu lassen. Auch Baader und seine Kollegen waren inzwischen eingetroffen.

Horndeich, Hoinieß und Ines Milbach verließen das Becken, und Baader und Konsorten übernahmen das Revier.

Martin Hinrich, Gerichtsmediziner aus Frankfurt, stieg wenig später aus seinem metallicroten Chrysler Crossfire, den er frech unmittelbar vor der Absperrung abstellte, die die Kollegen großräumig um den Zugang zum Wasserreservoir gespannt hatten.

Horndeich traute seinen Augen nicht. Seit wann fuhr der untersetzte Glatzkopf den gleichen Edelschlitten wie er? Bislang war der immer im Opel angefahren. Da hatte sich aber auch keine blonde junge Schönheit auf dem Beifahrersitz geräkelt.

Hinrich half ihr aus dem Wagen, gab ihr ein Bussi auf die Wange, dann entnahm er dem Kofferraum sein Arztköfferchen und tänzelte auf Horndeich zu. Die Dame in Blond entschwand in Richtung des Cafés in den Ausstellungshallen.

»Einen wunderschönen guten Morgen«, säuselte Hinrich.

»Moin«, grunzte Horndeich, der sich kurz überlegte, ob er seinen Wagen sofort wieder verkaufen sollte. Sandra hatte ihm einmal gestanden, dass sie einen Tick hatte: Wenn sie sich ein Kleid kaufte, und irgendeine andere Frau trug das gleiche, zog sie den Fummel nicht wieder an. In diesem Moment konnte er das zum ersten Mal nachvollziehen.

»Ines Milbach, LKA«, stellte sich seine Kollegin auf Zeit selbst vor, nachdem Horndeich den Einsatz verpasst hatte.

»Sehr angenehm«, flötete Hinrich. Horndeich kannte den Mann nur als zynischen Typ, der zudem ein wenig spießig und stoffelig war. Irgendwo musste der Doc einen Personal Coach aufgetrieben haben.

»So, wo muss ich denn hin?«, fragte er und sah Ines Milbach tief in die Augen. Dann aber war er etwas pikiert, weil er seine neuen grauen Halbschuhe ausziehen sollte.

»In Ehren ergraut?«, konnte sich Horndeich nicht verkneifen zu fragen, obwohl selbst er als Modemuffel erkannte, dass sie nagelneu waren.

»Fratelli Borgioli, Aalleder«, schnaubte Hinrich.

Mindestens dreihundert Euro, dachte Horndeich und unkte: »Fischschuhe? Dann brauchen Sie keine Gummistiefel.«

Ines Milbach lachte auf, und es war das erste Mal, dass Horndeich einen Menschen hinter ihrer eisigen Fassade erblickte. Hinrich hingegen war ganz offensichtlich nicht zum Lachen zumute.

Horndeich geleitete ihn über den Treppenaufgang zum Treppenabgang. Als Hinrich die Leiche sah, sagte er nur knapp: »Mitkommen.«

Horndeich sah ihn irritiert an. »Vielleicht sollten erst mal nur Baader und seine Spürhunde …«

Hinrich fiel ihm ins Wort, ohne auf seinen Einwand einzugehen. »Ich brauch jemanden, der mir den Koffer hält. Den kann ich ja wohl schlecht im Wasser abstellen.«

Ist wohl nicht aus Aalleder, dachte Horndeich, wandte den Kopf und sah Baader über die Schulter hinweg an. Der nickte ihm zu.

Wo blieb Margot bloß?, fragte sich Horndeich.

Er und Ines Milbach folgten Hinrich durchs Wasser, und Horndeich sah wenig später zum ersten Mal das Gesicht der Toten. Wie Hoinieß schon gesagt hatte, bestand kein Zweifel daran, dass die Frau tot war.

Horndeich schätzte sie auf Ende dreißig oder Anfang vierzig. Sie war mittelgroß, schlank, hatte kurz geschnittenes blondes Haar und trug kniehohe Lederstiefel, einen knielangen Rock,

Pullover und Mantel, die sicherlich nicht aus dem Kaufhaus stammten. Dazu würden ihm die Kolleginnen sicherlich mehr sagen können, aber er schätzte, dass die Klamotten nicht gerade billig gewesen waren. Ebenso verhielt es sich wohl mit dem Schmuck, den die Tote trug: goldene Halskette, Ohrklipps, alles von einer dezenten Eleganz, die Stil und Geschmack und einen gut gefüllten Geldbeutel bewiesen.

Sie hatte eine große Schürfwunde an der Stirn und eine auf der Nase und zudem Schaum um den Mund, so wie die Bretz. Sie war also wohl ebenfalls ertränkt worden.

Horndeich zog seine Digitalkamera aus dem Jackett und machte ein paar Bilder. Zwar würde das Baader nachher auch noch machen, aber er fand es immer ganz nützlich, selbst zumindest eine Totale des Tatorts zu schießen.

Ines Milbach hielt sich im Hintergrund.

»Fertig mit dem Fotoshooting?«, fragte Hinrich leicht genervt.

»Ja. Warum?«

»Na, dann stecken Sie die Kamera weg und halten bitte meinen Koffer.« Er musste sich ins kalte Nass setzen, um die Tote zumindest oberflächlich zu untersuchen, und grummelte: »Verdammter Mist.« Er tastete mit der Hand unter ihren Hals, dann entlang dem Hinterkopf.

Horndeich hielt den Koffer und sah zu, wie Hinrich der Frau in den Mund schaute. »Wie bei der Alten, die ihr mir am Montag geschickt habt«, murmelte der Doc. »Ertränkt. Wahrscheinlich. Genaues kann ich natürlich erst sagen …«

»… wenn ich sie auf dem Tisch hatte, ich weiß«, vollendete Horndeich den Satz, der inzwischen fast zu einem Markenzeichen des Gerichtsmediziners geworden war.

»Die ist schon eine Weile tot, so kalt, wie sie ist. Gestern, wahrscheinlich eher abends als morgens. Den Wunden nach zu urteilen wurde sie auf dem Bauch liegend unter Wasser gedrückt. Vielleicht finden sich auch Spuren des Angreifers, etwa Hautfetzen unter ihren Fingernägeln. Aber auch dazu mehr, wenn ich sie in Frankfurt hatte.«

»Etwas genauer geht es nicht?«, fragte Ines Milbach.

Hinrichs Blick glitt über die Tote. Dann hob er die rechte Hand der Leiche aus dem Wasser. »Todeszeitpunkt: 23 Uhr 47.«

Die Milbach glotzte ihn an, als wüsste sie nicht, ob das ein schlechter Scherz sein sollte. Als Hinrich ihren Blick bemerkte, tippte er mit dem Zeigefinger auf die Armanduhr der Toten. »Nicht wasserdicht.« Er stand auf, ignorierte seine nasse Hose. »Den Koffer, bitte.«

Horndeich reichte ihm den ledernen Helfer und ärgerte sich, dass ihm die Uhr nicht zuerst aufgefallen war.

Hinrich ergriff den Koffer und steuerte auf die Treppe zu. »Ihr ladet ja derzeit ziemlich viel Arbeit auf meinem Tisch ab«, sagte er noch. Er sprach das Wort »Tisch« immer so aus, als handelte es sich um die Werkbank eines Hobbyheimwerkers, dessen höchstes Glück es ist, mit Säge und Hammer zu hantieren.

Horndeich und Ines Milbach, die die ganze Zeit über auffällig wortkarg gewesen war, folgten dem Mediziner nach draußen.

Wenig später wartete Horndeich in der Sonne auf Margot. Ines Milbach stand neben ihm.

Er hatte inzwischen die Aussage von Klaus Hoinieß notiert, und die Leiche war abtransportiert worden und auf dem Weg zu Hinrichs Tisch. Den Namen der Toten hatten sie noch nicht. Sie hatte keinen Personalausweis einstecken, keinen Führerschein, keine Kreditkarte. Da die Kollegen von der Spurensicherung aber auch keine Brieftasche bei ihr gefunden hatten und nicht mal einen Lippenstift – dabei hatte sie kurze Zeit vor ihrem Tod den Lippenstift frisch aufgetragen –, schloss Horndeich, dass sie eine Handtasche bei sich gehabt hatte, in der all das zu finden war. Die hatte der Täter entweder entwendet, um es der Polizei möglichst schwer zu machen, ihre Identität zu ermitteln, oder die Tote hatte sie irgendwo verloren, was bedeutete, dass sie noch vor dem Täter zu fliehen versucht hatte.

Die Milbach sah sich um. »Ich weiß nicht – Zufall, das hier?«, dachte sie laut nach.

»Na, Zufall ist das wohl nicht. Ich glaube, ich lehne mich nicht zu weit aus dem Fenster, wenn ich behaupte, dass ich gleich einen Anruf aus dem Präsidium bekomme und man mir mitteilt, dass wieder ein Brief bei uns angekommen ist.«

Ines Milbach nickte. »Das glaube ich auch. Ich meinte auch eher die Wächter des Reservoirs, sozusagen.«

Mehr als ein dümmliches »Hä?« brachte Horndeich nicht hervor.

Ines Milbach zeigte auf die Steinfiguren aus Beton, die von den Kollegen der Schutzpolizei als Pfosten für das Absperrband missbraucht worden waren.

»Kennen Sie die Figuren?«, fragte die Profilerin.

»Ja, ich sehe sie jedes Mal, wenn ich hier spazieren gehe.« Dann aber schüttelte er den Kopf, denn er hatte genau verstanden, was die Milbach ihn hatte fragen wollen. »Nein, ich hab keine Ahnung, was sie darstellen und wer sie gemacht hat.«

Statt eine Antwort zu geben, zeigte die Kollegin aus Wiesbaden auf die Balustrade des Ausstellungsgebäudes. Dort waren noch mal zwei ähnliche Gestalten zu sehen, und Horndeich fiel auf einmal auf, dass die grimmig dreinblickenden Gesellen ein Quartett bildeten.

»Schon interessant, dass die Bluttat direkt in der Nähe dieser klassischen Mordmotive verübt oder besser *inszeniert* wurde«, sagte die Milbach.

Horndeich verstand gar nichts mehr.

Sie sah ihn an, griente kokett, was abermals so gar nicht zu ihrem ansonsten steifen Auftreten passte, und deutete mit dem Finger nacheinander auf jede der vier Figuren, wobei sie sich um die eigene Achse drehte. »Wut, Rache, Hass und Geiz«, dozierte sie. »1914 für die letzte große Jugendstilausstellung auf der Mathildenhöhe von Bernhard Hoetger gefertigt.«

»Und daraus können Sie jetzt auf unseren Mörder schließen?« Eine wirklich dämliche Frage, doch Horndeich hatte sie sich nicht verkneifen können.

Die Milbach bewahrte Haltung, aber ihm entging nicht, dass sie mit den Augen rollte. »Seit die im Fernsehen den Begriff ›Profiler‹ kreiert haben, ist das Fernsehpublikum ganz spitz auf uns, und die Kollegen aus den richtigen Abteilungen nehmen die Beine in die Hand, wenn wir irgendwo auftauchen, und rennen vor uns davon. Im besten Fall. Die anderen fragen sich, wo wir die Kristallkugel versteckt haben, aus der wir lesen.«

»Also ist Hoetger irrelevant?«

»Tja, was meinen Sie«, fragte Ines Milbach zurück.

»Ich?«

»Ja. Sie sind der Cop. Was sagt Ihr Instinkt?«

Für einen kurzen Moment dachte Horndeich, die LKA-Dame wollte ihn hochnehmen. Aber offenbar war sie aufrichtig an seiner Meinung interessiert. »Was weiß ich. Ist ein interessanter Aspekt. Aber ob der dem Mörder auch aufgefallen ist?«

»Sehen Sie, das ist mein Job: sämtliche Informationen zu sammeln und in potenzielle Zusammenhänge zu bringen. Fünfundneunzig Prozent davon sind im Nachhinein Müll. Aber das weiß ich erst, wenn ich aussortiert und die richtigen fünf habe.«

Baader kam auf Horndeich zu. »Ich glaube, wir haben ihre Handtasche gefunden. Die trieb im Wasser, aber in einer ganz anderen Ecke des Beckens.« Er reichte Horndeich die triefende Tasche. »Vielleicht wollt ihr euch ja schon mal den Inhalt anschauen.«

Horndeich zog sich Latexhandschuhe über, reichte auch Ines Milbach ein Paar. Sie hielt die Tasche, während er vorsichtig den Inhalt inspizierte. Wasser war hineingelaufen.

Dass sich die Handtasche doch noch im Becken befunden hatte, machte seine Theorie von einer möglichen Flucht des Opfers zunichte. Der Täter hatte sein Opfer irgendwie ins Becken gelockt, denn *dort* hatte er die Frau ermorden wollen, das war der Tatort gewesen, den er sich ausgesucht hatte.

Er fischte die Brieftasche heraus. Sicher kein Aalleder, dachte er. Sekunden später hielt er den Personalausweis in der Hand. »Marina Gassion. Geborene Ripps. Zweiundvierzig Jahre alt.« Er betrachtete das Foto. »Das dürfte sie sein.«

Er kramte weiter in der gefluteten Tasche und zog noch ein Handy heraus. Es war ausgeschaltet. Horndeich bemühte sich, das Gerät zum Leben zu erwecken, doch es schien ebenfalls ertrunken.

»Mist«, fluchte er. Vielleicht konnten die Kollegen von der KTU noch etwas retten. Wäre schon schön zu erfahren, mit wem die Dame vor ihrem Tod noch telefoniert oder gesimst hatte.

Er packte Handy und Personalausweis in kleine Plastiktüten und die Tasche in eine etwas größere. Die würden sie sich im Präsidium genauer vornehmen.

Anschließend rief er Sandra im Präsidium an. »Ich hab hier die Adresse der Toten. Kannst du bitte in Erfahrung bringen, wo wir den Ehemann zurzeit antreffen können, wo er arbeitet? Dann müssen wir nicht bis zum Feierabend warten, um mit ihm zu sprechen. Sie heißt Marina Gassion.« Horndeich gab die Adresse durch.

Ein schwarzer Einser-BMW fuhr auf die Absperrung zu, bremste hart.

Margot stieg aus. »Hier unter den Ausstellungshallen?«, fragte sie anstatt einer Begrüßung.

»Ja«, antwortete Horndeich. Und fügte hinzu: »Guten Morgen, Frau Kollegin. Ja, mir geht es gut, danke der Nachfrage, Frau Hauptkommissarin.«

Er konnte nicht erkennen, ob Margot ihn überhaupt ansah, denn ihre Augen hatte sie hinter einer Sonnenbrille versteckt. Eindeutig nicht ihre. Horndeich meinte, sie schon mal auf der Nase ihres Vaters gesehen zu haben.

»Na, ist ja ein nettes Ambiente hier«, meinte Margot und deutete auf die Hoetger-Figuren. »Wut, Rache, Hass und Geiz – wir müssen uns nur noch das richtige der vier Motive aussuchen.«

Horndeich sah abermals zu den Figuren hin und fühlte sich mit einem Mal wie ein Pennäler, der fassungslos auf seine Fünf in Mathe starrt und sich fragt, wie es die Mädchen immer schaffen, die Zweien abzuräumen.

»Wisst ihr schon, wer es ist?«

Horndeich nannte ihr den Namen der Toten und die wenigen Fakten, die die Kollegen schon in Erfahrung gebracht hatten. Er war gerade fertig, als sein Handy dudelte. Er meldete sich, hörte kurz zu, dann sagte er: »Gut. Dann fahren wir da jetzt hin.« Er beendete das Gespräch, sagte zu Margot: »Sandra hat herausgefunden, wo sich die Firma von Paul Gassion befindet. Das ist der Mann der Toten.«

Er sah seine beiden Kolleginnen an.

»Ich gehe noch mal in dieses Wasserhäuschen«, meinte Ines Milbach, »und schaue mich um. Vorausgesetzt, dass die Kollegen von der Spurensicherung mir Zutritt gewähren.«

Horndeich nickte. »Kann ich dann bei dir mitfahren?«, fragte er seine Chefin.

»Klar. Aber nur, wenn du dich hinters Steuer setzt.« Sie warf ihm den Autoschlüssel zu, und das so ungeschickt, dass er Mühe hatte, ihn zu fangen.

»Paul Gassion GmbH« stand in dicken Messinglettern auf dem schwarzen Schild, das größer war als Margots Siebenunddreißig-Zoll-Fernseher. Bescheiden war etwas anderes, dachte sie.

Horndeich hatte den Wagen auf dem Kundenparkplatz abgestellt. Das Unternehmen lag etwas außerhalb von Darmstadt im Industriegebiet von Griesheim.

Margot hatte sich während der Fahrt Horndeichs Tatortfotos auf dem Display seiner Kamera angeschaut. Und sie hatte das Gefühl gehabt – ähnlich wie bei Susanne Bretz –, dass sie die Tote schon einmal gesehen hatte. Aber bei dem Namen Marina Gassion hatte in ihrem Kopf kein Glöckchen angeschlagen.

»Nette Hütte«, meinte Horndeich, während er die aufwendige Glaskonstruktion des Vorbaus betrachtete.

Wieder mussten sie einem Ehemann mitteilen, dass seine Frau gestorben war. Margot würde sich an solche Situationen nie gewöhnen. Dabei hatte sie immer gehofft, sie würde sich in den vielen Dienstjahren irgendwann einen entsprechenden Panzer zulegen, damit ihr solche Dinge nicht jedes Mal so nahegingen. Doch der einzige Panzer, den sie mitgebracht hatte, war der, der lautstark rumpelnd Runden in ihrem Kopf drehte, als wäre ihr Schädel ein Truppenübungsplatz.

Hinter dem Empfangstresen saß eine junge Frau mit langen dunklen Haaren, deren Namensschildchen sie als »Dörte Springer« auswies. Horndeich ging auf die Dame zu, und Margot war ihm dankbar, dass er sich entschlossen hatte, das Wort zu führen. Auf der Fahrt hatte er sie gefragt, was denn los sei, aber ihr war nicht danach gewesen, ihm von ihrer privaten Misere zu erzählen. Sie hatte nur geantwortet, sie habe etwas zu viel getrunken am Abend zuvor.

»Frau Springer, dürften wir vielleicht mit Herrn Gassion sprechen?«, fragte Horndeich.

»Haben Sie einen Termin? Und wie ist bitte Ihr Name?«

»Horndeich. Kommissar Steffen Horndeich, Kripo Darmstadt. Und das ist meine Kollegin Hauptkommissarin Margot Hesgart.«

Die Gesichtsfarbe der jungen Dame verschob sich ein wenig mehr in Richtung Weiß. »Dürfte ich …?« Sie schluckte.

Margot wusste, was sie sehen wollte – ihre Ausweise. Margot zückte das Dokument.

»Einen Moment bitte«, flüsterte die Dame daraufhin, griff zum Telefon und rief ihren Chef an.

Eine knappe Minute später erschien Paul Gassion im Foyer.

Attraktiv, stellte Margot fest, obwohl er die Sechzig bestimmt schon überschritten hatte. Er war braungebrannt, trug das silbergraue Haar kurz geschnitten, und der Dreitagebart stand ihm ausgesprochen gut. Der Anzug, den er trug, war offensichtlich nicht von der Stange. Der ganze Mann wirkte absolut nicht so, als würde er am Hungertuch nagen.

Er gab Margot die Hand. »Paul Gassion – was kann ich für Sie tun?«

Margot stellte sich und Horndeich kurz vor. Dann übernahm Horndeich wieder das Reden. »Herr Gassion, können wir uns irgendwo ungestört unterhalten?«

Seine Miene – und bestimmt auch ihre eigene, dachte Margot – war ein sicheres Indiz für eine schlechte Nachricht.

Gassion ließ den Blick kurz zwischen den beiden Polizisten hin und her gleiten. »Ist etwas mit meiner Frau?«

»Bitte – können wir vielleicht in Ihr Büro gehen?«, fragte Horndeich.

Gassion nickte und führte sie schweigend durch das Gebäude, das von innen noch größer wirkte als von außen. Gassions Büro lag im obersten Stock, bot einen herrlichen Ausblick und war ideal, wenn man das Wetter der kommenden Stunde vorhersagen wollte, denn es zeigte genau nach Westen, in Richtung Rhein und Donnersberg. Die schwarzen Wolken, die von dort aufzogen, würden auch Darmstadt ein schweres Unwetter bescheren.

»Herr Gassion, wir haben schlechte Neuigkeiten für Sie.«

»Was ist mir ihr?«, fragte er tonlos. Er stand einfach da, hinter seinem Schreibtisch und vor den riesigen Fenstern, und dachte ebenso wenig daran, sich zu setzen, wie den beiden Besuchern Platz anzubieten.

»Sie ... sie ist tot«, sagte Horndeich.

Gassion wandte sich von den Polizisten ab und sah hinaus. Margot fragte sich, ob er weinte. Doch er stand nur unbeweglich da wie ein Zinnsoldat.

In dieser Pose fügte er sich harmonisch in das Ambiente des Raums, das sehr steif und unpersönlich wirkte. Außer einem gerahmten Foto seiner Frau auf dem Schreibtisch zierte kein persönlicher Gegenstand diesen kalt wirkenden Arbeitsplatz, nicht mal ein Bild an der Wand.

»Sie wurde ermordet«, fügte Margot hinzu.

Der Zinnsoldat drehte sich um. »Ermordet?«

»Ja.«

»Wann? Wo? Wer hat das getan?« Gassions Stimme war kühl und sachlich wie sein Büro. Entweder hatte dieser Mann keine Emotionen, oder er verbarg sie unter einer Schicht aus Eis. Oder er stand ganz einfach unter Schock.

»Sie wurde heute Morgen auf der Mathildenhöhe gefunden«, erklärte Horndeich. »Man hat sie ertränkt. Nein, wir wissen noch nicht, wer es getan hat.«

Gassion ging auf die moderne Sitzgruppe zu, die etwa ein Viertel des Büros in Anspruch nahm. Er setzte sich auf das Sofa und bedeutete Margot und Horndeich nun, ebenfalls Platz zu nehmen.

»Möchten Sie etwas trinken?«, fragte er unvermittelt.

Horndeich schüttelte den Kopf. Margot schalt sich selbst taktlos, ja, geradezu dreist – aber der Durst war stärker. »Ein Wasser, wenn möglich.«

Hinter einer der Schrankwände befand sich eine Bar. Gassion war wieder aufgestanden und goss sich einen Cognac ein und Margot ein großes Glas mit Mineralwasser.

»Danke«, sagte sie, als er ihr das Glas reichte.

»Sie lag im Albin-Müller-Becken?«, fragte er. »Schrecklich. Hoffentlich haben keine Kinder die Leiche entdeckt.«

»Nein, sie wurde nicht im Jugendstilbecken gefunden«, korrigierte Horndeich.

»Sie sagten doch gerade ...«

»Sie wurde im Wasserreservoir gefunden, unter dem Ausstellungsgebäude.«

»Wo ist denn da ein Wasserreservoir?« Gassions Verwirrung schien echt. Horndeich erklärte es ihm. »Und was hat meine Frau dort gemacht?«

»Auch das wissen wir nicht«, antwortete Horndeich. »Noch nicht.«

Und Margot ergänzte: »Dürfen wir Ihnen vielleicht ein paar Fragen stellen?«

Gassion nickte nur. Seine Gefasstheit hatte etwas Unheimliches.

»Herr Gassion«, begann sie, noch immer gegen ihren Kopfschmerz ankämpfend, »wann haben Sie Ihre Frau zum letzten Mal gesehen?«

»Gestern früh. Ich habe sie noch in der Stadt abgesetzt, an ihrem Laden, bevor ich hierher gefahren bin.«

»Wo arbeitete Ihre Frau?«

»Sie hat … sie hatte einen kleinen Laden in der Frankfurter Straße. An der Ecke zur Landwehrstraße. Schmuck und Uhren, meist gebraucht und ab und zu sogar antik.«

Margot kannte den Laden und wusste nun auch, wo sie das Gesicht der Toten schon einmal gesehen hatte. Vor drei Jahren war sie nach einem Spaziergang mit Cora zufällig in dem Laden gelandet, und ihre Freundin hatte dort über dreihundert Euro gelassen. Für eine Kette und ein Paar Ohrringe mit Rubinen. Sehr schön. Cora, die mehr für solche Dinge übrig hatte als Margot, war danach öfters dort gewesen, wie sie erzählt hatte.

»Danach haben Sie sie nicht mehr gesehen?«, fragte Horndeich.

»Nein. Aber ich habe abends noch mal mit ihr telefoniert und ihr gesagt, dass ich in unser Wochenendhaus fahren wollte. Ich hatte noch viel zu tun, und wenn ich nachdenken muss oder konzeptionell arbeiten, nehme ich meine Unterlagen mit und arbeite dort.«

»Wo liegt das Wochenendhaus?«, fragte Margot.

»Richtung Dieburg, am Ortsrand von Gundernhausen. Ruhige Lage, nette Umgebung.«

Fünfzehn Kilometer von Darmstadt, zwanzig von Griesheim aus, überschlug Horndeich. »Wann waren Sie dort?«

»Ah, jetzt kommt die unvermeidliche Frage nach dem Alibi.« Das erste Mal zeigte Gassion Emotion. Die war jedoch weniger der Kategorie »Trauer« zuzuordnen, sondern passte eher in die Schublade mit der Aufschrift »Ärger«. »Ich habe die Firma gegen neun verlassen. Also 21 Uhr, damit hier keine Missverständnisse auftreten. Das werden Ihnen der Pförtner und das Überwachungsvideo bestätigen. Dann bin ich nach Gundernhausen gefahren. Dort habe ich bis circa zwei Uhr gearbeitet. Zeugen gibt es dafür keine. Ich bin dann gegen halb drei wieder nach Hause, wollte doch lieber im heimischen Bett schlafen. Aber Marina war nicht da. Als sie auch heute früh noch nicht zu Hause erschien und auch nicht an ihr Handy gegangen ist, habe ich mir natürlich schon Gedanken gemacht. Wären Sie jetzt nicht gekommen und hätte Marina bis heute Abend nicht auf meine Nachrichten auf der Mailbox reagiert, hätte ich die Polizei informiert. Ich hatte gleich so ein komisches Gefühl.«

»Kennen Sie jemanden, der Ihrer Frau Böses wollte?«, fragte Horndeich. »Wurde sie vielleicht von jemandem bedroht? Oder womöglich Sie selbst?«

»Nein.«

»Wie war Ihre Ehe?« Margot mochte es nicht, solche Fragen stellen zu müssen, aber sie gehörten zum Standard.

Der Ärger in Gassions Stimme hatte sich wieder verflüchtigt. »Unsere Ehe war gut. Wir sind seit über zwanzig Jahren verheiratet. Ich meine, wir ... wir *waren* es. Wir hatten beide unsere Arbeit, kamen gut miteinander aus, respektierten uns. Nein, sie hatte keinen Geliebten, und ich habe keine Geliebte. Wir sind beide finanziell unabhängig. Nein, ich hatte keinen Grund, ihr Leid zuzufügen. Ich habe sie geliebt.« Gassion senkte den Kopf, und in diesem Moment konnte er die Tränen nicht mehr zurückhalten.

Wenige Sekunden später hatte er sich wieder im Griff. »Kann ich sie sehen?«

»Ja. Morgen. Sie ist im Moment in der Gerichtsmedizin in Frankfurt.« Margot reichte ihm ein Kärtchen. »Das wär's zunächst. Wenn wir mehr wissen, sagen wir Bescheid. Und sollte

Ihnen noch etwas einfallen, rufen Sie mich im Büro an oder unter der Handynummer; unter der erreichen Sie mich immer.«

Paul Gassion warf nur einen kurzen Blick auf die Karte, dann ließ er sie in der Seitentasche seines Jacketts verschwinden. »Ich begleite Sie noch nach unten«, bot er an, erhob sich und öffnete die Tür des Büros.

Margot und Horndeich folgten ihm. Als sie den langen Flur entlanggingen, fiel Margots Blick durch die Fenster auf den großen Hof hinter dem Bürogebäude. Darauf stand eine ganze Armada von teuren Limousinen. Zwei Männer im Blaumann wuschen jeweils eine Stretchlimo.

»Was für ein Gewerbe betreiben Sie?«, fragte Margot.

»Alles, was mit Rädern zu tun hat. Mein Schwiegervater hatte ein Taxiunternehmen, in das ich vor zwanzig Jahren mit eingestiegen bin, als ich Marina geheiratet habe. Dann habe ich das Unternehmen um einen Mietwagenservice erweitert, es folgte der Limousinenservice, der Kurierdienst, und seit einem Jahr macht mein Fahrradkurierdienst die Stadt unsicher.«

Horndeich warf Margot einen Blick zu. Limousinenservice – das war das Stichwort. »Kennen Sie ProGlide?«

»Ja. Das ist eines unserer Unternehmen, der Limousinenservice, die Wagen mit den Chauffeuren. ProFahrt, das ist der Mietwagenbetrieb. Und ProMail und ProBike der Kurierdienst und der Fahrradkurier. Die ›Paul Gassion GmbH‹ – das ist nur die Holding.«

»Dann arbeitet bei Ihnen ein Ferdinand Markt … Markötter?«, berichtigte sich Horndeich rechtzeitig.

»Markötter?« Paul Gassion war stehen geblieben. »Klar, der fährt meistens die Mietwagen, ab und zu auch mal eine Limousine. Warum? Hat er was mit dem Tod meiner Frau zu tun?«

Margot schüttelte den Kopf. »Nein.«

Doch aus Gassions Blick sprach Skepsis. Schweigend gingen sie das Treppenhaus hinunter.

Als sich Gassion von den beiden Ermittlern verabschiedete, forderte er: »Finden Sie das Schwein, bevor ich es tue.« Sein Tonfall hatte sich nicht verändert. In der gleichen Tonlage hätte er beim Bäcker sagen können: »Zwei Laugenbrötchen und ein Weißbrot.« Aber Margot entging nicht die Kälte in seinem

Blick. Sie zweifelte nicht daran, dass dieser Mann seine Worte ernst meinte. Und sie wusste ebenfalls, dass sie sich jede Ermahnung und jeden Hinweis auf die Prinzipien des Rechtsstaats sparen konnte. Was sie auch tat.

»Ganz schön unterkühlt, der Gute«, sagte Horndeich, als er den Wagen startete. Margot hatte wieder auf dem Beifahrersitz Platz genommen. »Meinst du, das war ein weiterer Wassermord von unserem Brieffreund?«

»Ich fürchte es«, sagte Margot, dann meldete sich ihr Handy. »Ja?«, fragte sie nur. Wenige Sekunden später beendete sie das Gespräch und sagte nur: »Ja.«

»Was, ›ja‹?«

»Ja, es war unser Wasserkiller. Wir haben wieder Post bekommen.«

Der Brief war ebenso kurz wie seine Vorgänger, allerdings in Frankfurt aufgegeben, wie Sandra ihnen gerade mitgeteilt hatte.

Margot schaute auf Sandras Bildschirm, auf dem der eingescannte Brief zu sehen war.

> *Nummer drei*
> *Da reckte ich die Hand aus über das Wasser, und das Wasser kam wieder. Also stürzte ich sie mitten ins Meer, dass nicht einer aus ihnen übrig blieb.*

Der Typ spinnt, dachte Margot und spürte, wie ihre Aggression wuchs. Noch immer hatte sie pochende Kopfschmerzen, die sie nicht eben milder stimmten.

»Da reckte ich die Hand aus, und das Wasser kam wieder …«, murmelte sie. »Beschreibt der Typ jetzt einen Wasserhahn, oder was? Was schreibt der da für einen gequirlten Mist?«

»Wieder Altes Testament, wieder Mose«, tat Sandra kund. »Wieder zweites Buch, aber diesmal Kapitel 14, stark gekürzt.«

»In allen Bibelstellen, die der Kerl zitiert, geht es um Wasser«, stellte Horndeich fest.

»Aber die Opfer?«, fragte Margot. »Wählt er die zufällig aus?« Sie schüttelte den Kopf und gab sich selbst die Antwort. »Nein, das glaube ich nicht. Im Hallenbad, okay. Vielleicht bot sich die Bretz da einfach an. Die Gassion aber, die muss er zum Reservoir gelockt haben.«

»Zwischen den beiden Morden gibt es durchaus eine Verbindung«, meinte Horndeich. »Markötter. Der chauffierte Opfer Nummer eins und arbeitet für den Mann des zweiten Opfers.«

Markötter ... Ja, den Unsympathen hatten die Kopfschmerzen fast aus Margots Erinnerung verdrängt.

Ines Milbach betrat den Raum und erfasste sofort, worum es ging. »Wieder ein Schreiben, was?«

Sie trat an den Schreibtisch und stellte sich hinter Sandra, die in diesem Moment von Margot gefragt wurde: »Hast du dem Handy schon was entlocken können?«

»Ich hab es den Jungs von der KTU gegeben. Hab gesagt, dass es dringend ist.«

»Vielleicht hätten wir es gleich nach Wiesbaden geben sollen«, mischte sich die Milbach ein. »Gerd Fischer ist Spezialist, was Handys betrifft.«

»Rolf Zambühl auch«, entgegnete Sandra, ohne sich umzudrehen.

»Was bin ich auch?«, fragte der Mann im Türrahmen. Niemand hatte ihn bemerkt, als er in der offenen Tür stehen geblieben war. Rolf Zambühl war groß, hatte grau meliertes Haar und die Fünfzigermarke schon seit einer Weile überschritten. Trotzdem war er körperlich topfit, denn er betrieb viel Sport, liebte aktiven Fußball, Jogging und Radfahren.

Margot entging nicht, wie ihn Ines Milbach einen Moment lang musterte und ihr Blick an ihm hinab- und wieder hinaufglitt. Offenbar gefiel ihr, was sie sah, denn sie lächelte, als sie ihm antwortete: »Sie sind gut. Das sagt jedenfalls ihre Kollegin.«

»Und *wie* gut ich bin«, antwortete er nicht ohne Stolz. »Wollt ihr wissen, was ich alles aus dem Handy rausgezogen hab?«

Daraufhin richteten sich alle Blicke auf ihn. Zambühl trat in den Raum, legte einen Ausdruck auf den Tisch neben Sandras Schreibtisch. »Ich hab das alles schon in die entsprechende Datenbank zu eurem Fall gestellt, aber ich wollte es euch auch persönlich zeigen.«

»Also, mach es nicht so spannend«, forderte Sandra, die nur einen kurzen Blick auf den Ausdruck warf.

»Ich habe das ganze Teil wiederhergestellt«, erklärte Zambühl. »Soweit ich das behaupten kann, sind keine Daten verloren gegangen. Ich hab das komplette Adressbuch gerettet und auch den gesamten SMS-Verkehr, den sie nicht gelöscht hat.«

»Irgendwas, was uns weiterbringt?«, wollte Margot wissen.

»Nun, du hast gesagt, sie war verheiratet. Da sind auch ein paar SMS darauf, die sie mit Ihrem Mann gewechselt hat. Aber das ist alles harmloses Zeug, wer wann was einkaufen geht und solche Sachen.«

Ein Schauder durchfuhr Margot. Hätte sie selbst statt Marina Gassion in diesem Becken gelegen, hätte der Kollege ihr Handy auseinandergenommen. Er hätte sich die letzten Nachrichten auf der Voice-Mailbox angehört und sich die letzten SMS angeschaut, und er wäre zu dem Ergebnis gelangt, dass sie und Rainer eine recht problematische Beziehung gepflegt hätten, dass sie sich mehr auf die Nerven gegangen wären, als dass sie sich geliebt hätten. Eine tolle Hinterlassenschaft ihres Privatlebens.

Sie musste mit Rainer und seiner Tochter irgendwie ins Reine kommen, daran führte kein Weg vorbei. Oder sie musste sich von Rainer trennen. So jedenfalls konnte das nicht weitergehen.

Bei den letzten Gedanken meldeten sich die Kopfschmerzen wieder zurück, begleitet von einem netten kleinen Schwall Übelkeit.

»Interessant ist aber der SMS-Wechsel unmittelbar vor ihrem Tod«, riss Zambühl sie aus ihren düsteren Gedanken.

»Wie lautet der?«, wollte die Milbach wissen.

Zambühl nahm sich den Ausdruck, um vorzulesen. »Er beginnt mit: ›Es ist aus zwischen uns. F.‹«

»Wer schreibt das?«, fragte die Milbach.

»Das schreibt er. Ihr Geliebter, ihr Verhältnis. Oder ihr zukünftiges Exverhältnis.«

»Und wann schrieb er das?«

»Schauen Sie hier. Das ist die erste SMS.« Zambühl deutete auf die erste Seite des Ausdrucks. »Das war um 23 Uhr 12. Zwei Minuten später antwortet sie: ›Was soll der Quatsch? M.‹ Dann wieder er: ›Ich meine es ernst.‹ Eine Minute später wieder sie:

›Wir müssen reden. M.‹ Das war die letzte SMS, die sie gesendet hat in ihrem Leben. Eine Antwort kam noch rein: ›11.30 am Reservoir. F.‹ Wobei elf-dreißig sehr wahrscheinlich die Uhrzeit war, wann er sie dort treffen wollte. Und das war's.«

»Wer ist der Typ, mit dem sie da gesimst hat?«, wollte Margot wissen.

Zambühl sagte: »Sie hat ihn unter ›Ferdi‹ abgespeichert.«

Horndeich und Margot sahen sich an: »Denkst du auch, was ich denke?«

Horndeich nickte. »Der Marktköter!«

»Was für ein Marktköter?«, fragte die Milbach verwirrt.

Margot nahm ihr Handy, ließ sich von Zambühl die Nummer diktieren, die Frau Gassion unter dem Namen »Ferdi« gespeichert hatte, und tippte sie ein.

»Markötter«, meldete sich der Angerufene.

»Hesgart, Kripo Darmstadt. Herr Markötter, dürften wir Sie bitten, noch mal zum Präsidium zu kommen? Wir hätten da noch ein paar Fragen an Sie.«

Sandra klopfte Zambühl demonstrativ auf die Schulter. »Das hast du gut gemacht.« Dabei sah sie jedoch nicht Zambühl an, sondern Ines Milbach. Margot bemerkte den Blick, und ihr kam der Gedanke, wie treffend manche Ausdrücke der deutschen Sprache waren. In diesem Falle war die entsprechende Umschreibung für Sandras Blick »scheißfreundlich«.

Markötter fuhr bereits zwanzig Minuten später auf dem Hof des Präsidiums vor. Und verursachte einigen Aufruhr, da die weiße sechstürige Stretchlimousine, mit der er angefahren kam, fast sieben Meter lang war und sich in keine Parkbucht bugsieren ließ.

Ein freundlicher Kollege winkte Markötter ein, dann stand die weiße Edellimousine im hinteren Teil des Hofes, begutachtet von sicher fünfzig Kollegen, die sich die Nasen an den Fensterscheiben plattdrückten.

Markötter wirkte äußerst nervös, als er Margot und Horndeich am Tisch im Verhörzimmer gegenübersaß. Sein Fuß wippte unter dem Tisch, was am leicht mitwippenden Oberkörper zu erkennen war. Seine Augen huschten unstet hin und her.

Der hat was zu verbergen, dachte Horndeich. Wie auch Sandra, dachte er unwillkürlich weiter. Er konnte das Bild von dem Strauß Rosen in ihrem Büro einfach nicht verdrängen. Auch wenn ihn das gar nichts anging.

»Herr Markötter«, fragte Margot, »wo waren Sie gestern zwischen 23 und 24 Uhr?«

Ein kurzes Stirnrunzeln, so als habe Markötter mit einer ganz anderen Frage gerechnet. »Gestern Nacht? Da war ich zu Hause. Habe ferngesehen.«

»Was kam denn?«

»Ein Western. Mit John Wayne. Weiß den Titel nicht mehr. Warum?«

Margot ignorierte die Gegenfrage. »Welcher Kanal?«

»Keine Ahnung – irgendeiner ohne Werbeunterbrechung. Warum wollen Sie das wissen?«

»Wie lange hatten Sie schon ein Verhältnis mit Marina Gassion?«, ging Margot in die Offensive.

Markötter zuckte zusammen. »Marina? Wieso?«

»Beantworten Sie einfach meine Frage.«

»Wir ... wir haben kein Verhältnis.«

»Aber Sie kannten sie?«

Markötter zögerte kurz, schien die Möglichkeiten, mit einer Lüge durchzukommen, abzuwägen, entschied sich dann, das Offensichtliche zuzugeben: »Ja.«

»Wie lange?«

»Na, sie ist die Frau des Chefs. Da sehe ich sie einfach hin und wieder. Wenn sie ins Büro kommt. Ich hab den Job seit drei Jahren. Da werde ich sie schon öfter mal gesehen haben.«

»Und wann begann Ihr Verhältnis?«

Markötters Fuß hörte auf zu wippen. »Wir haben kein Verhältnis!«

Margot blätterte demonstrativ in der vor ihr liegenden Mappe. »›Bleibt es bei heute Abend? Kuss, Ferdi.‹ Dann Frau Gassions Antwort: ›Ja. 20 Uhr. Freu mich. Kuss zurück, wohin auch immer du ihn haben möchtest. M.‹«

Ferdinand Markötter schoss das Blut in den Kopf.

»Am nächsten Morgen: ›War schön mit dir. Liebe dich. Kuss, Ferdi.‹ Frau Gassions Antwort nur ein Grinsemännchen mit vier Ausrufezeichen. Das war letzte Woche.«

Markötter starrte auf die Tischplatte. »Ja, wir haben ein Verhältnis. Aber es ist mehr als das. Viel mehr.«

»So so.« Horndeich konnte es sich nicht verkneifen.

Markötters Reaktion war ungewöhnlich heftig. »He, Sie haben ja keine Ahnung! Ihr Mann ist ein Arschloch! Er hat sie nie behandelt wie eine Dame, sondern wie einen Fußabtreter!«

»Und Sie?«, fragte Horndeich. »Sie waren der strahlende Ritter in weißer Rüstung, der seine Prinzessin abholen wollte auf sein Schloss, damit sie dort glücklich wird bis an ihrer Tage Ende?«

»Sparen Sie sich den Zynismus!«, schnauzte Markötter. »Ja, wir lieben uns. Beide. Und sie will sich von ihrem Scheißmann trennen. Und ja, wir wollen zusammenziehen. Und nein, ich habe kein Schloss.«

»Wie haben Sie sich kennengelernt?«, wollte Margot wissen. »Auf der Arbeitsstelle?«

»Nein. Über die Bretz. Marina und die alte Frau haben sich in ihrem Laden kennengelernt. Sie wissen ja, Marina hat dieses kleine Geschäft für Schmuck und Uhren. Die Bretz ließ sich von mir immer mal wieder dorthin fahren. Irgendwie mochten sich die beiden. Und die Bretz hat offenbar auch schnell kapiert, dass ich Marina mochte. Deshalb war ich zwei-, dreimal dabei, als sie zusammen Kaffee trinken gingen. Dann habe ich Marina in ihrem Laden besucht, immer mal wieder Kurierfahrten für sie erledigt, wenn ein Schmuckstück, das sie repariert hatte, ganz schnell zu einem Kunden musste.«

»Und ihr Mann?«, fragte Margot. »Der hat davon nichts mitgekriegt?«

»Ich glaube nicht. Wir sind vorsichtig. Und die beiden haben sich ohnehin nicht mehr viel zu sagen. Er ignoriert sie meist – und wenn sie miteinander reden, dann streiten sie stets.«

»Sie beide waren also glücklich und zufrieden?« Es war Horndeich unmöglich, den Zynismus in seiner Stimme zurückzuhalten. Er war vierzehn gewesen, als er seine Mutter mit einem anderen Kerl im Bett erwischt hatte. Sein Verständnis dafür war nach wir vor begrenzt bis nicht vorhanden.

»Nein, wir sind nicht zufrieden. Ich will endlich mit ihr zusammen sein. Ohne Heimlichkeiten.«

»Und das wollte sie nicht«, schloss Margot. »Also haben Sie mit ihr Schluss machen wollen.«

Marködtter schaute Margot an, als ob sie ihn gefragt hätte, warum er Damenunterwäsche trug. »Schluss machen? Was ist denn das jetzt für ein Blödsinn?«

Sie blätterte wieder in der Mappe, las dann vor: »›Es ist aus zwischen uns.‹ – ›Was soll der Quatsch? M.‹ – ›Ich meine es ernst.‹ – ›Wir müssen reden. M.‹ – ›11.30 am Reservoir.‹«

»Und? Was ist das für ein Text?«

»Den sollten Sie kennen«, gab sich Horndeich überzeugt.

»Ich kenne ihn aber nicht.«

Wie blöd war das denn?, dachte Horndeich. Markötter musste doch klar sein, dass sie hier nicht ins Blaue dichteten, dass sie vorliegen hatten, was er sich mit der Gassion gesimst hatte.

»Das ist der SMS-Verkehr mit Marina, bevor Sie sie umgebracht haben«, erklärte Horndeich schroff.

»Bevor ich *was*? Marina ist – tot?« Das Entsetzen zeichnete sich nur kurz auf seinem Gesicht ab, dann folgte hemmungsloses Schluchzen.

Horndeich sah seine Kollegin an. Mit einer derartigen Reaktion hatte er nicht gerechnet. Obwohl er Tränen schon bei einigen Missetätern gesehen hatte, weil die ihre Tat im Nachhinein bereut hatten.

Nachdem Markötter bereits eine Minute geheult hatte, reichte ihm Margot ein Papiertaschentuch, das aber den Tränenfluss nicht zu stoppen vermochte.

»Man hat sie … umgebracht?«, schniefte Markötter. »Wer? Warum?«, fragte er und setzte noch ein »Wie denn?« hinterher.

»Ich denke, Sie sind der Einzige, der alle drei Fragen beantworten kann«, erklärte Horndeich.

»Ich? Wieso denn ich? Warum … warum sollte ich sie umbringen?«

»Sagen *Sie* es uns.« Horndeich war nicht bereit, von seiner Theorie abzuweichen, der zufolge Marinas Mörder – und damit auch jener von Susanne Bretz – vor ihnen saß. Die Indizien sprachen eindeutig gegen Markötter.

»Sie teilen Ihrer Geliebten mit, dass Sie Schluss machen wollen«, beantwortete Horndeich seine Frage selbst, als Markötter den Mund nicht aufmachte. »Sie treffen sich am alten Wasserreservoir. Das Verhältnis ist für Sie schon lange belastend. Sie will sich nicht trennen, und sie hat Sie in der Hand: Ein Wort, und Sie sind Ihren Job los. Also beschließen Sie, sich das Erbe der alten Bretz zu holen und das Problem Marina ebenfalls aus der Welt zu schaffen – ein für alle Mal.« Horndeich wusste selbst, dass die Geschichte ein wenig hinkte, aber sie war die einzige, zu der alle bisherigen Erkenntnisse passten.

Die Tränen waren versiegt und ungläubigem Staunen gewichen. »Wie, um alles in der Welt, kommen Sie darauf, dass ich mit Marina Schluss machen wollte? Oder sie mit mir?«

»Weil Sie es ihr geschrieben haben«, erklärte Horndeich. »Von Ihrem Handy aus.«

»Gestern?«, fragte Markötter.

»Ja. Gestern.«

»Von meinem Handy aus?«

»Ja, von Ihrem Handy aus.« War der gute Junge debil geworden? Oder war das ein raffinierter Schachzug, um Justitia ein Schnippchen zu schlagen?

»Da will mir jemand was anhängen.«

»Klar«, meinte Horndeich trocken. Schachzug. Nur welcher? Er war gespannt.

»Man hat mir meine SIM-Karte gestohlen. Vorgestern.«

»Wie bitte?«, fragte Horndeich. Der Kerl behauptete tatsächlich, dass ihm jemand das kleine Kärtchen aus dem Mobiltelefon geklaut hatte, über das die Nummer des Handys definiert war? Quasi den Personalausweis des Geräts? Der Schachzug war ungefähr so intelligent, wie mit der Dame freiwillig vom Schachfeld zu hopsen.

Markötter drehte den Kopf und sah Horndeich direkt an. »Man hat mir vor zwei Tagen die SIM-Karte aus dem Handy gestohlen. Ohne dass ich es gemerkt habe.«

»Herr Markötter«, sagte Horndeich, wobei er den Namen in die Länge zog, »das klingt für mich irgendwie so, als wollten Sie mir erzählen, jemand habe Ihnen die Limousine unterm Hintern weggeklaut und Sie hätten es nicht mitgekriegt.«

»Nein, ich habe es ja nur anfangs nicht gemerkt.«

Horndeich rollte mit den Augen: »Hallo? Kennen Sie das Buch ›Handy-Benutzung für Anfänger‹? Seite vier, gleich nach dem Vorwort: ›Wenn in Ihrem Handy keine SIM-Karte steckt, können Sie nicht telefonieren und auch nicht angerufen werden!‹«

»Ich bin ja nicht blöd, Herr Horndeich!«, fuhr Markötter auf. »Ich habe es nicht gleich gemerkt, weil ich ja telefonieren konnte. Der Dieb hat mir eine andere SIM-Karte ins Handy gesteckt. Ich hab mich nur gewundert, dass mich überhaupt kein Schwein mehr anruft. Erst heute früh hab ich mein Handy aufgemacht und gesehen, dass da was nicht stimmt. Es war eine Prepaid-Karte, aber vom selben Provider.«

»Zeigen Sie mir Ihr Handy«, verlangte Horndeich unwirsch. Er konnte es einfach nicht ertragen, wenn jemand ihn dummdreist belügen wollte. Das kostete immer nur wertvolle Lebenszeit. Er fragte sich manchmal, wie viele Stunden er in seinem Leben schon damit verschwendet hatte, die dümmsten Lügen als solche zu entlarven. Das forderte Zeit, Mühe, Einsatz, obwohl das Ergebnis schon von vornherein feststand.

Markötter holte das Gerät aus seiner Jackentasche und reichte es ihm. »Als ich heute früh gemerkt hab, dass die Originalkarte fehlte, hab ich meine Nummer sofort sperren lassen. Und ich bin auch zu Ihren Kollegen gefahren und hab den Diebstahl gemeldet. Ich hatte echt Muffe, dass jemand nach Pakistan telefoniert, weil man die Karte in ein Al-Kaida-Handy gepackt hat und ich dann auf den Kosten sitzen bleiben oder von der CIA nach Guantánamo verschleppt werde. Soll ja alles schon vorgekommen sein, oder?«

Horndeich fragte: »Darf ich?« Markötter nickte, und Horndeich klickte sich in den SMS-Ordner. Und stutzte. »Da ist ja keine einzige SMS drin.«

»Ich lösche die Teile immer gleich. Auch den Anrufverlauf. Das ist meine Privatsache. Big Brother beobachtet uns schon genug – da muss man es ihm nicht noch leichter machen.«

CIA, Guantánamo, Big Brother … Markötter schien ein Anhänger dieser Verschwörungstheorien zu sein, denen zufolge die Demokratie nur Deckmäntelchen eines finsteren und undurchschaubaren Regimes ist, das in Wirklichkeit von Herren in schwarzen Anzügen und Sonnenbrillen auf den Nasen beherrscht wird …

Auf einmal rannen Markötter wieder Tränen übers Gesicht. »Sie ist wirklich tot?«

Horndeich war versucht zu sagen: Nein, es war nur ein verspäteter Aprilscherz, Marina Gassion wartet unten auf Sie. Aber er verkniff sich die zynische Antwort. Er wusste im Moment gar nicht mehr, was er denken sollte. Entweder war Markötter ein eiskalter Mörder und gerissener Lügner, oder er erzählte die Wahrheit, und beides schien Horndeich nicht besonders wahrscheinlich.

»Bitte warten Sie hier«, sagte Margot und nickte Horndeich zu. Beide verließen den Raum.

Eine Viertelstunde später saßen sie einander ratlos in ihrem Büro gegenüber. Horndeich hatte sich mit den Handyprovidern in Verbindung gesetzt und mit den Kollegen vom ersten Revier. Alle bestätigten Markötters Angaben: Die SIM-Karte, die auf Markötter registriert war, war um acht Uhr in der Früh von ihm gesperrt worden. Die Kollegen von der Wache hatten seine Diebstahlsanzeige um neun entgegengenommen – und waren zunächst genauso irritiert gewesen wie Horndeich. Die Nummer der anderen SIM-Karte führte ins Leere; sie war über zehn Jahre alt und stammte damit aus der Zeit, als Prepaidhandys oft noch über die Theke gingen, ohne dass die Personalien des Käufers aufgenommen wurden. Darum gab es keinen Namen zu der Karte. Und abgesehen von ein paar Anrufen am vergangenen Tag und drei SMS, alle im Raum Darmstadt abgeschickt, war die Karte in den vergangenen drei Monaten nicht benutzt worden, und länger wurden Verbindungsdaten nicht gespeichert.

Margot hatte sich, während Horndeich telefonierte, die Verbindungsdaten von Marina Gassions Handy angeschaut. Da waren tatsächlich noch zwei eingehende SMS von »Ferdi« unter der neuen Prepaid-Nummer gespeichert. Auf die erste – »Freu mich auf heute Abend, Kuss, F.« – hatte Marina mit der Frage geantwortet: »Hast du ein neues Handy?« Ihr war offenbar die neue Nummer aufgefallen. Markötter hatte nur erwidert:

»Nein«. Er musste gedacht haben, sie meine ein neues Gerät. Offensichtlich hatte Marina unter »Ferdi« dann die neue Nummer abgespeichert.

»Was machen wir jetzt mit ihm?«, fragte Horndeich.

»Ich weiß es nicht. Für eine Festnahme ist das alles etwas dünn. Relgart würde zwar einen Purzelbaum schlagen vor Freude, aber jeder Anwalt holt den Marktköter sofort wieder raus. Ich fürchte, wir brauchen noch ein bisschen mehr.«

»Glaubst du ihm?«, fragte Horndeich.

Margot zögerte kurz. »Er muss wirklich fast schizophren sein, wenn er so eine Trauer vorspielen kann. Die Überraschung wirkte echt. Hast du gemerkt, wie er auf unsere Fragen geantwortet hat? ›Wir *haben* kein Verhältnis…‹, ›Wir *sind* vorsichtig…‹ Er dachte, Marina sei noch am Leben. Auf der anderen Seite haben wir es bei dem Täter wohl auch mit einem Psychopathen zu tun, und die sind meist mehr oder weniger schizophren. Er hat ja nicht nur die Gassion umgebracht, sondern auch die Fische. Und die Bretz. Und das alles mit diesen bescheuerten Briefen garniert.«

»Es gibt noch jemanden, der für den Mord an Marina Gassion infrage käme«, sagte Horndeich nach ein paar Sekunden.

»Gassion selbst«, überlegte Margot.

»Genau. Seine Frau geht fremd. Das ist ja wohl das klassischste aller Mordmotive.«

»Aber er hat nichts mit der Bretz zu tun.«

»So würde ich das nicht sehen«, widersprach Horndeich. »Die Bretz war immerhin mit seiner Frau bekannt, offenbar sogar befreundet. Und über sie hat Marina Gassion auch ihren Ferdi kennengelernt. Vielleicht machte Gassion ja die Bretz dafür verantwortlich, dass ihn seine Frau mit diesem Hallodri betrog.«

»Gar nicht so weit hergeholt«, lobte Margot. »Und die toten Fische?«

Horndeich feixte. »Vielleicht sind sich der Marktköter und die Gassion zum ersten Mal in einem Fischrestaurant nähergekommen.« Er zuckte mit den Schultern und wurde wieder ernst. »Wie auch immer, nach dem Mittagessen werde ich mir ihren Göttergatten noch mal vornehmen.«

Margot parkte ihren BMW direkt vor dem Haus. Rainers Wagen stand nicht in der Einfahrt. Vielleicht machte er sich mit Töchterchen ja einen schönen Tag, und auch dem Hund musste man ja die neue Umgebung schmackhaft machen. Margot schluckte die Galle wieder hinunter, die eben aufgestiegen war.

Bleib fair, ermahnte sie sich selbst, obwohl ihre Lust, dort weiterzumachen, wo das vergangene Abendessen geendet hatte, mehr als begrenzt war.

Zuvor hatte sie das erste Mal in ihrem Leben eine Zoohandlung betreten. Sie hatte eine Packung »Hundeleckerli« kaufen wollen, so wie Cora es ihr geraten hatte. Der Verkäufer hatte sie dermaßen mit Fachkauderwelsch überfallen, dass es ihr noch immer davon grauste. Hunderasse, Alter, Geschlecht, Zweck der Leckerlis – Dressur oder einfach so? – und Geschmacksrichtung, diese Kenntnisse schienen unabdingbare Voraussetzung zu sein, um für den Hund genau das Richtige zu erstehen. Als sie den Verkäufer gefragt hatte, ob sich denn nicht jeder Hund sofort auf jedes Leckerli stürzen würde, hatte der nur mit den Augen gerollt und zu einem langen Vortrag angesetzt. Margot hatte ihn einfach stehen lassen und in der Metzgerei vier Scheiben Gelbwurst gekauft. Das konnte nicht verkehrt sein.

Obwohl Rainers Wagen nicht zu sehen war und es schien, als sei er mit Töchterchen ausgeflogen, klingelte Margot. Sie wusste nicht so recht, warum. Vielleicht wollte sie einfach sichergehen, ob jemand zu Hause war oder nicht, bevor sie den Schlüssel zückte und ihr Heim – *ihr* Heim – betrat.

Keine drei Sekunden später öffnete jemand die Haustür, und sofort schoss Che heraus, sprang an ihr hinauf, tanzte um sie herum, schoss in den Garten, machte quasi im Satz kehrt, um wieder auf sie zuzurennen und an ihrem Hosenbein hochzuspringen. Margot ging in die Hocke, streichelte ihn, er leckte ihre Hand, tanzte noch mal um sie herum.

Margot war gerührt, dass sich zumindest der Hund über ihren Besuch freute, als wäre sie drei Wochen fort gewesen und sehnsüchtig zurückerwartet worden. (Moment mal, meldete sich eine Stimme in ihrem Hinterkopf. Besuch? Sie war hier zu Hause!) Dabei war sie die Tussi, die den kleinen Hund gestern a) zum ersten Mal gesehen und b) ihn durchs halbe Wohnzimmer gestoßen hatte. Entweder war der kleine Kläffer einfach strunzdoof, oder er hatte ein gutes Herz und erkannte selbiges grundsätzlich auch bei ihr.

Obwohl Margot Hunde nicht mochte, gefiel ihr der kleine Racker. Und sie begann, an Möglichkeit Nummer zwei Gefallen zu finden. Was ihr aber irgendwie auch nicht behagte.

Sie zog die Gelbwurst aus der Tasche, packte sie aus und war erstaunt darüber, dass der Hund sich artig vor sie setzte und den Blick zwischen Wurst und ihrem Gesicht hin und her wandern ließ, ohne die Wurst oder sie gierig geifernd und knurrend anzufallen. Erst als sie Che die erste Scheibe hinhielt, schnappte er sie sich und schien sie zu inhalieren, so schnell war sie verschwunden. Die drei anderen Scheiben waren ebenso blitzartig weg.

Margot stand wieder auf und merkte erst da, dass Dorothee sie die ganze Zeit über beobachtet hatte. »Hallo«, sagte sie und reichte Margot die Hand.

»Na, glaubst du, dass er mir das von gestern noch übel nimmt?«, fragte Margot, in der Überzeugung, Dorothee würde mit einem breiten Lächeln verneinen.

»Ja. Aber Che ist großherzig.«

Margot war sich nicht sicher, ob die Antwort wieder nur Arroganz zur Schau stellte oder Dorothees ehrliche Meinung war. Doch wenn sie daran dachte, jemand hätte ihren Hund… Aber sie hatte keinen Hund und würde auch nie einen haben, brachte sie sich zur Räson.

»Das Essen ist fertig«, sagte Dorothee.

Margot glaubte, sich verhört zu haben! »Du hast gekocht?«

»Ja. Ich dachte, du hättest vielleicht Hunger. Also – ich hab auf jeden Fall Kohldampf, und da hab ich halt ein bisschen mehr gemacht.«

Che tollte durch den Garten. Dorothee rief ihn beim Namen. Kaum erreichten die Schallwellen dessen Ohren, schoss er auf sein Frauchen zu. Margot staunte, wie gut der Kläffer folgte.

Dorothee hatte den Küchentisch für zwei Personen gedeckt. Mit Servietten und einem Kristallweinglas.

Als sie die Küche betraten, wollte der Hund hinter ihnen hertrapsen. Ohne sich umzudrehen, sagte Dorothee nur: »Bleib!«, und Margot hörte nicht vorhandenes Reifenquietschen, als der Hund augenblicklich stehen blieb.

Dorothee öffnete den Backofen und zog einen Bräter hervor. Sie öffnete den Deckel. Margot sah das Steak und roch die Pfeffersoße. »Wow!«, brachte sie nur hervor.

Ohne Che anzusehen, sagte Dorothee: »Platz!«, und Che legte sich auf den Boden. Sie fuhr fort: »Ich mag Steaks. Ich hoffe, du auch.«

Margot nickte nur. Was immer man von dem Mädchen halten mochte, den Hund hatte sie auf jeden Fall gut erzogen. Margot fragte: »Wo ist Rainer?«

»Ach, der wollte noch mal zur Uni, sagte, er sei heute Abend wieder da.«

Margot konnte sich des Eindrucks nicht erwehren, dass dieser Satz irgendwie einstudiert war. Was ging hier vor? Auch wirkte Dorothee seltsam gewandelt.

»Ein Glas Wein für dich?«, fragte Dorothee, nachdem sie sich der Schürze entledigt und sich am Tisch niedergelassen hatte.

In Margots Kopf war der Panzer inzwischen durch vier Geländewagen ersetzt worden, was ihren Zustand gebessert hatte, der aber immer noch weit entfernt vom grünen Bereich war. Doch sie wollte Dorothee nicht enttäuschen, die sich offensichtlich richtig ins Zeug gelegt hatte, um ihr ein tolles Mittagsmahl zu servieren.

»Ja, danke, aber nur einen kleinen Schluck.« Sie musste schmunzeln. Im Fernsehen sagten ihre Kollegen immer: »Nein danke, ich bin im Dienst.«

Dorothee schenkte ihr ein. Sich selbst goss sie nur Mineralwasser ins Glas.

»Guten Appetit«, wünschte sie.

Margot sah zu Che hin. Der hob zwar ein Ohr, Zeichen seines Interesses, machte aber keine Anstalten, seinen Platz zu verlassen. »Will er nichts abhaben?«

Dorothee lachte. »Wollen schon, aber er bekommt nichts. Magst du einen sabbernden Bettler, der dir beim Essen um die Füße streicht? Und hinterher seinen Durchfall wegwischen? Ich nicht. Das habe ich ihm gleich abgewöhnt.«

Margot kostete das Fleisch. Er war vorzüglich. Sie prostete

Dorothee zu, nippte dann an dem Wein. »Wir hatten wohl einen etwas schlechten Start«, meinte sie.

Dorothee machte eine wegwerfende Handbewegung. »Lass uns das jetzt nicht durchkauen, sondern lieber die Steaks.«

Was war nur mit der jungen Dame los?, fragte sich Margot. Hatte Rainer sie einer Gehirnwäsche unterzogen? Dass Dorothee sich von selbst so verhielt, war Margots Meinung nach etwa so wahrscheinlich wie eine Proverhütungspredigt des Papstes.

»Ihr habt einen kniffligen Fall«, versuchte Dorothee das Gespräch auf eine andere Bahn zu lenken.

»Ja, das stimmt. Aber ... Woher weißt du das?«

Dorothee zögerte kurz, dann sagte sie: »Hat Rainer mir gesagt.«

»Ich darf da nicht groß drüber reden«, erklärte Margot und sah die Enttäuschung im Gesicht der Jüngeren; sie schien echt zu sein. »Interessierst du dich für so was?«, fragte Margot bewusst offen.

Dorothee zuckte mit den Schultern. »Etwas. Allerdings sind mir lebende Menschen lieber. Denen ich helfen kann. Weißt du, im Krankenhaus oder so.«

»Ja, verstehe«, murmelte Margot, obwohl sie nichts verstand. Sie führte die Gabel zum Mund, schob sich ein weiteres Fleischstück zwischen die Zähne, merkte jedoch, dass ihr Magen noch immer gegen die gestrigen Cocktails kämpfte.

Dieser vertrackte Wassermordfall ging ihr nicht aus dem Kopf. Wer hatte Susanne Bretz und Marina Gassion auf dem Gewissen? Markötter, Gassion oder ein völlig unbekannter Dritter – das waren die Optionen, die sie bislang hatten. Wenn Markötter nicht der Mörder war, dann musste es der sein, der ihm die SIM-Karte geklaut hatte. Und wenn er sein Tempo beibehielt, würden sie morgen wieder eine Leiche haben und einen Brief mit einem verkürzten Bibelzitat. Sie mussten schnell sein, verdammt schnell. Wenn sie den Täter bis morgen früh nicht hatten, würde erneut ein Mensch auf grausame Weise sterben ...

»Hast du keinen Hunger mehr?« Dorothees Stimme riss sie aus den düsteren Gedanken.

»Doch. Nein. Ich … ich habe gestern zu viel getrunken. Es schmeckt fantastisch, aber …«

»… aber du willst das Zeug nicht auskotzen.«

So hätte es Margot nicht formuliert, aber es traf so ziemlich den Kern der Sache. »Danke auf jeden Fall, dass du für mich mit gekocht hast.«

»Schon okay, ich hatte ja auch Hunger.«

Einen Moment lang saßen sie beide schweigend am Tisch. Margot war erleichtert. Wenngleich sie immer noch ein komisches Gefühl hatte hinsichtlich des Wandels in Dorothees Verhalten. War die junge Dame über Nacht sozialverträglich geworden? Wahrscheinlich war auch sie erschrocken gewesen über die gestrigen Ereignisse. Und hatte kapiert, dass eine Dauerkonfrontation nichts brachte.

Vielleicht würde ja alles gut werden.

Margot stand auf, griff nach dem leeren Teller.

»Lass stehen, ich räum das weg.«

»Danke, ich muss wieder aufs Präsidium«, sagte Margot und verließ die Küche. »Danke noch mal.«

»Keine Ursache.«

Als sie durch den Flur ging, sah sie den Gehschirm, ohne den ihr Vater nie das Haus verließ, wenn auch nur eine einzige Wolke am Himmel zu sehen war, und auf einmal wurde ihr alles klar: Sebastian Rossberg hatte sich auch schon mit seiner Enkelin bekannt gemacht. Er hatte bestimmt sanft, aber nachdrücklich seine Position dargelegt und der jungen Dame und seinem Schwiegersohn verklickert, wie sie es schaffen konnten, sich wieder bei Margot einzuschmeicheln. Dann hatte er Rainer in die Wüste geschickt und Dorothee das Rezept für die Steaks gesteckt. Offensichtlich war sein Abschied etwas überstürzt gewesen, sonst hätte er seinen geliebten Schirm sicherlich nicht zurückgelassen.

Che sprang auf sie zu, tanzte wieder um ihre Beine. »Mach's gut, kleiner Revoluzzer, bis nachher.« Laut rief sie in Richtung Küche: »Grüß meinen Vater, wenn er zurückkommt!«

Dann verließ sie das Haus.

Sie mochte es nicht, wenn sich Sebastian Rossberg in ihre Angelegenheiten mischte. Aber böse sein konnte sie ihm deswegen auch nicht. Zumal das gemeinsame Mittagessen das Verhältnis zwischen ihr und Rainers Tochter doch merklich entspannt hatte. Auch wenn das nur möglich gewesen war, weil er heimlich im Hintergrund die Strippen gezogen hatte.

Egal, in diesem Fall zählt das Ergebnis, sagte sie sich.

Wie angekündigt, fuhr Horndeich nach dem Mittagessen zu Gassions Firma.

Gassion war nicht überrascht, als ihm der Kripobeamte angemeldet wurde. Als Horndeich vor ihm im Büro saß, fragte er: »Haben Sie schon etwas Neues herausgefunden? Wissen Sie bereits, wer Marina umgebracht hat?«

Horndeich hatte wieder auf dem Sofa Platz genommen. »Nein. Wir wissen noch nicht, wer Ihre Frau ermordet hat. Aber wir haben noch ein paar Fragen.«

Gassion hob die rechte Augenbraue. »An mich?«

»Ja, an Sie.«

»Dann stellen Sie Ihre Fragen.«

Aus seinem Unterton war herauszuhören, dass er davon ausging, dass die Fragen unangenehm für ihn sein würden. Bevor Horndeich allerdings anfangen konnte, räusperte sich Gassion und fragte seinerseits: »Mögen Sie etwas trinken? Einen Espresso?«

»Gern.«

Während Gassion mit seiner Sekretärin telefonierte, schaute sich Horndeich noch mal im Büro um. Der Schrank, in dem sich auch die Bar verbarg, und der karge Schreibtisch mussten sich den großen und lichten Raum nur mit der Sitzgruppe teilen. Es gab keinerlei persönliche Dinge, wie Horndeich zum zweiten Mal auffiel, keine gerahmten Diplome an der Wand, keine Fotos vom Chef mit anderen Wirtschaftsgrößen oder ein Gemälde oder wenigstens einen schlechten Druck. Nichts.

Gassion legte auf. »Was wollen Sie wissen?«

Horndeich entschied sich, zunächst nur allgemeine Fragen zu stellen und sich die dicken Hämmer für später aufzubewahren. Er wollte nicht gleich mit der Tür ins Haus fallen, denn dann bestand die Gefahr, dass Gassion gleich zu Anfang blockte oder sich nur noch im Beisein eines Anwalts äußern wollte, sobald er begriff, dass er unter Verdacht stand.

»Herr Gassion, Ihr Name, das ist kein deutscher Name, oder?«

»Nein, es ist französisch. Ich bin im Elsass geboren, in Mühlhausen, habe aber schon in der Schule Deutsch gelernt.«

»Wann kamen Sie nach Deutschland?«

»'88.«

»Warum?«

Ein melancholisches Lächeln huschte über sein Gesicht. »Ich war neugierig. Ich war zuvor schon viel in der Welt herumgekommen. Musste immer was Neues sehen, was erleben. Ich verdiente mein Geld meist mit Taxi- oder Lastwagenfahren, und wenn ich genug zusammenhatte, machte ich wieder eine Reise. So kam ich auch nach Deutschland. Eigentlich wollte ich gar nicht so lange bleiben. Doch dann lernte ich meine Frau kennen.«

Horndeich schluckte. »Ihre Frau ...«, begann er. »Ich muss Sie noch mal fragen, wie Ihr Verhältnis zueinander war.«

Ein schmallippiges Lächeln war die erste Antwort. Die verbale Ausschmückung des Lächelns lautete: »Sie sind schnell. Sie haben also schon Markötters Privatleben durchleuchtet. Er war der Geliebte meiner Frau. Ich gebe zu, in diesem Punkt habe ich nicht die Wahrheit gesagt.«

Nun war es an Horndeich, eine Augenbraue hochzuziehen.

Die Sekretärin, eine ältere Dame mit Dutt, die einem Film aus den Fünfzigerjahren hätte entsprungen sein können, brachte ein kleines Tablett, darauf zwei Espressi.

Horndeich rührte Zucker in den Kaffee, trank einen Schluck und fragte dann, als die Sekretärin wieder draußen war: »Sie wussten davon?«

»Ja. Seit einem Jahr.«

»Das ist eine lange Zeit. Und Sie haben das einfach toleriert?«

»Ja, ich habe es toleriert. Ich liebe meine Frau. Also, ich meine, ich *liebte* sie. Wirklich und aufrichtig. Ich glaube, das tat sie auch. Wissen Sie, es gibt viele Dinge, die Partner in einer Ehe verbinden. Sexuelle Treue ist nur eine Komponente. Vertrauen, Empathie, Sympathie, wirtschaftliche Verflechtungen ... Selten sind alle Komponenten gleichzeitig vorhanden oder gleich stark. Irgendwo muss man Abstriche machen. Ich habe keine Freudensprünge gemacht, als ich von Marinas Affäre erfuhr, gewiss nicht. Aber es gab auch keinen Grund, alles hinzuwerfen.«

»Haben Sie mit Ihrer Frau darüber gesprochen?«

»Über Markötter? Ich habe es kurz überlegt, aber mich dann dagegen entschieden.«

»Warum?«

»Im August wären wir zwanzig Jahre verheiratet gewesen. Ich war zweiundzwanzig Jahre älter. Anfangs war Marina verrückt nach mir, glaubte, ich sei ihr Prinz. Sie war gerade einundzwanzig, als wir uns kennenlernten. Ich habe mich natürlich geschmeichelt gefühlt, dass sich eine junge, attraktive Frau für mich begeisterte. Nun, auch ich hatte mich verliebt. Nachdem die Gefühle nach einem Jahr nicht abgeebbt waren, haben wir geheiratet. Ich wusste, dass irgendwann der Tag kommen würde, an dem sie neue Erfahrungen würde sammeln wollen. Der Tag kam, und sie sammelte. Ich ließ sie gewähren. Revanchierte mich. Natürlich redeten wir darüber und stritten auch hin und wieder deswegen. Aber uns beiden war klar, dass es nur zwei Möglichkeiten gab: Wir würden uns trennen oder uns einander unsere Freiheiten gewähren müssen. Wir entschieden uns für Letzteres. Und hielten uns beide daran, dass wir eventuelle Affären nicht in der Öffentlichkeit zur Schau stellten.«

»So einfach war das?«

»Ja, so einfach war das. Eine klare Absprache, an die sich alle Beteiligten halten, ersetzt so manche überflüssige Diskussion.«

Das musste nicht die schlechteste Einstellung sein, dachte Horndeich. Dennoch irritierte ihn die ... Was war das eigentlich, was Gassion hier so demonstrativ zur Schau stellte? Gleichgültigkeit? Oder Kälte? Horndeich fand die Zeit für gekommen, die Schraube ein wenig anzuziehen.

»Markötter sprach nicht davon, dass er eine *Affäre* mit Ihrer Frau hatte. Er behauptet, dass Marina Sie verlassen wollte, dass die beiden miteinander leben wollten.«

Gassion zuckte mit den Schultern. »Er war wahrscheinlich nicht der Erste, der sich bei Marina derartigen Hoffnungen hingab. Er hatte in dieser Hinsicht schon den ein oder anderen Vorgänger.«

Dennoch irritierte Horndeich etwas. Die Liebschaft der eigenen Frau zu tolerieren war eine Sache. Den Liebhaber der Frau in der eigenen Firma zu beschäftigen, das war etwas anderes. »Aber Sie haben Markötter nicht vor die Tür gesetzt, als Sie von dem Verhältnis erfuhren.«

War Gassions Version eines offenen Lachens echt? »Nein. Was hätte das geändert? Ich meine, meine Frau hat ihre Affären nie von den Geldbeuteln ihrer Liebhaber abhängig gemacht. Es waren wohl andere Qualitäten, die sie bei ihnen schätzte.«

»Das hat Sie nicht wahnsinnig gemacht?«

»Ich bin zwar Ehemann, aber ich bin auch Geschäftsmann. Letzteres ernährt mich. Markötter war gut. Er kannte sich aus, seine Umgangsformen waren korrekt – er war bei den Kunden beliebt, einige forderten ausdrücklich ihn an. Weshalb hätte ich ihm kündigen sollen?«

Vielleicht, weil er deine Frau gevögelt hat?, dachte Horndeich ganz undiplomatisch. Doch damit würde er Gassion nicht aus der Ruhe bringen. Also war die Zeit für die ganz harten Fakten gekommen.

»Herr Gassion, ich muss Sie nochmals zum gestrigen Abend befragen. Es gibt keinen Zeugen, der vielleicht gesehen hat, wie Sie bei Ihrem Wochenendhaus ankamen?«

Gassion schüttelte den Kopf. »Nein. Das Haus liegt zum Glück ziemlich abseits. Es ist ein Ort, an dem es noch echte Ruhe gibt. Deshalb verbringe ich nicht nur die Wochenenden dort, sondern arbeite da auch hin und wieder. Da kommt höchstens einmal am Tag ein Mensch hin: der Postbote. Aber auch das eher selten, denn die Adresse haben nur ganz wenige Menschen aus Marinas und meinem engsten Umfeld.«

»Aber Sie haben dort sicherlich Telefon- und Internetanschluss?«

»Nein. Lohnt sich nicht. Wenn ich ins Internet will, mache ich das über meinen Mobilfunkbetreiber.«

»Und waren Sie im Internet, als Sie dort gearbeitet haben?«

Gassion zögerte. Dachte er nach, oder wollte er nicht mit der Wahrheit rausrücken? »Ja«, antwortete er ein, zwei Herzschläge zu spät. »Ich habe mich auf dem Computer der Firma eingeloggt. Das geht übers Internet. Ohne die Daten aus dem Unternehmen kann ich nicht arbeiten.«

»Dann haben Sie vielleicht doch ein Alibi«, stellte Horndeich fest.

»Wieso das?«

»Nun, wenn Sie im Internet surfen, zeichnet der Browser auf, was sie wann anklicken, um nicht jede Seite wieder neu laden zu müssen, wenn Sie sie noch mal aufrufen.«

»Ja. Und deshalb weise ich das Programm auch jedes Mal an, den Verlauf und den Cache zu leeren. Ich will nicht, dass der Rechner, wenn er in falsche Hände gerät, über meine Aktivitäten auf dem Firmenserver Auskunft gibt.«

»Aber Sie sind über Ihre Handykarte ins Netz gegangen.«

»Ja.«

»Dann ist das so, als ob Sie telefoniert hätten. Ihr Handyprovider speichert die Daten, wenn Sie online sind, damit er Ihnen die Rechnung schreiben kann. Und dabei wird auch festgehalten, über welche Funkzelle Sie eingeloggt sind. Damit können wir feststellen, ob das wirklich in Gundernhausen war.«

Gassion sagte nichts.

Horndeich hätte erwartet, dass er einen Freudentanz aufführte wie Rumpelstilzchen ums Feuer. Stattdessen wirkte er eher wie ein Rumpelstilzchen, das seinen Namen gerade auf einer Plakatwand entdeckt hat, direkt vor der Einfahrt zum königlichen Schloss.

Das konnte eigentlich nur einen Grund haben: Sein Alibi war Müll, und er war nicht in Gundernhausen gewesen.

»Würden Sie so freundlich sein und mir die Nummer Ihrer Handykarte geben?«, bat Horndeich dennoch. »Dann können wir das überprüfen – und Sie aus dem Kreis der Verdächtigen ausschließen.«

Gassion ging zu seinem Schreibtisch. Hielt inne. »Ich sollte doch ein bisschen Papier hier deponieren. Einen Moment bitte.«

Er telefonierte kurz mit der Sekretärin, die daraufhin einen Ausdruck mit den kompletten Daten für Handy und Laptop brachte.

»Danke«, sagte Horndeich, faltete das Papier zusammen, steckte es in die Innentasche seines Jacketts und erhob sich. Doch nachdem er sich bereits von Gassion und dessen Sekretärin verabschiedet hatte, hielt er noch einmal inne. »Wo waren Sie eigentlich am Montagvormittag? In der Firma?«

Daraufhin zeigte sich Gassion wirklich irritiert. »Warum wollen Sie das wissen?«

»Beantworten Sie bitte einfach die Frage.«

»Montag... Da ist doch die alte Dame ermordet worden? Im Hallenbad. Was soll ich damit zu tun haben?«

Horndeich antwortete nicht, also fuhr Gassion fort: »Da war ich auch in Gundernhausen. Das ganze Wochenende. Und bin Montag erst gegen Mittag zur Firma gefahren. Habe auch im Wochenendhaus gearbeitet. Ich musste noch eine Präsentation für einen wichtigen Kunden vorbereiten.«

»Sie wollen damit sagen, Sie waren ebenfalls im Internet?«

»Ja.«

»In Gundernhausen?«

»Ja.«

Für beide Taten das gleiche Alibi. Seltsam, dachte Horndeich. »Gut. Dann noch eine Frage: Wo waren Sie gestern früh, so gegen sieben?«

»Gestern? Früh um sieben war ich sicher nicht in Gundernhausen. Und auch sicher nicht im Internet. Da habe ich einfach geschlafen. In meinem Bett. In meinem Haus.«

»Zeugen?«

»Ja. Mein Wecker. Und meine Frau, die das jetzt nicht mehr bestätigen kann. War das jetzt alles an Fragen?«

Horndeich nickte. Verabschiedete sich. Und ging zu seinem Wagen zurück.

Als er den Zündschlüssel ins Schloss steckte, dachte er schon nicht mehr an Gassion, sondern wieder an den geheimnisvollen Unbekannten, der Sandra die Rosen geschickt hatte.

Er hätte doch allzu gern gewusst, wer der Bursche war.

Auch, wenn es ihn eigentlich immer noch nichts anging.

Eigentlich.

Es war das erste Mal seit Tagen, dass Margot gute Laune hatte. Vielleicht, weil sich die Situation zu Hause ein wenig entspannt hatte.

Sie hatte sich einen Cappuccino gemacht. Ohne Zucker. Vor einem halben Jahr hatte sie beschlossen, dass dies ihre Art von Diät werden würde. Bis dahin hatte sie ihren Kaffee stets mit einem halben Löffel Zucker versüßt. Gegen die Bitterkeit, wie sie immer gesagt hatte. Dann hatte sie sich den Spaß gemacht, einmal auszurechnen, wie viele Kalorien sich dadurch im Jahr ergaben. Das Ergebnis war alles andere als spaßig gewesen: Sie kam auf zehntausend Kalorien. Das entsprach etwa fünfmal dem Tagesbedarf einer erwachsenen Frau. Danach hatte es für sie nur zwei Möglichkeiten gegeben: entweder den Kaffeekonsum drastisch zu reduzieren oder aber auf den Zucker zu verzichten.

Sie hatte sich für Letzteres entschieden und war – nicht zuletzt dank der neuen Maschine – von Kaffee auf Cappuccino umgestiegen. Einen kurzen Moment überlegte sie, wie viele Kalorien eigentlich der Milchanteil in diesem Getränk hatte. Doch dann verscheuchte sie den Gedanken. Denn sie war ernsthaft daran interessiert, ihre gute Laune noch ein paar Stunden aufrechtzuerhalten.

Sie ging die Liste mit den Handygesprächen von Marina Gassion durch. Vielleicht fiel ihr einer der Gesprächspartner auf. Danach bestand noch die Möglichkeit, die Liste dem Gatten der Getöteten zu zeigen, ob ihm etwas ungewöhnlich vorkam oder einer der Anrufer oder Angerufenen in irgendeiner Form verdächtig erschien.

Hinter den angegebenen Nummern war der Name des jeweiligen Teilnehmers vermerkt, und Ferdinand Markötter nahm eindeutig Platz eins ein, sowohl hinsichtlich der eingegangenen Anrufe als auch der Gesprächsteilnehmer, deren Nummer Marina Gassion am häufigsten gewählt hatte.

Da waren natürlich auch einige Namen, die Margot nichts sagten und zu denen Paul Gassion gegebenenfalls Auskunft geben musste. Sie blätterte die Liste um, und schon auf der zweiten Seite sprang ihr in der ersten Zeile ein Name ins Auge …

Cora Wilk.

Das durfte doch nicht wahr sein!

Cora – ihre beste Freundin …

Margot wollte zunächst ihren Augen nicht trauen. Dann überlegte sie, ob es sich wirklich um *die* Cora Wilk handelte oder vielleicht um eine ganz andere Person gleichen Namens.

Doch die Telefonnummer, die vor dem Namen angegeben war, war eindeutig die ihrer Freundin Cora.

Konnte es solche Zufälle geben?

Marina Gassion hatte Cora zwei Tage vor ihrer Ermordung angerufen. Montagnachmittag, fünfzehn Uhr. Margot überschlug in Gedanken den virtuellen Kalender. Montag früh war Cora nach Grömitz aufgebrochen. Und Cora hatte, wie Sivka Klock erklärt hatte, ihr Handy vergessen. Also konnte Marina Gassion ihr höchstens eine Nachricht auf der Voicebox hinterlassen haben.

Margot griff zum Telefon und wählte die Nummer von Coras Hotelzimmer. Sie rechnete nicht damit, dass Cora an den Apparat ging, doch schon nach dem zweiten Klingeln nahm sie ab.

»Cora Helfmann.«

»Helfmann?«, fragte Margot ungläubig.

Cora lachte. »Ich übe schon mal. Ich will meinen Mädchennamen wieder annehmen.«

»Wie geht es dir?«, fragte Margot.

»Das Chaos lichtet sich nicht. Es geht mir wie dir im Job: Ich wühle in den Hinterlassenschaften eines Toten und stoße auf Dinge, von denen ich eigentlich gar nichts wissen will. Ich habe das Tagebuch meines alten Herrn gefunden und seine An- und Einsichten über die Ehe mit meiner Mutter gelesen. Ich wollte es zunächst nicht, aber dann konnte ich nicht mehr aufhören. Jetzt weiß ich, warum ich davon eigentlich gar nichts wissen wollte, doch jetzt kann ich es nicht mehr aus meinem Gehirn löschen. Ihr kennt eure Toten wenigstens nicht persönlich …«

»Ich fürchte aber leider, *du* kennst eine unserer Toten«, sagte Margot vorsichtig. »Marina Gassion – was sagt dir der Name?«

»Marina?«, rief Cora erschrocken. »Ist sie … tot?«

»Ja. Und sie wurde umgebracht.«

»Mein Gott! Wann denn?«

»Gestern Abend. Wie gut kanntet ihr euch?«

»Das ist ja schrecklich!«, stieß Cora hervor, ein Satz, den

Margot schon so oft aus dem Munde anderer Menschen vernommen hatte, dass er auf sie wie eine leere Phrase wirkte. Auch wenn Cora die Worte in diesem Moment sicher sehr ernst meinte.

Cora fuhr fort: »Ich habe sie immer mal wieder in ihrem Laden besucht, oft auch was gekauft. Wir sind auch ein paar Mal einen Kaffee trinken gegangen.«

»Hattest du den Eindruck, dass sie sich verändert hat in letzter Zeit? Oder dass sie von irgendjemandem bedroht wurde?«

»Nein, eigentlich nicht. Allerdings hatte ich nie den Eindruck, dass sie gern viel von sich preisgab. Ich ... ich weiß nicht, ich glaube nicht, dass sie viele enge Freundinnen hatte.«

»Sprach sie mit dir über ihre Ehe? Oder über ihren Geliebten?«

»Nein. Nicht wirklich«, antwortete Cora, die auf Margot einen recht verwirrten Eindruck machte, dann korrigierte sie sich, indem sie sagte: »Andeutungen.«

»Was für Andeutungen?«

»Ach, Margot, das kann ich dir im Moment wirklich nicht so genau erzählen. Meine Gedanken sind ganz woanders. Mein Vater ... Er hat meine Mutter betrogen. Ist zwar schon zwanzig Jahre her, aber dennoch. Und außerdem finde ich gerade heraus, dass er ein Meister im Geldverschieben war.« Sie machte eine Pause, um tief Luft zu holen, dann versprach sie: »Ich denke darüber nach, was Marina mir gesagt hat, aber dafür brauche ich einen Moment Ruhe.« Sie seufzte schwer. »Ermordet! Gute Güte, warum denn? Ich kann dir zumindest sagen, dass ich keine Vorstellung habe, weshalb. Sie hat nie erzählt, dass jemand ihr was Böses wollte.«

»Okay. Wenn dir noch was einfällt, dann ruf mich einfach an.« Auch so ein Satz, den sie selbst schon Tausende von Malen gesagt hatte. »Da ist noch was: Wir haben gesehen, dass Marina dich auf deinem Handy angerufen hat, am Montagnachmittag. Aber sie kann ja nur etwas auf deine Mailbox gesprochen haben, du hast ja dein Handy zu Hause liegen lassen.«

»Und du fragst mich jetzt, ob du in mein Haus marschieren darfst, um meine Handymailbox abzuhören. Ist das richtig?«

»Ja, genau.«

»Tu, was du nicht lassen kannst. Das Handy müsste auf dem Wohnzimmertisch liegen oder auf der kleinen Anrichte neben der Garderobe. Sivka hat einen Schlüssel. Ich ruf sie gleich an, du kannst dich schon mal in dein Auto setzen.«

»Danke.«

»Keine Ursache.«

Margot verabschiedete sich und legte auf.

Fünf Minuten später brach sie auf in Richtung Coras Wilks Zuhause.

Cora *Helfmanns* Zuhause, dachte sie.

Margot fühlte sich im Haus ihrer Freundin ein wenig wie ein Einbrecher. Während ihres Berufslebens war sie schon in viele Wohnungen eingedrungen. Oft waren die Bewohner tot gewesen. Oder sie hatte einen Durchsuchungsbescheid gehabt. Oder es war Gefahr im Verzug gewesen. In diesem Fall traf nichts dergleichen zu.

Margot schaute auf die Anrichte, von der Cora gesprochen hatte, aber dort lag kein Handy. Sie ging ins Wohnzimmer. Der Raum war – wie wahrscheinlich das ganze Haus – aufgeräumt und sauber. Margot musste schmunzeln. Als Cora noch verheiratet gewesen war, war es ihr nicht so leichtgefallen, das Haus in Schuss zu halten. Ihr Mann und das Chaos, das war ein Dream-Team gewesen, gegen das Cora allein nur eine geringe Chance gehabt hatte.

Das Handy lag auf dem Tisch vor der Couch und blinkte. Margot war froh. Sie hätte nicht weiter ungebeten durch die Räume streifen wollen. Und schon gar nicht in Schubladen wühlen. Hätte das Handy nicht dort gelegen, hätte sie die Freundin noch mal angerufen. Und wenn sie Cora nicht erreicht hätte, wäre dieser Weg eben umsonst gewesen.

Margot erweckte das Mobiltelefon zum Leben. Die Batterieanzeige deutete darauf hin, dass der Akku fast leer war. Für einen Abruf der Voicebox würde es aber wohl noch ausreichen.

Da die in Abwesenheit eingegangenen Anrufe absteigend sortiert waren, bekam sie zunächst die letzte Nachricht zu hören, die definitiv nicht für ihre Ohren bestimmt war: »He, hast dich nicht mehr gemeldet. War schön, das Wochenende. Besonders die Nacht. Sollten wir wiederholen. Würde mich freuen, wenn du das auch so siehst. Das war der Günther.«

Obwohl es ja nur eine Konservenstimme war, spürte Margot, dass sie errötete. Sie fühlte sich, als hätte sie an einer Schlafzimmertür gelauscht.

Günther. Den Namen hatte Cora noch nie erwähnt. Hätte sie die Begegnung ebenso prickelnd empfunden wie er, hätte sie sich bestimmt bei ihm gemeldet. Armer Günther.

Als Nächstes folgte bereits die Nachricht von Frau Gassion: »Hallo, Cora. Hier ist Marina. Ich … ich schicke dir ein Päckchen. Ich melde mich wieder. Wenn du das hörst, ruf mich bitte zurück. Es ist wichtig. Danke. Tschüss.«

Margot hörte die Nachricht noch einmal ab und zeichnete sie auf, indem sie die Diktierfunktion ihres Handys nutzte.

Eine seltsame Botschaft. Die Stimme hatte ängstlich geklungen. Gehetzt. Das war zumindest Margots Eindruck. Vielleicht täuschte sie sich, doch wenn nicht, wenn Marina Gassion tatsächlich Angst vor etwas oder vor jemandem gehabt hatte, dann war sie nicht zufälliges Opfer des Wassermörders geworden.

Nun, im Flur hatte Margot kein Päckchen gesehen, im Wohnzimmer fand sich auch keins. Wahrscheinlich lag im Briefkasten eine von diesen orangefarbenen Postkarten vom Paketdienst. Die wirkten auf Margot immer wie ein Ereigniskärtchen bei Monopoly: »Geh direkt zur Post. Stell dich brav hinten an. Zeig deinen Personalausweis ohne Murren. Wenn das Päckchen nicht da ist, komm morgen wieder.«

Im Flur erkannte sie, dass Briefe einfach durch einen Briefschlitz neben der Haustür geworfen wurden und dank der Schwerkraft in einem Auffangkorb landeten. Darin fand sich jedoch kein einziger Brief. Nicht einmal ein Werbeblättchen. Irgendjemand schien die Post an sich zu nehmen, und Margot fiel da nur die Nachbarin ein, die ja einen Schlüssel zum Haus hatte.

Wenige Minuten später stand Margot im Flur des Hauses von Sivka Klock. »Ja, ich hole die Post einmal am Tag ab«, sagte diese auf Margots Frage hin. »Ich nehme auch Pakete an. Der

Mann vom Paketdienst weiß Bescheid, dass er die Sendungen bei mir abgeben kann, wenn Cora nicht zu Hause ist. Aber in den letzten Tagen hat bei mir niemand ein Päckchen abgegeben.« Sie öffnete eine Schublade des Flurschränkchens, zog einen kleinen Stapel Post heraus, blätterte ihn durch. »Nein, wie ich mir gedacht habe, da war auch kein Benachrichtigungskärtchen dabei.«

»Danke für Ihre Mühe«, sagte Margot und gab der Dame den Schlüssel zu Coras Haus zurück.

Kein Päckchen. Hatte Marina überhaupt eins abgeschickt? Und war das eigentlich wichtig?

Sie wählte abermals Coras Nummer im Hotel. Und hatte wieder Glück. »Cora, ich hab die Nachricht abgehört. Kannst du dir einen Reim darauf machen, was für ein Päckchen Frau Gassion dir schicken wollte?« Sie wiederholte die Worte, die die Verstorbene hinterlassen hatte.

»Ich weiß es nicht genau, Margot. Ich hab vor einer Woche zwei Ketten bei ihr abgegeben, davon eine mit Rubinen, richtig edel. Da war der Verschluss kaputt. Und sie wollte das reparieren, sagte aber, es könne etwas aufwendiger werden, da es sich nicht um einen Standardverschluss handle. Bei der anderen war eine Perle aus der Fassung gebrochen. Warum sie die Ketten dann aber mit einem Päckchen schicken sollte, ist mir schleierhaft. Eigentlich hab ich Schmuck bei ihr immer persönlich eingekauft oder nach der Reparatur abgeholt.«

Margot dankte der Freundin und verabschiedete sich. Offenbar hatte es also doch kein Päckchen gegeben. Margot stieß einen tiefen Seufzer aus. Dieser Fall fühlte sich an wie ein zentnerschwerer Sack, der sie niederzudrücken suchte. Wenn der Mörder in der gleichen Taktfrequenz weitermordete – Tiere oder Menschen –, würde er in der kommenden Nacht wieder zuschlagen.

Und sie hatte noch immer keinen blassen Schimmer, was dieser kranke Mistkerl wirklich wollte und nach welchen Kriterien er seine Opfer auswählte.

Wie viele mussten noch sterben, bis sie den Plan hinter seinem mörderischen Treiben durchschaute?

Der Mann von der Mobilfunkgesellschaft zeigte sich sehr kooperativ. Nachdem ihm Horndeich sein Anliegen erklärt und die Dringlichkeit betont hatte, versprach er, die entsprechenden Daten über den Mobilfunkverkehr des Herrn Gassion herauszusuchen, sobald ihm ein entsprechendes Fax von der Dienststelle vorläge. Zum Glück war die Polizei inzwischen so komfortabel ausgestattet, dass Horndeich das Fax am Rechner tippen und auch von dort aus versenden konnte.

Die entsprechende Liste erreichte Horndeich vierzig Minuten später als Anhang einer E-Mail. Sie enthielt sämtliche Protokolle der Internet-Aktivitäten Gassions, die zum Zeitpunkt der Ermordung seiner Frau sowie am Montagmorgen über dessen Handyverbindung gegangen waren.

Der Mitarbeiter der Mobilfunkgesellschaft bestätigte in der E-Mail mit ein paar Zeilen, was Horndeich schon angenommen hatte:

> *»Sehr geehrter Herr Kommissar Horndeich,*
> *der Mann, dessen Daten Sie angefordert haben,*
> *war wirklich beide Male jeweils über vier Stunden lang*
> *im Internet. Die SIM-Karte war jedes Mal über unseren*
> *Sendemast in Gundernhausen aktiv. Und er war nicht*
> *nur verbunden, sondern hat tatsächlich Daten empfangen*
> *und verschickt.«*

Horndeich zog den Anhang der Mail, eine PDF-Datei, auf das Druckersymbol des Bildschirms. Dann hörte er einen Schrei und danach das Knallen einer Tür.

Sandras Stimme.

Horndeich stand auf und ging auf den Flur.

»Die kann mich mal!«, maulte Sandra und stapfte auf Horndeich zu.

»Sandra?«, fragte er.

»Echt, die kann mich mal! Glaubt, sie wär hier die Chefin! Dumme Schl…!« Die Kommissarin bremste sich gerade noch rechtzeitig.

»Was ist los?«, fragte Horndeich.

»Die nervt!«, zischte Sandra, ein weiterer kleiner Stoß Wut, der sich über das Notventil den Weg nach draußen verschaffte.

»Wer?«, fragte Horndeich, obwohl ihm gleich klar war, dass Sandra nur ihre neue Bürogenossin meinen konnte.

»Die Milbach!« Sandra spie den Namen förmlich aus. »Wie viele Stellen es in der Bibel gibt, in denen Wasser tötet! Da hackt sie ständig drauf rum!«

»Wieso?«

»Wieso? Scheißegal! Ich hab das schließlich rausgefunden mit den Zitaten aus der Bibel. Soll sie doch selbst nachzählen, wie oft in dem Buch jemand in einem Fluss, einem See oder einem Meer oder was auch immer ersäuft wird!«

Sie wollte an Horndeich vorbei, doch er stellte sich ihr in den Weg. »Moment mal! Und *darüber* habt ihr euch gestritten?«

Sandra blieb stehen, nickte zornig, Tränen der Wut in den Augen. »Ich sagte: ›Ich hab keine Ahnung, wie viele entsprechende Bibelstellen es gibt.‹ Darauf sie: ›Was denn? Sie kennen die Bibel nicht? Das hat ja nicht nur mit Gläubigkeit zu tun, sondern ist auch Allgemeinbildung.‹ Ich sag: ›Dann bin ich eben ungebildet und doof.‹ Darauf sie: ›Jetzt stellen Sie sich mal nicht so an. So viele Bibelstellen, in denen Wasser tötet, gibt's ja gar nicht.‹ Und tönt damit rum, dass sie mal Ministrantin war. ›Ich hab damals sogar ein Referat über das Thema Wasser in der Bibel geschrieben‹«, äffte sie erneut die Milbach nach. »Daraufhin hab ich nichts mehr gesagt, sondern die Tür geknallt.« Wütend stampfte sie mit dem Fuß auf den Boden auf. »Diese … diese Tussi! Die spielt sich auf, als habe sie die Leitung des Präsidiums übernommen. Ätzend.«

Horndeich überlegte kurz. War es nicht tatsächlich eine interessante Frage, wie viele solche Bibelstellen es gab, in denen Wasser eine tödliche Rolle spielt? Wie oft konnte der Mörder die Heilige Schrift für seine Taten einspannen, bis ihm die Zitate ausgingen?

»Lass uns nach einer Antwort suchen«, sagte Horndeich. »Ich glaube, die Antwort könnte tatsächlich wichtig sein.«

»Kann ja sein«, lenkte Sandra ein. »Trotzdem – die Milbach, die nervt.«

Gemeinsam gingen sie zurück in Sandras Büro.

»Ich komme damit nicht zurecht«, offenbarte die »Tussi«, die vor Sandras Computer saß und die Tastatur bearbeitete. »Wie viele Stellen sind es nun?«

Sandra schob ihren Stuhl neben den der Milbach und drängte sie damit zur Seite. Stutenbeißen. Wobei auch die Milbach Bissspuren kassierte.

Sandra hackte in die Tasten, schob die Maus hin und her und klickte immer wieder die Ohren des Plastiknagers, wobei sie selbst einen hochkonzentrierten Eindruck machte.

Ines Milbach wolle etwas sagen, doch Horndeichs Blick brachte sie zum Schweigen.

Er sah sich um im Büro. Keine Rosen. Weshalb freute er sich darüber?

Sandra bearbeitete noch immer die Computertastatur, als Werner Klewes in der Tür erschien. Horndeich sah erst die Rosen, dann den Boten.

»Fraa Hillreisch, dess sin' awwer schee Blumme. Schdeed awwer kaan Absender aaf'm Zedd'l. Von wem sin' die dann?«

Damit hatte Klewes nahezu alle nicht gestellten Fragen Horndeichs beantwortet. Nur der Name des Absenders war noch nicht verraten worden.

Sandra errötete. Dann stand sie auf, nahm Klewes die Rosen aus der Hand, und wenig später hatte der Strauß ein neues Zuhause in einer Vase mit frischem Wasser. Horndeich hätte nicht gewusst, wo er im ganzen Gebäude eine Vase hätte auftreiben sollen. Solche intimen Kenntnisse der Präsidiumslogistik waren dann wohl doch den Frauen vorbehalten.

Sie platzierte die Vase auf ihrem Schreibtisch, errötete noch einmal dezent und dankte Klewes, dann setzte sie sich wieder hinter ihren Schreibtisch und bearbeitete das Keyboard und ließ die Maus tanzen.

Klewes rollerte den quietschenden Wagen weiter, während Sandra den Blick auf den Computerbildschirm gerichtet hielt.

Plötzlich stockte sie.

Hob den Kopf. Schaute Horndeich an. »Es gibt nur fünf Stellen«, sagte sie.

Die Milbach reagierte sofort. »Altes *und* Neues Testament?«

Sandra nickte. »Hier. Schaut euch das an.«

Horndeich und Ines Milbach gruppierten sich locker um die Kollegin. Um die Empfängerin der Rosen, dachte Horndeich und musste sich ein klein wenig Verbitterung eingestehen. Hatte *er* jemals einer Frau so viele Blumen geschickt?

»Hier haben wir die drei Bibelstellen, die uns der unbekannte Wassermörder bereits geschickt hat. Die Stelle mit der Sintflut, die mit den Ägyptern, die Gott im Meer ersäuft, und der Fischtod im Nil. Es gibt nur noch zwei Stellen in der Bibel, in denen Wasser tötet: Einmal wird Wasser zu Blut und killt alle Lebewesen ...«

Die Milbach nickte und sagte: »Die Offenbarung des Johannes. Die Stelle, an der die Engel die sieben Zornschalen ausgießen. Ich erinnere mich.«

Sowohl Horndeich als auch Sandra schauten die Milbach ungläubig an.

»Ich sagte doch, ich habe damals ein Referat ...«

Horndeich konnte sich nicht mal an das Thema eines einzigen Referats erinnern, das er jemals gehalten hatte. Hatte er überhaupt je einmal ...?

Sandra fuhr fort. »Bei der zweiten Stelle, die noch übrig ist, tötet das Wasser Schweine.« Als die Milbach nicht gleich darauf wieder die passende Stelle zu nennen wusste, fügte Sandra hinzu: »Markusevangelium. Auch Neues Testament.«

»Schweine?«, fragte Horndeich.

»Schweine«, bestätigte Sandra.

»Und was ist mit denen?«

»Jesus schickt die Dämonen, die in einem Menschen hausen, in eine Schweineherde, die zufällig in der Nähe herumsteht.«

Nun kam auch die Milbach wieder ins Spiel, als wollte sie Sandra beim großen Ratespiel mit dem Telefonjoker unterstützen: »Markus 5,13: ›Und die unreinen Geister fuhren aus und fuhren in die Schweine, und die Herde stürzte sich den Abhang hinab in den See, etwa zweitausend, und sie ertranken in dem See.‹ Oder so ähnlich.«

Sandra sah sie an. »Nicht so ähnlich. Genau so.« Sie richtete den Blick wieder auf den Computerbildschirm. »Das sind die einzigen beiden Stellen in der Bibel, in denen Wasser tötet und die unser Unbekannter noch nicht verwendet hat.«

»Mein Gott, wie oft hat unser Pfarrer uns diese Stelle vorgelesen«, sagte die Milbach. »Nach dem Motto: Seht ihr, ihr könnt von euren bösen Geistern erlöst werden! Ich war ein achtjähriges Mädchen. Und ich habe nach jeder seiner Predigten immer nach Schweinen Ausschau gehalten. Ein Schwein in meiner Nähe hätte mir mehr Erlösung versprochen als die Beichte.«

Horndeich war erstaunt über diese doch sehr persönliche Äußerung von Ines Milbach aus Wiesbaden. Dennoch konzentrierte er sich auf die Quintessenz der Aussagen: Es gab nur noch zwei Szenen in der Bibel, in denen Wasser tötet. »Ich fasse das jetzt mal zusammen: Unser Killer hat Menschen ermordet. Und Fische. Genauer: Erst einen Menschen, dann Fische, dann wieder einen Menschen. Und jetzt – ein Schwein?«

»Und dann?«, fragte Sandra. »Dann kommt noch ein Mensch, und das war's dann?«

Horndeich erschien diese Theorie allzu unglaubwürdig. Und zugleich auch wieder auf eine perverse Weise logisch. Das nächste Opfer würde also ein Schwein sein?

»Wo?«, fragte er laut. »Wo bringt er das Schwein um? Oder wo platziert er das tote Schwein?«

»Du meinst das nicht im Ernst, oder?«, fragte Sandra.

Horndeich musste nur kurz nachdenken. Dann sagte er: »Doch. Er wird ein totes Schwein drapieren. Im Wasser. So wie er die Fische umgebracht hat.«

»Aber ...« Die Milbach schüttelte den Kopf. »Aber der bringt doch kein Schwein um! Ich meine ... Woher kriegt er ein Schwein? Wie bringt er es um? Und warum? Ein paar Fische mit Zyankali vergiften, das ist das eine. Aber ein Schwein?«

»Okay. Wo?«

»Wie ›wo‹?«, fragte Sandra.

Horndeich hatte die Rosen fast vergessen und war wieder ganz in seinem Element, ganz der Ermittler. »Er hat Montag einen Menschen umgebracht und den Mord mit einem Bibelspruch garniert. Mittwoch die Fische. Heute fanden wir wieder einen Menschen. Wenn er seinem Schema treu bleibt, gibt es morgen oder übermorgen wieder einen Toten – und zwar ein Schwein, da bin ich mir sicher.«

»Oder er wirft wieder jemanden in ein Gewässer und hebt sich das Schwein bis zum Schluss auf«, meinte die Milbach.

Horndeich bat seine beiden Kolleginnen, einen Moment zu warten, dann lief er zurück in jenes Büro, das er sich mit Margot Hesgart teilte, nahm dort seinen markierten Stadtplan von der Tafel und schnappte sich die von ihm ausgedruckte Liste mit den jeweiligen Erläuterungen zu den Zahlen auf den farbigen Markierungen. Mit beiden hastete er zurück in Sandras Büro, wo er den Stadtplan mit ein paar Magneten an Sandras Metalltafel fixierte. Kurz erklärte er die Bedeutung der Farbpunkte.

»Ich denke«, begann er dann, »dass sich unser Mann das nächste Mal eine von zwei Stellen aussucht. Die erste wäre das Albin-Müller-Becken auf der Mathildenhöhe. Es ist nach allen Seiten offen, also kann er in jede Richtung abhauen…« Das Becken war 1914 von dem Jugendstilkünstler Albin Müller gebaut worden, ein Zierbecken mit Brunnen, groß wie ein kleineres Schwimmbecken in einem Hallenbad. »Dafür spricht, dass die beiden Figuren am Ostrand Maria und Josef darstellen. Und das Becken liegt zu Füßen der Russischen Kapelle. Also genug Bezüge zur Heiligen Schrift, wenn die Morde tatsächlich religiös motiviert sind.«

»Aber das Albin-Müller-Becken liegt fast direkt neben dem Wasserreservoir«, wandte die Milbach ein. »Bislang lagen die Tatorte weiter auseinander.«

»Der Gedanke ist mir auch schon gekommen«, bestätigte Horndeich und nickte eifrig. »Deshalb glaube ich, er wird eher das andere Gewässer wählen von den zweien, die in Frage kommen: Ich tippe auf den Teich im Herrngarten.«

»Wo liegt der genau?«, fragte die Milbach.

Horndeich zeigte auf den Park, der genau im Zentrum der Stadt lag. »Da gibt's ziemlich viele Ein- und Ausgänge.« Er tippte kurz auf die verschiedenen Stellen auf dem Plan. »Sechs Zugänge sind breit genug, dass er auch mit einem Auto hinkäme. Okay, der eine am Museum ist gerade wegen der Bauarbeiten gesperrt. Dennoch – bleiben fünf. Der Teich selbst liegt ziemlich zentral und ist von Wegen umgeben. Dort kann er bequem etwas abladen.«

»Ein Schwein«, sagte Sandra, und Horndeich entging nicht der ironische Unterton.

»Oder einen Menschen«, bemerkte die Milbach, und ihre Stimme klang völlig ernst.

Sandra tippte mit einem Finger auf einen weiteren der farbigen Punkte; der war gelb. »Hier wäre doch auch nett«, meinte sie.

Horndeich schaute auf den Plan, dann auf die ausgedruckte Liste mit den Erklärungen.

»Nein, der Teich am Bürgerpark ist zu tief. Ein totes Lebewesen geht ja zunächst einmal unter.«

»Ja und?«

»Der Täter will, dass wir seine Tat auch zeitig entdecken.«

»Und was wäre hier?« Anscheinend wahllos zeigte Sandra auf einen anderen Punkt. Der war sogar rot, also nach Horndeichs Überlegungen als Tatort für den Wassermörder völlig ungeeignet.

»Der Saubach. Jetzt, da wir von der Schweinegeschichte ausgehen, müsste der vielleicht auch gelb sein«, meinte Horndeich. »Aber auch dort könnte sich unser Unbekannter nicht sicher sein, dass das tote Tier rechtzeitig entdeckt und dann auch gemeldet wird; der Bach durchströmt nämlich den Wald.«

»Und dort?«

Die Brunnen am Luisenplatz, dem zentralen Platz der Stadt, ebenfalls rot markiert.

Horndeich begriff, dass Sandra ihn gar nicht ernst nahm. »Was soll das? Wie kann man auf dem Luisenplatz irgendwas ablegen? Da läuft man doch immer Gefahr, beobachtet zu werden.«

Sandra schaute ihn an und schüttelte den Kopf. »Ich sag dir die Wahrheit, Horndeich: Was ihr hier betreibt, ist Kartenlegen. Im besten Fall. Ich halte es eher für eine Art meditative Wasserséance.«

Damit drehte sie sich um und verließ das Büro.

Lag die Abneigung, die sie dem Ganzen entgegenbrachte, an den zugegebenermaßen etwas gewagten Gedankenspielen? Oder daran, dass Horndeichs Überlegungen in die gleiche Richtung liefen wie die der Psychotante?

»Was meinen Sie dazu?«, fragte Horndeich.

»Ich kenne die Stadt nicht so gut wie Sie. Aber wenn ich unsere Erkenntnisse einfach mal zusammenfasse, dann denke ich, dass wir es mit einem sehr intelligenten Täter zu tun haben. Und er hat seine Taten lange vorbereitet. Das heißt, er hat genauso wie wir jetzt vor einer solchen Karte gestanden. Und er überlässt nichts dem Zufall. Mehr weiß ich im Moment auch noch nicht. Aber ich bin dran. Und gleich wieder da.«

Horndeich verstand nicht.

»Für kleine Königstigerinnen«, griente Ines Milbach.

Da begriff er.

Als Margot zurück ins Präsidium kam, fand sie Sandra allein in ihrem und Horndeichs Büro vor. Die junge Kollegin war wortkarg wie ein Mönch, der ein Schweigegelübde abgelegt hat. Horndeich und die Milbach hingegen standen in Sandras Büro vor einem bunt beklebten Stadtplan und diskutierten angeregt.

Margot kümmerte sich erst einmal nicht darum. Offenbar brachte die Milbach einige Unordnung ins Team der Darmstädter Mordkommission, aber Margot hatte zunächst mal einen Doppelmord aufzuklären und wollte sich die Akte »Kathrin Bretz« zu Gemüte führen, der vor sechsundvierzig Jahren ermordeten Schwester der jüngst ermordeten Susanne Bretz. Diese Geschichte hatte zwar wahrscheinlich nichts mit den aktuellen Morden zu tun, doch Margot wollte einfach auf Nummer sicher gehen. Also ging sie ins Archiv und besorgte sich die entsprechende Akte.

Als sie dann wieder auf dem Weg in ihr Büro war und an der offenen Tür zu Sandras Büro vorbeiging, wurde sie von Horndeich bemerkt, der sie hereinwinkte und kurz darüber informierte, welcher Theorie er und die Milbach nachgingen. Zudem erzählte er ihr, dass dem unbekannten Wassermörder wohl allmählich die Bibelstellen knapp wurden.

»Vielleicht steigt er danach auf den Koran um«, meinte sie. »Oder sucht die Stellen raus, in denen Schlangen töten. Davon gibt es auch ein paar.«

»Echt?«, fragte Horndeich.

»Woher soll ich das wissen? Und woher willst *du* wissen, dass er sich auf Wasserzitate beschränkt?«

»Davon bin ich überzeugt«, klinkte sich Ines Milbach in das Gespräch ein. »Joel Norris schreibt über Serienkiller, dass das Ritual, nach dem sie vorgehen, dazu dient, ihre Fantasien zu strukturieren. Dieses Ritual wiederum wird durch traumatische Erlebnisse bestimmt, die das Individuum in seiner Kindheit erlebt hat. Die Mordhandlung wird dabei zum Spiel, in dem der Mörder sein Trauma wieder und immer wieder er- und auslebt. Er wird von diesem Ritual nicht abweichen. Die Antwort auf das Warum und Wieso finden wir in seiner Kindheit oder Jugend.«

»Wenn Sie meinen«, sagte Margot; sie hatte keine Zeit, sich in theoretischen Diskussionen über Serienmörder zu ergehen.

Sie orderte ihre Leute in ihr Büro: Marlock, Zoschke und Taschke waren wenige Minuten später angetreten, Sandra blieb einfach auf Horndeichs Stuhl sitzen, und Horndeich und die Milbach gesellten sich auch hinzu.

»Ich möchte«, begann Margot ihre kurze Ansprache, »dass wir mehr über die beiden Toten erfahren und über die Menschen, die ihnen nahestanden beziehungsweise am meisten mit ihnen zu tun hatten. Ich übernehme Susanne Bretz; ich hab sie schon mal auf dem Vernehmungsstuhl gehabt. Sandra, du kümmerst dich um den Chauffeur, diesen Ferdinand Markötter. Wer ist er, wer war er, und woher kommt er? Ralf, du hilfst Sandra. Frau Milbach, nehmen Sie sich Gassion vor. Zoschke, Sie unterstützen Frau Milbach. Horndeich, du kümmerst dich um Marina Gassion; Taschke hilft. In vier Stunden will ich wissen, mit wem wir es zu tun haben.«

Ines Milbach war nicht erfreut darüber, in die tägliche Ermittlungsarbeit eingebunden zu werden, das sah man ihr an. Margot nahm es von der pragmatischen Seite: Sie war froh, zwei Hände und einen Kopf mehr zur Verfügung zu haben, und außerdem hatte sie die Teams so aufgeteilt, dass weder Sandra noch Horndeich direkt mit der Milbach zusammenarbeiteten, damit es nicht noch weiteren Stunk zwischen der Milbach und Sandra gab. Offenbar existierte da ein gewisses Konfliktpotenzial. Wenn der Milbach das nicht recht war, würde sie sich bei

Margot beschweren können und die entsprechende Antwort erhalten. Ansonsten würde sie etwas zur täglichen Ermittlungsarbeit beitragen. Punkt.

Margot machte sich einen Kaffee, dann setzte sie sich in einen der kleinen Besprechungsräume. Beim Studium der Akte brauchte sie keinen Internetzugang. Und ganz gewiss keine störenden Telefonate.

Sie schlug die Akte auf – und erinnerte sich mit einem Mal wieder sehr gut an den Tag, an dem Kathrin Bretz' Leiche gefunden worden war. Ihre sterblichen Überreste waren ebenfalls auf dem Areal des Jugendstilbads entdeckt worden. Dort, wo sich jetzt der moderne Trakt mit Spa-Bereich und Sauna befand, war zuvor das Lehrschwimmbad gewesen, ein flacher Quader, in dem Schüler getriezt worden waren. Als die Renovierung des Bades in Angriff genommen worden war, hatte man das Lehrschwimmbad abgerissen. Wäre dies nicht geschehen, hätte man die Leiche von Kathrin Bretz wohl nie gefunden.

Sie war unter dem Betonfundament entdeckt worden. Mit Presslufthämmern war es in kleine Häppchen geteilt worden. Der Bagger hatte mit den einzelnen Brocken die Bauschuttcontainer gefüllt. Für den Baggerfahrer war das reine Routine gewesen – bis zu dem Zeitpunkt, als an seiner Schaufel ein Fetzen Teppich herunterbaumelte. Dann war etwas, der Schwerkraft gehorchend, nach unten gefallen. Ein Kollege des Baggerfahrers hatte den Gegenstand als Damenschuh identifiziert. Das allein wäre wohl kein Grund gewesen, die Arbeiten abbrechen zu lassen. Hätte aus dem Schuh nicht noch ein Unterschenkelknochen herausgeragt.

Margot war damals mit Marlock zum Fundort gefahren, denn Horndeich war krank gewesen. Der Arme hatte Masern gehabt. Für einen Erwachsenen kein Spaß; abgedunkelte Räume für mehrere Wochen. Als Margot am Leichenfundort angekommen war, hatte der Bagger noch ein Stück des zusammengerollten Teppichs unter dem Beton freigelegt. Aus der Rolle hatte ein weiterer Schuh hervorgelugt.

Margot hatte das Terrain absperren und ihre Kontakte spielen lassen. Da Rainer mit dem Leiter der Technischen Universität befreundet gewesen war, hatte es nur drei kurzer Telefonanrufe bedurft, bis Margot die Kavallerie zusammengetrommelt hatte: neben dem Gerichtsmediziner Hinrich aus Frankfurt auch Professor Dr. Dr. Simberg; der war Geologe, kam ebenfalls aus Frankfurt und war bereits an Ausgrabungen auf vier Kontinenten beteiligt gewesen, hatte in Ägypten mehrere Mumien aus der Erde geholt und untersucht. Wenn jemand wusste, wie man eine Leiche barg, die vielleicht länger tot war, als jemand von ihnen überhaupt gelebt hatte, dann er.

Margot nahm einen Schluck Kaffee. Je weiter sie sich durch die Akte blätterte, umso lebendiger wurde die Erinnerung.

Nur zwei Stunden später hatten die beiden wissenschaftlichen Koryphäen den Körper geborgen. Die Leiche war weiblich und schon eine Weile tot. Margot hatte ihren Vater angerufen, Sebastian Rossberg, ein wandelndes Lexikon hinsichtlich der Darmstädter Stadtgeschichte. Der konnte bereits eine Viertelstunde später sagen, dass die Lehrschwimmhalle 1963 gebaut worden war. Also hatte die Dame mindestens dreiundvierzig Jahre unter dem Beton geruht.

An all das hätte sich Margot nicht mehr so gut erinnert, wäre sie damals nicht diejenige gewesen, die Hinrich und die tote Dame nach Frankfurt in die Gerichtsmedizin hatte begleiten müssen.

Sie hatte auf dem Eckplatz im Sektionsraum gesessen, während sich Hinrich und sein Team der Toten angenommen hatten. Sie hatten die Leiche zunächst vorsichtig von dem sie umgebenden Teppich befreit. Auf dem Alutisch liegend, hatte sie keinesfalls wie jemand gewirkt, der fast fünfzig Jahre tot war. Nicht wirklich appetitlich, aber weit entfernt von eklig verwest. Da die Dame noch bekleidet war, hatte Margot allerdings nur Gesicht und Hände sehen können.

In der Akte fand Margot auch den Autopsiebericht und las, was Hinrich geschrieben hatte. »Die Oberfläche der Haut ist fein gehöckert, sie zeigt ein gekörntes Relief mit flachen, pfefferkorngroßen, dicht stehenden Einzeleffloreszenzen.« Ihr war vor allem der ranzig-käsige Geruch in Erinnerung geblieben.

Noch bevor Hinrich die Leiche entkleidete, hatte er zu Margot gesagt: »Sie ist wahrscheinlich ermordet worden.«

»Aha. Erwürgt?«, erinnerte sie sich, Hinrich gefragt zu haben.

»Nein«, hatte der ganz kühl geantwortet. »Sie ist offenbar an inneren Blutungen gestorben. Ich tippe auf Linksherzherzversagen.«

Sie erinnerte sich, Hinrich wie ein großes Fragezeichen angestarrt zu haben. Das Herz – selbstverständlich auf der linken Seite, oder? –, befand sich auf jeden Fall einige Zentimeter unter dem Kleid und in der Brust der Frau, die dort vor ihm lag. Wie hatte Hinrich vor einer voll bekleideten Leiche ein Herzversagen feststellen können?

Der hatte das Rätsel schnell gelüftet. Denn auch wenn kaum noch zu erkennen war, dass das Kleid einmal grün gewesen war, sah Margot ganz deutlich die beiden Einstiche im Brustbereich, sobald sie neben Hinrich getreten war. Vier Stunden später hatte dieser die Dame wie ein 3-D-Puzzle auseinandergenommen und sah seine Theorie bestätigt: zwei Stiche in die Brust, jeder für sich tödlich, weil beide das Herz durchstoßen hatten.

Margot erinnerte sich noch gut daran, wie Hinrich gesagt hatte: »Ah, und hier haben wir einen typischen großen Schwalbenschwanz.«

Der Gedanke daran, dass auf der Leiche auch noch Teile von Tierkadavern herumlagen, trug nicht eben dazu bei, dass sich ihr Ekelgefühl milderte. Hinrich hatte erklärt, dass ein Schwalbenschwanz bedeute, die Einstich- und die Ausstichwunde lägen versetzt zueinander, da sich das Opfer offenbar gewehrt habe und das Messer sich zwischen dem Ein- und Ausstechen gegen die Körperachsen des Opfers gedreht habe.

Daraufhin hatte sich Margot nur unwesentlich besser gefühlt.

»Da sich das Opfer also gewehrt hat, stirbt auch die Harakiri-Theorie«, hatte er noch trocken angemerkt.

Auf die Frage nach dem Messertyp hatte Hinrich nur mit den Schultern gezuckt. »Schwer, das exakt zu sagen. Scharf, ohne geriffelte Klinge. Ziemlich groß. Aufgrund der Wundränder und der Wunde im Herzen tippe ich auf ein Kampfmesser, mindestens siebzehn Zentimeter lang und gut drei Zentimeter breit.«

Margot hatte nicht viele Vermisstenakten durchwühlen müssen; ihr Vater hatte mit seinem Tipp hinsichtlich des Baus der Lehrschwimmhalle ins Schwarze getroffen: Kathrin Bretz war im Mai 1963 von ihrem Mann Karl Bretz als vermisst gemeldet worden.

Margot überflog die alte Akte. Anfang Mai war Karl Bretz auf dem Präsidium erschienen und hatte behauptet, seine Frau sei spurlos verschwunden. Er und sein Sohn Hans hätten geschlafen, und morgens sei seine Frau einfach nicht mehr da gewesen, so wie auch ein Koffer und ein paar Kleidungsstücke.

Den Beamten war das damals spanisch vorgekommen, dem Staatsanwalt auch. Sie hatten sich die Wohnung der Familie vorgenommen und dort Blutspuren entdeckt. Der Ehemann behauptete, seine Frau habe sich am Tag zuvor bei der Hausarbeit verletzt, mit einem Küchenmesser geschnitten. Das Gegenteil war ihm nicht nachzuweisen.

Auch Susanne Bretz – damals noch Susanne Bierstädt – rückte in den Fokus der Ermittlungen. Mehrere Nachbarn hatten damals ausgesagt, Karl und seine nur zwei Häuser entfernt wohnende junge Schwägerin hätten ein Verhältnis gehabt. Aber niemand konnte Karl Bretz oder Susanne Bierstädt etwas nachweisen.

Die Leiche blieb verschwunden – eben bis zu jenem Mai dreiundvierzig Jahre später. Margot hatte damals persönlich mit Susanne Bretz gesprochen. Wie sie erfahren hatte, hatte die Karl geheiratet, nachdem ihre Schwester für tot erklärt worden war. Ein DNA-Vergleich hatte ergeben, dass die Leiche mit absoluter Sicherheit Susanne Bretz' Schwester war.

Die Kollegen, die damals das mysteriöse Verschwinden Kathrin Bretz' untersucht hatten, hatten seinerzeit den Verdacht geäußert, deren Ehemann Karl habe gemeinsam mit Susanne Bretz deren Schwester umgebracht. Nicht nur, dass die beiden ein Verhältnis gehabt hatten, die direkten Nachbarn der Vermissten hatten übereinstimmend ausgesagt, dass das Ehepaar ständig gestritten habe.

Zwar stand nach dem Fund unter dem Betonfundament des Bades fest, dass Kathrin Bretz tatsächlich ermordet worden war, aber darüber hinaus gab es keine neuen Anhaltspunkte hinsichtlich des Täters. Margot hatte Susanne Bretz noch einmal befragt, aber ebenfalls keine neuen Erkenntnisse erhalten. Im Gegenteil, Susanne Bretz hatte sich froh gezeigt, ihre Schwester endlich beerdigen zu können. Danach hatte man den Fall zu den Akten gelegt.

Aber war es wirklich Zufall, dass beide Schwestern ermordet worden waren und man ihre Leichen am selben Ort gefunden hatte? Auf den ersten Blick gab es keinen Grund anzunehmen, dass es etwas anderes als Zufall war. Susanne Bretz' Mann war längst tot, sie hatten auch keine gemeinsamen Kinder, die vielleicht als Täter infrage kämen, wenn man Rache als Motiv für die Ermordung von Susanne Bretz annahm. Und der Mord an Marina Gassion passte schon gar nicht ins Bild.

Margot sah auf die Uhr. Drei Stunden lang war sie in die Vergangenheit abgetaucht, in einen mysteriösen Mordfall, der mit dem aktuellen Fall wahrscheinlich nur bedingt zu tun hatte. Da war nicht die leiseste Verbindung zwischen dem Tod der Kathrin Bretz und ihrem Bibel-Wassermörder.

Eine Viertelstunde später saßen sie in dem kleinen Besprechungsraum am runden Tisch.

Margot schmunzelte, als sie die Sitzordnung der Kollegen bemerkte: Ihr gegenüber saß Horndeich, an seiner rechten Seite Sandra, zu seiner Linken Ines Milbach. Und zwischen ihr selbst und den beiden Damen schien jeweils ein ganzer Tümpel Platz zu haben.

»Ich fang mal an«, sagte Margot und berichtete über den Fall Kathrin Bretz, wobei sie auch den Familienhintergrund erläuterte, soweit sie den der Akte hatte entnehmen können. »Inzwischen habe ich auch Susanne Bretz' finanzielle Situation gecheckt«, fügte sie hinzu. »Ist reichlich unspektakulär. Sie bekam eine Witwenrente und eine Rente über die ehemalige Firma ihres Mannes. Der Geldverkehr ist ansonsten schwer nachzuvollziehen, weil sie, wie viele ältere Leute, lieber bar zahlte: Es gibt kaum Überweisungen, aber viele Barabhebungen, auch schräge Summen. Aber das Konto war stets ausgeglichen.«

Auch in diesem Raum war eine weiße Metalltafel an der Wand angebracht. Margot stand auf und schrieb mit einem breiten Folienstift den Namen der Toten an die Tafel, malte ein Kästchen darum. Dann folgte ein Kästchen mit dem Namen der toten Schwester. Und eines mit dem Namen Karl Bretz. »Der war zuerst mit der einen, dann mit der anderen verheiratet.« Sie zog eine Linie zwischen die beiden Damen und von jeder von ihr eine zu dem Mann. »Ansonsten: nichts, was irgendwie auf unseren jetzigen Fall hindeutet. Außer, dass Susanne Bretz mit Markötter zu tun hatte.« Sie malte ein Kästchen für Markötter an die Tafel und sagte: »Sandra?«

Die blickte auf ihre Notizen. »Nichts Neues, das ist das Fazit. Neununddreißig, mittlere Reife, eine abgebrochene Ausbildung als Metzger, dann eine abgebrochene Ausbildung als Kfz-Mechaniker. Heiratet mit neunzehn, wird mit einundzwanzig geschieden. Keine Kinder. Zweite Ehe mit vierundzwanzig, aber die Frau stirbt nach sechs Jahren. Natürlicher Tod: Lungenembolie nach einer OP. Jobs hier, Jobs da, meistens irgendwas mit Autos. Laut unseren Aufzeichnungen nicht vorbestraft. Sein Konto ist ausgeglichen, mal rot, mal schwarz, aber in beide Richtungen keine echten Ausreißer. Unauffällig. Er arbeitet für Gassion. Aber auch da ist absolut nichts Auffälliges. Abgesehen davon, dass er zu beiden Toten einen engen Kontakt hatte, zur Bretz als Chauffeur und lebender Kummerkasten und zu Marina Gassion als deren Liebhaber. Die hatte kurz vor ihrem Tod noch SMS-Kontakt zu ihm. Markötter behauptet jedoch, seine SIM-Karte sei ihm gestohlen worden. Ich habe noch mal mit ihm telefoniert; es gibt nach seinen Angaben vier Möglichkeiten, wo ihm die Karte aus dem Handy geklaut worden sein könnte: auf seiner Arbeitsstelle, in einem Restaurant, bei einer Tankstelle und während einer Shoppingtour durch die Stadt. Interessant: Markötter hat Schuhgröße siebenundvierzig – Riesenlatschen. Die gleiche Größe wie der, der an den Fischteichen seinen Schuhabdruck hinterlassen hat. Damit übergebe ich an Kollegen Horndeich.«

Der stand auf und malte ein weiteres Kästchen an die Wand: »Marina Gassion«. Dann dozierte er, einen Zettel in der Hand:

»Geborene Ripps, am 12. August '67 in Schwäbisch Hall geboren. Ihr Vater, Erwin Ripps, kommt schon drei Jahre später nach Darmstadt – warum auch immer. Er gründet ein Taxiunternehmen. Läuft wohl ganz gut. Marina macht das Abi '85, dann eine Ausbildung zur Goldschmiedin, die sie '88 abschließt. In diesem Jahr lernt sie Paul Gassion kennen. Wird Hausfrau, arbeitet später halbtags bei Juwelier Kümmeranz am Luisenplatz. Vor zehn Jahren macht sie ihren eigenen Laden auf. Die Ehe ist kinderlos. Nicht vorbestraft. Das einzig Auffällige, wenn man es denn so nennen will: Der Laden von ihr lief nicht gut. Also eigentlich lief er bescheiden. Wie die Kontoauszüge zeigen, bekam sie in letzter Zeit Finanzspritzen von ihrem Mann, der mehrere Tausend Euro in den Laden steckte. Was eigentlich eher dagegen spricht, dass er sie umgebracht hat, wenn er sie so großzügig unterstützte.«

Er drehte sich wieder zu der weißen Tafel. Schrieb den Namen »Paul Gassion« darauf und umrahmte ihn mit einem weiteren Kästchen.

»Marina hatte ein Verhältnis mit Ferdinand Markötter. Der ist bei ihrem Mann angestellt. Markötter behauptet, die Gassion und ihn hätte mehr verbunden als ein bloßes sexuelles Verhältnis. Paul Gassion sagte uns gegenüber jedoch, er sei nicht der erste Lover seiner Frau gewesen. Und Paul Gassion – den beschreibt jetzt Ines. Bitte schön.«

Margot wusste nicht, was sie mehr überraschte: dass Gassion den Laden seiner Frau gesponsert hatte oder dass sich Kollege Horndeich und Frau Ines Milbach inzwischen mit Vornamen anredeten. Wenn die Dame aus Wiesbaden mal nicht mehr Verwirrung in ihrer Abteilung stiftete, als dass sie für diesen Fall von Nutzen war…

Ines Milbach stand auf, nahm Horndeichs Platz vor der Tafel ein und zog eine Linie zwischen Gassion und seiner Frau. »Über Paul Gassion ist nur sehr schwer irgendetwas herauszufinden. Die einfachen Fakten zuerst: am 8. Mai '45 geboren, in Mühlhausen im Elsass. Im März '88 kommt er nach Darmstadt. Meldet sich hier an. Hat inzwischen die deutsche Staatsangehörigkeit. Schule, Ausbildung, eventuelles Studium…« Sie zuckte mit den Schultern. »Nichts herauszubekommen auf die Schnelle. Wovon er in Darmstadt zunächst lebte, wissen wir nicht. Am 8. August '89 heiratet er Marina Ripps. Er steigt in das Taxiunternehmen seines Schwiegervaters ein. Drei Jahre später ist er Teilhaber, '95 übernimmt er die Firma. Das Unternehmen wächst und gedeiht. Er ist nicht der Überflieger, aber das Unternehmen ist grundsolide. Mit seiner Frau hat er keine Kinder.

Angeblich führt er mit ihr eine offene Ehe. Beide haben Affären, aber keiner will die Ehe aufgeben. Mehr habe ich nicht herausfinden können.«

Sie warf Horndeich einen Blick zu, bevor sie sich an ihren Platz setzte – was Margot nicht entging.

»Also kennt nur Markötter beide Toten, ist das richtig?«, fragte sie.

Eine Runde Wackel-Dackel. Aber obwohl auch Ines Milbach nickte, meinte sie: »Das ist das, was wir wissen. Vielleicht gibt es ja auch eine Verbindung von Paul Gassion zur Bretz, die wir einfach noch nicht kennen.«

»Ich weiß, dass es nicht wirklich viel bringt, Kollegen«, sagte Margot. »Aber in welche Richtung meint ihr, dass wir primär ermitteln sollten?« Allein damit, dass sie diese Frage stellte, gestand sie ein, dass es an guten Spuren mangelte.

Keiner regte sich.

»Ines, bitte.« Was Horndeich durfte, durfte sie schon lange. Und es würde dem Betriebsklima sicher nicht schaden.

»Ich glaube, wir haben es hier mit einem sehr kontrolliert vorgehenden, extrem disziplinierten Täter zu tun. Er hat bisher jeden Schritt genau geplant. Ich bin überzeugt davon, dass er wusste, dass er in dem Schwimmbad gefilmt wird. Und er hat mit Sicherheit keine Schuhgröße siebenundvierzig.«

»Sie meinen …«, unterbrach Margot.

»… dass er uns im wahrsten Sinne des Wortes eine falsche Spur gelegt hat«, bestätigte die Milbach. »Ich halte es auch für möglich, dass er Markötters SIM-Karte geklaut hat. Er kennt nicht nur seine Opfer, er weiß auch, mit wem sie verkehren und Kontakt pflegen. Er weiß, wie wir denken, und er ist sich sicher, uns immer einen Schritt voraus zu sein. Ich glaube, wir werden im weiteren Umfeld der beiden Männer Gassion und Markötter fündig. Vielleicht in der Firma, wahrscheinlicher jedoch im privaten Bereich. Also: Meiner Ansicht nach ist weder Markötter noch Gassion der Täter, sondern ein Psychopath, der seine Verbrechen vorausschauend und berechnend begeht. Ich glaube auch, dass die Bibelstellen, die er zitiert, eine Bedeutung haben. Vielleicht hat er ein schreckliches Erlebnis mit Wasser gehabt. Vielleicht wurde er in einem Kloster mit Wasser gequält, in einem kirchlichen Kinderheim ... keine Ahnung. Aber Zufall – Zufall sieht anders aus.«

Margot hielt Ines Milbachs Ausführungen für sehr durchdacht. Vielleicht war Mrs. LKA doch eine Bereicherung und nicht nur eine Unruhestifterin. »Sandra?«

»Keine Ahnung. So leid es mir tut. Markötter kannte beide. Er erbt von der Bretz. Aber welchen Grund hätte er, seine Bettgespielin umzubringen? Und Gassion? Sicher, seine Frau ging fremd. Aber die Bretz kannte er nicht. Also ein Mörder, der ganz von außen kommt? Ich weiß es nicht.«

»Horndeich?«

»Aus dem Bauch raus: Gassion. Der hat zwar ein Alibi, sogar ein hieb- und stichfestes. Dennoch, mir fehlen die ersten dreiundvierzig Jahre seines Lebens. Da stimmt was nicht.«

Margot schwieg, bis Horndeich sie direkt ansprach: »Und du? Was meinst du?«

»Markötter«, sagte sie. »Der Einzige ohne Alibi. Der Einzige, der beide kannte. Der Einzige, der für beide Morde ein Motiv hätte. Aber im Moment ist alles noch ›hätt', hätt', wau, wau‹, wie eine Tante von mir immer zu sagen pflegte. Wir brauchen ...«

Bevor sie es aussprechen konnte, sagte Horndeich: »... Fakten. Viel mehr Fakten.«

Freitag

Zum Glück war es warm. Dennoch war das, was Horndeich hier trieb, Blödsinn. Das war inzwischen seine eigene Meinung. Er saß auf einer Bank im Herrngarten, unweit des Teichs, und war schon froh, dass es nicht regnete. Vom Sternenhimmel war nichts zu sehen, denn eine geschlossene Wolkendecke erstreckte sich über ganz Darmstadt. Zwar waren einige Fenster in den Häusern um den Park herum beleuchtet, aber deren Schein reichte nicht bis zum Teich.

Noch am frühen Abend war er überzeugt gewesen, dass der Schweinemörder in den späten Abendstunden oder in der frühen Nacht hier sein Werk vollbringen werde. Inzwischen war er zweimal fast eingeschlafen und beurteilte seine Theorie etwas anders: Sie fiel wohl eher in die Kategorie »Schnapsidee«. Warten auf den Schweinemörder. Der hieß bestimmt Godot.

Mit jeder Minute war ihm seine Idee bescheuerter vorgekommen. Und er saß ja schon so einige Minuten hier. Um elf hatten ihn zwei Penner angesprochen, um halb zwölf wollte ihm jemand Marihuana verkaufen, um halb eins ein anderer Heroin.

Danach waren die Aktivitäten deutlich zurückgegangen. Mittlerweile war es halb vier. Dass der Psychopath nicht um zehn hier auftauchen würde, war Horndeich klar gewesen. Aber drei schien eine gute Zeit zu sein. Kaum mehr einer auf der Straße, absolute Dunkelheit.

Er hatte sich da in etwas verrannt, sagte seine innere Stimme. Die, die meistens recht hatte.

Er sollte ins Bett gehen und wenigstens noch drei Stunden schlafen, setzte sie sogleich nach.

Dann hörte er den Motor, ohne dass er das Fahrzeug sah. Er konnte es nicht ausmachen, denn offenbar fuhr es auf der anderen Seite des Teichs. Die Bäume auf der Insel in der Mitte versperrten die ohnehin schon schlechte Sicht. Da Horndeich aber auch kein Licht erkennen konnte, ging er davon aus, dass der Fahrer die Scheinwerfer ausgeschaltet hatte, und das war dann doch sehr verdächtig.

Er bewegte sich vorsichtig etwas weiter nach links und huschte in den Schatten einer der umstehenden Bäume. Dann sah er die Umrisse des Fahrzeugs.

Wenn er sich nicht täuschte, handelte es sich um ein kleines dreirädriges Vespa-Fahrzeug, mit denen die Stadtreinigung unterwegs war. Gemeinhin tagsüber.

Sofort erinnerte sich Horndeich daran, dass vor drei Wochen ein solches Fahrzeug als gestohlen gemeldet worden war. Die Situation war einfach zu skurril gewesen: Die Stadtreiniger waren am Luisenplatz aus dem Wagen gestiegen, um den Inhalt von zwei Papierkörben in den Sammelbehälter zu kippen. Genau in dem Moment war der Dieb in das orangene Fahrzeug gesprungen und einfach fortgefahren. Die Stadtbediensteten schrien und gestikulierten dem schwindenden Gefährt noch hinterher, aber sie konnten es nicht mehr einholen. Horndeich erinnerte sich so genau an die Sache, weil am nächsten Tag ein Artikel über eine ganze Seite im »Darmstädter Echo« gestanden hatte. Inklusive der technischen Daten des gestohlenen Fahrzeugs: ein Piaggio Ape TM, meistens einfach »Vespacar« genannt, mit zweihundert Kubikzentimeter Hubraum, knapp siebzig Stundenkilometer schnell.

Ein Fahrzeug um diese Uhrzeit. Ohne Licht. Von der Stadtreinigung. Wenn das nicht verdächtig war, wusste Horndeich auch nicht, wie man den Begriff noch definieren solle. Er spürte, wie der Adrenalinpegel in seinem Blut stieg.

Das Gefährt verließ den Weg und rollte direkt auf den Teich zu. Horndeich überlegte kurz, was er tun sollte. Einerseits wollte er nicht riskieren, dass ihm der Schweinemörder – wenn er es denn war – durch die Lappen ging. Allerdings durfte er ihm nicht zu nahe kommen, um ihn nicht zu verscheuchen, bevor er sich den Typ schnappen konnte.

Das Fahrzeug kam zum Stehen.

Horndeich konnte nicht erkennen, was genau sich beim Fahrzeug abspielte, er hörte nur das Motorengeräusch. Ganz kurz überlegte er, sein Versteck aufzugeben. Aber wenn dort tatsächlich ein Schwein abgeladen oder vielleicht sogar umgebracht werden sollte, wollte er den Täter auf frischer Tat ertappen. Also blieb Horndeich einfach, wo er war.

Wenige Sekunden später kam Bewegung in die Szenerie. Horndeich erkannte, dass sich die Ladefläche bewegte: Der Ladekasten wurde gekippt, und aus dem Kasten fiel etwas heraus. Der Kasten senkte sich wieder, und obwohl der Motor noch lief, sah Horndeich, wie jemand aus dem Schatten des Wagens trat. Die Gestalt war kaum auszumachen, ganz dunkel gekleidet, und schien mehr Schatten denn Mensch zu sein. Er machte sich an dem auf dem Boden liegenden Ding zu schaffen. Sollte Horndeich tatsächlich recht gehabt haben mit seiner irren Idee, für die ihn Sandra sogar ausgelacht hatte?

Er hörte das Platschen von Wasser.

Es gab noch genau zwei Möglichkeiten: Entweder der Mörder hatte sein Schwein im Wasser abgeladen – oder Horndeich machte sich gerade lächerlich!

»Stehen bleiben, Polizei!«, rief er und stürzte aus seinem Versteck nach vorn. Mit wenigen Schritten erreichte er den Tatort.

Und konnte erkennen, wie ein Mann aus dem Wasser lief.

»Stehen bleiben, oder ich schieße!«, warnte Horndeich. Doch er wusste selbst, dass er dem markigen Spruch keine Taten würde folgen lassen. Das hatte einen simplen Grund: Er sah bei der Dunkelheit nicht genug, um einen gezielten Schuss abgeben zu können.

Der Unbekannte spurtete auf das Vespacar zu. Horndeich musste schnell eine Entscheidung treffen. Wenn er die fehlenden Meter zum motorisierten Dreirad spurtete und auch nur den Bruchteil einer Sekunde zu spät dort anlangte, würde ihm der Fahrer davonbrausen. Die Alternative lag darin, zurückzurennen und in seinen Crossfire zu springen. Er hatte den Wagen ein paar Meter entfernt abgestellt, damit er nicht sofort auffiel, und nur in seinem Wagen hatte er eine Chance, das Vespacar zu verfolgen und zu stellen. Eine gute Chance.

Er machte auf dem Absatz kehrt und rannte zu seinem Wagen. Er hörte, wie das Vespacar losfuhr. Während Horndeich den Crossfire startete, überlegte er, welchen Weg der Schweinekiller wohl nehmen würde. Wenn denn überhaupt ein totes Schwein im Teich lag.

Das würde er mal einfach als Arbeitshypothese annehmen. Eine Zeile aus einem seiner Lieblingsfilme fiel ihm ein. Der Film hieß »Harold and Maude«. Darin gab die achtzigjährige Maude dem zwanzigjährigen Harold den Tipp: »Jeder hat das Recht, einen Narren aus sich zu machen.« Okay, das stimmte sicherlich. Nur hatte Horndeich manchmal den Eindruck, von diesem Recht allzu oft Gebrauch zu machen …

Der Ausgang nach Süden bot sicher die besten Fluchtmöglichkeiten. Also preschte Horndeich mit aufgeblendeten Scheinwerfern in diese Richtung.

Der Crossfire war schneller als das Vespacar. Doch der Fahrer hatte einen guten Vorsprung. Horndeich sah das Vehikel gerade noch vom gepflasterten Karolinenplatz auf die Zeughausstraße biegen.

Er schaltete einen Gang runter, gab Gas.

Der Fahrer des Vespacar trat offenbar ebenfalls das Gaspedal durch den Wagenboden, doch schon nach wenigen Metern leuchteten die Bremslichter auf. Das Dreirad bog unmittelbar hinter dem Café »Waben« in Richtung Friedensplatz nach links ab. Horndeich folgte. Doch der Weg wurde eng. Immerhin war der Platz für Fußgänger ausgelegt, vielleicht sogar für Fußgängerinnen mit Drillingskinderwagen. Aber nicht für Formel-1-Rennen.

Horndeich blieb dem Vespacar auf den Fersen. Linker Hand lag das Schloss. Darin das Erste Polizeirevier. Doch er war ja mit dem Privatwagen unterwegs und hatte kein Funkgerät eingebaut.

Horndeich überlegte kurz, ob er die Kollegen per Handy informieren sollte. Doch das steckte in seiner Hosentasche, und das konnte er so einfach nicht hervorfingern. Wenn er jetzt einhändig fuhr, würde sein Crossfire wahrscheinlich hässliche Kratzspuren links und rechts bekommen. Und die Seitenspiegel verlieren.

Das Vespacar steuerte direkt auf den Marktplatz zu. Das war gut. Der Platz war groß, da konnte sich Horndeich vor das Dreirad setzen.

Er gab Gas und überholte das Fluchtfahrzeug links. Der Fahrer des Vespacar trat auf die Bremse. Und fuhr einfach nach rechts weg, auf den Marktplatzbrunnen zu.

Horndeich bremste ebenfalls. Der Platz war groß, sodass er an dem Vespacar vorbeiziehen konnte. Doch die Chance entpuppte sich als Problem: Er konnte dem Dreirad nicht den Weg versperren. Also gab es nur die Möglichkeit: ihm zu folgen. Horndeich raste dem Gefährt hinterher um den Brunnen herum.

Im Artikel der Darmstädter Tageszeitung war auch der Wendekreis des Vespacar erwähnt worden: sechs Meter sechzig. Und sein Crossfire hatte mehr als zehn Meter. Im täglichen Leben war das nicht von Relevanz, schließlich wollte er mit seinem Wagen nicht in den Fußgängerzonen Papierkörbe leeren. Hier und jetzt spielte die Differenz von fast vier Metern allerdings eine Rolle. Horndeich fluchte, und das weder leise noch nett.

Aber lange konnte der Unbekannte dieses Spiel nicht treiben. Sicher würden aufgeschreckte Anwohner Horndeichs Kollegen rufen. Wogegen der nichts einzuwenden hatte.

Das Vespacar steuerte auf das Café »Extrablatt« zu. Wurde langsamer.

Was hatte der Kerl vor?, fragte sich Horndeich.

Die Antwort wurde ihm im nächsten Moment glasklar vor Augen geführt.

Das Vespacar gab wieder Gas. Und fuhr schnurstracks durch den kleinen Durchgang zwischen Café und Buchhandlung. Zwischen die Wände und die Außenspiegel des Vespacar passte vielleicht auf jeder Seite noch eine Zigarettenschachtel. Aber der Crossfire hatte keine Chance, zumindest, wenn Horndeich seine Seitenspiegel behalten wollte. Und er hing auf eine unerklärliche Weise an den Öhrchen seines Wagens.

Er bremste und sah, wie das kleine Gefährt nach vorn schoss. Rechts führte eine schmale Straße zwischen Buchhandlung und Rathaus entlang. Die nahm Horndeich. Sie führte um den Häuserblock herum. Aber Horndeich musste langsam fahren, wollte er nicht riskieren, eine Ecke zu touchieren. Die Straße führte am Musikhaus »Crusius« vorbei, direkt auf den City-Ring.

Von der Vespa war nichts mehr zu sehen. Horndeich machte den Motor aus und stieß die Tür auf.

Er konnte sie hören. Das Gefährt fuhr nach Osten über den Würthweg. Horndeich startete wieder den Motor und überquerte mit quietschenden Reifen den City-Ring. Am Ende der Straße sah er das Vespacar. Es bog nach rechts.

Mist, dachte Horndeich. Denn das war wieder ein Fußgängerbereich. Er führte zur Lindenhofstraße, die ihrerseits südlich am Jugendstilbad vorbeiführte – und durch Poller von der Fußgängerzone getrennt war. Auch dort würde der Crossfire nicht durchkommen.

Horndeich fragte sich kurz, ob das Vespacar schlank genug war, um zwischen den Pollern hindurchfahren zu können, und ein inneres Stimmchen versicherte ihm, dass dem so sei. Und dass der Fahrer des Vespacar das ganz genau wusste.

Horndeich riss das Steuer nach links, wo die Kaplaneigasse lag, bretterte auf die Landgraf-Georg-Straße und jagte parallel zum Vespacar nördlich am Bad vorbei.

Er erreichte den Parkplatz vor dem Bad und erkannte, dass

ihm die Vespa schon wieder ein paar Meter voraus war und weiter nach Osten fuhr. Er jagte hinterher. Wieder versperrten Poller dem Crossfire den Weg. Es sollte doch nicht so schwer sein, mit einem Zweihundertzwanzig-PS-Schlitten so ein verdammtes Gogo für Arme zu stellen, dachte Horndeich. Er umfuhr das Hindernis, indem er den Crossfire an der Ampelanlage auf den Mercksplatz steuerte.

Das Vespacar fuhr nun über den Fußweg durch die Rudolf-Müller-Anlage. Horndeich setzte den Crossfire dahinter und folgte der wild gewordenen Wespe auf dem Weg voller Schotter. Die von den drei Reifen des Fluchtfahrzeugs hochgesprengten Steinchen prasselten wie Geschosse auf den Lack des Crossfire ein. Na prima. So allmählich nahm Horndeich die Sperenzchen des Vespa-Rennfahrers persönlich.

Am Ende der Grünanlage schlug der Vespafahrer mit seinem Mobil einen Doppelhaken und bog über die Darmstraße in die Heinrich-Fuhr-Straße ein. Horndeich ließ den Crossfire aus Sorge um seine Auspuffanlage nur langsam über die Bordsteinkante auf die Straße auffahren. Er hatte keinen Schimmer, wohin der mutmaßliche Schweinekiller wollte und wie er seinen Verfolger letztlich abschütteln wollte.

Die Antwort folgte auf dem Fuße.

Wieder in Form von Pollern.

Von der Straße zweigte links ein Weg für die Reinigungsfahrzeuge der Stadtwerke ab. Für die Vespa war der Raum zwischen den Pollerkollegen breit genug. Gerade so. Für den Crossfire nicht.

Horndeich bremste und sah durch die Scheibe der Fahrertür. Die Vespa hatte zwei Optionen: nach links parallel zur Beckstraße oder nach rechts in Richtung Trainingsbad. Mehr Möglichkeiten gab es nicht, denn querfeldein zu fahren hätte bedeutet, das kleine Töfftöff im Badesee Woog zu versenken, der direkt vor ihm lag. Mit knapp sechzigtausend Quadratmetern war der schon eine Wellnessoase für die Darmstädter gewesen, als es das Wort noch gar nicht gegeben hatte. Für das Vespacar traf diese Definition jedoch sicherlich nicht zu.

Dennoch ging der Fahrer nicht vom Gas. Und er machte keine Anzeichen, abbiegen zu wollen.

Das knatternde Gefährt entschwand Horndeichs Blick.
Zwei Sekunden später hörte er, wie es ins Wasser klatschte.

»Da liegt ein totes Schwein im Teich im Herrngarten. Und der Täter ist gerade mit einem Vespacar in den Woog gefahren.«

Margot hasste es, morgens um vier aus dem Bett geklingelt zu werden. Besonders, wenn der Anrufer, in diesem Fall Horndeich, offenbar betrunken war.

Neben ihr grunzte Rainer, der durch den Anruf zwar nicht wirklich aufgewacht war, aber die Störung der Tiefschlafphase auf seine Weise kommentierte.

»Was erzählst du da?«, zischelte Margot.

»Ich habe gerade mit Oppwert vom Ersten Revier gesprochen«, erklärte Horndeich. »Er und Beckmann haben das Schwein gefunden und den Tatort schon abgeriegelt. Bitte klingle Baader aus dem Bett. Er soll mit seinen Jungs zum Herrngarten. Nimm die Milbach mit.«

»Von was für einem Schwein sprichst du da?«, fragte Margot, die sich ein wenig über Horndeichs Ausdrucksweise wunderte; da musste jemand schon ein äußerst übler Bursche sein, dass Horndeich ihn als »Schwein« bezeichnete.

»Na, von einem Schwein«, erklärte er. »Das der Wassermörder umgebracht hat.«

»Du meinst ein … ein Hausschwein?«, hakte sie nach. »Ein richtiges Schwein?«

»Ja, das meine ich.«

»Hab ich das jetzt richtig verstanden?« Sie war bemüht, trotz ihrer Empörung möglichst leise zu sprechen. »Die Mordkommission ermittelt jetzt auch bei Tötungsdelikten im Tierreich?«

»Es ist unser Mann!«, sagte Horndeich überzeugt.

Die Antwort verwirrte sie noch mehr. »Das Schwein?«

»Nein, der Typ, der das Schwein auf dem Gewissen hat«, antwortete Horndeich genervt. »Morgen werden wir den Brief kriegen.«

»Okay. Und wo bist du jetzt? Und vor allem: Warum bist du um die Zeit noch oder bereits wieder wach?«

Margot war aufgestanden, hatte sich das Telefon zwischen

Schulter und Kinn geklemmt und versuchte sich anzuziehen, was auf diese Weise nicht so einfach war.

Auf ihrem Weg durch die Wohnung, hinaus auf die Straße und zum Wagen erklärte ihr Horndeich seine Theorie vom Schweine mordenden Wassermörder und berichtete ihr in knappen Worten, was er in den vergangenen vierzig Minuten erlebt hatte. »Die Spurensicherer aus Wiesbaden kommen an den Woog, und die bringen auch gleich Taucher mit. Vielleicht sitzt unser Mörder eingeklemmt im Führerhaus des Vespacar.«

Schon fünf Minuten später war Margot am Teich im Herrngarten. Sie fuhr ihren BMW direkt an das rot-weiße Plastikband, das die Kollegen vom Ersten Revier gespannt hatten.

Oppwert kam sofort auf sie zu. »Hier, Frau Kollegin, da liegt das tote Schwein. Wir haben nichts angefasst, nur die Absperrung angebracht. Zeugen gibt es keine. Aber wer um die Zeit durch den Herrngarten streunt, freut sich selten über den Anblick von Uniformen.«

»Danke, Kollege«, sagte Margot nur und duckte sich unter dem Absperrband hindurch.

Sie hatte die Böschung des Teichs noch nicht erreicht, als sie erneut angesprochen wurde. »Hat Ihr Kollege heute Abend doch recht gehabt, nicht wahr?« Ines Milbach war auch schon zur Stelle.

»Ja, offensichtlich«, murmelte Margot.

Ines Milbach wohnte in der »Bockshaut«, einem alteingesessenen Hotel in Darmstadt, direkt am Marktplatz gelegen. Und damit nur fünf Minuten zu Fuß vom Tatort entfernt.

Wenn Baader kam, würde er binnen kürzester Zeit eine Flutlichtanlage aufbauen. Noch konnten sich die beiden Frauen das tote Schwein nur im Schein zweier Taschenlampen anschauen. Sie gingen auch nicht zu nah ans Ufer, um keine Spuren zu zerstören. Margot hatte immer eine Lampe mit vollen Batterien im Handschuhfach ihres BMW liegen und war positiv überrascht, dass die Milbach auch an ein Leuchtgerät gedacht hatte.

Das Schwein war tot, daran bestand kein Zweifel, denn obwohl ein gut Teil des Kadavers unter Wasser lag, konnte Margot erkennen, dass dem Tier die Kehle durchgeschnitten worden war.

»Und die unreinen Geister fuhren aus und fuhren in die Schweine«, zitierte Ines Milbach aus der Bibel, »und die Herde stürzte sich den Abhang hinab in den See, etwa zweitausend, und sie ertranken in dem See.«

»Keine zweitausend«, sagte Margot.

»Aber für einen Laienregisseur keine schlechte Inszenierung«, konterte die Milbach.

»Was meinen Sie dazu?«

»Ich kann es nicht richtig einschätzen. Bislang hat er sich streng an die Bibel gehalten, konsequent die Stellen inszeniert und rezitiert, in denen Wasser tötet. Er hat noch einen Joker, die Johannes-Offenbarung. Danach ist Schluss mit Mord durch Wasser. Dann gibt es mehrere Möglichkeiten.«

»Welche sehen Sie?«

»Er kann andere Tötungsarten inszenieren. Tot durch Gift etwa. Bei Hiob heißt es beispielsweise: ›Er wird der Ottern Gift saugen, und die Zunge der Schlange wird ihn töten.‹ Oder er wird seine Opfer erwürgen. Auch dafür bietet sich Hiob an: ›Siehe, er wird mich doch erwürgen, und ich habe nichts zu hoffen.‹«

Ja, dachte Margot, in dem meistverbreiteten Buch der Welt ging es ganz schön zur Sache. Wer Mord und Totschlag suchte, wurde da prächtig bedient. Schon ein Wunder, dass es durch den deutschen Jugendschutz gekommen war. Aber spätestens bei der Computerspiel-Adaption würde die Bundesprüfstelle zuschlagen und den Verkauf an Minderjährige verbieten.

»Es kann natürlich auch sein«, fuhr die Milbach fort, »dass er sein Werk nach dem nächsten Mord als vollbracht betrachtet. Das halte ich jedoch für unwahrscheinlich, wenn es ihm wirklich um eine Auseinandersetzung mit der Bibel geht. Da wären fünf Inszenierungen irgendwie mickrig. Ich meine, er betreibt hier wirklich Aufwand. Er hat sich für die Fische Zyankali besorgt, das kriegt man nicht bei Schlecker. Dann hat er sich ein Schwein beschafft. Das ist alles sehr aufwendig und offenbar von langer Hand geplant. Kollegin Hillreich hatte recht, als sie sagte, dass ihm allmählich die Bibelstellen ausgehen. Aber ich glaube nicht, dass es zu Ende ist.«

Margot war erstaunt über die Bibelfestigkeit der Dame aus

Wiesbaden. Die Milbach erinnerte sie ein bisschen an ihre eigene Mutter; die hatte auch immer ein Bibelzitat zur Hand gehabt. Doch missionarischer Eifer hatte ihrer Mutter ferngelegen. Ihr Vater hingegen war kein bisschen gläubig, nie gewesen.

Als Jugendliche hatte sie ihre Mutter einmal gefragt, wie sie mit ihrem Vater leben könne, wenn der nichts von Christus hielt. Da hatte sie Margot angelächelt und gesagt: »Ach, Kind, dein Vater hält viel von Christus, er weiß es nur nicht.«

Margot hatte damals nicht begriffen, was ihre Mutter gemeint hatte. Erst als sie zehn Jahre älter war, begann sie zu verstehen. Ihr Vater, welche Macken er auch immer hatte, war die Gerechtigkeit in Person. Ihr gegenüber. Und auch in seinem Beruf als Anwalt. Das war sicher nicht immer einfach für ihn gewesen. Aber in dieser Haltung war er einfach konsequent …

Baader kam, mit ihm die Kollegen, und bereits eine halbe Stunde später konnte er den beiden Damen das Ergebnis seiner Spurensuche mitteilen:

»Die Spuren von dem Vespacar, das Horndeich erwähnte, konnten wir sichern. Mit Schuhabdrücken sieht es schlechter aus. Und das war es auch schon. Wir haben alles fotografiert, dokumentiert – aber viel gibt es hier nicht zu holen. Hinrich soll sich das Schwein am besten mal ansehen.«

Margot konnte sich ein Grinsen nicht verkneifen. »Da wird er sich bestimmt freuen.«

Die Südseite des Woogs war heller erleuchtet als das Stadion der 98er. Die Taucher hatten sich gerade ins Wasser begeben.

Horndeich sah sich um. In den umliegenden Häusern lehnten sich Menschen neugierig aus offenen Fenstern und beobachteten die Aktion. Im Haus Nummer dreizehn sah er sogar eine ganze Familie: Mama, Papa, einen Säugling und ein kleines Mädchen; es mochte etwa drei Jahre alt sein, schätzte Horndeich. Das Kind zeigte mit dem Finger auf das Geschehen, und Mama und Papa erklärten ihm die Welt. Soweit sie die verstanden.

Einer der Taucher kam wieder an die Wasseroberfläche und sagte etwas zu dem Kollegen am Ufer. Der kam dann zu Horndeich.

»Das Vespa-Teil haben wir gefunden. Aber da ist niemand

drin. Die Fahrertür ist geöffnet. Der Fahrer hat sich offenbar gerettet.«

Horndeich schüttelte den Kopf. »Ich hab die ganze Zeit hier an der Böschung gestanden, aber da kam niemand aus dem See. Ich hab auch nirgendwo jemanden auftauchen sehen.«

Der Kollege von der Schutzpolizei zuckte mit den Schultern. »Ich kann Ihnen nur sagen, wie es ist.«

Nachdem Horndeich den Platscher gehört hatte, hatte er die Warnblinkanlage eingeschaltet und war sofort zur Böschung gelaufen. Er hatte den Zaun gesehen, den das Vespacar einfach durchtrennt hatte. Der Draht hatte der beschleunigten Masse des Fahrzeugs nicht standhalten können.

Kurz hatte Horndeich überlegt, ob er nicht ins Wasser springen sollte, um den Fahrer zu retten. Doch das wäre aussichtslos gewesen. Selbst wenn er das Fahrzeug gefunden hätte, er hätte nur um sich tasten können. Schon über dem See ballte sich die Dunkelheit, unter Wasser wäre es einfach nur schwarz gewesen. So hatte er am Rand des Badesees gestanden und auf das Wasser gestarrt, während er mit dem Handy telefoniert hatte – aber niemand war aufgetaucht.

Fritz Wellner trat auf Horndeich zu. »Wir haben uns die Poller angeschaut, wie Sie es gesagt haben.«

»Und?«, fragte Horndeich.

»Nur in der Lindenhofstraße ist ein Steckpoller entfernt und zur Seite gelegt worden. Ansonsten schien das Gefährt überall durchzupassen.«

»Wurde Gewalt angewendet?«

»Nein. Der Steckpoller ist intakt. Wir haben ihn eingepackt und nehmen ihn mit nach Wiesbaden. Vielleicht können wir euch irgendwas über den Schlüssel sagen, mit dem er geöffnet wurde.«

Horndeich kannte die Schlüssel. Sie ähnelten den kleinen Dingern, mit denen er einmal im Jahr die Ventile seiner Heizkörper aufdrehte, um sie zu entlüften. Die Drehbolzen, die die Steckpoller im Boden arretierten, hatten die simple Form eines Dreiecks. Selbst wenn jemand keinen Schlüssel dazu hatte, mit einem einfachen Wachsabdruck konnte man so ein Werkzeug sicher schnell herstellen lassen.

Der Fahrer des Vespacar hatte jedoch nicht angehalten, um irgendwelche Poller zu entfernen. Das besagte, dass er das vorher erledigt hatte. Was wiederum bedeutete, dass er entweder Hellseher war und gewusst hatte, dass Horndeich ihn erwarten würde. Oder aber dass er sich von vornherein einen Fluchtweg geschaffen hatte, für den Fall, dass man ihn verfolgen würde. Und mit einem Mal erkannte Horndeich, dass der Sturz in den See kein Unfall gewesen war, sondern Absicht. Teil eines Plans. Und er begriff nun auch, weshalb der Unbekannte ganz schwarz gewesen war, aber dennoch so ausgesehen hatte, als habe er keine Kleidung getragen. Horndeich tippte auf einen Neoprenanzug …

»Herr Horndeich, schauen Sie – das ist das Einzige, was wir in dem Fahrzeug gefunden haben«, sagte der Leiter des Tauchtrupps und hielt ihm ein aus Alu gefertigtes kleines Teil unter die Nase. Es sah aus, als habe es mehrere Anschlüsse für Wasserhähne. Doch der Sinn erschloss sich Horndeich nicht.

»Was ist das?«, fragte er.

»Ein Adapter für Pressluftflaschen. Mein Sohn, er macht Tauchkurse, daher kenne ich mich ein wenig aus.«

Horndeich nickte. Und winkte dem Leiter der Spurensicherung aus Wiesbaden. Der trat zu ihm.

»Zwei Mann sollen den Zaun entlang des Badesees abgehen. Irgendwo darin wird ein Loch sein. Dort ist der Täter ausgebüchst.«

»In Ordnung.«

Horndeich überlegte nur kurz. Dann kam er zu dem Schluss, dass die Beamten das Loch wahrscheinlich an der Ostseite des Sees finden würden. Von dort konnte der Taucher direkt auf den Parkplatz des kleinen Schulhallenbads gelangen, um dann in seinen Wagen zu steigen und davonzufahren. Horndeich begriff, dass alles, was der mysteriöse Wassermörder tat, bis aufs i-Tüpfelchen geplant und arrangiert war, genau wie es Ines geweissagt hatte. Horndeich schauderte. Es schien, als sei ihnen der Mörder tatsächlich immer einen Schritt voraus.

Inzwischen hatten die Kollegen von der Feuerwehr einen Weg gefunden, das Vespacar wieder ans Tageslicht zu befördern. Oder zumindest ins Flutlicht. Der große Feuerwehrwagen stellte sich mit seiner Front in Richtung des Sees. Er hatte eine Winde vor dem Fahrerhaus montiert. Taucher nahmen den Haken des Seils und verschwanden wieder im dunklen Nass.

Wenige Minuten später stand das Dreirad auf dem Trockenen. Aus allen Ritzen floss Wasser, als würde das Gefährt weinen.

Hans Häffner, Kollege der Spurensicherung, trat auf Horndeich zu. »Horndeich, kommst du mal mit. Da ist noch was Auffälliges.«

Sekunden später zeigte Häffner ihm ein Stück des von der Vespa durchtrennten Zauns. »Schau, so sieht das aus, wenn der Zaun reißt.« Er deutete auf ein Stück des Maschendrahts. »Und das hier –«, er zeigte Horndeich ein anderes Stück Draht, »– das ist definitiv nicht von der Vespa zerfetzt worden.«

»Sondern?«, fragte Horndeich, aber er kannte die Antwort schon.

»Bolzenschneider. Er hat systematisch nur jedes zehnte Glied nicht durchtrennt.«

»Damit auf den ersten Blick nicht auffiel, dass der Zaun schon kaputt war. Und damit der Maschendraht der Vespa keinen Widerstand bietet.«

»Ja, so würde ich das auch sehen.«

Es war also von vornherein geplant gewesen, die Vespa zu versenken. Machte auch Sinn. Hätte Horndeich nicht 007 gespielt, hätte es wahrscheinlich Monate, wenn nicht Jahre gedauert, bis man das Vespacar gefunden hätte. Und dann wären wohl kaum mehr Spuren zu finden gewesen. Etwa Blutspuren von einem toten Schwein.

Der alten Jugendstilvilla im Süden Frankfurts sah man von außen nicht an, welche Art Geschäft ihr Inneres beherbergte. Um die Jahrhundertwende erbaut, vermutete man zunächst eine reiche Unternehmerfamilie als Bewohner oder den Sitz des Bürgermeisters. Ein kleines, fast gänzlich unscheinbares Schildchen verwies auf die heutige Funktion des Hauses: »Zentrum der Rechtsmedizin.«

Hinter der Villa standen auf dem Parkplatz zwei metallicrote Chrysler Crossfire, daneben ein Polizeiwagen. Horndeich stieg aus einem der beiden Sportwagen, während sich Margot und Ines Milbach aus dem Polizei-Vectra zwängten.

»Bezeichnend, dass es über den Dienstboteneingang zu den Sektionsräumen geht«, brummte Horndeich, dem der fehlende Schlaf die gute Laune verdarb. Er hatte sich im Präsidium für zwei Stunden aufs Ohr gelegt, bevor sie dann zur Sektion der Leiche gefahren waren. In Darmstadt gab es mangels Klientel kein eigenes gerichtsmedizinisches Institut.

Sie betraten den Sektionsraum. Hinrich stand mit dem Rücken zu ihnen und drehte sich nicht um, als er sie fragte: »Das ist nicht Ihr Ernst, nicht wahr?«

»Was ist nicht unser Ernst?«, fragte Margot nach. Dabei war offensichtlich, worauf die Frage des Rechtsmediziners abzielte. Schließlich lagen auf den Alutischen eher selten rosafarbene Borstentiere.

»Sie wollen nicht wirklich, dass ich jetzt ein Schwein seziere?«

»Doch, genau das wollen wir.«

»Ich bin Rechtsmediziner! Nackensteak und Lende gibt's beim Metzger!« Hinrich drehte sich nun doch zu ihnen um. »Ich werde kein Tier auseinandernehmen!«

»Herr Hinrich, wenn ich Ihnen das noch mal …« Weiter kam Margot nicht.

»Herr *Professor Doktor* Hinrich«, fuhr der Mediziner ihr ins Wort, dessen Berufsehre wohl gerade etwas belastet wurde. Und zwar durch gut fünfzig Kilo Schwein in seinen geheiligten Hallen.

»Wir haben es hier mit einem Mehrfachmörder zu tun«, versuchte sich Margot abermals in einer Erklärung. »Er hat zwei Menschen auf dem Gewissen. Und nun hat er das Schwein umgebracht. Wir müssen wissen, wie es gestorben ist.«

Hinrich wandte sich dem Tier zu. Dann ging er noch mal zur Seite, band sich schweigend eine Schürze um, streifte Latexhandschuhe über und stellte sich direkt neben das Schwein.

»Selbstmord durch Erhängen«, fabulierte er in sachlichem Ton, »Todeszeitpunkt: 20 Uhr 31. Ich bin sicher, dass wir in seinem Körper hohe Dosen Antidepressiva und sicher auch einen Alkoholspiegel von über einem Promille finden. Gehört zwar nicht zu meinem Job, aber ich tippe auf ernsthafte familiäre Probleme. Die arme Sau war es wohl leid, aufgrund ihrer eher schwachen körperlichen Statur immer als Letzte an den Futtertrog zu kommen, wenn die anderen schon satt waren und der Trog leer war. Das würde auch die fortschreitenden Merkmale schleichender Unterernährung erklären. Genaues kann ich Ihnen aber erst nach der detaillierten toxikologischen Untersuchung mitteilen. Das kann drei Wochen dauern.«

Hätte Krimiautor werden sollen, dachte Margot. Als Komiker wäre er gnadenlos durchgefallen.

Ines Milbach schaltete sich ein. »Herr Professor«, sagte sie, »wir haben uns ja gestern schon kennengelernt. Milbach, LKA. Ich unterstütze Frau Hesgart und ihr Team. Und ich widerspreche Ihnen nur ungern …«

Das war sicher nicht der richtige Ton, um Hinrich umzustimmen, dachte Margot.

»… aber sollten wir eventuell nicht auch einen Tod durch ein Schrotgewehr in Erwägung ziehen?«

Okay, wir können gehen, danke, Milbach. Die war wohl nicht ganz bei Trost.

Doch tatsächlich ging Hinrich auf das alberne Spiel ein. »Werte Kollegin, offenbar ist mir da etwas entgangen. Wie kommen Sie darauf?«

»Nun, ich denke, es ist neben Strangulation die zweitunwahrscheinlichste Todesursache.« Ihr Ton wurde ernst: »Wir sehen ja wohl alle, dass dem armen Vieh die Kehle durchgeschnitten wurde. Wir müssen jedoch wissen, womit. Und das können nur Sie uns kundtun. Um es deutlich zu formulieren: Wenn Sie uns das jetzt sagen, kommen wir endlich zu einem Frühstück, wenn wir schon kaum geschlafen haben heute Nacht. Also?«

Hinrich seufzte. Sah in die Runde.

Seit er die Freundin hatte, war er noch zickiger geworden, dachte Margot.

»Also gut. Ich denke, den Teil mit dem Aufsägen und der Entnahme der Organe kann ich mir schenken, ja?«

Er schaltete das Diktiergerät auf der Ablage an. Am Kragen des Kittels befand sich ein kleines Mikrofon, in der Tasche der Sender. Hightech im Sektionsraum.

In sonor-ernstem Ton sagte er: »Unbekanntes Hausschwein, weiblich. Schwere Verletzung im Bereich des Halses.«

Margot schaute fasziniert zu, wie Hinrich an dem Tier hantierte. Parallel dazu sprach er seine Erkenntnisse ins Diktiergerät. Es klang wie das Plätschern eines Bachs – umso mehr, als der Sinn seiner Worte hinter den lateinischen Fachausdrücken gänzlich unsichtbar wurde.

Mitleid überkam Margot. Musste jemand ein unschuldiges Tier töten? Im nächsten Moment kam sie sich lächerlich vor. Das war kein Mensch. Und sie selbst sorgte allein durch ihre Essgewohnheiten dafür, dass im Jahr ein Vielfaches an Schweinen starb.

Hinrich stellte das Diktiergerät ab. »Okay, das war's. Ich werde einen Bericht schreiben. Hier schon mal die Kurzfassung: Ich muss mich korrigieren«, sagte er in nach wie vor ernsthaftem Ton. »Der Tod trat nicht durch Strangulation ein. Und es war auch kein Selbstmord.«

Wenigstens die Milbach schenkte ihm ein Lächeln für den schwachen Scherz, was einer wahrlich inflationären Entlohnung glich.

»Jemand hat dem Schwein die Kehle durchgeschnitten. Von hinten, mit der rechten Hand. Der Täter muss kräftig gewesen sein – und er wusste offenbar ganz genau, wo er die Klinge ansetzen musste. Er durchtrennte die Halsschlagader. Und es muss eine ziemliche Sauerei gegeben haben, denn das Blut ist mit hohem Druck herausgepresst worden. Zum Todeszeitpunkt kann ich nichts Genaues sagen, ich tippe auf irgendwann gestern Abend. Die Tatwaffe: ein Messer, Klinge nicht geriffelt, dafür sehr scharf. Wohl keines, das in einer 08/15-Küche herumfliegt.«

»Danke«, sagte die Milbach und wandte sich zum Gehen.

Horndeich nickte dem Mediziner zu, Margot ebenfalls.

Die drei hatten die Ausgangstür noch nicht erreicht, da rief ihnen Hinrich hinterher: »Halt! Welches Bestattungsinstitut holt denn das Tier jetzt ab?«

»Er sitzt im kleinen Verhörraum«, sagte Sandra zu Horndeich.

»Der Bauer, dessen Hund Laska am Montag erschossen wurde? Dieser Sänger?«

»Genau der. Er kam vor einer Stunde ins Polizeipräsidium. Aber nicht wegen seines toten Hundes. Sondern weil ihm ein Schwein gestohlen wurde. Als er damit bei den Kollegen vom Raubdezernat aufschlug, haben die ihn sofort zu uns geschickt – von deiner toten Sau hat inzwischen wohl jeder im Hause gehört.«

»Und? Ist es sein Schwein?«

»Eindeutig. So komisch es klingt – ich habe ihm ein Foto des Tiers gezeigt, und er hat es identifiziert, als ob es sich um einen direkten Verwandten handelte. Er hatte sogar Tränen in den Augen.«

Horndeich kam das alles surreal vor. Ein Bauer identifizierte ein Schwein – ein Fall für die Mordkommission. Es erinnerte ihn an einen Film von Luis Buñuel, in dem die feine Gesellschaft um eine große Tafel sitzt, jeder auf einer Toilette. Ganz verschämt wendet sich einer der Leute an seinen Nachbarn: »Entschuldigen Sie, wo finde ich hier denn die Küche?« Eine gemurmelte Antwort. Der Mann zieht sich die Hose hoch und verschwindet, um heimlich in der Küche ein Häppchen zu sich zu nehmen, und kehrt danach still und leise an seinen Platz zurück.

Derzeit fühlte sich Horndeich genau in eine solche verkehrte Welt hineinversetzt.

Eine Minute später saß er Sänger gegenüber. Der sah aus wie der Klischeelandwirt aus »Bauer sucht Frau«. Dachte Horndeich jedenfalls. Er hatte noch keine Folge der RTL-Soap gesehen, weil ihm zur Sendezeit immer etwas Besseres eingefallen war.

Sänger war Ende vierzig und schien eine Vorliebe für gedeckte Farben zu haben: Er trug eine braune Cordhose, ein braun gestreiftes Hemd, eine braune Strickjacke darüber und auf dem Kopf eine braune Schirmmütze. Wahrscheinlich war das auf dem Land der letzte Modeschrei. Sein Haar war sicherlich auch braun gewesen, bevor es ergraut war. Unter dem ganzen Braun steckte allerdings ein kräftiger, an harte Arbeit gewöhnter Körper, und auch seine breiten Hände zeigten, dass Sänger anpacken konnte.

»Sie vermissen Ihr Schwein?«, fragte Horndeich.

Sänger nickte. »Ja. Ich weiß, dass sie tot ist.«

»Sie?«

»Nun, Gerlinde. Eine meiner hübschesten. Noch nicht erwachsen.«

»Wie ist der Dieb auf Ihr Grundstück gelangt?«

»Mein Hof ist ja nicht mit Stacheldraht umzäunt. Hatte bis vor drei Tagen einen Hund. Laska. Ein Border Collie. Sie war besser als jedes Schloss. Hat gebellt, wenn jemand nur auf hundert Meter an den Hof heran ist. Dann hat sie irgendein Dreckskerl vor drei Tagen erschossen. Eine dicke Ladung Schrot. Direkt von vorn. Ein Sadist, der das gemacht hat. Ein Kollege von Ihnen war dann bei mir.«

Horndeich erinnerte sich. Montagabend hatte ihm Zoschke von dem »Fall« erzählt. Tippte auf Nachbarschaftsstreitigkeiten. Nachdem aber der erste Bekennerbrief eingegangen war, hatten sie alle Kräfte auf den Mordfall Bretz konzentriert. Ein toter Hund hatte da keine Priorität mehr gehabt.

»Verstehe ich das richtig: Vor drei Tagen wurde Ihre bellende Alarmanlage getötet – und heute Nacht ein Schwein gestohlen?«

»Reden Sie nicht so über Laska.« Der Mann fing wieder an zu weinen.

Horndeich sah sich um. War hier irgendwo eine Kamera versteckt?

»Entschuldigen Sie. Aber ich muss da noch mal nachhaken: Durch den Tod von Laska hatte der Schweinedieb freie Bahn, richtig?«

»Ja. Meinen Sie, Laskas Mörder hat auch Gerlinde auf dem Gewissen?«

So hätte es Horndeich nicht formuliert, aber ansonsten entsprach es dem, was er gerade dachte. Der Hund war nur erschossen worden, damit sich der Täter später das Schwein holen konnte. Alles war bis ins letzte Detail geplant gewesen.

»Ist Ihnen in den vergangenen Tagen oder Wochen irgendwas aufgefallen? Hatten Sie besonderen Ärger mit jemandem? Haben Sie jemanden beobachtet, der um Ihr Grundstück geschlichen ist?«

Sänger überlegte, schniefte dabei, dann blickte er Horndeich an: »Ich weiß nicht, ob es wichtig ist. Aber Fred, also der Fred vom Traberhof, der hat mir vor zwei Wochen gesagt, dass er jemanden gesehen hat, der vom Wald aus mit einem Feldstecher meinen Hof beobachtet hat. Erst dachte er, es wär ein normaler Wanderer. Aber als er eine halbe Stunde später wieder an der Stelle vorbeigekommen ist, da war der Mann immer noch da. Er wollte ihn ansprechen, aber da ist er weggerannt.«

Horndeich machte sich ein paar Notizen.

»Meinen Sie, das war der Mörder von Laska und Gerlinde?«, fragte Sänger.

»Nicht nur von denen«, murmelte Horndeich, dann schaute er wieder von seinem Büchlein auf. »Kollegen von der Spurensicherung werden Sie zu Ihrem Hof begleiten. Vielleicht hat der Mann ja Spuren hinterlassen.« Aber er glaubte nicht daran. Vielleicht wieder Abdrücke von Schlappen Größe siebenundvierzig, und das war's dann auch.

Als er Sänger zum Treppenhaus geleitete, kam Sandra auf ihn zu. »Komm mit – Neuigkeiten!«

Horndeich verabschiedete sich von Rudolf Sänger, versicherte ihm abermals und nun völlig aufrichtig, dass man den Mörder seiner Tiere mit Hochdruck suche, und ging dann in Sandras Büro.

Ines saß auf ihrem Stuhl und schaute gebannt auf den großen Bildschirm auf Sandras Schreibtisch.

»Pünktlich eingetroffen. Der nächste Brief.«

»Kommt das Schwein darin vor?«

»Jepp. Lies.« Sandra deutete auf den Bildschirm. Dabei streifte ihr Arm ganz leicht den von Horndeich.

Während er den Text las, dachte er darüber nach, ob das nur Zufall gewesen war.

Nummer vier
Es war aber dort im Park ein Schwein, das weidete. Und die unreinen Geister baten mich: Schicke uns das Schwein, damit wir in es hineinfahren. Und ich erlaubte es ihnen. Und die unreinen Geister fuhren aus und fuhren in das Schwein, und es stürzte sich hinab in den See.

Ines übernahm die Erläuterung. »Diesmal macht er es sich einfach. Neues Testament, Markus Kapitel 5, Vers 11 bis 14. Fast wortgetreu. Nur nennt er den Herrn wieder in der ersten Person, also der Ich-Form. Zweitens redet er von nur einem Schwein und nicht von einer Herde von zweitausend.«

Als Ines mit ihm am Vortag vor der Karte mit den von ihm markierten Gewässern gestanden hatte, hatte sie ihn gefragt, ob es nicht einfacher sei, wenn sie sich beim Vornamen nennen würden. Horndeich hatte geschmunzelt: »Mich nennen hier alle Horndeich. Sie würden auffallen.«

»Dann nennen wenigstens Sie mich Ines. Vielleicht greift das ja dann um sich.«

Er hatte ihr die Hand gegeben. »Ines. Okay. Gern.«

Während er Ines' Ausführungen über die Bibelstelle lauschte, fiel ihm der neue Strauß Rosen auf, der auf Sandras Tisch stand. Es war wohl an der Zeit, sich damit abzufinden, dass sie jemand anderen hatte.

»Der Brief wurde gestern in Darmstadt in einen Briefkasten geworfen«, riss Sandra ihn aus den Gedanken. »Wieder ein blauer Umschlag mit dem Piktogramm einer kleinen Träne. Kein Absender, Postfachadresse des Polizeipräsidiums mit dem Zusatz: ›Hauptkommissarin Hesgart persönlich.‹«

»Der Täter hat sich kundig gemacht«, erklärte Ines. »Schon der erste Brief war an Frau Hesgart adressiert. Bevor er den ersten Mord beging, hat er in Erfahrung gebracht, dass sie hier die Chefin ist.«

»Fenske vergleicht gerade die Fingerabdrücke auf den Kuverts«, fuhr Sandra fort. »Sind natürlich viele drauf, so ein Umschlag geht durch einige Hände. Aber keine Übereinstimmungen bei den letzten drei Umschlägen. Und ich prophezeie, diesmal auch nicht. Auf dem Briefpapier waren bisher überhaupt keine Abdrücke – bis auf deine und die von Margot.«

»Und die Briefmarke?«, fragte die Milbach.

Sandra wusste, worauf sie hinaus wollte. Zweiunddreißig Jahre nach der Ermordung von Generalbundesanwalt Siegfried Buback waren unter den Briefmarken von RAF-Bekennerschreiben DNA-Spuren der damaligen Terroristin Verena Becker entdeckt worden, die sie mit der Ermordung Bubacks in Verbindung brachten. Aber diesen Fehler hatte der Wassermörder nicht begangen. »Es sind selbstklebende Marken«, erklärte Sandra. »Die hat er nicht anlecken müssen.«

»Der Mann spielt mit uns«, brummte Horndeich. »Und das passt mir nicht.«

»Er wird einen Fehler machen«, war Ines überzeugt. »Sie machen immer einen Fehler. Irgendwann.«

Es sollte wie ein Trost klingen. Aber Horndeich dachte daran, dass es noch eine weitere Bibelstelle gab, in der Wasser tötete. Es würde also noch einen Toten geben, daran bestand für sie kein Zweifel. Ob dieser verdammte Killer dann einen Fehler machte oder nicht – sie würden wieder vor der Leiche eines Menschen stehen, der einen sinnlosen Tod gestorben war.

Sie setzten sich noch einmal zusammen und tauschten die neuesten Erkenntnisse aus. Einmal mehr wurde ihnen dabei klar, dass der Täter sein Vorgehen ganz exakt geplant hatte. Baader hatte auf dem Bauernhof nicht viele Spuren sichern können. Klar war nur: Der Schweinedieb war mit genau dem passenden Werkzeug dort erschienen, einem Seitenschneider für den Zaun und einem Hebel für die Tür des Schweinestalls. Da der Hof dunkel und auch nirgends Licht gemacht worden war, mussten sie davon ausgehen, dass er sogar noch ein Nachtsichtgerät dabei gehabt hatte. Baaders einzige Ausbeute: ein Schuhabdruck Größe siebenundvierzig, gleiches Profil wie auch an den Fischteichen.

Margot tippte nach wie vor auf ein ganz persönliches Motiv, das den Mörder mit seinen Opfern verband. Die Milbach setzte den Fokus jedoch auf Opfer, die ihrer Meinung nach in keiner direkten Beziehung zum Täter standen; vielmehr sollte die Wahl der Opfer ihrer Ansicht nach die Polizei auf eine falsche Fährte locken. Sie sah den Schlüssel zur Aufklärung des Falls in dem ständigen Verweisen auf Wasser und die Bibel und war sich sicher, dass ein traumatisches Erlebnis in der Kindheit des Täters Grund für dessen Inszenierungen war.

Margot sagte es nicht laut, dachte sich aber, dass sie auch als Kind einmal in der Badewanne ausgerutscht und untergetaucht war. Ihre Mutter war Gott sei Dank im Bad gewesen und hatte sie sofort aus dem Wasser gezogen. Sie hatte Angst gehabt zu ertrinken. Aber das als Erklärung für eine Mordserie heranzuziehen, das schien Margot doch weit hergeholt.

Wie auch immer, sie nahm sich vor, Susanne Bretz' Vergangenheit noch einmal zu durchleuchten. Sie war überzeugt davon, dass der Grund für das Morden im Leben der beiden toten Frauen – also im Leben von Susanne Bretz und Marina Gassion – zu finden war.

Markötter hatte damals gesagt, die Bretz habe noch eine Bekannte gehabt, Annika Sander. Es konnte nicht schaden, sich anzuhören, was die über Susanne Bretz zu sagen hatte. Vielleicht ergab sich ein neues Puzzleteil, mit dem sich plötzlich ein Gesamtbild erahnen ließ.

Annika Sander wohnte in Bessungen, in einem kleinen, etwas versteckt liegenden Hexenhäuschen. Die Grundfläche betrug keine vierzig Quadratmeter, doch ein wunderschöner Garten glich das mehr als aus. Margot sah Johannisbeeren, Tomaten, ein abgeerntetes Erdbeerfeld und diverses Gemüse. Auf dem Rasen neben dem Haus standen ein kleiner Gartentisch, daneben zwei Stühle und eine Liege.

Margot klingelte.

Als die alte Dame aus dem Haus trat, war Margots erster Gedanke: Wenn ich mit fünfundsiebzig noch so aussehe, werde ich mich nicht beklagen. Natürlich zierten Altersflecke die Hände, und die Haut war nicht mehr straff und faltenfrei. Doch die schlanke Dame strahlte eine Vitalität aus, um die sie wahrscheinlich viele deutlich Jüngere beneideten. Margot zum Beispiel. Derzeit …

»Sie sind Frau Hesgart«, begrüßte die Dame Margot und reichte ihr die Hand, nachdem sie das kleine Gartentörchen geöffnet hatte. »Ich hoffe, dass ich Ihnen ein wenig weiterhelfen kann, den Tod von Susi aufzuklären.«

In Margots Ohren klang es etwas seltsam, wenn Frau Sander bei einer über Siebzigjährigen von »Susi« sprach.

»Sie mögen Eistee?«, fragte Frau Sander.

»Gern.« Erst da fiel Margot auf, dass der Gartentisch bereits für ihren Besuch eingedeckt war.

Annika Sander bat sie, Platz zu nehmen, setzte sich dann

selbst auf den zweiten Gartenstuhl. Nun konnte Margot auch das Blumenbeet hinter dem Haus sehen: Rosen über Rosen wuchsen in ausladender Pracht und in allen Farben auf den rund zehn Quadratmetern.

Frau Sander registrierte Margots Blick: »Ich habe hier eine Art ›Rosenhöhe light‹.« Sie füllte Margots und ihr Glas. »Was möchten Sie von mir wissen?«

Alles, dachte Margot. Wer Susanne Bretz umgebracht hatte und warum. Laut sagte sie: »Ich möchte mir ein Bild machen von Susanne Bretz. Was war sie für ein Mensch? Hatte sie Feinde? Hatte sie außer Ihnen und Ferdinand Markötter noch Bekannte? Und vielleicht können Sie mir auch noch etwas über das Verschwinden ihrer Schwester erzählen, damals, vor sechsundvierzig Jahren – wenn Sie sie damals schon gekannt haben.«

Annika Sander fixierte einen Punkt am Himmel. »Ja, ich kannte Susanne seit der Volksschule.« Sie schien in Gedanken zurück in die Vergangenheit zu reisen. »Wir wohnten beide in der Mühlstraße, quasi direkt neben dem Zentralbad – ich meine natürlich das Jugendstilbad. Nur hieß es damals noch nicht so und kam überhaupt ein bisschen bescheidener daher. Ich bin mit Susi zur Schule gegangen. Die ganze Volksschule über. Sie war in meiner Klasse. Wir haben uns schnell angefreundet. Wir beide hatten die Brandnacht überlebt. Zehn von uns nicht.«

Die Brandnacht nannten die Darmstädter die Nacht vom 11. auf den 12. September. In dieser Nacht war Darmstadt einem Feuersturm zum Opfer gefallen, entfacht durch britische Bomber. Achtzig Prozent der Innenstadt waren in wenigen Stunden dem Erdboden gleich gemacht worden, zehntausend Menschen starben. Der alten Generation war dieses Datum wortwörtlich ins Gedächtnis eingebrannt. Wenn jemand diese Menschen fragte, was am 11. September geschehen war, nannten die Wenigsten an erster Stelle den Einsturz des World Trade Center in New York.

»Ich erinnere mich noch an Susis Schwester, Kathrin. Die Mutter der beiden ist in jener Nacht auch umgekommen, der Vater war schon im Osten gefallen. Kathrin – sie war eine Matrone und Xanthippe. Aber sie hatte ja auch die Verantwortung für die kleine Schwester. Susi war damals ja gerade mal zehn.

Und ihre Schwester, die war schon achtzehn. Hat ja dann auch schnell geheiratet. Zunächst hat Susi noch mit der Schwester und ihrem Mann Karl zusammengewohnt. Aber als sie sechzehn war, ist sie zwei Häuser weiter in eine kleine Dachkammer gezogen.«

»Und haben Sie damals etwas über das Verschwinden von Kathrin mitbekommen?«

»Kathrins Verschwinden? Ja. Klar. Ich wohnte ja immer noch im Nachbarhaus. Und Susi und ich waren immer gute Freundinnen gewesen.«

»Wie war das damals?«

»Nun, sie war von einem auf den anderen Tag nicht mehr da. Und wenn ich das so direkt sagen darf: Niemand war wirklich traurig darüber.«

»Auch ihre Schwester nicht? Oder ihr Mann – oder der Sohn?«

Annika Sander sah Margot direkt an. »Wissen Sie, jeder der beiden Erwachsenen hätte einen Grund gehabt, sie aus dem Weg zu räumen. Ihr Mann Karl, der war erfolgreich. Ein Architekt. War übrigens auch mit dabei, als das Jugendstilbad in den Sechzigern endlich renoviert und auch das Lehrschwimmbad gebaut wurde. Aber so erfolgreich er im Beruf war, zu Hause stand er unter dem Pantoffel seiner Frau. Kathrin war sehr herrschsüchtig. Das war der Grund, warum er sich hin und wieder zu Wutausbrüchen hinreißen ließ. Nicht dass er sie verprügelt hätte, aber dann keiften und gifteten sie sich an, dass die ganze Nachbarschaft mithören konnte. Und Susanne – sie war verliebt in Karl. Und diese Liebe beruhte auf Gegenseitigkeit. War sicher schwer für Kathrin, das zu sehen. Ich habe mitbekommen, dass Ihre damaligen Kollegen auch gegen Susi ermittelt haben. Blödsinn, wenn Sie mir die Bemerkung erlauben. Susi hätte nie jemanden umgebracht. Auch Karl nicht. Und der Sohn, Hans, der stand immer zwischen Vater und Mutter, wenn sich die beiden stritten. Sie waren sicher keine Traumfamilie – aber sie waren auch keine Mörderbande. Ihre Kollegen früher, die haben ja Blutspuren gefunden in der Wohnung, mit Kathrins Blutgruppe. Karl hat damals gesagt, dass sie sich am Tag zuvor geschnitten habe. Er hatte ein schlechtes Alibi, weil er einfach nur geschlafen hatte. Bei Susi war es nicht anders. Und auch Hans hat nichts von ihrem Verschwinden bemerkt.«

»Sie wissen, dass Kathrin Bretz ermordet worden ist, dass man ihre Leiche vor drei Jahren unter dem Betonfundament des Lehrschwimmbads gefunden hat.«

»Ja. Natürlich. Es hieß zum Schluss, ein Stadtstreicher habe sie wohl erstochen.«

»Und sie vorher in einen Teppich gewickelt?«

»Ich weiß es nicht. Ich sage nur, dass ich mir nicht vorstellen kann, dass einer der beiden … nein, einer der drei Kathrin wirklich umgebracht hat.«

»Wie verlief Ihre Freundschaft mit Susanne danach weiter?«

»Nun, wir lebten uns einfach auseinander. Sie hat Karl irgendwann geheiratet, ich habe auch geheiratet, bin hierher nach Bessungen gezogen. Als mein Mann starb und unser Sohn schon lange aus dem Haus war, da haben wir uns wieder öfter gesehen. Das war so vor zehn Jahren.«

»Waren Sie dann wieder so eng befreundet wie früher?«

Annika Sander nahm einen Schluck Eistee, dann stellte sie das Glas gedankenverloren ab. »Ja. Zunächst. Bis sie sich veränderte. Irgendwann so vor fünf, sechs Jahren. Sie wurde eine andere, wurde in sich gekehrter, sprach nicht mehr so viel, wurde mürrisch. Sie war noch nie der ordentlichste Typ gewesen, hatte immer schon einen Hang zum … heute sagt man wohl Messietum. Damals nannte man es einfach ›nichts wegwerfen können‹. Ich dachte immer, es sei eine Prägung aus dem Krieg, als es einfach an allem gemangelt hat. Ich selbst jedoch habe diesen Drang, jeden Plunder aufzuheben, nie gehabt. Nun, wenn ich so zurückschaue, dann denke ich, dass damals ihre Krankheit begann. Alzheimer. Sie starb zum Glück, bevor die Krankheit ihr die letzte Würde nehmen konnte. Auch wenn das brutal klingt – ich weiß, wovon ich rede. Ich habe zwei Schwestern. Die eine erkennt mich nicht mehr. Bei der andern weiß ich das nicht, denn sie spricht nicht mehr.«

Sie schüttelte sich.

»Keine Ahnung, womit ich die Gnade verdient habe, diese Krankheit nicht zu haben. Ich lasse alle halbe Jahr eine Computertomografie von meinem Gehirn machen. Wir versuchen ja immer, hinter allem einen Sinn zu sehen. Aber vielleicht ist es wirklich einfach nur Zufall, dass meine Schwestern betroffen sind, Susi betroffen war und ich – zumindest bislang, toi, toi, toi – offenbar davongekommen bin.«

Sie machte eine Pause. »Entschuldigen Sie, ich schweife ab. Aber es ist ein Thema, das mir nur wenig Ruhe lässt. Zurück jedoch zu Susi. Sicher, ihre Persönlichkeit veränderte sich – aber nicht nur die Krankheit war dafür verantwortlich. Sie wurde einfach mürrischer, schlecht gelaunt. Das änderte sich wieder. Ich glaube, irgendwann, nachdem man ihre Schwester gefunden hatte. Sie war froh, sie beerdigen zu können, zu wissen, was mit ihr passiert war. Zwar hat die Polizei sie danach noch mal befragt, sie wurde erneut vernommen, aber danach hatte sie ihren Frieden und auch Ruhe vor Ihren Kollegen.«

»Hatte Sie sonst noch Bekannte?«

»Nein. Aber sie hat sich irgendwann danach diesen Chauffeur gemietet.«

»Konnte sie sich das leisten?«

»Ich glaube, am Anfang war es nur ein Spleen. Sie wollte das einfach mal einen Monat lang genießen. Und der Chef von Markötter, dieser Paul Gassion, der hat ihr sicher einen guten Preis gemacht. Susi hat ja auch immer alles mit Bargeld bezahlt, selbst die Gasrechnung. Ich denke, er hat das einfach nicht in seinen Büchern auftauchen lassen. Verstehen Sie mich nicht falsch, ich will hier niemanden anschwärzen. Aber Susi hat sich ja dann auch mit Gassions Frau, der Marina, angefreundet. Ich hatte immer den Eindruck, dass ihr das total wichtig sei. Die hat sie auch nicht fallen lassen, als sie nicht mehr ganz richtig im Kopf war. Ich fürchte, die Susi hätte bald in ein Heim gemusst.«

»Wissen Sie, wie sich die beiden kennengelernt haben, Marina Gassion und Susanne Bretz?«

»Das habe ich sie damals auch gefragt. Sie hat es mir erzählt: Sie ist mit ihrem Chauffeur die Frankfurter langgefahren. Und hat den Schmuckladen von Frau Gassion gesehen. Sie ist mit ihrem Chauffeur rein, und die beiden Frauen, die haben sich gleich auf Anhieb verstanden. Der Chauffeur sich mit der Dame übrigens auch, hat sie mir erzählt.« Annika stieß ein offenes

Lachen aus. »Nun, und ich denke, man hat sich danach ab und zu getroffen. In unterschiedlichen Konstellationen.«

»Wissen Sie, wo Hans Bretz heute wohnt? Wir haben schon damals vergeblich nach ihm gesucht, als wir vor drei Jahren seine Mutter gefunden hatten.«

Annika Sander zuckte mit den Schultern. »Ich weiß nicht, was aus ihm geworden ist. Nach dem Verschwinden seiner Mutter hat ihn der Karl ins Internat geschickt. Karl leitete sein Architekturbüro, er war ein guter Vater, aber kein guter Erzieher. Susi hat mir erzählt, dass Hans damals zu einem Bruder von Karl nach Berlin gegangen sei. Dort war auch das Internat. Ich hab ihn nie wiedergesehen. Susi hat mir gesagt, das Verhältnis zwischen Vater und Sohn sei sehr angespannt gewesen. Das glaube ich gern. Er war sehr verschlossen. Ich glaube, er hat seinen Vater auch niemals besucht. Auch auf dessen Beerdigung habe ich ihn nicht gesehen. Keine Ahnung, was er macht und wo er steckt. Ich könnte Ihnen nicht einmal sagen, ob er noch lebt.«

Margot erhob sich. »Haben Sie herzlichen Dank für Ihre Auskünfte, Frau Sander.«

»Gern geschehen«, sagte die alte Dame. »Wenn Sie noch etwas wissen möchten, melden Sie sich.«

Margot drückte der Frau die Hand – und freute sich über den erstaunlich kräftigen Händedruck.

»Ich habe keine Ahnung, was sie da macht«, grantelte Sandra. »Sie geht mir einfach auf den Keks. Sie parliert jetzt seit einer halben Stunde auf Französisch. *Mais oui* dies, *mais non* das. Keine Ahnung, mit wem. Vielleicht mit einem ihrer Spezis bei Interpol. Oder beim französischen Geheimdienst.«

Margot und Horndeich saßen an ihren Schreibtischen, und Sandra lehnte am Rahmen der offenen Bürotür.

»Wie lange haben wir die noch an der Backe?«, fügte Sandra genervt hinzu.

»He, wir können froh sein, dass wir sie als Verstärkung haben«, wagte Horndeich einen schwachen Widerspruch.

»Ach Scheiße, dann hock du dich doch rüber zu Miss Neunmalklug, wenn du dich so gut mit ihr verstehst!«, schimpfte

Sandra. »Dann kann sie ja dir zeigen, wie gut sie in Französisch ist!«

Mit diesen Worten – Horndeich wusste nicht, ob sie tatsächlich so zweideutig gemeint waren, wie er sie verstanden hatte – verließ sie den Türrahmen und anschließend auch das Stockwerk, wie das Knallen der Treppenhaustür vermuten ließ.

»Ein bisschen mehr Professionalität«, grummelte Horndeich.

Margot meinte: »He, das ist *mein* Spruch. Ich bin die Chefin.«

»Wirklich, Margot. Ines ist nicht verkehrt. Die denkt mit. Schiebt die Puzzleteilchen hin und her. Und manchmal auch in Positionen, auf die einer von uns nicht gleich kommt.« Er breitete in einer theatralischen Geste die Arme aus. »Keine Ahnung, warum Sandra so rumzickt.«

Margot konnte sich durchaus einen Reim darauf machen. Doch darüber schwieg sie. Allerdings hielt auch sie es für unangebracht, dass Sandra sich so aufregte.

»Also mit unserem Gassion, da stimmt was nicht.« Auf einmal stand Ines Milbach höchstpersönlich im Türrahmen. Und Horndeich schaute gleich entspannter drein. Oder überinterpretierte Margot da was?

»Was stimmt nicht mit ihm?«, fragte sie.

Ines zog sich einen Stuhl heran, setzte sich an die Stirnseite der beiden Schreibtische, die sich gegenüberstanden.

»Es hat mir gestern keine Ruhe gelassen, dass ich nichts über Gassion herausgefunden hab«, erklärte sie. »Und außerdem hab ich die ganze Zeit darüber nachgedacht, wieso mir dieser Name so bekannt vorkommt.«

»Und?«, fragte Margot.

»Kann ich vielleicht auch so 'nen Kaffee bekommen?«, fragte Ines und deutete mit dem Kinn in Richtung der Kaffeemaschine.

Horndeich erhob sich, ging zur Maschine.

»Schwarz, bitte.«

Er drückte auf die Taste, nachdem er eine Tasse unter den Auslauf gestellt hatte.

Margot entging nicht, wie eilfertig er dem Wunsch der Milbach nachging. Oder war das einfach nur kollegiale Höflichkeit?

Ines bedankte sich, als Horndeich ihr die Tasse reichte. Lag in ihrem Blick Koketterie? Oder einfach nur Freundlichkeit? Schließlich waren nicht allzu viele im Präsidium nett zu ihr.

Konzentrier dich auf den Fall, schalt der kleine Besserwisser in Margot. Du bist hier nicht in der Paarberatung!

Sie gab ihm recht.

»Gassion«, fuhr Ines Milbach fort. »Das ist auch der Nachname von Edith Giovanna Gassion.«

»Aha«, sagte Horndeich, als könne er mit dem Namen etwas anfangen. Was Margot nicht glaubte.

»Und wer soll das sein?«, fragte sie.

»Sie ist besser bekannt unter ihrem Künstlernamen.« Ines Milbach machte eine kleine Kunstpause, bevor sie sagte: »Édith Piaf.«

»Aha«, kam es wieder von Horndeich. Nun, dass er wusste, wer Édith Piaf war, traute ihm Margot durchaus zu.

»Und weiter?«, fragte sie.

»Das hat mich skeptisch gemacht. Wäre so, als würde hier jemand Grönemeyer heißen. Also hab ich eben mit der Meldestelle in Darmstadt telefoniert. Gassion ist in Mühlhausen im Elsass geboren. Am 11. Oktober 1945.«

»Aha«, sagte Horndeich wieder, runzelte aber diesmal fragend die Stirn.

Ines machte wieder eine Kunstpause. Manchmal ließ sie die »Grand Dame« sehr weit raushängen. Margot konnte verstehen, dass Sandra, die immer ganz geradeaus war, mit der Bessernase Ines nicht zurechtkam.

»Und was ist das Ergebnis Ihrer Recherchen?«, fragte Margot.

»Der 11. Oktober – das ist der Todestag von Édith Piaf. Auch seltsam.«

Wieder eine Pause. Nicht mal ein »Aha« von Horndeich. Allmählich konnte Margot Sandras Gereiztheit richtig gut verstehen.

Dann fuhr Ines Milbach fort, ohne weitere Kunstpausen. Wenn auch immer noch ein wenig zu weitschweifig. »Ich habe mir die Nummer von Mühlhausen besorgt. Musste dort mit Pontius und Pilatus telefonieren, bis ich endlich die zuständige

Dame von der Meldestelle dran hatte. Hin und her und her und hin. Fazit: In Mühlhausen im Elsass ist nie ein Paul Gassion zur Welt gekommen. Es hat dort auch keine Familie Gassion gelebt. Es gibt nur einen *Pierre* Gassion. Und der lebt dort seit März '88. Das ist genau der Monat, in dem auch unser guter Paul nach Darmstadt kam. Das ist schon alles etwas seltsam, nicht wahr?«

Dem musste Margot zustimmen. Wenn sie auch nicht wusste, was das mit dem Fall zu tun haben sollte.

»Woher können Sie so gut Französisch?«, fragte Horndeich, offenbar mehr an den privaten Fähigkeiten der Dame interessiert als an der Relevanz für den Fall.

»Meine Mutter kommt aus Nancy in Frankreich. Mein Vater hat sie bei einem Schüleraustausch kennengelernt. Ich bin das Ergebnis der mangelnden Aufsichtspflicht seiner Gasteltern.«

Margot rollte die Augen. Sollten die beiden doch besser gemeinsam was essen gehen. Oder sonst wohin.

Margot fuhr nach Hause, Ines zu ihrem Hotel, und der Rest der Abteilung hatte sich ebenfalls ins Wochenende verabschiedet.

Doch Ines' Bemerkungen bezüglich Gassion ließen Horndeich nicht los.

Paul Gassion hatte beide Todesopfer gekannt. Und so, wie Horndeich ihn einschätzte, war er der richtige Mann, wenn es darum ging, etwas zu organisieren, etwas bis ins Detail zu planen und diesen Plan dann auch konsequent durchzuziehen. Der Schlüssel zu dieser Fähigkeit war Selbstdisziplin. Und dieser Mann war diszipliniert. Er hatte kein Gramm Fett zu viel am Körper. Und Muskeln, um die ihn manch Vierzigjähriger beneidet hätte. Aber da war auch etwas Kaltes, etwas Abweisendes.

Horndeich griff abermals nach dem Protokoll des Mobilfunknetzbetreibers.

Der Ausdruck war ein wildes Zahlenpuzzle. Er zeigte ihm, wann Gassion im Internet aktiv gewesen war. Und zu welcher Zeit er welche Seite angeklickt hatte. Doch die Seiten waren nicht im Klartextnamen aufgeführt, sondern als IP-Adresse. Horndeich hatte in den vergangenen Jahren sein Wissen über Computer und Internet stetig erweitert. So wusste er, dass hinter jeder Adresse, wie etwa der Adresse der Suchmaschine »www.google.de«, eine Zahlenkombination stand, die sogenannte IP-Adresse, quasi die Koordinaten einer Internetadresse. Hinter den geografischen Koordinaten »52 Grad, 31 Minuten Nord und 13 Grad, 24 Minuten Ost« verbarg sich im richtigen Leben etwa die Stadt Berlin. Und »49 Grad, 52 Minuten, 20 Sekunden Nord und 8 Grad, 39 Minuten, 9 Sekunden Ost« war Darmstadt. Und hinter der Adresse 74.125.39.106 verbarg sich »www.google.de«.

Horndeich gab aufs Geratewohl die erste IP-Adresse in das Adressfeld des Browsers ein.

Das Programm, das den Zugang zu Internetseiten ermöglichte, übersetzte den Zahlencode augenblicklich. Aus »124.124.124.1« wurde »www.heisse_zungen.de«.

Horndeich starrte ungläubig auf die Bilder der Internetseite. Darauf zu sehen waren Damen jüngeren Alters, die ihre Zungen zeigten. Er wurde rot und sah automatisch in Richtung Bürotür. Dann wieder zurück auf den Bildschirm.

Die Zungen der Damen waren nicht verfänglich. Viel eher die männlichen Körperregionen, die sie berührten. Kein Zweifel, Horndeich – und vor ihm Gassion – hatte eine Pornoseite aufgerufen. Horndeich gab – peinlich berührt – die nächste Zahlenkombination ein: 134.146.234.12. Sogleich übersetzte der Browser: »www.machs_mit_gretl.de«. Hatte das Rot in seinem Gesicht zuvor versucht, einer Tomate das Wasser zu reichen, so versuchte es nun, mit dem strahlenden Rot einer Ampel zu konkurrieren.

Horndeich klickte sich in das Impressum von »www.machs_mit_gretl.de«. Dort konnte er lesen, wer der Betreiber der Seite war.

Es war ja nicht so, dass er in seinem – relativ kurzen – Leben in der Internetgemeinde nicht auch auf derartige Seiten gestoßen war. Meistens waren die Bildchen der Startseiten mit schwarzen Balken verziert – wenn auch nicht unbedingt vor der Augenregion. Solch eine Seite in den eigenen vier Wänden auf dem Bildschirm zu haben, das war eine Sache. Sie sich auf den Dienstcomputer zu holen, konnte ihn in arge Erklärungsnöte bringen.

Horndeich beschloss, systematisch vorzugehen. Er öffnete

eine Tabelle, in die er die Zahlenkombinationen der IP-Adressen eingab und automatisch sortieren ließ. Dann gab er die Adressen in den Browser ein und notierte den Namen der dazugehörenden Seiten in die Tabelle.

Nach eineinhalb Stunden konnte er drei Schlüsse ziehen.

Erstens: Blut lässt sich in gewissen Situationen auch mit äußerster Geistesanstrengung nur schwerlich im Gehirn eines Mannes konzentrieren. Und es ist sicher nicht nur die Schwerkraft, die es zur Körpermitte zieht.

Zweitens (und diese Erkenntnis ging weit über die trivial-biologische hinaus): Paul Gassion war definitiv nicht in seinem Firmennetzwerk gewesen, als er das Internet genutzt hatte.

Und drittens: Mit Gassions Ehe konnte es nicht zum Besten bestellt gewesen sein, wenn er sich über Stunden diesen Seiten gewidmet hatte.

Horndeich setzte ein Standardfax auf, in dem er die Seitenbetreiber aufforderte, ihm die genauen Verlaufsprotokolle für die jeweiligen Internetseiten zuzusenden. Zwar konnte er feststellen, welche Seiten Gassion aufgerufen hatte, aber er wusste nicht, was genau er dort getrieben hatte. Bestimmt war das nicht wirklich relevant. Doch Horndeich wollte sich hinterher nicht nachsagen lassen, er hätte irgendetwas übersehen oder nicht bedacht.

Er verschickte das Fax an zehn Seitenbetreiber. Weitere fünf konnte er nur per E-Mail erreichen.

Dann blätterte er weiter im Protokoll des Mobilfunkbetreibers. Einige Seiten wiederholten sich, Gassion hatte sie offenbar mehrmals aufgerufen. Was Horndeich irritierte: Die Startseiten mit den virtuellen schwarzen Balken vor den Geschlechtsteilen mochten ja ein nettes Appetithäppchen sein, um jedoch die ganze Pracht an Bildern und Videos genießen zu können, musste man bezahlen. Und billig war etwas anderes. Zwanzig Euro pro Monat, dreißig oder sogar neunundneunzig Euro für die Seite »www.stuten_mit_riesenmoepsen.de«. Das ging – profan gesprochen – ganz schön ins Geld.

Horndeich hatte etwa zwei Drittel der Adressen abgearbeitet. Er wollte aber auch noch die restlichen eingeben und die Betreiber auffordern, ihm die Protokolle zuzusenden.

»Na, du bist ja auch noch da«, flötete Sandra, die ohne zu klopfen in das Büro getreten war.

Ihr Blick fiel auf den Bildschirm.

Dann auf Horndeich.

Dann wieder auf den Bildschirm.

Horndeich sah sie an. Direkt. Es gab keinen Grund, schon wieder rot zu werden. Diese Seiten, die hatte nicht er auf seiner Liste gehabt – es war die Liste von Paul Gassion.

»Nein«, entfuhr es Sandra.

»Doch«, konterte Horndeich.

»Wie, ›doch‹?«

»Sandra, wenn du nur einen Moment glaubst, dass das Seiten sind, die ich aufrufe, dann …«

»Was ist das für ein Zeug?«

»Das ist der Zeitvertreib von Paul Gassion.«

»Die Seiten, die er von seinem Wochenendhaus aufgerufen hat?«

»Ja. Ich hatte keine Ahnung. Ich habe die IP-Adressen eingegeben und dachte, ich lande auf seinem Firmenserver. Aber das hier – das ist alles nur Porno.«

»Ach.«

Horndeich fühlte sich in der Defensive. In einer Position, aus der heraus er glaubte, sich verteidigen zu müssen. »Schau, das ist die Liste der Anbieter, die ich jetzt angeschrieben habe. Ich möchte die genauen Verlaufsprotokolle haben. Damit wir wissen, was er gemacht hat.«

Sandra ließ sich neben Horndeich nieder.

»Wirklich, Sandra, das sind nur Adressen von seiner Liste.«

Sandra sah ihn an, zunächst sehr ernst, dann mit einem Lächeln im Gesicht. »Meinst du, ich hätte in meinem Leben noch keinen Pornofilm gesehen?«

Horndeich vermochte darauf nicht zu antworten. Pornofilme – das war etwas, womit man kaum in der Öffentlichkeit hausieren ging. Auch er selbst hatte …

»Ich schätze das Zeug nicht besonders, aber ich kenne es«, fuhr sie fort. »Glaubst du, die Seiten, die Gassion aufgesucht hat, da sind auch Kinderpornos dabei?«

»Nein. Scheint alles ab achtzehn und ganz legal zu sein. Bin da kein Experte. Aber jetzt weiß ich wenigstens, warum er so seltsam reagiert hat, als ich ihm sagte, mit seiner Internetsurferei habe er ein Alibi.«

Sandras Hand landete wieder auf Horndeichs Schulter. Hätte er nicht die vergangene Stunde eine Sexseite nach der anderen aufgerufen – sein Körper hätte vielleicht nicht ganz so heftig reagiert. Er hoffte nur, dass Sandra es nicht mitbekam.

»Mach Schluss, Steffen. Es ist nach acht.«

»Und, was machst du mit dem angebrochenen Abend?«

Sandra zögerte. Einen Moment zu lang, um nicht Horndeichs Misstrauen zu wecken. »Ich geh heim. Schlafen. Heute passiert nicht mehr viel. Und du?«

»Ich bleib auch nicht mehr lange.« Horndeich sah in seinem Kopfkino Meere von Rosensträußen. Er konnte nicht glauben, dass Sandra an diesem Abend nichts mehr vorhatte.

»Keine Ines heute Abend?«, fragte sie.

Horndeich spürte einen leichten Schauder. Glaubte seine Kollegin wirklich, dass er ein Techtelmechtel mit der LKA-Beamtin hatte? Weshalb interessierte sie das? Sie hatte doch ihren Rosenkavalier.

Er antwortete knapp: »Nein, keine Ines.«

Sie saßen schweigend nebeneinander.

Horndeich fuhr den Rechner runter.

Wieder sah er den Wohnzimmerschrank in Sandras kleinem Häuschen vor sich. Der Wohnzimmerschrank, den er nie fertig montiert hatte.

»Magst du …«

»Hättest du Lust …«

Ihre Worte überschnitten einander.

»Ladies first«, sagte Horndeich.

»Nein. Du zuerst.«

»Okay. Hast du … Hast du morgen Abend etwas vor?«, fragte Horndeich. Und weigerte sich anzufügen: Mit deinem Rosenkavalier?

»Nein. Ich habe nichts vor. Was hast du denn vor?«

Er hätte sagen können: Nichts. Aber er sagte: »Kollegenbier? Im Biergarten? Was meinst du?«

»Ja. Gern. Um acht dort?«

»Ja. Um acht dort.«

Als Horndeich das Präsidium verließ, war er zufrieden. Mit sich und der Welt.

Dorothee gab sich in der neuen Familienkonstellation sichtlich Mühe, nicht ständig über Stolperdrähte zu fallen und irgendwelche Sprengsätze auszulösen. Vor fünf Minuten hatte sie Che an die Leine genommen und gesagt, sie sei in zwanzig Minuten wieder zu Hause.

Rainer und Margot saßen auf dem Sofa. Zoey schlief in ihrer Wiege.

»Ich bin froh, dass sie da ist, Margot. Ich wollte sie nicht in einem Heim wissen.«

Wie sie inzwischen von Rainer erfahren hatte, war vorgestern tatsächlich ihr Vater aufgetaucht. Dorothee und er hatten sich gesehen und sogleich gemocht. Er hatte mit ihr ein kurzes und sehr ernstes Gespräch geführt. Darüber, dass sie hier die Chance hatte, in einem Zuhause zu wohnen und nicht in einem Heim. Nur stünde das zur Disposition, wenn sie Margot ständig provoziere. Sie müsse sie nicht »Mama« nennen und ihr auch nicht die Füße küssen, aber sie müsse ihr ein Mindestmaß an Respekt entgegenbringen. Und sich eigenverantwortlich um den Hund kümmern.

Der hatte während des ganzen Gesprächs auf Sebastian Rossbergs Schoß gesessen. Dann habe der alte Herr Doro – wie er Dorothee von Stund an nannte – geholfen, das Essen für Margot zu zaubern. Er hatte Rainer in die Wüste geschickt und hatte sich aus dem Haus geschlichen, als Margot bereits in der Küche mit Dorothee geredet hatte.

Nun, Margot mochte die junge, lebendige Frau. Und sie und Rainer hatten sich darauf geeinigt, dass er in Erziehungsfragen die oberste Instanz war. Sie hatten sich aber auch darauf verständigt, dass Rainer sich diesbezüglich mit Margot abzusprechen hatte, und das definitiv nicht vor Dorothee.

Die vergangenen eineinhalb Tage waren harmonisch verlaufen. Vielleicht würden sie die kommenden Jahre ja doch einigermaßen friedlich miteinander verbringen können. Es würde anders werden, als sich Margot – und wahrscheinlich auch Rainer – die Zukunft vorgestellt hatte. Doch musste es deshalb schlechter sein?

»Ja, ist schon okay«, erwiderte sie auf seine Worte.

»Danke dir, dass du mitziehst.«

So offen hatte er das bisher noch nicht gesagt. Und sie freute sich darüber.

Er küsste sie auf den Mund.

»He, deine Tochter kann jeden Moment...«

Er löste sich von ihren Lippen, streichelte jedoch über ihren Busen. »Sie hat gesagt, sie wird zwanzig Minuten weg sein.«

»Und von den zwanzig Minuten sind schon fünf um. Was soll das geben? Einen Quickie?«

Doch trotz dieses Einwands startete Rainers Berührung bei ihr ein Programm, über dessen Heftigkeit sie sich selbst wunderte. Ohne sich ihrer Klamotten zu entledigen – nun, zumindest nur der notwendigsten –, fielen sie übereinander her.

Siebzig Sekunden, nachdem sie ihre Kleidung wieder in Position gerückt hatten, Reißverschlüsse, Knöpfe und Druckknöpfe wieder geschlossen waren, kam Dorothee mit Che zurück.

»Na, die Zeit genutzt?«

Während Rainer errötete, konnte sich Margot ein Grinsen nicht verkneifen.

Sie begab sich in die Küche, um das Abendessen vorzubereiten. Sie hatte auf dem Heimweg noch beim Marokkaner an der Dieburger/Ecke Taunusstraße ein paar leckere Antipasti besorgt. Der Schafskäse mit Safran war einfach unschlagbar, und auch die eingelegten Oliven, die es dort zu erstehen gab, waren richtig gut.

Zwanzig Minuten später saß die kleine Familie – noch weigerte sich Margot, diesen Gedanken zuzulassen – um den gedeckten Esstisch.

Margot goss sich ein Glas Wein ein, Rainer ebenso, zögerte kurz, füllte schließlich auch Dorothees Glas zur Hälfte.

»Danke«, sagte die junge Dame – ohne Ironie in ihrer Stimme.

In Margot kämpften zwei Seelen. Einerseits hätte sie es genossen, allein mit Rainer zu sein. Andererseits fehlten ihr die gemeinsamen Abendessen mit Sohn Ben, auch wenn es ihr schwerfiel, sich das einzugestehen. Vielleicht würde es mit

Dorothee ja noch mal eine Verlängerung des Familiengefühls geben. Und die gestohlenen Minuten im Wohnzimmer mit Rainer, sie hatten durchaus auch etwas Prickelndes. Wieder schoss ein Schauder durch ihren Körper.

»Wusstet ihr eigentlich, dass ich jetzt nach der Neunten schon meinen Hauptschulabschluss in der Tasche habe? Mit 1,9!«, fragte Dorothee in die Runde.

Für Margot hatte das die Qualität einer rein rhetorischen Frage. Wie Rainer das sah, wusste sie nicht. Warum Dorothee gerade jetzt auf das Thema kam, war Margot ebenfalls nicht ganz klar.

»Super!«, lobte Rainer, während er sich eine Olive mit Lachsfüllung in den Mund schob. »Das lässt ja auf ein ebenso gutes Abi hoffen.«

An Rainers und Dorothees Gesichtsausdruck konnte Margot ablesen, dass da etwas ganz und gar nicht stimmte. Au weia, dachte Margot, konnten sie nicht einfach mal fünf Minuten ohne Streit zusammensitzen?

»Abi? Ich werde doch kein Abi machen!«

Die Olive, inzwischen in zwei Teile gebissen, fiel Rainer aus dem Mund.

»Wertes Fräulein, wie möchtest du denn ohne Abi studieren?«

Das war wohl genau der oberlehrerhafte Ton, den seine Studenten nicht an Rainer mochten, dachte Margot. Fehlte nur noch der mahnend erhobene Zeigefinger.

»Ich will *gar nicht* studieren.«

»Hallo? Hast du nicht gestern noch gesagt, du willst Kindern helfen? Wie willst du denn Kinderärztin werden, wenn du nicht studierst?«

Margot ließ den Blick zwischen den beiden hin und her pendeln wie bei einem Tennismatch.

Erneuter Aufschlag Dorothee: »Es gibt auch Menschen, die helfen Kindern, ohne dass sie Kinderärzte sind.«

»Was willst du dann werden? Kindergärtnerin in einem sozialen Brennpunkt? Ist das die Hilfe, die du dir vorstellst?«

»Wie wäre es mit Kinderkrankenschwester?«, schlug Margot vor, in dem Irrglauben, zwischen beiden Welten vermitteln zu können.

Die Reaktionen hätten nicht unterschiedlicher ausfallen können. Rainer versuchte, Margot mit seinem Blick zu erdolchen, und Dorothee strahlte, als habe man ihr gerade eine Woche Disneyland in Paris geschenkt.

»Schwachsinn«, brummte Rainer. Plötzlich waren alle Blicke auf Margot gerichtet.

»Habt ihr euch abgesprochen?«, herrschte Rainer seine beiden Damen an.

»Ich wusste nicht ...«, stammelte Margot, die sich gar nicht erklären konnte, wieso sie sich plötzlich verteidigen musste.

Dorothee antwortete: »Nein. Aber ich hätte das wohl tun sollen.«

»Du machst auf jeden Fall dein Abitur!«, bestimmte Rainer.

»Nein, ich mach auf gar keinen Fall mein Abitur! Ich werde nicht noch weitere vier Jahre irgendwelchen Schwachsinn büffeln, den ich später im Leben nie mehr brauchen werde. Mama hat auch immer gesagt: Arbeit ist keine Schande!«

Margot sah, wie sich Tränen den Weg über Dorothees Wangen bahnten.

Rainer bekam das offenbar nicht mit. »Bildung ist auch keine Schande, junge Dame. Und deine Ma – sie war Friseuse!«

»Sie war *Friseurin*. Eine verdammt gute Friseurin. Du hast dich über ihren Haarschnitt nie beklagt.«

»Doro, aber du ... du hast doch alle Möglichkeiten. Du bist klug und ...« Weiter kam er nicht.

»Und meine Mutter, die du immerhin gefickt hast, die war dumm, oder was? Menschen ohne Abi sind Menschen zweiter Klasse, oder was?« Sie pumpte Luft in ihre Lungen. »Du ... du ... Nazi-Rassist!«

Der Stuhl fiel um, als Dorothee abrupt aufstand und aus dem Zimmer stürmte. Che hinterher, winselnd.

Rainer machte Anstalten, Dorothee ebenfalls zu folgen.

Margot fasste ihn am Arm. »Lass«, sagte sie.

Und zum Glück hörte Rainer auf sie.

»Sie kann doch nicht ihre Chancen ungenutzt lassen!«, sagte er zu ihr. »Da muss ich doch intervenieren. Mit ihrer Intelligenz, da kann sie doch nicht nur Krankenschwester ...«

Margot hielt Rainers Hand. Sie hatte ihren Sohn Ben auch

immer an der Spitze eines Großunternehmens gesehen. Hatte ihn überredet, nein, genötigt, Betriebswirtschaft zu studieren. Er hatte sich in einem Befreiungsschlag exmatrikuliert, nachdem er sich an der Kunsthochschule in Offenbach einen Studienplatz erarbeitet hatte. Nun war er Künstler. Und Vater. Er würde seinen Weg gehen, auch wenn das ein anderer war als der, den Margot für ihn gesehen hatte. Jetzt – jetzt war sie stolz auf ihren Sohn, der im vergangenen Herbst seine erste eigene Ausstellung gehabt hatte.

»Rainer, sie kann. Sie kann ›nur‹ Krankenschwester werden, wenn das ihr Wunsch ist. Wenn sie sich zu Höherem berufen fühlt, dann wird sie auf dem zweiten Bildungsweg Abitur machen. Studieren, wenn sie mag.«

»Das meinst du nicht im Ernst, oder?«

»Das meine ich ganz ernst. Und jetzt muss einer von uns beiden da hochgehen, in Bens … ich meine: in ihr Zimmer. Denn sie weint sich gerade die Augen aus dem Kopf, weil ihr die Mutter fehlt.«

»Meinst du wirklich?«

Eine Frage, die nur ein Mann stellen konnte. Margot erhob sich. Um ein Mädchen über den Verlust seiner Mutter hinwegzutrösten, das sie noch nicht einmal eine Woche kannte.

Eine Minute später schluchzte Dorothee an ihrer Schulter. Und Che leckte ihr das Bein.

Womit hatte sie das verdient?

Samstag

Margot wusste selbst nicht so genau, was sie in Susanne Bretz' Haus zu finden hoffte, aber irgendwo fanden sich immer Geheimnisse, die ein Mensch gern für sich behielt. Immer noch wollte Margot nicht von dem Glauben lassen, dass es ein persönliches Motiv gab, aus dem heraus Susanne Bretz ermordet worden war.

Die Spurensicherung war im Haus gewesen, hatte aber nicht jeden Gegenstand umgedreht, sondern nur nach irgendwelchen

Hinweisen auf einen Einbruch oder auf Diebstahl oder auf ein Mordmotiv gesucht. Nun, ein Diebstahl wäre in dieser Wohnung bestimmt nicht aufgefallen. Die Kollegen hatten auch die Tür geöffnet, die ins Dachgeschoss führte. Aber auch dort befand sich nur eine weitere Gerümpelkammer, allerdings eine ohne Möbel.

Sie wusste nicht, wonach sie suchte. Deshalb ließ sich Margot von ihrem Instinkt leiten. Zunächst ging sie in den Keller, dessen Zugangstür unverschlossen war. Berge von nutzlosen Dingen türmten sich in dem vielleicht sechzehn Quadratmeter großen Raum. Hinzu kamen eine kaputte Küchensitzbank mit dem dazugehörigen invaliden Tisch (er hatte nur noch drei Beine) und eine Menge randvoller Umzugskartons; es reichte ein Blick hinein, um zu erkennen, dass da jemand seinen Kleiderschrank ausgemistet hatte. Guter Vorsatz, hätte nicht die Feuchtigkeit den Schimmel in die Klamotten gejagt. Margot schaute dennoch in jeden Karton und räumte alles so zur Seite, dass sie die Kellerwände sehen konnte. Vielleicht gab es ja lose Steine, hinter denen die Bretz etwas versteckt hatte.

Fehlanzeige. Sie tastete den betagten Kleiderschrank nach geheimen Fächern ab. Kollege Horndeich hatte in einem früheren Fall damit einmal einen Treffer gelandet. Ein solcher Erfolg war Margot nicht vergönnt.

Sie hakte den Keller ab und ging wieder nach oben, wo sie sich als Nächstes das Schlafzimmer vornahm. Ein klassisches Versteck waren die Schublade mit der Unterwäsche und die mit den Strümpfen. Aber da fand sich nichts, und es war auch nichts an die Unterseiten oder Rückseiten der Laden geheftet. Auch die Kleiderfächer, die auf Bauch- und Brusthöhe lagen, wurden gern von älteren Menschen, die sich nicht mehr so gut bücken konnten oder auf Leitern steigen wollten, als Versteck gewählt.

Ebenfalls Fehlanzeige.

Unter dem Bett und zwischen Rost und Matratze fand sich auch nichts – außer der Heimstatt von Trillionen von Staubmilben.

Einen Rollladenkasten gab es nicht, die Rollläden waren nachträglich außen am Haus montiert worden. Margot schaute hinter den Spiegel und hinter die drei Bilder, die an der Wand hingen. Nichts.

Das Wohnzimmer und das Bad boten nach gründlicher Durchsuchung nur die Gewissheit, dass man an der schieren Menge von Gerümpel ersticken konnte. Sie musste an ihren Vater denken und seinen neuesten Tick: »Simplify your life« wäre für Frau Bretz der richtige Ansatz gewesen.

Sie warf nur einen kurzen Blick in das Dachgeschoss. Kartons über Kartons. Und Sperrmüll. Der Raum hatte wohl schon immer als Abstellraum gedient, vielleicht auch einmal als Bügelzimmer. Möbelstücke befanden sich keine darin.

Blieb das Arbeitszimmer von Susanne Bretz' verstorbenem Ehemann. Der hatte eine ansehnliche, wenn auch kleine Bibliothek gehabt. Klassiker wie Goethe oder Schiller teilten sich ein Regal, aber Margot entdeckte auch eine Werkausgabe von Erich Kästner. Und Herr Bretz hatte sich offenbar für seine Heimatstadt interessiert: Die zwei Regale voller Darmstadtliteratur hätten ihrem Vater den gierigen Blick des Jägers und Sammlers in die Augen getrieben. Nun, vielleicht nicht mehr, nachdem er sein Leben simplifizierte. Obwohl – seine Darmstadtbücher und seine alten technischen Geräte, eigentlich ebenfalls schon ein kleines Museum der Unterhaltungselektronik der vergangenen fünfzig Jahre, die würde er sicherlich nicht aufgeben.

Neben den Büchern über Darmstadt stand eine kleinere Sammlung von Werken über Möckmühl. Margot erinnerte sich: Das war der Geburtsort von Karl Bretz. Sie selbst hatte den malerischen Ort an der Jagst einmal mit Rainer besucht. Der hatte damals auf den Spuren Götz von Berlichingens gewandelt, und in Möckmühl gab es eine von vielen Burgen, auf der Götz seinen Ausspruch, sein Gegenüber möge seine Zunge doch bitte rektal positionieren, getan haben sollte.

Systematisch zog Margot alle Bücher aus den Regalen. Hinter den Bänden war zur Rückwand hin noch Platz, denn Bretz hatte die Bücher nicht zweireihig aufgestellt, was für ihn sprach, und seine Frau hatte es offenbar nicht gewagt, diese ungenutzte Fläche mit Ramsch zu okkupieren.

Konsalik und Simmel hatte Bretz auch geliebt. Oder seine Frau.

Hinter den Werken von Rudolf Braunburg wurde sie fündig.

Für einen Moment wurde ihr ganz warm ums Herz. Nicht weil hinter den Büchern eine Metalldose lag, sondern weil noch jemand außer ihr selbst die Bücher des schreibenden Flugkapitäns zu schätzen gewusst hatte.

Sie stieß auf die Dose, als sie den »Septemberflug« aus dem Regal zog, und nahm sie vorsichtig heraus. Es war eine Filmdose. Sie öffnete sie. Und in der Filmdose lag – wenig verwunderlich – eine Filmspule. Margot spulte ein wenig von dem Schmalfilm ab. Schwarz-Weiß. Alt.

Sie wickelte den Bilderstreifen wieder auf, legte die Rolle zurück in die Dose und steckte diese in ihre Tasche.

Sie untersuchte noch den restlichen Freiraum hinter den Buchreihen, fand aber nichts mehr.

Dann nahm sie sich auch die anderen Regale vor und entdeckte in einem der Fächer, ganz offen und auf den ersten Blick auszumachen, eine ganze Sammlung von Schmalfilmen, rund dreißig Rollen in unterschiedlichen Größen. Warum war diese eine Rolle versteckt worden? Und von wem? Vom Hausherrn? Oder von Susanne Bretz?

Das wollte sie herausfinden. Doch dazu musste sie sich erst mal den Film anschauen.

Doch wie? Die Polizei war inzwischen kaum mehr mit Videorekordern ausgestattet, geschweige denn mit Filmprojektoren. Und wenn Margot sich nicht irrte, handelte es sich bei den Filmen noch nicht mal um sogenannte Super-8-, sondern um Normal-8-Filme, eine Norm, die aus den Anfängen privater Filmaufnahmen stammte und sich in der Größe und in den Abständen der Perforation am Rand des Filmstreifens von dem in den Achtzigern weit verbreiteten Super-8-Format unterschied. Sie erinnerte sich noch an die Kamera ihres Vaters, eine »Nizo«. Als Mädchen hatte sie das Gerät fasziniert. Und dem Vater interessiert zugesehen, wenn der kunstfertig den Film einlegte.

Ihr Vater – er hatte noch solch einen alten Projektor. Wieder einmal würde er der Polizei helfen müssen, weil die kein Technikmuseum unterhielt wie er.

Sie fuhr direkt zu Sebastian Rossberg. Wahrscheinlich hatte

er den Projektor noch. Und mit ein bisschen Glück funktionierte auch die Birne darin noch immer.

Margot parkte ihren Wagen vor dem Haus. Ihr Vater betätigte den Türsummer gleich nach dem ersten Klingeln.

Sie stieß die Tür auf und stieg die Treppen hinauf.

»Ach, hallo«, begrüßte Sebastian Rossberg seine Tochter.

»Hallo – hast du jemand anderen erwartet?«

»Ja. Den Handwerker. Das neue Waschbecken im Bad – der Übergang vom Siphon zum Fallrohr funktioniert noch nicht. Der Handwerker wollte nur einen Adapter holen, ist jetzt aber schon drei Stunden unterwegs. Und auf dem Handy erreiche ich ihn nicht.«

Margot trat in die Wohnung. »Ihr habt auch das Bad neu machen lassen?«

»Ja, komm, ich zeig es dir.«

Der Weg zum Bad führte durchs Schlafzimmer. Der Boden war neu verlegt – Parkett, registrierte Margot. Und die Möbel waren drastisch reduziert. Das Zimmer mit seinen gut zwanzig Quadratmetern beheimatete nur noch einen Kleiderschrank, ein Paravent, zwei stumme Diener und ein Bett. Die beiden großen, alten Kleiderschränke waren verschwunden, ebenso die Musikanlage, der Lesesessel in der Nische neben der Balkontür und das Beistelltischchen mit der Leselampe. Die zahlreichen Bilder – Fotos, die Sebastian Rossberg selbst geschossen hatte – waren einem einzigen abstrakten Gemälde gewichen.

»Toll, nicht wahr?«

Diesmal war in seiner Stimme kein Stolz mehr zu hören. Eher Verzweiflung.

Margot betrat das Bad. Das Waschbecken war rund, stand auf einem Podest. Auch die Wanne war neu – aber zumindest stand da überhaupt noch eine Badewanne.

»Gefällt es dir?«

»Ich frage mich, was an dem alten Becken und der alten Wanne so schlecht war«, gestand sie. »Die hast du doch erst vor sechs Jahren einbauen lassen.«

»Nun, die Formen sind einfach schöner. Eine Wohnung ist schließlich der Spiegel der Seele.«

»Wer sagt das?«

»Evelyn. Ich meine, das steht so in diesem Buch. Ich habe dir davon erzählt.«

»Ist das jetzt deine neue Seele?«

»Margot, bitte!«

Margot, bitte ... Das war schon sein Spruch gewesen, als sie noch ein Kind gewesen war. Wenn es keine Argumente mehr gab, dann kam *Margot, bitte*. Oder die Variante *Valerie, bitte*, die ihrer Mutter gegolten hatte.

Margot ersparte sich weitere Kommentare. Sie verließ das Bad, steuerte auf das Wohnzimmer zu. Die Tür war verschlossen.

»Ich brauche deine Hilfe. Stör ich? Oder kann ich einen Kaffee bekommen?«

»Komm mit in die Küche. Ich mach dir einen.«

»Ihr habt das Wohnzimmer und das Esszimmer auch umgestaltet?«

Sein Gesicht, seine Haltung – alles an Sebastian Rossberg zeigte ihr, dass er die Frage gern überhört hätte.

»Zeig schon!«, forderte sie. »Oder willst du mich hier nie wieder willkommen heißen?«

Parkett auch hier, war Margots erster Gedanke, als Sebastian die Tür zum Wohnzimmer öffnete. Wo ist seine Musikanlage?, war der zweite. Sie kannte sich damit nicht aus, aber den Namen des Röhrenverstärkers würde sie nie vergessen: McIntosh. Es klang so schön schottisch. Und wenn man ihren Vater auf den schwarzen Kasten mit den blau leuchtenden Anzeigeinstrumenten angesprochen hatte, hatte er stets einen schwärmerischen Vortrag darüber gehalten, der selten kürzer als sieben Minuten gewesen war.

Doch viel mehr als der Verlust des Verstärkers entsetzte sie, dass die Lautsprecherboxen nicht mehr an ihrem Platz standen. Gut, Margot hatten die Türme, jeder knapp eins zwanzig hoch, auch nicht gefallen. Aber die Musik, die sie von sich gegeben hatten, war unglaublich. Weit über zwanzig Jahre lang hatten die Arcus TL 1000 die Ohren ihres Vaters verwöhnt.

Sie drehte sich zu ihm um. Seine Gesichtsfarbe war rot wie die eines Pennälers, der beim Abschreiben erwischt worden war.

»Mach es dir bequem, das neue Sofa ist eine Wucht«, versuchte er seine Scham zu überspielen. »Ich bringe gleich den Kaffee.«

Das Sofa war bequem. Inzwischen hatte Margot auch die neue Musikanlage erspäht. Nicht viel größer als eine Handtasche. Kleine Boxen in einer Schrankwand. Ein Subwoofer für die Bässe hinter dem Sofa. Sogar Margot wusste, dass das dem Klang nicht förderlich war.

Die Kapazität der Schränke war sicher um zwei Drittel eingedampft worden. Was darin an Gegenständen überlebt hatte, konnte man nicht mit Sicherheit sagen, denn Rauchglastüren verdeckten den Inhalt.

Die Aktion »Simplify your life« dürfte in diesem Fall sicher dreißigtausend Euro oder mehr verschlungen haben. Na ja, dafür kostete das Buch zumindest weniger als zehn Euro.

Margot hörte das Zischen der Espressomaschine – hoffentlich war wenigstens das noch die alte. In ihrem etwas angeschlagenen Zustand am Morgen vor zwei Tagen hatte sie das gar nicht wahrgenommen.

Sebastian Rossberg stellte das Tablett – auch neu – auf dem – ebenfalls neuen – Couchtisch ab.

»Was sagst du dazu?«, fragte ihr Vater mit einer ausladenden Handbewegung.

Margot sah ihren Vater an. Sagte zunächst nichts. Dann: »Ich weiß, das willst du nicht hören. Aber die alte Einrichtung hat mir besser gefallen.«

»Ja, das verstehe ich«, sagte er geknickt. »Das ist ja auch die Wohnung gewesen, in der du groß geworden bist.«

»Nein, das meine ich nicht.«

»Es wird dir schon noch gefallen.«

»Nein. Aber das muss es ja auch nicht. Wenn es dir gefällt, ist es okay.«

»Ja, es gefällt uns.«

Margot wusste nicht, ob ihr Vater registriert hatte, dass sie bei seiner Antwort leicht zusammengezuckt war. Sie wollte das Thema nicht weiter vertiefen. Sie fingerte die Metalldose aus der Tasche und legte sie neben das Tablett auf den Couchtisch.

»Das habe ich in der Wohnung von Susanne Bretz gefunden. Es ist ein Normal-8-Film. Ich glaube, etwa fünfzehn Meter. Ich muss wissen, was da drauf ist. Meinst du, wir können uns das anschauen?«

»Normal-8 ... Mein Schatz, dafür habe ich keinen Projektor mehr.«

»Wie? Keinen Projektor? Ist er kaputt?«

Vor zwei Jahren hatte Sebastian Rossberg ihr und Horndeich ermöglicht, ein altes Videoband anzuschauen, für das niemand anderes mehr ein Abspielgerät hatte. Nicht mal mehr er hatte noch Kassetten dieses alten Typs gehabt, aber den Rekorder nie weggeschmissen. Doch ihr Vater hatte selbst sicher noch um die dreißig Normal-8-Filme. Warum ließ er den Projektor nicht reparieren?

»Margot, ich habe keinen solchen Projektor mehr. Ich habe die ganzen alten Geräte entsorgt.«

Margot starrte ihn fassungslos an. »Die ganzen alten Geräte? Gehört da der McIntosh-Verstärker auch dazu? Oder das ASC-Kassettendeck? Die Boxen von Arcus? Hallo? Erde an Sebastian Rossberg – noch jemand da?« Sie konnte nicht vermeiden, dass ihre Stimme lauter wurde. Fast schrill.

»Margot, bitte!«

»Margot, danke«, schrie sie und sprang von dem neuen Sofa auf, auf dem sie keine weitere Minute länger sitzen wollte. »Hat sie all deine Sachen auf den Müll geworfen, weil sie ein ›Simplify‹-Buch als neue Bibel entdeckt hat? Das ist in seiner Banalität ja noch viel schlimmer, als wenn sie als Feng-Shui-Guru vortanzen würde.«

»So schlecht ist Feng-Shui übrigens nicht«, warf er ein.

»Ich fasse es nicht! Sag mal, merkst du nicht, was hier abgeht? Diese Frau hat dir eine Gehirnwäsche verpasst, deine Wohnung nach ihrem Gutdünken umgestaltet – und dich gleich mit! Der Spiegel der Seele? Mit Verlaub, Papa – dieses unpersönliche Edelnichts von einer Wohnung, das bist nicht du. Das ist nicht deine Seele. Die scheinst du verkauft zu haben. Ach, was sag ich: Du hast sie verschenkt!«

Tränen schossen Margot in die Augen. Und sie tat etwas, wofür sie Rainer immer verfluchte: Sie verließ die Wohnung ohne ein Abschiedswort.

Sie war noch nicht ganz unten angekommen, als sie die

Stimme ihres Vaters hörte. »Margot. Bitte, geh nicht so. Komm hoch.«

Sie hielt inne.

Wollte sie wirklich auf diese Weise von ihm gehen? Sie mochte es nicht, wenn man im Streit auseinanderging. Wer wusste schon, wann – und ob – man sich wiedersah.

Sie stieg die Stufen wieder hoch.

Als sie ihren Vater im Türrahmen stehen sah, bemerkte sie mit einem Mal, wie alt er geworden war. Kinder bemerken das an ihren Eltern immer schubweise. Alle vier oder fünf oder zehn Jahre bekommt man einen solchen Schlag ins Genick, der einem auch die eigene Endlichkeit bewusst macht. Das letzte Mal war ihr Vater für sie vor über zehn Jahren älter geworden. Sie hatte an seinem einundsechzigsten Geburtstag bemerkt, dass die Haut am Hals ganz faltig geworden war und sich die ersten Altersflecke auf der Hand gebildet hatten. Jetzt registrierte sie, dass seine Haut an den Armen nicht mehr straff war. Dass er kleiner geworden war. Dass sein Blick ein klein wenig trüber geworden war. Dass er nicht mehr der vor Kraft und Tatendrang strotzende Mann war wie noch vor vier Jahren.

Sie konnte nicht anders, sie musste ihn in den Arm nehmen. »Entschuldige, Papa, ich bin zu weit gegangen.«

»Schon gut, mein Schatz. Schon gut. Komm rein. Und dann schauen wir, wie wir das Problem mit diesem Film lösen.«

Wenig später saß sie wieder auf dem Sofa, diesmal ohne Fluchttendenzen. Margot nahm einen Schluck Kaffee. Und rührte sich einen halben Löffel Zucker in den Sud. Wie schwer alte Gewohnheiten doch abzulegen sind. Und gegen die Bitterkeit – da war wohl im Moment etwas Zucker erlaubt.

»Ich bin erstickt in Kruscht«, sagte ihr Vater ohne Vorwarnung. »Du kennst den Keller. Das war ein Museum. Regale voller Dinge, die ich nicht mehr benötigte und benötige. Meine Normal-8-Filme habe ich alle auf DVDs überspielt.«

»Aber deine Musikanlage? Hast du nicht immer gesagt, Bach kann einfach nicht schöner klingen als über McIntosh und Arcus?« Ihr Tonfall war nun ruhig. Sie wollte ihren Vater gar nicht mehr umstimmen. Aber sie wollte ihn verstehen.

»Ja. Dennoch hatte ich einfach zu viele Dinge. Viel zu viele.«

Margot erinnerte sich an die Wohnung, aus der sie den Film mitgenommen hatte. Wo war die goldene Mitte zwischen dem Chaos der Frau Bretz und der Leere in der neuen Wohnung ihres Vaters?

»Ich finde jemanden, der einen Projektor hat, Margot. Morgen kannst du dir den Film ansehen. Das verspreche ich dir.«

»Schon gut, Papa, mach dir keinen Stress. Das alles hier – es kam einfach ein bisschen plötzlich. Sag mir Bescheid, falls du eine Möglichkeit findest.«

Dann saßen sie einfach nur nebeneinander auf dem Sofa und tranken ihren Kaffee.

Sie genoss das. Ihr Vater war einer der wenigen Menschen, mit dem sie auch ein paar Minuten schweigen konnte.

»Steffen?«

Es war eine Stimme aus der Vergangenheit. Horndeich hatte sie schon sehr lange nicht mehr gehört. Die Nummer im Display hatte er nicht gekannt, die Vorwahl war die von Wiesbaden.

»Anna?«

»Ja«, antwortete sie. »Schön, dich zu hören.«

Horndeich war baff. Das letzte Telefonat mit ihr hatte er vor gut einem Dreivierteljahr geführt. Sie war damals in Moskau gewesen. Was, um alles in der Welt, machte sie auf einmal wieder in Deutschland? Hier in Hessen? Fast in Darmstadt?

Als hätte sie all die Fragen, die ihm durch den Kopf schossen, erraten, sagte sie: »Ich bin gerade in Deutschland, bei meiner Cousine Lena in Wiesbaden.«

»Bist du nur auf der Durchreise?«

»Das ist eine lange Geschichte, Steffen.«

»Lebst du noch in Moskau?«

Seit zwei Jahren lebte sie dort. Der letzte Stand der Dinge war, dass sie dort ihre Mutter pflegte.

Anna ignorierte die Frage. »Steffen, können wir uns sehen?«

Ihre Worte spülten einen Tsunami von Gefühlen über ihn hinweg. Er hatte nicht mehr damit gerechnet, Anna Kalenska jemals wiederzusehen. Vor zwei Jahren war sie Hals über Kopf aus seinem Leben verschwunden. Sie war für zwei Wochen nach

Moskau zu ihrer Mutter gegangen und nicht mehr zurückgekehrt. Wie wütend war Horndeich gewesen. Er hatte zwischen Zorn, verletzter Eitelkeit und schmerzhafter Sehnsucht geschwankt, mehr als ein halbes Jahr. So lange hatte er gebraucht, bevor er nicht mehr jeden Morgen an sie gedacht hatte. Selbst wenn er im Bett einer anderen aufgewacht war, war Anna stets gegenwärtig gewesen.

An diesem Abend hatte er sich mit Sandra verabredet. Was sollte er tun?

»Steffen? Bist du noch dran?«

»Ja, ich bin noch dran. Anna, heute Abend kann ich nicht.«

»Schade. Ich fliege morgen wieder nach Moskau. Ich hätte dich gern gesehen.«

Wieder nach Moskau ... Hatte er tatsächlich für den Bruchteil einer Sekunde geglaubt, Anna wollte zu ihm zurück? Andererseits – sie war ein Teil seines Lebens gewesen. Ein wichtiger Teil. Ein sehr wichtiger Teil. Wollte er sie nicht doch noch einmal sehen?

Er schaute auf das Handy.

Dann traf er eine Entscheidung.

»Wo ist Rainer?«

»An der Uni.«

»Hat er mit dir geredet?«

Dorothees zu Boden gerichteter Blick sagte mehr als jede Tirade. Margot war am Morgen sehr früh aus dem Haus gegangen, damit sich Rainer unter vier Augen mit seiner Tochter aussprechen konnte. Doch offenbar hatte ihr Mann – ihr Lebensgefährte – diese Möglichkeit nicht genutzt.

Che tanzte wieder um Margots Beine. Sie bückte sich und streichelte den Hund gedankenverloren.

»Margot, ich habe mich bereits beworben.«

»Beworben?«

»Ja. Ich möchte Kinderkrankenschwester werden. Ich habe schon alle Krankenhäuser in Darmstadt abgeklappert. Und auch die im Umkreis von zwanzig Kilometern. Zwei haben gesagt, ich solle ihnen meine Unterlagen zuschicken. Die Kinderklinik Prinzessin Margaret. Und die in Dieburg.«

»Das alles hast du in der vergangenen Woche gemacht?«, fragte Margot erstaunt.

»Ja. Ich muss doch sehen, dass es weitergeht. Und ich will Rainer … Ich will *euch* nicht ewig auf der Tasche liegen.«

»Also wenn du Abi machen willst, dann soll das wahrlich nicht am Finanziellen scheitern.«

Dorothee rollte mit den Augen. »Kapiert ihr das denn nicht? Ich *will* kein Abi machen. Ich will Kinderkrankenschwester werden.«

Margot musste sich setzen. Sie ließ sich in einen der Sessel sinken. Da sagte man immer, die Jugendlichen wüssten nicht, was sie wollen. Und wenn es dann eine ganz genau wusste, war es auch wieder nicht recht.

»Respekt, junge Dame. Wenn du das in der vergangenen Woche so durchgezogen hast – super. Wo ist eigentlich Zoey?«

»Ich hab sie gewickelt und gefüttert. Sie schläft in ihrem Bettchen. Wieso?«

Sollte sie Dorothee wirklich sagen, dass es eigentlich Rainers Job war, sich um die Kleine zu kümmern? Es war nicht okay, dass er sich einerseits gegen die Pläne seiner Tochter stemmte, Kinderkrankenschwester zu werden, und sie sich andererseits um seine Enkelin zu kümmern hatte.

Margots Handy begann zu dudeln.

Sie sah aufs Display. Eine Handynummer, die sie nicht kannte. Kurz zögerte sie, dann nahm sie das Gespräch an.

»Hallo?«, sagte sie kurz angebunden.

»Hallo. Frau Hesgart? Hier ist Ines Milbach.«

»Hallo«, wiederholte Margot. Sie fragte sich, was die Teilzeitkollegin von ihr am Wochenende wollte.

»Frau Hesgart, ich habe mit Pierre Gassion gesprochen. Er wohnt wirklich in Mühlhausen. Und er wäre bereit, mit uns zu sprechen.«

»Uns?«

»Ich habe ihm erklärt, dass Sie an dem Fall arbeiten, dass ich nur die Unterstützung bin, weil ich Französisch spreche. Er würde mit Ihnen reden.«

»Worüber?«

»Über Paul Gassion. Und seine Geschichte.«

Margot war hin und her gerissen. Einerseits wollte sie den Rest des Wochenendes mit ihrer Familie verbringen. Mit Rainer. Ja, verdammt noch mal, auch mit diesem Gör, das plötzlich in ihr Leben gepoltert war. Und das sie brauchte – auch wenn Dorothee es nicht wusste und auch nicht wahrhaben wollte. Damit die Kleine über den Verlust ihrer Mutter hinwegkam. Und allmählich ihren eigenen Platz im Leben fand. Obwohl sie da ja schon auf gutem Weg war.

»Ich möchte zu ihm fahren«, fuhr Ines Milbach fort. »Dauert keine drei Stunden von hier. Sind Sie dabei?«

Margot sah zu ihrer … Stieftochter oder als was man sie auch immer bezeichnen wollte. Sie deckte die Sprechmuschel des Handys ab und fragte: »Wann wollte Rainer zurück sein?«

Dorothee zuckte nur mit den Schultern.

»Ich muss nach Mühlhausen, nach Frankreich.«

»Kein Problem«, sagte Dorothee. Ihre Miene gab jedoch eine andere Antwort. Rainer war nicht da. Margot würde nach Frankreich fahren. Und Dorothee würde allein sein. Im besten Falle mit dem Hund. Im schlechtesten mit Hund und Zoey.

Einmal mehr verfluchte Margot ihren Lebensgefährten im Stillen. Dann sagte sie ins Handy: »Ich komme mit. Aber meine Stieftochter und meine Enkelin begleiten mich.«

Sie sah das Strahlen in Dorothees Gesicht, während der Zeigefinger des Mädchens nach unten deutete. »Und der Hund, der Hund muss auch mit.«

Drei Stunden später waren sie in Mühlhausen angekommen. Ines Milbach fuhr einen Chrysler PT-Cruizer. Darin war wahrlich genug Platz für alle fünf. Dorothee hatte einen Transportkorb für Che, den dieser wirklich zu lieben schien. Sie hatte auch in null Komma nichts die Utensilien für Zoey zusammengepackt, schneller, als Margot selbst es geschafft hätte. Sie würde sicherlich keine schlechte Kinderkrankenschwester abgeben.

Der Tag war sonnig, die Fahrt nach Mühlhausen angenehm gewesen. Ines hatte das Schiebedach geöffnet, Édith Piaf in den CD-Spieler geladen und den Wagen über die A5 gesteuert. An der Raststätte Hardtwald hatten sie eine Pause eingelegt. Dorothee hatte Zoey gewickelt, Margot war mit dem Hund in die

Büsche gegangen, und Ines hatte für alle Kaffee besorgt. Eigentlich war es genau das, was Margot unter einem gelungenen Ausflug verstand.

Ines hatte ein Navigationsgerät, das sie genau zur Adresse von Pierre Gassion führte.

Der schaute nicht schlecht, als statt zweier Damen eine Kleinfamilie vor seiner Haustür stand.

»Bonjour, Mesdames«, sagte er.

Pierre Gassion war wie Paul Gassion um die sechzig, von drahtigem Wuchs und muskulöser Statur.

»Bitte kommen Sie doch herein«, sagte er auf Französisch. Ines Milbach übersetzte simultan.

»Sehr angenehm«, sagte Margot. »Wir sind dankbar dafür, dass Sie uns Ihre Zeit schenken.«

»Das mache ich doch gern. Womit kann ich Ihnen dienen?«

Das Haus von Pierre Gassion erinnerte Margot sehr an das von Annika Sander. Der Grundriss war ähnlich bescheiden, der Garten ebenso schön.

Als der Franzose Zoey erblickte, war er verzückt. »Ist das Ihre Enkelin? Die Tochter Ihrer bezaubernden Tochter?«

»Ja, es ist meine Enkelin, aber nicht die Tochter meiner Tochter«, erklärte Margot.

»Je n'ai pas encore de propres enfants«, teilte Dorothee dem älteren Herrn auf Französisch mit, dass sie noch keine eigenen Kinder hatte. »Avez-vous un peu d'eau pour mon chien?«, bat sie um Wasser für Che.

Margot staunte Bauklötze.

»In Französisch hatte ich immer eine Eins«, erklärte Dorothee.

Wenig später saßen sie in Gassions Garten. Margot stellte die Fragen, Ines Milbach übersetzte, und Gassion erzählte. Es war klug von Ines Milbach, diese Position einzunehmen. Sie verstand beide Sprachen und konnte so auf Zwischentöne achten, die vielleicht auf Dinge hindeuteten, die nicht offen ausgesprochen wurden.

»Monsieur Gassion, wir ermitteln in einem Mordfall. Genauer gesagt: Wir untersuchen gleich zwei Morde. In Darmstadt. Das ist nicht weit von Frankfurt entfernt.«

»Oh, ich war noch nie in Frankfurt. Aber die Mathildenhöhe und den Fünffingerturm in Darmstadt, die kenne ich. Ein Zentrum des Jugendstils – l'art nouveau, wie Paris.«

»Wir interessieren uns für Paul Gassion. Ist er verwandt mit Ihnen?«

Gassion lachte auf. »Verwandt, mon Dieu, nein. Wir sind Brüder. Aber nur im Geiste. Wir sind nicht blutsverwandt. Was ist mit Paul? Ist er einer der Mordopfer? Oder hat er jemanden umgebracht?«

»Nein, er lebt. Und er wird auch nicht des Mordes verdächtigt. Aber wir müssen so viel wie möglich über ihn erfahren.« Margot war sich nicht sicher, wie viel sie gegenüber Pierre Gassion preisgeben sollte, ob es besser wäre, nur Fragen zu stellen oder vielleicht auch ein paar Informationen zu äußern; möglicherweise würde ihm dann ja etwas einfallen, auf das sie selbst gar nicht kam.

»Wie lange kennen Sie Paul schon?«, fragte Margot.

Che hatte inzwischen den Garten erkundet und beschnupperte nun Gassions Bein. Automatisch landete dessen Hand in seinem Fell, um ihn zu kraulen.

Vielleicht sollte man nicht nur Polizeihunde für die Drogensuche abrichten, dachte Margot, sondern auch für die Zeugenvernehmung. Langhaarchihuahuas wären da sicher gut geeignet.

»Ich traf Paul das erste Mal am 11. Oktober 1963. Wir waren beide unterwegs nach Aubagne, wo sie Bewerber für die Fremdenlegionäre aufnahmen. Ich kam hier aus der Gegend, hatte damals etwas Ärger. Dem Typen, der meiner Freundin nachstellte, hatte ich nicht nur ein Veilchen verpasst, sondern auch drei Rippen gebrochen. Ich hatte damals Angst, in den Knast zu gehen. Also machte ich mich auf nach Aubagne. Als ich an der Landstraße stand, den Daumen raushielt, da war plötzlich dieser Deutsche neben mir. Ich fragte ihn, wie er heiße, er sagte, er sei Paul und komme aus Hamburg. Gemeinsam bewarben wir uns bei der Fremdenlegion – und beide nahmen sie uns auf.«

»Der Algerienkrieg war gerade verloren, und Franzosen hatten ohnehin schlechte Karten in der Fremdenlegion. Wie kamen ausgerechnet Sie dort rein?«

»Ach, für Franzosen gab es eine einfache Möglichkeit, als Nichtfranzosen in die Armee einzutreten: Man sagte einfach, man käme aus Belgien. Und für einen Deutschen war es nicht schwer, akzeptiert zu werden.«

»Bei der Fremdenlegion hat man doch aber abgecheckt, ob die Anwärter nicht vielleicht gesuchte Verbrecher waren. Wie war das mit Paul?«

Gassion rutschte kurz auf seinem Gartenstuhl herum, um eine bessere Sitzposition zu finden. Dann nahm er Che auf den Schoß und kraulte ihn gedankenverloren. »Er hatte Papiere aus Deutschland – nehme ich an – und wurde offenbar auch nicht polizeilich gesucht. Auf jeden Fall wurden wir beide angenommen – und fanden uns zwei Tage später in derselben Einheit wieder. Es war der Beginn einer langen Freundschaft.«

»Sie sagen, Paul sei Deutscher gewesen. Wieso behauptete er dann, Franzose zu sein, als er nach Deutschland zurückkehrte?«

»Madame«, sagte Pierre Gassion sehr ernst, »die Fremdenlegion war und ist ein Sammelbecken der Gestrandeten. Der körperlich fitten Gestrandeten. Die Legion gibt ihnen die Möglichkeit, die Vergangenheit abzulegen. Damals war das noch einfacher als heute. Man hat ihnen einfach einen neuen Namen verpasst und nach drei Jahren die Möglichkeit gegeben, die französische Staatsangehörigkeit anzunehmen. Nach fünf Jahren wurde Paul Franzose, stieg in den Offiziersrang auf, leitete Einsätze in Zaire, im Tschad und in Beirut. Kein Zuckerschlecken, das können Sie mir glauben.«

Er ließ es sich nicht nehmen, ein paar der Anekdoten aus seiner Legionärszeit zum Besten zu geben. Sie ließen ihn erzählen. Sie handelten alle in Krisengebieten, drehten sich zumeist um den Krieg und waren für ihn immer gut ausgegangen. Die Geschichten, die nicht gut ausgegangen waren, konnte zumeist keiner mehr erzählen, der direkt daran beteiligt gewesen war …

Nach einer halben Stunde unterbrach ihn Margot, als er soeben fließend von Anekdote Nummer vier zu Anekdote Nummer fünf übergehen wollte. »Wieso heißen Sie eigentlich beide Gassion?«

Gassion schmunzelte, und Margot hatte den Eindruck, als würde er Che soeben eine Extrastreicheleinheit spendieren.

»Wir sind den ganzen Weg zusammen nach Aubagne getrampt. Und genau an dem Tag, da wir dorthin aufbrachen, ist Édith Piaf gestorben. Wir reisten drei Tage lang, und aus jedem Autoradio, in jeder Pension, in jedem Lokal, aus jedem gottverdammten Lautsprecher hörten wir ihre Musik. ›Non, je ne regrette rien!‹ Das war unser Schlachtruf: *Ich bereue nichts!* Und der bürgerliche Name von Édith, der lautete Gassion. Was lag also näher, als dass wir beide uns diesen Namen zulegten. Wir waren in den drei Tagen zu Fans geworden.«

»Sie dienten all die Jahre zusammen? Und dann auch noch unter demselben Namen?«

»Aber ja. Wir haben immer dafür gesorgt, dass wir in derselben Einheit blieben. Wir waren gut und haben der Legion Ehre gebracht. Nach fünfundzwanzig Jahren, da war dann Schluss. Wir hatten beide die Vierzig überschritten. Wir waren hoch dekorierte Offiziere. Wir wussten, was wir geleistet hatten. Wir wussten, was wir konnten. Und wir wussten, dass wir dieses Niveau nicht mehr würden halten können. Nach fünfundzwanzig Jahren hatten wir uns beide eine fette Pension verdient. Mir langte das. Ich hatte mir im letzten Jahr auch noch ein hässliches Andenken mitgenommen.«

Er knöpfte die oberen vier Knöpfe seines Hemdes auf, zog es zur Seite und zeigte seine linke Schulter, wo die Narbe einer Schusswunde zu sehen war. »Ich wollte nur zurück. Und Paul wollte auch zurück, in seine Heimat. Er hat nie darüber geredet. Er hat über sein Zuhause immer nur gesagt, es sei ein Flecken Erde, an dem die Liebe zu Christus weit über die Liebe zu den Menschen gestellt würde. Da hab ich gedacht, er käme aus Rom. Oder eher noch aus Vatikanstadt.«

Dorothee hatte sich beim Anblick der Narbe richtiggehend erschrocken. »Ist Paul Gassion auch verletzt worden?«

»Nein, mein Kind«, sagte Pierre, »der hatte einen Schutzengel. In den ganzen fünfundzwanzig Jahren hat er keine einzige Verletzung abbekommen. Aber er war dem Tod ja auch als Kind schon von der Schippe gesprungen.«

»Wie meinen Sie das?«, hakte Margot nach.

»Ganz einfach: Als Bub hatte er einen Fahrradunfall. Ist auf Sand gekommen, das Vorderrad ist weggeschmiert, und beim

Fallen hat er sich den Lenker in den Bauch gerammt. Und an dem Teil waren keine Haltegriffe mehr, da waren nur die blanken offenen Rohrstangen an den Enden des Lenkers. Darum ist die Lenkstange richtig tief rein. Das muss ganz schön knapp gewesen sein. Er sagte, er habe sechs Wochen im Krankenhaus gelegen.«

»Haben Sie Paul nach Ihrem Fortgang von der Legion noch mal gesehen?«

»Ja, aber der Kontakt war dann nur noch sporadisch. Er erschien bei zwei, drei Veteranentreffen, und da veranstalteten sie ein paar … nun, Wettbewerbe. Paul machte bei allem mit, wo ein Messer im Spiel war. Er war begnadet im Umgang mit der Klinge. Er konnte einen Schal mit einer gezielten Bewegung durchtrennen, konnte auch Messerwerfen und traf immer die Mitte der Zielscheibe, nichts anderes.«

Zoey in ihrem Körbchen fing an zu schreien. Dorothee nahm sie heraus, roch an der Körpermitte und fragte Paul Gassion dann direkt: »Où est-ce que je peux changer les couches du bébé?« – *Wo kann ich dem Baby die Windeln wechseln?*

»Folgen Sie mir.«

Che trottete Frauchen und Schoßplatz hinterher.

»Können Sie sich nun ein besseres Bild von diesem Paul Gassion machen?«, fragte Margot an Ines Milbach gerichtet.

Ines zuckte mit den Schultern. »Ich bin mir noch nicht sicher. Was wir auf jeden Fall wissen: Um den 11. Oktober '63 herum verließ Paul Gassion – wie immer er auch zuvor geheißen haben mag – Deutschland, um in die Fremdenlegion einzutreten.«

Wenige Minuten später kamen Paul Gassion und Dorothee wieder aus dem kleinen Häuschen.

Che tanzte immer noch um Pierres Beine. Der setzte sich wieder auf seinen Stuhl, was Che sofort als Aufforderung betrachtete, seinerseits noch mal auf Pierres Schoß Platz zu nehmen.

Margot zog ein Bild aus der Tasche. Es stammte von der Internetpräsenz der »Paul Gassion GmbH«. »Ich habe noch eine letzte Frage: Ist das Paul Gassion?«

Paul kraulte den Hund, während er sagte: »Ja, das ist er.« Dann setzte er Che auf den Boden und erhob sich – wie auch seine Gäste.

»Monsieur Gassion, wir danken Ihnen herzlich dafür, dass Sie mit uns gesprochen haben.«

»Das Vergnügen war ganz auf meiner Seite. Die kleine Dame – aus der wird mal eine gute Mutter, mon Dieu!«

Auf der Heimfahrt sprachen sie nicht viel. Margot dachte über Dorothee nach. Die hatte die eine Hand in dem Babykörbchen zu ihrer Rechten, die andere im Hundekorb zu ihrer Linken. Sie würde eine gute Kinderkrankenschwester werden. Rainer würde noch viel lernen müssen. Und Margot wahrscheinlich auch.

Anna schwenkte den Rotwein gegen das Licht, dann nippte sie am Glas.

»Nach wie vor gibt es wohl hier den besten Wein«, sagte sie.

Horndeich war kein Weinexperte. Aber der Dornfelder aus der Region Groß-Umstadt schmeckte auch ihm. Besonders, wenn er in Barriquefässern mehrere Jahre gelagert hatte.

Dennoch hielt er selbst sich an Mineralwasser. Er war der Fahrer, klar. Aber zur Not hätte er sich auch ein Taxi nehmen können. Trotzdem wollte er nüchtern bleiben.

Er hatte Sandra vorhin angerufen und das gemeinsame Treffen abgesagt. Hinsichtlich des Grunds hatte er sich nur vage geäußert, hatte gesagt, es sei etwas dazwischengekommen. Sie hatte es akzeptiert und sogar den morgigen Tag als Ausweichtermin vorgeschlagen.

Anna und er saßen in einem kleinen griechischen Restaurant, das sie noch nie zuvor besucht hatten. Horndeich hatte ganz bewusst dieses Lokal gewählt, denn der Ort sollte so neutral wie möglich sein. Sie hatten während der Vorspeise und des Hauptgangs Small Talk gehalten, er hatte von seiner Polizeiarbeit erzählt, Anna von den Entwicklungen in Moskau. Horndeich hatte die Stadt vor gut drei Jahren besucht, doch wirklich gefallen hatte sie ihm nicht.

Anna sah bezaubernd aus. So wie die Frau, die er geliebt hatte. Wie die Frau, mit der er Jahre seines Lebens geteilt hatte.

»Ja, der Wein ist gut«, antwortete Horndeich nichtssagend.

Anna sah ihm direkt in die Augen. »Meine Mutter ist gestorben.«

Das war neu. »Tut mir leid«, sagte Horndeich, aber es war nicht wirklich aufrichtig. Annas Mutter hatte Alzheimer gehabt, und nach Horndeichs Ansicht war ihr Tod eher eine Erlösung.

»Ich bin jetzt frei«, sagte Anna.

Horndeich schluckte.

»Ich fliege morgen nach Moskau zurück.«

Horndeich nahm ihr Glas und nahm einen Schluck Rotwein. »Und – hast du einen Freund in Moskau?«

Anna schien angestrengt das Muster der Tischdecke zu betrachten. »Ihr müsst immer so direkt sein, ihr in Deutschland.«

Nicht die Antwort irritierte Horndeich, sondern das Personalpronomen. Ihr – das war Deutschland. Das war auch er. Damals, vor Jahrhunderten, als er mit Anna zusammengewesen war, da hatte er geglaubt, dieses Personalpronomen, das wäre ein Sprachproblem. Inzwischen wusste er, dass es ein Mentalitätsproblem war.

»Ja, ich habe einen Freund in Moskau«, sagte Anna in einem Anflug von Offenheit.

»Na denn«, meinte Horndeich nur, unfähig, etwas Sinnvolleres von sich zu geben.

»Und du? Hast du eine Freundin hier?«

Sie griff nach Horndeichs Hand, streichelte sie, hielt sie. Horndeich wusste nicht, was er sagen sollte. Nein, er hatte keine Freundin in Darmstadt. Er spürte Annas Zärtlichkeit, mit der sie seine Hand umfasst hielt.

»Meinst du, wir könnten noch einmal …?«, fragte sie. »Ich meine, wenn ich wieder hierher käme, könnten wir noch einmal von vorn anfangen?«

Horndeich schwieg. Sie hatten damals – wie hieß es so schön – Tisch und Bett geteilt. Sie hatten von gemeinsamen Kindern geträumt, von einer Hochzeit in Weiß. Doch immer wenn sich Horndeich mental ganz auf das Abenteuer »Anna« eingelassen hatte, dann hatte er gespürt, dass ihre russischen Wurzeln immer stärker waren als der Wunsch, mit ihm in Deutschland zu leben. Wie sehr hatte er sich erträumt, dass sie einmal genau diese Worte zu ihm sagen würde: *Meinst du, wir könnten noch einmal von vorn anfangen?*

Natürlich hätte er Ja sagen können. Schon allein, um Zeit zu gewinnen. Wer weiß, was es gebracht hätte. Ob sie wirklich wieder zueinandergefunden hätten.

Vielleicht.

Doch ein Vielleicht reichte nicht.

Und dieses Vielleicht musste auch gegen einen blöden Wohnzimmerschrank von Ikea kämpfen. Horndeich wusste nicht, ob er nicht inzwischen aufgebaut worden war. Ob nicht der Rosenkavalier auch Manns genug war, es mit diesem Ding aufzunehmen, um ihm seinen Willen aufzuzwingen.

»Du schweigst?«, fragte Anna.

Sie hatte ihre Liebhaber gehabt. Er seine Liebschaften. Aber wenn er ganz tief in sein Herz leuchtete, ganz tief, dann war da immer nur ein Name, der immer wieder in fluoreszierenden Buchstaben aufleuchtete. Und dieser Name war Sandra. Wahrscheinlich hatten das alle anderen schon immer gewusst.

Und vielleicht machte er sich gerade zum Idioten. Anna wollte ihn. Und er entschied sich für seine Kollegin, mit der er zwar befreundet war, bei der er aber ansonsten immer versucht hatte, einen gewissen emotionalen Abstand zu wahren, damit aus ihrer Beziehung nicht mehr wurde als ebendiese Freundschaft. Er entschied sich für die Frau, die er in den letzten Monaten mehr als einmal zurückgewiesen hatte, die im Moment von einem ihm unbekannten Verehrer mit Rosen förmlich überhäuft wurde. Er war es gewesen, der sich immer gegen eine Beziehung zu einer Kollegin gesperrt hatte, mit der er jeden Tag zusammenarbeiten musste. War das kleinlich? War das dämlich? Er erinnerte sich an den Moment, in dem er sie im Krankenhaus gefüttert hatte, nachdem sie den schweren Unfall mit seinem Wagen gehabt hatte und sich kaum hatte bewegen können. Als ihre Lippen seine Finger berührten.

Im Rückblick war es der Moment der Wahrheit gewesen, der Moment, in dem er die Zukunft klar gesehen hatte. Ein Teil dieser Zukunft hatte sich im Bett von Sandra Hillreich abgespielt – in seinem Kopf wie auch später einmal in der Realität. Der andere Teil war eher emotionaler Natur gewesen. Ringe, Kinder, Zusammenleben … Er hatte nie den Mut aufgebracht, sich diesen Emotionen wirklich zu stellen, geschweige denn, über diese mögliche Zukunft einmal intensiver nachzudenken.

»Du sagst nichts«, flüsterte Anna. »Es ist vielleicht auch besser, wenn du nichts sagst.« Sie hatte Tränen in den Augen. »Kannst du mich noch zu Lena fahren?«

»Ja, kann ich.«

Er fuhr sie. Und der Weg war lang. Und leer.

Und dafür hatte er Sandra abgesagt?

Ja, dafür hatte er Sandra abgesagt. Um ihr näher zu sein als jemals zuvor.

Sonntag

Genau so durfte ein Sonntag nicht anfangen.

Der Wind sprühte Margot Nieselregen ins Gesicht.

Sie war müde, übernächtigt.

Eigentlich hätte sie an diesem Morgen nicht vor zehn aufstehen mögen.

Jetzt war es fünf Uhr in der Früh. Noch nicht einmal. Drei Minuten vor fünf.

Das Polizeiabsperrband flatterte im Wind. Baader und seine Kollegen waren fleißig. Wenn auch der Regen die Arbeit nicht eben erleichterte.

Ines Milbach hatte sie und Dorothee um halb elf abends zu Hause abgesetzt. Sie hatte mit Rainer noch ein Glas Rotwein getrunken, nachdem Dorothee sich erboten hatte, die kleine Zoey noch mal zu wickeln und in ihr Bettchen zu legen. Danach war Dorothee in ihr Zimmer verschwunden. Und Margot und Rainer hatten sich ebenfalls ins Schlafzimmer verzogen. Und langsam, zärtlich und ausdauernd ihre Beschäftigung vom Nachmittag wiederaufgenommen.

Zweieinhalb Stunden Schlaf waren das Fazit.

Sie schaute auf das Gesicht der toten jungen Frau. Sie lag vor dem Wasserturm auf dem Bürgersteig, unmittelbar am Beginn der Stahlbrücke, die über die Gleise zum Dornheimer Weg führte. Der Kopf war unnatürlich verdreht – Margot tippte auf Genickbruch.

Ein Wagen fuhr die Bismarckstraße entlang auf sie zu. Der einzige um diese Uhrzeit.

Margot erkannte den roten Crossfire. Wenn er aus dieser Richtung kam, musste es Horndeich sein. Hinrich würde wahrscheinlich in wenigen Minuten mit dem gleichen Wagen aus der anderen Richtung kommen. Trotz der grausigen Szenerie konnte sich Margot ein Schmunzeln nicht verkneifen, als sie daran dachte, mit welch entsetztem Gesichtsausdruck Horndeich ihr von den identischen Automodellen erzählt hatte. Sogar die Farbe der Innenausstattung sei gleich, hatte er entrüstet angemerkt.

Margot konnte kaum Entsetzen über den Tod der jungen Frau empfinden. Vielleicht war sie einfach zu müde. Oder zu abgestumpft. Sie wunderte sich über sich selbst, dass sie neben einem Menschen stehen konnte, der mit gerade mal zwanzig Jahren gewaltsam aus dem Leben gerissen worden war, und sie dachte nur daran, dass sie müde war und am liebsten einfach wieder in ihr Bett gekrochen wäre. Macht uns dieser Job zu Monstern?, fragte sie sich.

Horndeich kam auf sie zu. »Was haben wir?«

Margot nickte in Richtung der Toten. »Jana Gruber, einundzwanzig. Studentin in Darmstadt. Wohnt im Studentenwohnheim Heidelberger/Ecke Eschollbrücker.«

»Das orange Haus?«

»Genau das.« Das Hochhaus war erst vor wenigen Jahren in ein Studentenwohnheim umgewandelt worden. Und bei der Gelegenheit auf der einen Seite lindgrün, auf der anderen orange gestrichen worden. Darmstädter Bauästhetik in Reinkultur.

»Und – was wissen wir schon?«

»Hinrich ist noch nicht da, aber ich denke, ihr wurde das Genick gebrochen.«

»Unser Wassermörder?«

Margot zuckte mit den Schultern. »Keine Ahnung.« Sie schaute hoch zum Wasserturm, der sich majestätisch neben der Straße erhob. »Der Turm hat ja was mit Wasser zu tun – aber das ist schon ein bisschen weit hergeholt. Sie hat auf jeden

Fall ihr Portemonnaie noch in der Jacke gehabt, und es befinden sich ein Hunderteuroschein und ein wenig Kleingeld drin.«

Über die Brücke kam nun der andere rote Crossfire auf sie zugerollt.

Auch Hinrich wirkte leicht übernächtigt, als er mit seinem Arztkoffer auf Margot und Horndeich zuschlurfte. Er grüßte beide.

Dann ging er zu der Toten, zog die Plane beiseite, die man über sie gedeckt hatte, um sie vor dem Regen zu schützen – und vor den Blicken Neugieriger.

»Mein Gott, ist sie jung!«, stieß Hinrich entsetzt hervor.

Und Margot fühlte sich einen Moment lang noch schäbiger. Weil sie darüber nicht so erschrocken gewesen war.

Hinrich begann die Tote zu untersuchen und fragte: »Wie lange liegt sie hier im Freien?«

Margot antwortete ihm. »Keine Ahnung. Ein junger Mann hat sie gefunden, als er hier langgeradelt ist. Vor gut vierzig Minuten. Ich glaube, dass sonntags um diese Zeit nicht viel los ist. Ich kann mir aber auch nicht vorstellen, dass sie hier die ganze Nacht über gelegen hat und niemand uns das gemeldet hätte.«

»Sie ist auf jeden Fall länger als fünf Stunden tot«, erklärte Hinrich, ohne sein Tun zu unterbrechen. »Ich schätze, dass sie bereits abends umgebracht wurde. Acht Uhr, neun Uhr, zehn – so was in der Richtung.«

»Können Sie sehen, woran sie starb?«

»Das Genick ist gebrochen«, bestätigte er Margots Vermutung. »Ich denke, das war die Todesursache. Wie das geschehen ist, kann ich euch erst sagen …«

… wenn ich sie auf dem Tisch hatte, beendete Horndeich den Satz in Gedanken, bevor der Mediziner es akustisch tat.

»Ist da irgendein Handy?«, fragte Horndeich.

»Nein. Kein Handy«, antwortete Margot. »Und auch keine Handtasche. Ungewöhnlich für eine junge Frau. Sie hatte nur das Portemonnaie in der Innentasche ihrer Jacke.« Sie wandte sich in Baaders Richtung und rief: »Wenn ihr hier fertig seid, sollten wir uns ihre Studentenbude vornehmen.«

Sie sah wieder auf die Uhr. Halb sechs. Wenn sie nicht zumindest bald einen Kaffee bekam, würde sie den Morgen nicht durchstehen.

Um halb neun waren sie schon schlauer.

Baader und seine Truppe hatten sich durch Jana Grubers Zimmer gearbeitet, und die beiden Computer der Geschichtsstudentin befanden sich bereits auf dem Weg zu Sandra Hillreich, zwei Standrechner, die miteinander vernetzt gewesen waren. Die Kommilitonen, die auf demselben Stockwerk wohnten, hatten Jana gekannt und den Ermittlern die Adresse der Eltern, die auch in Darmstadt wohnten, und die ihres Freundes, Matthias von Wallburg, geben können.

Margot schmiss Janas Eltern aus dem Bett, als sie um Viertel vor neun die Türklingel drückte. Das Paar wohnte in der Klappacher Straße, in einem Acht-Parteien-Wohnhaus. Margot war das Haus, das kaum einen halben Kilometer vom Polizeipräsidium entfernt war, noch nie bewusst aufgefallen.

Die Wohnung der Grubers lag im zweiten Stock. Frau Gruber war völlig arglos und verschlafen, als sie Margot und Horndeich die Tür öffnete. »Polizei? Ist etwas passiert? Wollen Sie uns noch mal wegen des Taschendiebstahls befragen? Da haben wir doch vor drei Monaten schon alles zu Protokoll gegeben, nicht wahr, Erwin?«

Ihr Mann trat neben sie, wie sie in einen grauen Bademantel gehüllt.

»Frau Gruber, dürfen wir vielleicht kurz eintreten. Wir haben keine guten Nachrichten für Sie.«

Frau Gruber wurde sofort kreidebleich. »Jana. Etwas mit Jana?«

Was dann folgte, war genau das, was Margot an ihrem Job so hasste: Als Horndeich den Grubers eröffnete, dass Jana nicht mehr am Leben war, bekam die Mutter einen Nervenzusammenbruch. Sie heulte auf, und auch ihr Mann war nicht in der Lage, sie zu beruhigen. Margot hatte solch eine Szene schon einmal erleben müssen. Dieses Mal wartete sie nicht ab, ob sich Frau Gruber wieder fangen würde, sondern rief sofort den Notarzt.

Margot und Horndeich blieben, bis der Arzt der Frau einen Gnadenhammer injiziert hatte.

Erwin Gruber war derart um den Zustand seiner Frau besorgt, dass ihm die Tränen um die ermordete Tochter fehlten. Als seine Frau auf dem Sofa lag, erkundigte sich Margot, ob sie ihm vielleicht ein paar Fragen stellen dürfe – je mehr sie über Jana erführen und je schneller, desto besser waren die Chancen, den Mörder zu fassen.

»Fragen Sie«, sagte er mit tonloser Stimme.

Eine Viertelstunde später wussten sie, dass Jana im vierten Semester und eine gute und fleißige Studentin gewesen war. Sie war das jüngste Kind der Grubers gewesen; zwei ältere Brüder studierten in Kassel und München. Die Familie konnte nicht allen drei Kindern ein Studium finanzieren, aber gerade ihre Tochter hatte unbedingt Geschichte studieren wollen, »alte Römer«, wie ihr Vater das nannte. Sie hatte für das Studium Bafög bezogen und abends gekellnert, um sich den Rest dazuzuverdienen. Ihr Freund Matthias sei ein anständiger Bursche, meinte Herr Gruber, auch wenn seine Frau und er ihn nicht oft zu Gesicht bekommen hätten. Über Probleme oder gar Feindschaften konnte er nichts sagen. Jana war ehrgeizig, sehr ehrgeizig gewesen – und ihr Vater war überzeugt, dass aus ihr etwas werden würde. »Nein«, verbesserte er sich, »dass aus ihr etwas *geworden wäre …*« Dann brach auch er in Tränen aus.

Seine Schwester, die im selben Haus im Erdgeschoss wohnte, war inzwischen nach oben gekommen. Auch sie weinte, versuchte aber trotzdem, Janas Vater zu trösten.

Margot und Horndeich verabschiedeten sich. Um gleich dem nächsten Menschen eine Hiobsbotschaft zu überbringen.

Matthias von Wallburg wirkte überhaupt nicht adelig. Auch ihn warfen Margot und Horndeich aus dem Bett. Er wohnte in einer WG im Martinsviertel, im fünften Stock eines Altbaus, direkt unter dem Dach. Das nächste Mal ordern wir den Typ telefonisch aufs Revier, dachte Horndeich schnaufend und gänzlich pietätlos.

Die Luft in der Wohnung war stickig, und es war warm. Der

Nieselregen hatte die Hitze, die die vergangenen Tage ins Dach gebrannt hatte, nicht vertreiben können.

»Jana? Tot?«, hauchte er nur. Dann sank er kraftlos aufs WG-Sofa.

Der Raum war unaufgeräumt, Wäscheberge verteilten sich über Sofa und Sessel. Horndeich und Margot standen neben der Couch. Als von Wallburg keine Anstalten machte, ihnen einen Platz anzubieten, ergriff Horndeich die Initiative und schichtete einfach einen der Stapel auf einen zweiten Sessel, der daraufhin mit zwei Waschmaschinenfüllungen beladen war.

Auf dem Sofa war noch ein Platz frei. Horndeich überließ Margot den Sessel und ließ sich zwischen Matthias von Wallburg und Wäschestapel Nummer drei nieder. Er konnte nicht mit Bestimmtheit sagen, ob es sich um frisch gewaschene oder noch zu waschende Wäsche handelte, und stellte für sich fest, dass er das auch gar nicht wissen wollte.

»Woran ist sie gestorben?«, fragte Matthias von Wallburg. »Ich meine, wenn die Polizei kommt, kann es nur ein unnatürlicher Tod gewesen sein. Mein Gott, sie war gerade einundzwanzig, da gibt es keinen natürlichen Tod. Meine Eltern sagen zu mir, seit ich denken kann: Junge, du hast doch das ganze Leben noch vor dir! Und ich bin vierundzwanzig. Also habe ich schon drei Jahre geschenkt gekriegt, sozusagen.«

Von Wallburgs Redefluss wurde leiser und erstickte schließlich in seinen Tränen.

»Sie wurde ermordet«, sagte Margot.

»Ermordet? Jana?« Von Wallburg starrte sie an. »Warum? Sie konnte doch keiner Fliege etwas zuleide tun!«

»Wissen Sie, ob sie in letzter Zeit Streit mit irgendwem hatte?«

»Nein. Ist mir nichts bekannt. Jeder hat sie gemocht. Ich hab sie sogar geliebt. Wir haben vergangenes Wochenende das erste Mal über eine Heirat gesprochen. Und nun ... Nun ist alles zu Ende.«

»Wissen Sie, wo sie gestern Abend gewesen ist?«, fragte Horndeich.

»Nein. Wir haben zusammen zu Abend gegessen. Hier, bei mir. Dann sagte sie, sie müsse noch etwas vorbereiten. Für Montag. Sie hat ja Geschichte studiert. Das hat sie fürchterlich ernst genommen. Sie meinte immer, dass wir aus der Geschichte lernen sollten. Ich sehe das viel pragmatischer. Ich glaube, der Mensch lernt ausschließlich durch persönliche Erfahrung. Aber ich studiere ja auch Maschinenbau. Ich habe ja nie so ganz verstanden, was sie da eigentlich studiert. Na, und nach dem Abendessen ist sie gegangen. Ich glaube, sie hat an einem Referat über einen römischen Kaiser gearbeitet – Nero, Julius Cäsar … Ich weiß es nicht, meine Kenntnisse der römischen Geschichte beruhen ausschließlich auf ›Asterix‹. Sie sagte, sie werde mich heute Mittag anrufen.«

»Wollte sie sich vielleicht mit jemandem treffen?«

»Meinen Sie, sie habe mich betrogen?«

Horndeich schüttelte den Kopf. »Nein, ich meine nur, ob sie vielleicht jemanden treffen wollte.«

»Ich kann mir das nicht vorstellen.« Er schüttelte den Kopf. »Sie hat mich doch geliebt. Sie hat mir doch immer alles gesagt. Warum sollte sie sich heimlich mit jemandem treffen wollen.«

»Sie hatte keine Handtasche dabei, als sie gefunden wurde«, sagte Margot. »Hatte sie eine?«

Von Wallburg lächelte, während ihm Tränen übers Gesicht liefen. »Nein, sie hatte keine Handtasche. Sie hatte so einen kleinen Rucksack. Den nahm sie immer und überall hin mit. Sie schleppte auch immer so einen winzigen Laptop mit sich rum – Netbooks heißen die, oder? Sah knuffig aus, war ganz in Rosa.«

»Können Sie den Rucksack beschreiben?«

»Schwarz. Mit so weißen Tatzen drauf, als wäre ein Hund mit Farbpfoten darüber gelaufen. Den Rucksack, den hätte sie sogar ins Theater mitgenommen, selbst wenn sie ein Abendkleid getragen hätte.«

Horndeich und Margot sahen sich kurz an. Solch ein Rucksack war weder bei der Toten noch in ihrer Wohnung gefunden worden. Konnte natürlich auch sein, dass doch jemand die Leiche entdeckt und den Rucksack geklaut hatte, wenn darin ein tragbarer Computer gewesen war. Allerdings musste man schon ziemlich abgebrüht sein, eine Tote zu beklauen, zumal man sich damit nicht nur ganz oben auf die Liste der Verdächtigen setzte, sondern Beweise in einem Mordfall unterschlug.

»Hatte sie ein Handy?«

»Ja, natürlich hatte sie ein Handy.«

»Können Sie uns bitte die Nummer geben?«

»Ja. Klar. Moment bitte.«

Von Wallburg schlurfte aus dem Zimmer, kam wenig später mit seinem Handy zurück. Er drückte ein paar Tasten, dann sagte er: »Hier ist sie. Ich musste da erst nachgucken. Ich kenn die Nummer nicht auswendig. Bei mir ist sie einfach nur unter ›Schatz‹ gespeichert.« Er diktierte Horndeich die Nummer.

»Und wo waren Sie gestern Abend?«, fragte Margot.

»Ich? Wieso ich?« Von Wallburg machte eine kurze Pause, dann sagte er: »Ich war hier. Hab mit Peter und Gerd gepokert. Das sind meine Mitbewohner. Sie können sie gern fragen – wenn Sie die Burschen wach kriegen. Ich glaube, die sind um sechs ins Bett. Ich schon um zwölf, weil ich ja heute fit sein wollte, wenn ich mich mit … mit Jana treffe …« Wieder begann er leise zu weinen.

»Hatte Jana eigentlich so was wie eine beste Freundin?«, fragte Margot.

»Klar. Simmi. Simone Kodian. Wenn es irgendwelche Geheimnisse gibt, die ich nicht kenne, Simmi kennt sie auf jeden Fall.« Er besorgte Adresse und Telefonnummer und schrieb sie für die Kriminalisten auf.

»Gut, das war's fürs Erste. Wenn Ihnen noch was einfällt – melden Sie sich einfach bei uns, ja?« Mit diesen Worten reichte Horndeich ihm ein Visitenkärtchen.

»Was hältst du von ihm?«, fragte Margot, als sie die fünf Stockwerke wieder nach unten stiegen.

»Keine Ahnung. Er wirkt nicht wie jemand, der seine Freundin umgebracht hat.«

Margots Handy dudelte, als sie gerade die Klinke der Haustür niederdrückte. Sie nahm das Gespräch an. »Sandra? Was gibt's?« Sekunden später sagte sie: »Okay, wir sind gleich da.« Sie drehte sich um.

»Was ist jetzt?«

»Noch mal hoch.«

»Warum?«

»Weil wir wieder einen Brief erhalten haben. Jana Gruber

geht sehr wahrscheinlich auch auf das Konto unseres Wassermörders. Ich will wissen, ob es da irgendeine Verbindung zu Gassion gibt oder zu Markötter.«

Seufzend ergab sich Horndeich seinem Schicksal und setzte an, die Stufen erneut zu erklimmen.

»Hier stimmt was nicht. Schaut.«

Sie saßen in vertrauter Runde um Sandras Monitor: Margot, Sandra, Horndeich und Ines Milbach. Und auf dem Bildschirm war ein Scan des fünften Briefes zu sehen.

> *Nummer fünf*
> *Und ich goss eine Schale aus auf das Meer, und es wurde zu Blut wie von einem Toten, und jede lebendige Seele im Meer starb.*

»Der Brief ist sehr kurz«, sagte Sandra. »Und er wurde uns diesmal nicht per Post zugeschickt.«

»Und wie hat er uns erreicht?«, fragte Margot.

»Jemand hat ihn an den Scheibenwischer eines Polizeiautos geklemmt. Vor dem Ersten Revier im Schloss. Als einer der Beamten ins Auto steigen wollte, sah er den Brief. Er war schon ganz durchweicht. Nun, unser Fall ist derzeit Gesprächsthema Nummer eins bei den Kollegen, deshalb hat er ihn in ein Plastiktütchen gepackt und ist gleich zu uns gefahren.«

»Fenske?«

»Ist schon dran. Aber auch diesmal wird sich der Täter wohl nicht die Blöße geben, einen Fehler gemacht zu haben, den er bei den vier Vorgängern vermieden hat.«

»Irgendwelche Besonderheiten diesmal?«, fragte Margot. »Ich meine, er hat den Brief nicht per Post geschickt, also …«

»Ansonsten ist alles wie immer, nur die Briefmarke fehlt«, erklärte Sandra. »Auf dem Kuvert stand die Postfachadresse des Polizeipräsidiums, wieder mit dem Zusatz ›Hauptkommissarin Hesgart persönlich‹. Es ist auch wieder die Träne auf das Kuvert gedruckt.«

»Wieso hat er nicht auch diesen Brief per Post geschickt?«, fragte Horndeich. »Er begab sich damit doch in Gefahr, entdeckt zu werden. Wenn gerade Polizisten aus dem Revier gekommen wären, während er den Brief unter den Scheibenwischer klemmte – da hätte er doch schneller bei uns gesessen, als er bis drei zählen kann.«

»Wenn er den Brief mit der Post geschickt hätte, dann wäre er erst morgen hier eingegangen«, sagte Ina Milbach. »Sonntags werden keine Briefe ausgetragen.«

»Und warum wartet er dann nicht noch den einen Tag mit dem Mord?«, frage Sandra.

»Der ganze Mord passt nicht wirklich in das bisherige Schema«, stellte Ines Milbach fest. »Diesmal hat auch der Text des Briefes gar nichts mit der Inszenierung zu tun. Fische und Schweine, die Toten, die ertränkt wurden... Das hier ist ein mieser Abklatsch. Selbst der Ort hat mit Wasser nichts zu tun.«

»Ist immerhin ein Wasserturm«, erinnerte Horndeich.

»Es ist ein Wasserturm ohne Wasser. Seit sicher fünfzig Jahren. Und die Leiche liegt einfach nur davor. Alles ist trocken, abgesehen vom Regen. Der Täter verändert den Modus Operandi ganz erheblich.«

»Was heißt das?«, fragte Margot. »Kann es ein Trittbrettfahrer sein?«

»Kaum. Das mit den Briefen haben wir unter der Decke gehalten. Außer der Polizei weiß davon niemand. Und dass es bei uns eine undichte Stelle gibt...« Sie machte eine kurze Pause. »Nein, halte ich für unwahrscheinlich.«

»Und gibt es eine Verbindung zwischen Jana Gruber und Markötter oder Gassion?«, fragte Sandra. »Habt ihr das gecheckt?«

»Nichts. Wir haben extra noch mal Beamte in das Studentenwohnheim geschickt«, erklärte Horndeich. »Dort kennt niemand unsere beiden Spezis.«

»Alibis der beiden?«, fragte Ines Milbach.

»Zoschke hat sich darum gekümmert«, sagte Margot. »Markötter ist in Köln als Chauffeur unterwegs, kutschiert irgendeinen Typen durch die Lande. Der fällt also als Täter aus.«

»Wobei Köln–Darmstadt–Köln mit einem schnellen Wagen flott zu schaffen ist«, warf Ines Milbach ein. »Und Gassion?«

»Der war wieder in seinem Wochenendhaus«, sagte Margot.

»Ob wieder mit Laptop, das wissen wir noch nicht«, fügte Horndeich grinsend hinzu.

»Dann haben wir es also doch mit dem großen Unbekannten zu tun«, sagte Sandra wenig begeistert.

»Es muss eine Verbindung geben zwischen den dreien«, war Margot überzeugt.

»Oder auch nicht.«

Margot erhob sich. »Wir müssen wohl einfach noch mal ganz von vorn anfangen.«

Horndeich und sie verließen Sandras Büro und gingen in ihr eigenes. Margot stellte sich an die Kaffeemaschine.

Zwei Minuten später stand Sandra im Türrahmen. »Das gibt es nicht!«

Margot und Horndeich wandten sich ihr zu: »Was gibt es nicht?«

»Die Rechner von der Gruber. Jemand hat da fein säuberlich alle Festplatten ausgebaut. Aus beiden Rechnern.«

»Das heißt ...«, begann Horndeich.

»... dass es absolut keine Daten auf den Rechnern gibt.«

Horndeichs Schlussfolgerung war ebenso glasklar wie offensichtlich. »Jemand wollte verhindern, dass wir etwas auf ihren Rechnern finden.«

»Offenbar.«

Margot ging in Baaders Büro. »Ihr müsst noch mal in die Bude von der Gruber. Stellt alles auf den Kopf, wenn's sein muss. Wir suchen jede Art von Datenträger. USB-Sticks, Speicherkarten, CDs, DVDs und Disketten. Vielleicht hat sie ja Sicherungskopien ihrer Dateien gemacht.«

Sie wollte nach Hause fahren, um wenigstens mit Rainer und Dorothee zu Mittag zu essen, doch dann rief ihr Vater an. »Margot, ich hab eine Möglichkeit, dass du dir diesen Film ansehen kannst.«

»Wo?«, fragte sie sofort. »Wann?«

»Jetzt. Bei dem Freund eines Freundes eines Freundes. Ich kann dich abholen. Doro sagte mir, dass du im Präsidium bist.«

»Ja. Ich wollte eigentlich was kochen.«

»Lass gut sein, darum kümmere ich mich. Ich bin in zehn Minuten bei euch.«

Margot wartete im Freien. Der Regen hatte sich verzogen. Die Sonne blitzte immer wieder zwischen den Wolken hervor. Es war ein bisschen schwül, aber alles in allem war es ein schöner Tag.

Ihr Vater fuhr vor. Obwohl ein distinguierter älterer Herr, hatte auch er sich nie zu einem Mercedes oder Audi durchringen können. Er hatte sich vor einem Jahr einen Citroën DS gekauft, in tadellosem Zustand. Margot musste jedes Mal schmunzeln, wenn sie ihn in seiner Göttin vorfahren … nein, *daherschweben* sah. Zum Glück war der Wagen noch nicht versimplified worden, dachte sie, als sie einstieg.

»Herbert Züttler ist Mitglied des Film- und Videoklubs Darmstadt. Er soll jede Art von bewegten Bildern sichtbar machen können«, sagte ihr Vater statt einer Begrüßung.

Züttler wohnte etwas außerhalb der Stadt in Griesheim.

Er war ein Bär von Mann, mit vollem, aber gepflegtem Rauschebart.

»Sie sind also die bezaubernde Tochter jenes Herrn, der all seine Geräte dem Sperrmüll übereignet hat«, begrüßte er Margot.

Sebastian Rossberg errötete. Züttler hatte eine sehr direkte Art.

»Wir haben vorhin lange telefoniert«, fuhr Züttler fort. »Na, kommen Sie mal rein in die gute Stube.« Er half Margot aus der Jacke. »Wenn ich Sie gleich nach unten bitten darf. Dort habe ich das Kino eingerichtet.«

Er geleitete sie die Stufen hinab in den Keller. Mit »Kino« hatte er keinesfalls übertrieben: Vier Reihen à vier Sitze standen dort, sodass er auch kleineren Gruppen seine Filme vorführen konnte. Der Boden war sogar nach hinten ansteigend, die Leinwand war etwas höher angebracht, und die Sitze waren versetzt angeordnet, damit es kein »Kopf-im-Bild«-Problem gab.

»Ich schlage vor, ich zeige Ihnen den Film einfach erst einmal auf der Leinwand, am Stück, ohne Unterbrechung. Wenn Sie danach Fragen haben oder eine Stelle noch mal als Standbild sehen wollen – das ist kein Problem.«

Margot nickte nur und nahm neben ihrem Vater in der letzten Reihe Platz.

Das Licht erlosch, die Vorführung begann.

Jemand hatte Geburtstag. Ein Kuchen stand auf dem Tisch. Siebzehn Kerzen. Daneben ein junger Mann, dessen Alter Margot auf siebzehn oder achtzehn Jahre schätzte. Schüchtern. Neben ihm offenbar die Mutter.

Es war Kathrin Bretz, die Frau, deren Leichnam dreiundvierzig Jahre unter der Schwimmhalle gelegen hatte, die Schwester von Susanne Bretz. Ihr Foto befand sich in der entsprechenden Akte, sodass Margot sie erkannte.

Die Frau lachte nicht. Sie schaute ernst, fast verkniffen in die Kamera.

Der junge Mann blies alle Kerzen aus. Wahrscheinlich war es Kathrin Bretz' Sohn, Hans Bretz.

Dann schnitt die Frau den Kuchen an.

Die nächste Einstellung zeigte einen Gabentisch mit drei Geschenken. Der Junge packte das erste aus. Ein Paar Socken, das er mit deutlich aufgesetzter Freude in die Kamera hielt. Das zweite Paket beinhaltete ein Buch, und der Junge hielt es in die Kamera. An der Aufmachung war zu erkennen, dass es sich um ein Werk von Karl May handelte. Diesmal war die Freude des Jungen deutlich authentischer. Hans' Mutter stand ohne zu lächeln neben ihrem Sohn.

Das dritte Päckchen wickelte er sehr langsam aus. Offenbar hatte er keine Ahnung, was sich darin befand.

Unter dem Geschenkpapier kam eine Pappschachtel zum Vorschein. Der Junge öffnete sie. Und strahlte.

Er hielt die geöffnete Schachtel in die Kamera: Darin war ein Messer, eine Art Fahrten- oder Kampfmesser.

Hans nahm es heraus. Betrachtete es ehrfürchtig. Strahlte in die Kamera. Sagte etwas. Margot war nicht bewandert im Lippenlesen, aber das »Danke« war zu offensichtlich und galt wohl demjenigen, der filmte. Wahrscheinlich Karl Bretz, Hans' Vater.

Margot kannte sich mit Messern nicht aus, aber so ein Monsterteil mit fest stehender Klinge fiel ihres Wissens nach unter das aktuelle Waffengesetz. Sicherlich war das vor vierzig Jahren noch anders gewesen, dennoch gehörte so ein Messer ganz bestimmt nicht in die Hände eines Teenagers.

In der nächsten Einstellung sah sie das ganze Zimmer in einer Totalen. Der gedeckte Tisch mit dem Kuchen war das Zentrum. Hans und seine Mutter saßen am Tisch. Kurz bevor das Bild wieder etwas anderes zeigte, nahm Margot noch die Kruzifixe an der Wand wahr. Und den Teppich, auf dem der Tisch stand.

In der nächsten Einstellung hielt der junge Mann das Messer in der Hand – und sein Gesichtsausdruck schwankte zwischen Freude und Aggression.

Dann war Karl Bretz zu sehen. In der alten Akte befand sich auch ein Bild von ihm. Er zeigte seinem Sohn, wie man das Messer richtig hält, wenn man damit einen Gegner angreift oder sich verteidigen muss, und Margot fragte sich, ob Bretz einfach nur gefährlich dumm gewesen war, einem jungen Mann – seinem eigenen Sohn – so etwas beizubringen, oder ob sich in dem, was er da trieb, die Einstellung einer vom Krieg geprägten Generation hinsichtlich Gewalt und Kampf äußerte.

Zum Schluss zeigte der Film noch, wie Mutter und Sohn am Tisch gemeinsam beteten.

Danach war der Film zu Ende.

»Netter Geburtstag«, sagte Sebastian Rossberg, als das Licht anging. »Bringt dich der Film weiter?«

»Ich weiß nicht«, sagte Margot, und in ihrem Kopf schossen die unterschiedlichsten Gedanken umher. Warum hielt jemand diesen Film unter Verschluss? Versteckte ihn zumindest? Was war daran so brisant? Das Messer? Oder etwas anderes, was Margot noch gar nicht registriert hatte?

Herbert Züttler kam in den Raum. »Konnte ich Ihnen helfen?«

Margot nickte und dankte Züttler. »Ich hätte noch ein paar Fragen. Ist es möglich, aus dem Film irgendwie Standbilder zu kopieren?«

Züttler strahlte wie ein Honigkuchenpferd. »Nichts ist unmöglich! Kommen Sie.«

Er führte Margot und ihren Vater in den Projektorraum. Der war fast so groß wie der Vorführraum. Rund zwanzig Projektoren standen dort in Reih und Glied in einem Regal.

Margot sah, wie es auf einmal in Sebastian Rossbergs Augen glitzerte. »Das ist ein echter Paillard-Bolex, richtig?«

»Ja. Ein M8R. Gleich aus dem ersten Baujahr 1949«, fachsimpelte Züttler. »Noch in der grünen Lackierung. Ein Sammlerstück. Aber nicht kaputtzukriegen.«

»Mein Vater hatte so einen«, sagte Sebastian Rossberg. »Der Rolls-Royce unter den Normal-8-Projektoren.«

»Können Sie hier Filme digitalisieren?«, fragte Margot den Experten.

»Jepp. Wir haben einen eigenen Filmabtaster. Die Qualität ist atemberaubend. Ich kann Normal-8-Filme sogar in HD-Qualität wandeln. Dafür habe ich mir einen Blu-ray-Brenner gekauft.«

Obwohl Margot nicht genau wusste, wer oder was HD und Blu-ray waren, schloss sie daraus, dass Herr Züttler Filme in der besten aller möglichen Qualitätsstufen digitalisieren konnte.

Nun kam der heikle Teil. »Meinen Sie, Sie könnten vielleicht den Film für mich …«

Züttler strahlte noch breiter. Auf einmal hatte er eine DVD in der Hand. »Alles schon geschehen. Wir können den Film jetzt gleich noch mal am Rechner ansehen. Sie sagen mir einfach, welche Standbilder Sie brauchen.« Ein schelmisches Lächeln lag auf seinen Lippen: »Aber ich musste Ihnen zuvor einfach mein Kino vorführen.«

Keine halbe Stunde später hatte Margot Bilder von Hans, seiner Mutter und seinem Vater. Und ebenso Bilder von dem Messer. Und auch von dem Teppich. Denn wenn sie vielleicht auch in dem aktuellen Mordfall nicht weiterkamen – möglicherweise konnten sie wenigstens den alten klären. Auch wenn alle Beteiligten inzwischen entweder tot oder verschwunden waren. Es gab eine Krimiserie, die Margot immer wieder gern sah: »Cold Case – Kein Opfer ist je vergessen.« Kathryn Morris alias Lilly Rush und ihr Team bearbeiteten darin alte Fälle, die ungelöst im Archiv vor sich hinschimmelten. Bis eine neue Spur in der Gegenwart den Fall wieder ins Rollen bringt. Vielleicht war es Zufall, dass ausgerechnet Susanne Bretz Opfer ihres Wassermörders geworden war. Aber womöglich konnte Margot noch ein wenig Licht in das Dunkel der Ermordung ihrer Schwester bringen.

Margot und Horndeich gönnten sich etwas Abwechslung: Statt einen Döner zu essen, gingen sie in ein asiatisches Schnellrestaurant.

Zwischen Hühnchenteil und Reisklumpen nuschelte Horndeich: »Dieser Mord an der Gruber, der passt hinten und vorn nicht ins Schema. Baader hat sogar hinter die Tapete geschaut: Es gibt in der ganzen Bude keinen einzigen Datenträger. Keinen. Und das, obwohl sie zwei … nein, gleich drei Computer hatte, wenn man das verschwundene Netbook mit hinzuzählt. Da hat jemand ganz gründlich alle elektronischen Spuren beseitigt. So gründlich, als hätten unsere Jungs vom Bundesnachrichtendienst zugeschlagen.«

Margot schlürfte nur ihre Suppe, sagte nichts und schien mit ihren Gedanken ganz weit weg zu sein.

»Ines meint auch, dass dieser dritte Mord aus dem Rahmen fällt«, fuhr Horndeich fort. »Für sie, so sagt sie, ist dieser Mord entweder die Tat eines Trittbrettfahrers oder aber gar nicht geplant gewesen. Sozusagen eine schnelle und schlampige Kopie der vorigen Inszenierungen. Sandra hat übrigens mit Charme und viel Überredungskunst die Verbindungsdaten für Jana Grubers Handy bekommen. Sie checkt sie gerade.«

»Hmhm«, brummelte Margot.

»Erde an Margot, hallo?« Auch Horndeich nutzte ihren Spruch hin und wieder.

»Ich denke immer noch an den alten Fall.«

»Welchen alten Fall?«

»Der Mord an Kathrin Bretz.«

»Werte Lilly Rush, Ihr Engagement in allen Ehren, aber wir haben hier drei aktuelle Leichen.« Horndeich kannte die Serie »Cold Case« ebenfalls.

Sie grinste schief. »Kein Opfer ist je vergessen.«

»Okay, aber der Fall Kathrin Bretz läuft dir nicht weg. Du solltest dich jetzt auf unsere drei frischen Toten konzentrieren und dich um Kathrin Bretz kümmern, wenn wir den Täter oder die Täter gefasst haben.«

»Kann ich nicht.«

»Wie, ›kann ich nicht‹?«

»Ich hab die ganze Zeit das Gefühl, dass die Lösung für den

Fall quasi vor mir auf dem Tisch liegt. Aber ich komme nicht drauf.«

Sie löffelte wieder ihre Suppe, während sich Horndeich weiterhin vergebens mit den Stäbchen abmühte.

»Herr Kollege, neben Ihnen liegt eine Gabel. Und ein Messer. Vielleicht geht es besser und schneller, wenn …« Sie stockte auf einmal.

»Ja, ich weiß, dass es dann schneller geht. Aber man wächst an den Herausforderungen. Hätte ich niemals angefangen, mit zwei Fingern auf der Tastatur herumzuhämmern, würde ich auch heute noch meine Berichte mit Füller schreiben. Und das wäre für alle Beteiligten kein Vergnügen, denn dann müsste man wahrscheinlich drei Handschriftenexperten beschäftigen, um mein Gekritzel zu entziffern. Oder es müsste einen Schreibdienst geben, wie bei unseren Kollegen, den Richtern. Die würden dann …«

Horndeich sah seine Kollegin an, die mit offenem Mund dasaß.

»Messer. Der Messerkönig«, murmelte sie. »Jetzt macht's ›klick‹.«

»Ich verstehe gar nichts mehr.«

»Macht nix.« Margot griff zum Handy, wählte eine Nummer. »Frau Sander, ich bin's, Margot Hesgart von der Kripo. – Ja, ich hätte da noch eine Frage. Hatte Hans Bretz eigentlich jemals einen Fahrradunfall?«

Paul Gassion war nicht begeistert, als sich Margot und Horndeich abermals für ein Gespräch bei ihm einluden. Er sei in seinem Wochenendhaus, erklärte er.

Margot war nach dem Essen noch einmal ins Präsidium gefahren, um ein paar Details aus der Akte »Kathrin Bretz« nachzulesen. Daraufhin waren sie und Horndeich nach Gundernhausen aufgebrochen.

Das Häuschen von Paul Gassion lag abseits, aber in einer sehr schönen Umgebung. Vom Garten aus hatte man einen bezaubernden Blick. Der Odenwald wollte sich hier offenbar von seiner besten Seite zeigen.

Gassion saß im Garten, der Laptop stand aufgeklappt auf

dem Gartentisch. Margot hatte sich zuvor ebenfalls ein paar der Seiten angeschaut, die Gassion zum Zeitpunkt der Ermordung von Susanne Bretz und seiner Frau besucht hatte. Horndeich hatte sie ihr gezeigt. Sie war sicher nicht prüde – Rainer würde das bestätigen –, aber diese Art sexueller Stimulation oder Ersatzbefriedigung, das war nicht ihr Ding. Sie zog das Original vor.

Auf dem Laptop war die Seite von »Spiegel-online« zu sehen. Alibi oder echtes politisches Interesse?

»Was führt Sie zu mir?«, fragte Paul Gassion.

Auf dem Tisch standen bereits drei Gläser, eine Flasche Wasser, eine mit Apfelsaft und eine Flasche Cola. Sogar ein bisschen Knabberzeug hatte er drapiert, als hätte er Bekannte erwartet. Nun, Umgangsformen hatte er.

Margot und Horndeich ließen sich auf den Gartenstühlen nieder. Wenigstens das Wetter war wieder deutlich besser geworden.

»Herr Gassion, Sie haben uns mehrfach die Unwahrheit gesagt«, hielt Margot ihm vor, »und uns einiges verschwiegen. Und wir fragen uns, warum.«

Gassion klappte den Laptop zu, lehnte ihn hochkant an das Tischbein. »Ich bin ganz Ohr.«

Horndeich übernahm. »Nun, Sie sagten uns, dass Sie zu den beiden Zeitpunkten, an denen Susanne Bretz und Ihre Frau ermordet wurden, von hier aus gearbeitet hätten. Sie sagten weiter aus, Sie wären mit dem Firmenserver verbunden gewesen, von Ihrem Laptop aus über Ihre Mobilfunk-Datenkarte.«

»Ja. Das habe ich gesagt.«

»Sie waren nicht mit dem Firmenserver verbunden. Es sei denn, Sie haben noch Firmen im Pornobusiness, von denen Sie uns nichts gesagt haben«, erklärte Horndeich. »Ich habe Ihren Namen aber in keinem Impressum auch nur von einer dieser Seiten gesehen, die Sie zu den fraglichen Zeiten besucht haben.«

Gassion würdigte Margot keines Blickes, sondern starrte Horndeich an. Er sah aus wie ein Boxer, der soeben zu einem Gegner in den Ring gestiegen ist. Wobei der Gegner zwei Gewichtsklassen unter Gassion kämpfte. Weltergewicht gegen Leichtgewicht.

»Nun, Sie haben Ihre Hausaufgaben gemacht. Gratulation.« Er machte eine Pause.

Auch Horndeich schwieg zunächst. Die beiden Gegner tänzelten umeinander herum, darauf bedacht, den ersten Schlag optimal zu platzieren.

Gassion seufzte. Mitleidig. Als ob er gerade erkannt hätte, dass es sogar drei Gewichtsklassen Unterschied waren. Federgewicht statt Leichtgewicht.

»Nun, wenn ich an Ihrer Stelle wäre, und Sie wären mein Zeuge, würde ich die Aussagen sicher ähnlich genau prüfen.«

Horndeich sagte noch immer nichts. Auch Margot schwieg.

»Was würde ich wohl finden, wenn ich die Protokolle Ihrer Klicks im Internet zu lesen bekäme. So an einsamen Abenden, samstags, wenn Ihre Lebensgefährtin mit ihrer Freundin unterwegs ist? Sie surfen nur auf dem Server des BKA?«

Margot sah Horndeich an. Der wurde tatsächlich rot!

Gassion fuhr fort: »Ja. Ich besuche diese Seiten für meine Entspannung. Ich zahle dafür. Und nun klären Sie mich bitte auf: Ist das strafbar?« Ohne eine Antwort abzuwarten, sprach er weiter: »Ich habe es Ihnen nicht gesagt, aus dem gleichen Grund, aus dem Sie so etwas auch nicht zugeben würden: Niemand geht mit seinen Schwächen hausieren. Es gibt genau zwei Menschengattungen, zu denen ich absolut ehrlich bin: Das sind meine Ärzte und mein Pfarrer. Beide sind an die Schweigepflicht gebunden. Doch der Verschwiegenheit und Diskretion etwa eines Staatsanwalts kann ich mir nicht sicher sein. Nicht wirklich, oder?«

Der Rundengong ertönte, Gassion hatte seinen Monolog beendet, und Fliegengewicht Horndeich hatte ein blaues Auge.

Margot fragte sich, welche Internetseiten sich Rainer eigentlich so ansah. Oder Staatsanwalt Relgart, der gerade ins Spiel gebracht worden war. Was würde sie davon halten, wenn Rainer …? Und ihr Sohn, der etwa auch?

Horndeich übernahm wieder.

Margot und er hatten sich abgestimmt, dass er die ersten beiden Themenblöcke ansprechen würde und Margot dann die anderen.

»Nun, es ändert nichts an Ihrem Alibi. Internetseite ist Internetseite. Sie werden mir sicher gleich erzählen, dass Sie auch gestern Abend ebenfalls hier ›gearbeitet‹ haben.« Horndeich legte alle Süffisanz, deren er fähig war, in das vorletzte Wort.

»Da muss ich nicht einmal nach der Uhrzeit schauen: Ich wohne fast nur noch hier. Seit Marina tot ist, ist das Haus in Darmstadt so verdammt leer. Und das Bett zu groß. Ich war hier. Ich habe hier ›gearbeitet‹. Warum fragen Sie mich das jetzt? Ist wieder jemand ermordet worden? Hoffen Sie, dass ich diesmal kein Alibi haben könnte? Nach dem Motto: Frag den Gassion?«

»Nun, Ihre Glaubwürdigkeit ist inzwischen erheblich angekratzt. Auch hinsichtlich Ihrer Vergangenheit als Taxi- und Lastwagenfahrer. Gefahren sind Sie schon, aber hauptsächlich in Militärtransportern.«

»Wer behauptet das?«

Kurz vor dem nächsten Rundengong hatte Gassion einen Haken kassiert. Von Horndeichs Rechter. Obwohl er sich so sicher gewesen war, auf dessen Linke achten zu müssen.

»Pierre Gassion. Sollen wir Sie mit Ihrem korrekten Rang anreden, Lieutenant?«

Gassion schien kurz abzuwägen, ob er leugnen sollte. Doch das hätte ihm höchstens ein wenig Zeit verschafft. Zumal die Zugehörigkeit zur Fremdenlegion auch nicht strafbar war.

»Chapeau. Sie machen Ihre Hausaufgaben erstaunlich gut. Wenn mir jetzt eine Frage gestattet ist: Wo ist das Problem, dass ich bei der Fremdenlegion war?«

Nun übernahm Margot – und Gassion, der sich schon voll und ganz auf den einen Gegner eingeschossen hatte, schien überrascht, dass noch jemand in den Ring stieg. »Das Problem ist nicht, dass Sie in der Fremdenlegion waren. Das Problem ist, dass Sie uns das nicht gesagt haben. Und warum Sie dort überhaupt hingegangen sind.«

Margot legte den Ausdruck einer der Bildkopien aus dem Film auf den Tisch. Hans Bretz mit dem neuen Messer.

»Wer ist das?«, fragte Gassion.

»Herr Bretz, dieses Versteckspiel funktioniert nicht mehr.«

»Ich verstehe nicht. Wer ist das?« Er schauspielerte gut. »Und was ist das für ein Messer?«

Diesmal war es an Margot zu seufzen. »Herr Bretz. Es gibt jetzt zwei Möglichkeiten: Sie erzählen uns ganz freiwillig, was 1963 passiert ist. Die andere Möglichkeit: Wir nehmen Sie mit aufs Revier. Dort werden Sie sich den Oberkörper freimachen, und wir werden die Narbe auf Ihrem Bauch sehen, die Sie sich zugezogen haben, als sie zehn Jahre alt waren. Annika Sander, die Freundin Ihrer Tante, hat uns von dem Unfall erzählt, bei dem Sie mit dem Fahrrad gestürzt sind und sich den Lenker in den Bauch gerammt haben. Nur um Ihre Frage vorwegzunehmen: Wenn Sie uns dann immer noch sagen, dass Sie nicht Hans Bretz sind, der, der schon immer ein Faible für Messer hatte, als Kind und in der Legion, dann werden wir Ihre DNA mit der Ihrer Mutter vergleichen.«

»Dazu hätten Sie kein Recht.«

»Dazu hätten wir alles Recht der Welt«, versicherte Margot. »Denn wir werden morgen herausfinden, dass dieses Messer die Tatwaffe sein könnte, mit der Ihre Mutter ermordet wurde. Und dass Sie nach deren Verschwinden Deutschland verlassen und eine neue Identität angenommen haben, macht Sie für uns sehr verdächtig.«

»Meine Mutter wurde von einem Stadtstreicher erstochen!«

Margot legte zwei weitere Fotos auf den Tisch. Eines war der vergrößerte Ausschnitt eines weiteren Filmbildes, das andere ein Foto, das die KTU vor drei Jahren gemacht hatte. Beide Bilder zeigten einen Teppich. Auf dem einen war der aus der Wohnung der Bretz' zu sehen, auf dem anderen der, in dem Katharina Bretz' Leiche eingewickelt gewesen war.

Mit Gassions Reaktion hatte Margot nicht gerechnet. Über die rechte Wange des hoch dekorierten Exoffiziers der Fremdenlegion rann eine Träne.

Er verließ den Ring. »Sie können Ihren Technikern das Bildervermessen ersparen. Das Messer, das ich zu meinem siebzehnten Geburtstag geschenkt bekam, war ein Ka-Bar-Messer. Ein Kampfmesser. Die Amerikaner haben es im Zweiten Weltkrieg benutzt. Es war *das* Armeemesser schlechthin. Mein Vater hat es mir geschenkt. Und um Ihre dringendste Frage zu beantworten: Nein, ich habe meine Mutter nicht umgebracht. Ich wusste bis zu diesem Moment nicht, dass sie in *unseren* Teppich eingewickelt war. Damit gibt es nur noch zwei mögliche Täter: meinen Vater und meine Tante. Eigentlich nur einen: meine Tante. Dann hat derjenige, der sie im Jugendstilbad umgebracht hat, recht getan. Ich hole mir jetzt etwas zu trinken. Ich bin in einer Minute wieder da. Kann ich Ihnen etwas mitbringen?«

Margot schüttelte den Kopf. Horndeich ebenfalls.

Beide saßen angespannt auf ihren Stühlen. Wenn Gassion fliehen wollte, würde er es jetzt tun. Denn Mord verjährt nicht.

Er floh nicht. Er kam mit einem gut gefüllten Cognacglas wieder in den Garten.

»Sie können sich den Mief der Fünfziger nicht vorstellen. Wir hatten nichts mehr. Das Selbstbewusstsein der Menschen in Deutschland nach dem Krieg war gleich Null. Es gab natürlich ein paar, die immer noch dem Dritten Reich nachtrauerten. Aber die meisten, sie waren sich der Schuld bewusst, die das Land und seine Bürger auf sich geladen hatten.

Mein Vater, er war solch ein Fall. Meine Mutter auf ihre Art auch. Nur meine Tante, sie war eine gänzliche Frohnatur. Ich habe das alles erst sehr viel später verstanden und durchschaut. Damals, da lebte ich in einem sehr surrealen Bermudadreieck zwischen diesen drei Erwachsenen.

Aufbau. Das war das Wort der Stunde. Wir werden wieder wer. Mein Vater war Architekt. Machte sich um viele Bauten in Darmstadt verdient. Hat damals mitgewirkt am Zentralbad, als es in den frühen Sechzigern endlich renoviert wurde. In seinem Beruf war er eine Koryphäe. Im Privatleben war er ein feiger Versager. Ein Bein meines Vaters war etwas kürzer als das andere, deshalb haben sie ihn während des Krieges nicht gleich eingezogen. Später wurde er dann aufgrund seiner Fähigkeiten als kriegswichtig eingestuft, und so kam er um das sinnlose Schlachten herum.

Er traf meine Mutter in der Brandnacht, im Herrngarten. Überlebende. Das schweißt zusammen. Es war sicher keine große Liebe. Es war das Zusammendriften zweier Menschen, die in jener Nacht nahezu alles verloren hatten.

Mein Vater kannte meine Mutter nicht wirklich. Wäre es anders gewesen, er wäre gerannt. Heutzutage hätte man sie wahrscheinlich in einer psychiatrischen Klinik untergebracht.

Sie war schizophren. Ihr Tick war Jesus Christus. Und der ewige und unendliche Kampf gegen den Teufel.

Mein Vater, der hat es zuerst mit Argumenten und Gutzureden versucht. Aber er hat sie nie zu einem Arzt geschickt. Die Schande wäre zu groß gewesen. Und außerdem – was hätte er mit mir machen sollen? Meine Mutter versorgte mich. Und er arbeitete. Diese Art der überchristlichen Erziehung, sie war manchmal nicht einfach, das können Sie mir glauben.

Mein Vater fand einen Weg, mit der Situation klarzukommen: Er begann ein Verhältnis mit meiner Tante. Kaum war die achtzehn, umgarnte sie ihn, hat sich ihm quasi auf den Schoß gedrängt. Bald wurde es zum Normalzustand, dass er die Nächte bei ihr im Nachbarhaus verbrachte. Die Leute redeten, aber hinter vorgehaltener Hand. Als bekannter Architekt konnte er sich schon einiges herausnehmen. Und die älteren Männer beneideten ihn vielleicht sogar um die Konstellation: im Bett mit einer attraktiven Jüngeren, die Alte zu Hause, die den Sohn versorgte. Mein Gott, sie alle hatten doch keifende Weiber zu Hause. Meine Mutter schrie etwas öfter und etwas lauter – aber mein Vater hatte nicht die Kraft und den Willen, dem ein Ende zu machen.

Mit zehn änderte sich mein Leben. Nachdem ich meinen … meinen Unfall hatte, da entdeckte ich den Sport. Ich wollte wieder gesund werden. Ich wollte groß und stark werden. Und nachdem ich halbwegs genesen war, begann ich mit dem Training. Nach der Schule, am Wochenende. Ich lief mit dreizehn einen Halbmarathon – und kam nicht als Letzter an. Und mit fünfzehn lief ich den ersten richtigen Marathon. In der Schule konnte mir keiner was, weil ich einfach der Stärkste war. So entfloh ich meiner Mutter, eigentlich schon, als ich zwölf, dreizehn war.

An die Nacht, in der meine Mutter verschwand, erinnere ich mich auch heute noch ganz klar. Ich war am Nachmittag wieder zwanzig Kilometer gelaufen und fiel nur noch ins Bett, schlief wie ein Stein. Am Morgen kam mein Vater ins Zimmer und fragte nach meiner Mutter. Ich hatte keine Ahnung, wo sie war.

Ein Koffer fehlte.

Sie war schon ein paar Mal mit einem Koffer auf die Straße

gegangen. Immer mit dem Ziel, zu Jesus zu gehen. Wir führten sie immer wieder nach Hause, mal unter mehr, mal unter weniger Protest.

Insofern wunderte ich mich nicht. Und ich war auch nicht besonders traurig. Ich fragte meinen Vater auch nach dem Teppich. Er sagte, er habe am Abend ein Glas Rotwein verschüttet. Der Teppich war ohnehin schäbig, mit Löchern, er sagte, da habe er den Rotweinfleck zum Anlass genommen, das Ding wegzuschmeißen. Er wollte noch am selben Tag einen neuen kaufen. Was er auch tat.«

»Und Ihnen kamen keine Zweifel an der Geschichte?«

»Nein. Ich kannte die Anfälle meiner Mutter. Und dass jemand sie überfallen haben könnte, während sie mitten in der Nacht durch die Stadt irrte, auf der Suche nach Vergebung und Jesus Christus, das konnte ich mir gut vorstellen. Die Polizei kam damals, vernahm uns alle, auch die anderen Bewohner des Hauses. Ich versuchte, das einfach zu ignorieren, auch das Gerede der Leute. Die natürlich tuschelten, dass mein Vater und meine Tante bestimmt froh über das Verschwinden meiner Mutter waren. In den Wochen darauf merkte ich, wie recht sie damit hatten: Susanne zog quasi bei uns ein. Ordinär und vulgär war sie. Kam oben ohne aus dem Bad, um direkt ins Schlafzimmer zu laufen, wo mein Vater schon wartete. Es war ekelhaft.

Susanne machte auch keinen Hehl daraus, dass sie mich für überflüssig hielt. Ich sei alt genug, auf eigenen Beinen zu stehen. Sie legte mir mehrmals nahe zu gehen. Nur wusste ich nicht, wohin. Bis ich diesen Bericht über die Fremdenlegion las. Und mich am 9. Oktober auf den Weg machte. Per Autostopp. Mit einem Rucksack und fünfzig geklauten Mark. Und ich wusste, dass Hans Bretz nie wieder zurückkommen würde.

Das ist meine Geschichte.«

»Und das Messer? Haben Sie es mitgenommen?«

»Nein. Ich nahm nur ein bisschen Wäsche mit, ein wenig Hartwurst und eine Thermoskanne, in die ich Susannes Kaffee füllte.«

»Warum haben Sie damals Ihren Namen geändert?«

»Ich wollte ein neues Leben beginnen, gänzlich mit meiner Vergangenheit abschließen. Hans Bretz – das war ein armer

Hund. Paul Gassion – der hat es zu was gebracht. Es gab für mich keinen Grund, meinen alten Namen wieder anzunehmen, zumal ich gerade in Darmstadt nicht mehr Hans Bretz sein wollte.«

»Warum kamen Sie überhaupt nach Darmstadt zurück?«, fragte Margot. »Susanne und Ihr Vater – Sie mussten doch annehmen, dass die beiden auch noch hier wohnten?«

»Wissen Sie, ich bin viel in der Welt herumgekommen. Ich hatte gute Zeiten, ich hatte schlechte. Als junger Mensch dachte ich, ich sei auf der ganzen Welt zu Hause. Doch ich begann, mich nach einer Konstanten zu sehnen, nach Familie und so. Frauen, die gab es genug. Aber ich wollte eine Familie gründen. Ich bekam ja eine neue Identität, als hoch dekorierter Legionsoffizier hätte ich mich überall in Frankreich niederlassen können. Mit der Pension wäre ich auch gut über die Runden gekommen. Aber wissen Sie was? Immer, wenn ich an den Ort dachte, an dem ich leben wollte, da kam mir nur ein Bild in den Sinn.«

»Die Mathildenhöhe«, parierte Horndeich automatisch.

»Nein.« Gassion lachte auf. »Es war der Turm des Jugendstilbads. Den hatte ich mein ganzes Leben lang vom Bett meines Zimmers aus gesehen. Deshalb wollte ich zurück nach Darmstadt. Aber nicht mehr als Hans Bretz. Sondern als Paul Gassion.«

»Und Sie hatten keine Angst, dass Sie jemand erkennen könnte?«, fragte Margot.

»Sehen Sie sich das Bild auf dem Tisch an. Und dann mich. Erkennen Sie, dass das ein und dieselbe Person ist? Auch als Dreiundvierzigjähriger sah ich dem Paul Gassion von heute deutlich ähnlicher als dem Hans Bretz von damals. Nein. Die Angst hatte ich nicht. Und Sie sind auch die Ersten, die mich in den vergangenen einundzwanzig Jahren enttarnt haben. Chapeau, wie gesagt.«

»Und dann?«, wollte Margot wissen. »Ich meine, Susanne Bretz hat Ihr Unternehmen beauftragt, sie herumzukutschieren. Wann haben Sie Susanne Bretz wiedergesehen?«

Gassion trank den letzten Schluck von seinem Cognac. »Ich habe mich bereits 1988, als ich zurückkam, erkundigt, ob mein Vater noch lebt. Ich musste feststellen, dass er tot war und meine

Tante – inzwischen meine Stiefmutter – allein lebte. Ich hatte mit ihr überhaupt nichts zu tun, bis mich meine Sekretärin darüber informierte, dass eine Kundin darauf bestand, nur in bar zu bezahlen. Als ich den Namen las, war mir klar, dass der Zufall uns wieder zusammengeführt hatte. Sie war meine Tante – ich wusste nichts von dem Teppich –, und ich dachte, vielleicht kann ich ihr aus dem Hintergrund heraus noch etwas Gutes tun. Sie zahlte bar. Ich ließ es nicht in die Bücher einfließen – verhaften Sie mich deswegen, das ist ein Geständnis. Dann lernte sie meine Frau kennen, ein weiterer dummer Zufall. Aber das war es dann auch schon. Sie hat mich nie erkannt.«

»Das alles sollen wir Ihnen glauben?«, fragte Horndeich skeptisch.

»Beweisen Sie mir das Gegenteil«, entgegnete Gassion, und sein Tonfall war kälter als Trockeneis.

Horndeichs Handy dudelte. Er nahm das Gespräch an. Nickte. Sagte nichts.

Als sie sich von Gassion verabschiedet hatten, sagte er im Wagen zu Margot: »Sandra hat die Telefonliste von Jana Gruber gecheckt. Es gibt eine ganz neue Entwicklung.«

Sie waren mit zwei Wagen angerückt. Relgart hatte den Durchsuchungsbefehl unterzeichnet, nachdem Sandra beim Abgleich der Handydaten darauf gestoßen war, dass Markötter mit Jana Gruber telefoniert hatte – mehrmals. Es war der Tropfen, der das Fass zum Überlaufen brachte. Denn auch Ines' Fleißarbeit der vergangenen Tage hatte fast zeitgleich Früchte getragen, die die Schlinge um den Hals von Ferdinand Markötter langsam aber sicher zuzuziehen drohte. Ein Kollege des BKA hatte ihr ein Dossier über Markötter zugeschickt.

Ferdinand Markötter saß in der Küche und machte ganz und gar den Eindruck, dass er keinerlei Ahnung hatte, weshalb fünf Beamte gerade seine Wohnung auf den Kopf stellten.

Sandra befragte ihn. Ines Milbach hielt sich im Hintergrund. Und Horndeich und Margot sahen dem Ganzen nur im Türrahmen stehend zu.

»Herr Markötter, in was für einem Verhältnis standen Sie zu Jana Gruber?«

»Jana wie? Ich kenne keine Jana Irgendwen. Ich kenne überhaupt keine Jana.«

»Jana Gruber wurde heute früh tot aufgefunden. Ermordet. Und wir haben die Verbindungsdaten Ihres Handys überprüft. Dreimal haben Sie Jana Gruber innerhalb der letzten zwanzig Tage angerufen. Dreimal hat sie zurückgerufen.«

»Ich kenne keine Jana. Punkt.«

»Warum haben Sie sie dann angerufen?«

»Ich habe keine Jana angerufen, weil ich keine Jana kenne!«

Margot wusste, dass Sandra erst am Anfang war. Innerhalb eines Tages hatten sie eine ganze Menge an Indizien zusammengetragen, die Markötter immer mehr verdächtig machten, der irre Killer vom Jugendstilbad zu sein. Und nach wie vor hatte er für keinen der drei Morde ein wasserdichtes Alibi.

»Herr Markötter, noch mal zum Mitschreiben.« Sandra legte eine Liste vor ihn auf den Tisch. »Vor zwanzig, vor achtzehn und vor dreizehn Tagen haben Sie Jana Gruber angerufen. Von Ihrem Handy aus. Und jedes Mal hat sie Sie innerhalb einer Stunde zurückgerufen. Montag, Donnerstag und wieder Montag.«

Markötter starrte auf die Liste. Dann goss er sich ein Glas Wasser ein. Und er machte keinerlei Anstalten, seinen Gästen ebenfalls etwas anzubieten. »Ach, *die* war das.«

»Welche ›die‹?«

»Hören Sie, da hat mich eine völlig Unbekannte angerufen und behauptet, ich hätte zuvor *sie* angerufen. Ich entschuldigte mich, meinte, da hätte ich wohl irgendwie aus Versehen die falschen Tasten gedrückt. Wenige Tage später war sie wieder dran, sagte, ich hätte schon wieder bei ihr angerufen. Ich hatte keine Ahnung, wovon sie sprach, dachte, da hat vielleicht der Mobilfunkprovider Mist gebaut. Wieder ein paar Tage später staucht sie mich am Telefon regelrecht zusammen, ich solle das gefälligst lassen, ich sei ein Stalker, sie werde mich anzeigen und lauter so ’n Mist. Ich bin daraufhin mein Anrufprotokoll durchgegangen. Im Handy hatte ich keinen Anruf zu dieser ominösen Unbekannten verzeichnet. Mir war das schon richtig unangenehm. Nun, danach hat sie sich nie wieder gemeldet. Ich weiß nicht mehr, wie sie hieß. Ich erinnere mich nur noch, dass es eine

Nummer war, die mit 0160 begonnen hat. Vielleicht hat jemand anderes mit meinem Handy telefoniert und den Anruf danach sofort aus dem Protokoll gelöscht – ich weiß es nicht.«

Margot löste sich aus dem Türrahmen, trat an den Tisch, nahm sich die Liste. Es stimmte, die Nummer von Jana Gruber begann mit 0160. Log Markötter, ohne rot zu werden? Oder wusste er wirklich von nichts?

»Fahren wir fort.« Sandra nickte Ines zu.

Die stand auf und platzierte sich vor Markötter, einen aufgeschlagenen Schnellhefter in den Händen, darin die Ausdrucke des zugesandten Dossiers. Der große Vorteil der Kollegen des Bundeskriminalamts war, dass sie in länderübergreifenden Kategorien dachten. Und handelten. Ihr Kollege hatte Informationen aus mehreren Bundesländern zusammengetragen, und es hatte sich gezeigt, dass Markötter mehrfach vorbestraft war, nur nicht in Hessen. Immer wenn er verurteilt worden war, standen in der jeweiligen Akte noch Vermerke über Delikte, die aus aktuelleren Akten gestrichen waren, die aber damals noch nicht das Verfallsdatum erreicht hatten.

Nun, so eine Akte, sie machte zunächst mal Eindruck. Ines hatte das gesamte Material per E-Mail zugesandt bekommen, hatte es ausgedruckt und abgeheftet. Eine Akte, die schon aufgrund ihres Umfangs Ehrfurcht erzeugte.

»Herr Markötter. Bitte erzählen Sie uns von Ihrer Verurteilung vor vier Jahren wegen Körperverletzung.«

Markötter ließ den Kopf theatralisch in seine Handflächen sinken. »Mein Gott, ich bin dafür verurteilt worden. Ich habe ein Jahr abgesessen. Was soll das jetzt wieder?«

»Sie haben einen Mann im Hallenbad fast ertränkt. Mit Verlaub, das ist für unsere aktuellen Ermittlungen durchaus von Belang.«

»Ich habe ihn nicht *ertränkt*. Ich habe ihn auch nicht *fast ertränkt*. Ich habe Roland eine reingesemmelt und ihn ins Wasser getunkt.«

»Nun, in den Akten liest sich das etwas anders. Sie hätten Roland Herzbergers Kopf unter Wasser gehalten, sodass er keine Luft mehr bekam. Seine Schwester sei anwesend gewesen, sie habe Sie zur Seite gestoßen und damit wahrscheinlich das

Leben des Geschädigten gerettet. Körperverletzung. Ein Jahr ohne Bewährung. Was sagen Sie dazu?«

Markötter sah Ines Milbach an, und sein Blick wurde eiskalt. »Ich kann Ihnen nur das sagen, was ich damals auch vor Gericht gesagt habe: Roland Herzberger hatte sich an meine Freundin rangemacht. Ich war damals im Hallenbad in Ludwigshafen angestellt. Roland war ein Kumpel. Übrigens stets pleite. Ich glaube heute noch, dass das alles von Anfang bis Ende eingefädelt war. Er kam auf mich zu und fragte mich, ob Sonja – so hieß die Freundin – bei mir auch dreimal die Nacht komme. Sonja hatte mich verlassen, und zwar für diese Nulpe von Idioten. Ich wollte mich nicht provozieren lassen. Roland setzte noch eins drauf und sagte: ›He, sie hat gesagt, dass sie bei dir überhaupt nie gekommen ist.‹ Da setzte es bei mir aus. Ich meine, Sonja und ich, wir hatten über Kinder gesprochen, Ehe, gemeinsame Zukunft. Sie kam mich später einmal im Knast besuchen und sagte mir, dass all das, was Roland da von sich gegeben hatte, nur Blödsinn gewesen ist. Der Tag, an dem er ins Hallenbad gekommen war, da waren sie schon nicht mehr zusammen.«

»Und? Haben Sie ihn nun fast ertränkt?«

»Blödsinn. Er stand neben dem Kinderbecken. Ich habe ihn da reingestumpt. Und ihn dann ins Wasser getunkt. Genau in dem Moment kam auch schon seine Schwester angerauscht. Bis dahin hatte wohl niemand etwas davon mitbekommen. Aber Tanja, die Schwester, sie jaulte auf wie ein Hund, kreischte: ›Er bringt ihn um!‹ Roland war vielleicht zehn Sekunden unter Wasser. Dann tauchte er auf und schauspielerte. Er tat, als ob seine Lunge geflutet sei, spuckte Wasser, schrie, ruderte mit den Armen. Die Aufmerksamkeit des ganzen verdammten Schwimmbads war ihm gewiss. Er hat gesagt, dass ich ihn unter Wasser gedrückt habe, bis er fast die Besinnung verloren habe. Das Gleiche erzählte Tanja. Und nach dem Trubel und dem Geschrei gab es auch noch drei Frauen, die diesen Quatsch bestätigten. Das war's. Der Richter hielt ihre Version für wahr. In einem Zivilprozess musste ich noch zweitausend Euro Schmerzensgeld abdrücken. Ich bin voll verarscht worden.«

Ines Milbach nickte. Dann blätterte sie weiter. »Noch mal

acht Jahre zurück. Da hatten Sie und ein Kumpel mächtig Spaß mit einem geklauten Fahrzeug.«

Markötter grinste. »Die Vespa. Au weia.« Dann wurde er wieder ernst. »Auch dafür habe ich bezahlt. War noch Jugendstrafe. Hundert Stunden Sozialarbeit. War okay. Ich hab im Stadtpark in Stuttgart Müll eingesammelt und die Wege gepflegt. War eine gute Erfahrung.«

»Wofür haben Sie diese Strafe erhalten?«

»Lady, das haben Sie doch dort schwarz auf weiß vor sich. Mein Kumpel und ich – der hat übrigens nur fünfzig Stunden gekriegt, weil man mich als den Anführer betrachtet hat –, wir beide haben ein Vespacar geknackt. Wir haben es kurzgeschlossen und sind dann – sturzbetrunken – durch die Stuttgarter Fußgängerzone gegurkt. Fanden es total witzig, bis an einem Baum Schicht war. Wir hatten noch Glück. Wir lagen lachend und giggelnd auf dem Boden, bis die Jungs in Grün kamen und uns einkassiert haben. Ende der Geschichte, Beginn des Prozesses. Ich habe übrigens auch die viertausend Mark Schadensersatz abgestottert. Alles beglichen. Ich bin nicht stolz drauf. Aber ich hab dafür bezahlt. Was, zur Hölle, wollen Sie eigentlich von mir?«

»Wir wundern uns nur ein wenig darüber, dass beide Todesopfer von Sonntag und Donnerstag ebenfalls ertränkt worden sind«, sagte die Milbach. »Dass Sie das erste Todesopfer beerben. Dass die letzten SMS zu Todesopfer Nummer zwei von Ihrer – angeblich gestohlenen – SIM-Karte geführt wurden. Dass die Inszenierung des Schweinetods im Herrngarten mit einem gestohlenen und kurzgeschlossenen Vespacar durchgeführt wurde. Und dass Sie auch mit Todesopfer Nummer drei telefoniert haben. Von Ihrem Handy aus, *bevor* Ihnen die SIM-Karte angeblich geklaut wurde. Das ist für mein und unser Empfinden ein bisschen viel an Zufall.«

Markötter stand auf. »Wissen Sie was? Ich habe Ihnen alles erzählt, was ich weiß, habe Ihnen meine Sicht der Dinge geschildert. Entweder Sie glauben, dass ich lüge. Dann nehmen Sie mich mit. Ich werde einen Anwalt anrufen und dreißig Minuten danach wieder draußen sein. Oder Sie glauben mir. Da will mich irgendjemand ganz, ganz übel reinlegen. Keine

Ahnung, wer so viel über mich weiß, dass er so was inszenieren kann. Aber … ich – war – es – nicht.« Zum Schluss betonte er jedes Wort.

Ines sagte nichts mehr, und auch Sandra schwieg.

»War es das jetzt?«

Keine Antwort. Stattdessen ein Ruf aus dem Wohnzimmer: »Frau Hesgart, könnten Sie bitte mal kommen?«

Margot folgte dem Ruf. Ein uniformierter Polizist hielt ein aufgeschlagenes Buch in den Händen. Er trug Latexhandschuhe.

»Was ist das?«

»Eine Bibel. Sie war hinter den anderen Büchern versteckt.«

Margot sah auf die aufgeschlagene Seite. Einige Zeilen waren mit gelbem Textmarker hervorgehoben.

Margot streifte sich ebenfalls Handschuhe über, nahm das Buch und las die markierten Zeilen:

> *16,3 Und der Zweite goss seine Schale aus auf das Meer; und es wurde zu Blut wie von einem Toten, und jede lebendige Seele, was auch im Meer war, starb.*

Sie blätterte zurück. Und fand eine weitere markierte Stelle.

> *5,11 Es war aber dort an dem Berg eine große Herde Schweine, die weidete. 5,12 Und sie baten ihn und sagten: Schicke uns in die Schweine, damit wir in sie hineinfahren. 5,13 Und er erlaubte es ihnen. Und die unreinen Geister fuhren aus und fuhren in die Schweine, und die Herde stürzte sich den Abhang hinab in den See, etwa zweitausend, und sie ertranken in dem See.*

Es waren genau die Bibelstellen, die der Wassermörder für seine Bekennerschreiben verwendet hatte. Margot blätterte die Bibel im Schnelldurchlauf durch und fand noch weitere Markierungen, die sich alle in abgeänderter Form in den Briefen wiederfanden. Sie ging in die Küche. Legte die Bibel auf den Tisch.

»Was ist das?«, fragte Marktötter irritiert.

»Das dürfen Sie uns erklären.«

»Das ist nicht meine Bibel. Ich besitze überhaupt keine Bibel. Was soll das?«

»Warum haben Sie diese Stellen markiert?«, fragte Margot und schlug jene Seite auf, auf der die Textstellen aus der Sintflut-Geschichte angemarkert waren.

»Ich habe nichts markiert. Denn das ist nicht mein Buch.«

In diesem Augenblick tauchte ein weiterer Kollege in der Küche auf. »Ich komme gerade aus dem Keller.«

In der Hand hielt er eine Schrotflinte.

»Und die gehört bestimmt auch nicht Ihnen?«

Markötter stammelte: »Nein.« Und Entsetzen stand in sein Gesicht geschrieben.

»Wissen Sie was, Herr Markötter? Das dürfen Sie morgen dem Haftrichter erklären«, entschied Margot. »Ich nehme Sie fest unter dem dringenden Verdacht, Susanne Bretz, Marina Gassion und Jana Gruber ermordet zu haben. Ferner lege ich Ihnen zur Last, ein Schwein gestohlen und getötet, einen Hund mit dieser Schrotflinte erschossen und die Fische in den Fischteichen vergiftet zu haben. Zudem beschuldige ich Sie des Diebstahls eines städtischen Vespacars, der Beschädigung städtischen Eigentums am Woog und ...« Ihr fiel nichts mehr ein. »Nun, ich denke, das langt fürs Erste. Kommen Sie mit.«

Zwei Beamte geleiteten Markötter aus der Wohnung und zu einem der Polizeiwagen.

»Ich für meinen Teil habe genug für heute«, sagte Margot. »Ich gehe jetzt nach Hause.«

Ines nickte, meinte dann: »Bis morgen. In alter Frische. Mal sehen, was Markötter sagt, wenn wir ihm so richtig auf den Zahn fühlen.«

Als Sandra und Horndeich allein im Raum waren, herrschte für einen Moment peinliche Stille.

»Du warst gut«, meinte Horndeich. »Liegt dir, das mit den Verhören.«

»Ach«, meinte Sandra abwertend, »ich kann besser mit Rechnern.«

»Also heute Abend?«

Sandra schüttelte den Kopf. »Nein. Heute muss leider ich

unser Treffen verschieben. Ich habe vorhin einen Anruf bekommen. Ich kann heut nicht.«

Horndeich nickte, nicht halb so entspannt, wie er sich gab. Er ärgerte sich über ihre Absage. Aber vielleicht hatte Sandra auch seine Absage gestern nicht witzig gefunden.

»Schon gut«, sagte er nonchalant.

»Wir sehen uns morgen«, meinte Sandra. Und als sie die Küche verließ, drückte sie ihm einen Kuss auf die Wange. Verstehe einer die Frauen, dachte Horndeich.

Horndeich machte einen Spaziergang, streifte durch die Stadt Richtung Schloss. Es war angenehm, durch die milde Abendsonne zu schlendern.

Er hätte zufrieden sein können. Sie hatten einen gemeingefährlichen Serienkiller dingfest gemacht. Natürlich wollte der die Indizien, die gegen ihn vorlagen, mit aller Macht entkräften. Die SIM-Karte sei ihm geklaut worden, die Bibel gehöre nicht ihm, die Flinte ohnehin nicht. Wahrscheinlich würde man in seiner Wohnung oder im Keller auch noch Spuren von Zyankali entdecken. Oder Tauchutensilien.

Und dennoch – bei Horndeich wollte sich einfach nicht das gute Gefühl einstellen, das er sonst verspürte, wenn ein Fall gelöst war. Er war sich nicht sicher, ob sie wirklich den richtigen Mann hatten. Zumal ihm die Motive dünn erschienen. Tod wegen Erbschaft? Tod, weil man von der Geliebten versetzt wird? Vielleicht im Affekt, aber nicht derart geplant.

Horndeich ertappte sich bei einem Seufzer. Er würde morgen darüber nachdenken. Nicht mehr an diesem Abend.

Als er auf dem Marktplatz ankam, überlegte er, ob er nicht im Ratskeller ein Bier trinken sollte. Die traditionsreiche Kneipe braute sogar noch ihr eigenes. Tische und Bänke standen im Freien.

Und an einem der Tische saß Sandra.

Nicht allein.

Mit einem Mann.

Wohl dem Rosenkavalier.

Horndeich sah nur kurz hin.

Das wollte er nicht sehen.

Das musste er nicht sehen.

Er dachte an den gestrigen Abend mit Anna.

Hatte er etwas falsch gemacht? Hätte er es nicht doch noch mal mit Anna Kalenska versuchen sollen?

Noch einmal sah er zu Sandra, die über das ganze Gesicht strahlte. Jenes Lachen, das er so liebte.

Nein, er hatte nichts falsch gemacht. Er dankte für das Treffen mit Anna. Das ihm so viel klargemacht hatte.

Dann griff er zum Handy. Und rief Ines Milbachs Nummer an.

Wenigstens den Sonntagabend konnte sie zu Hause verbringen. Bei ihrer Familie. Ihrer zum Großteil neuen Familie.

Richtig harmonisch.

Che lag zu ihren Füßen.

Rainer hatte gekocht, etwas mit Fisch. Margot wollte es nicht richtig schmecken, obwohl er sich sicherlich viel Mühe damit gemacht hatte. Nur hatte er damit die völlig falsche Wahl getroffen. Ständig musste sie an den Teich denken, in dem die Fische mit den aufgeblähten weißen Bäuchen nach oben geschwommen waren, und an den Gestank der Buttersäure im Wasser. Dass Rainer das so einfach weggesteckt und offenbar gar nicht mehr daran gedacht hatte, als er das Abendessen vorbereitet hatte, war ihr unverständlich.

Dorothee erzählte während des Essens von ihrem gestrigen Ausflug nach Frankreich zu diesem netten Alten, der nur Französisch gesprochen hatte. Dennoch habe sie sogar das meiste verstanden, sagte sie stolz. »Du hast echt nette Kolleginnen«, fügte sie noch an und meinte damit offenbar Ines Milbach.

Rainer entschuldigte sich, dass er schon wieder den halben Tag an der Uni verbracht habe.

Dann berichteten beide abwechselnd davon, dass sie gemeinsam den Darmstädter Zoo »Vivarium« besucht hatten. Dorothee schüttete sich aus vor Lachen, während sie erzählte, dass die Schneeeule, kaum dass sie Rainer gesehen habe, die Augen aufgerissen und im nächsten Moment den Kopf um hundertachtzig Grad nach hinten gedreht hatte. Rainer habe das richtig persönlich genommen.

Der dementierte heftig, er würde doch die Instinktreaktion eines Vogels nicht auf seine Person beziehen – und berichtete voller Stolz davon, wie er Dorothee davor gerettet hatte, vom Lama angespuckt zu werden. Er habe sie genau zwei Sekunden vor der Spuckattacke zu mehr Abstand ermahnt.

Schien ein prima Tag gewesen zu sein – für die Mitglieder der Familie, die sich nicht um irgendwelche Leichen zu kümmern hatten …

»Und dann hat meine Dorothee eingesehen, dass sie doch besser das Abi macht und morgen zur Schule geht.«

Margot schaute Rainer aus großen Augen an.

Noch bevor sie den Blick auf Dorothee richten konnte, rammte diese ihr die Schuhspitze gegen das Schienbein. Sie verpasste Che dabei einen unsanften Tritt, weil er im Weg gelegen hatte. Quietschend schoss der Hund unter dem Tisch hervor.

»Was hat der denn?«, fragte Dorothee schlagfertig.

Er mag keine Lügen, dachte Margot, sagte aber nichts. Morgen war auch noch ein Tag, um die frisch gewonnene Harmonie wieder zu zerstören …

»Ist schön hier«, meinte Ines Milbach.

Sie saß unter einer großen Kastanie, hatte ein frisch gezapftes Bier vor sich stehen, von dem sie nun nippte.

Horndeich nahm ebenfalls einen großen Schluck aus seinem Glas.

»Ja, ist richtig urig, sozusagen.« Horndeich liebte den Biergarten an der Dieburger. Vor dreieinhalb Jahren hatten sie in den Felsenkellern, die die Darmstädter nur die »Katakomben« nannten, eine weibliche Leiche gefunden. Im Sommer darauf war er dann öfter hier gewesen, gemeinsam mit Anna …

Er kam in seinem Privatleben derzeit nicht wirklich klar, also war es vielleicht besser, über die Arbeit zu reden. Deshalb hatte er sich auch mit der Profilerin getroffen. Wenn die Computerkompetenz mit dem Rosenkavalier flirten musste, dann konnte wenigstens er an der Aufklärung dieser verdammten Morde arbeiten.

»Der Fall«, sagte Horndeich, »er bereitet mir Kopfzerbrechen. Was ist Ihre Meinung? Ich meine jetzt nicht all die Indizien. Ich meine das Bauchgefühl. Ich weiß, als Profilerin sind Sie mehr als alle anderen darauf angewiesen, dürfen aber umso weniger darauf geben. Deshalb jetzt auch ganz inoffiziell: Was ist Ihre Meinung?«

»Steffen, Steffen, Sie locken mich damit in eine Mördergrube. Was zählt meine Meinung? Nichts. Indizien und Beweise, das sind auch die Dinge, an die wir Profiler uns zu halten haben.«

»Ines, ich frage dich … Ich frage Sie einfach nur nach Ihrer Meinung. Nach nichts anderem.«

»Was ist deine Meinung?« Sie ging einfach zum »Du« über und machte kein Aufsehen darum.

»Ich bin mir … unschlüssig«, gestand Horndeich. »Der Polizist in mir sagt, dass der Marktkö … ich meine, dass Markötter kein einziges Alibi hat. Dass er auf jedes Indiz mehr als hilflos reagierte. Aber ich traue ihm nicht wirklich zu, all das so genau und mit solcher Finesse geplant und durchgeführt zu haben. Ja, er weiß, wie man eine Vespa kurzschließt. Aber bitte, das kann auch jeder halbwegs intelligente Viertklässler in zehn Minuten lernen. Und wenn das mit seiner geklauten und missbrauchten SIM-Karte stimmt, dann kann ihm auch jemand eine Bibel und ein Schrotgewehr unterschieben. Gassion hingegen – er hat die Intelligenz und als ehemaliger Soldat auch die Disziplin, solche perfiden Pläne zu schmieden und bis ins Detail durchzuziehen. Er ist militärisch ausgebildet, und ich bin ziemlich sicher, dass Jana Gruber mit einem Nahkampfgriff getötet wurde. Das spräche für Gassion. Hinrich wird uns das morgen sagen, aber er machte ja schon heute eine Bemerkung in diese Richtung.

Doch Gassion hat ein Alibi, wie schlüpfrig es auch immer sein mag. Also tendiere ich derzeit zu dem großen Unbekannten. Er muss beide gut kennen, Markötter und Gassion. Ich kann mir sogar vorstellen, dass der Täter mit Gassion gemeinsame Sache macht. Gassion sitzt in seinem Wochenendhaus, klickt eine Pornoseite nach der anderen an und hat – mit Verlaub – nicht mal eine Erektion, weil er weiß, dass derzeit gerade Menschen in seinem Auftrag umgebracht werden. Das kann ich mir gut vorstellen.

Aber das erklärt nicht, weshalb Jana Gruber sterben musste.

Und die Motive, die er hinsichtlich der anderen Opfer gehabt haben könnte, überzeugen mich auch nicht wirklich. Klar, seine Frau hat ihn betrogen. Aber warum Susanne Bretz? Denkt er wirklich, dass die seine Mutter auf dem Gewissen hatte? Dann hätte er in den vergangenen zwanzig Jahren genug Zeit gehabt, sie umzubringen. Und Jana Gruber ... wie gesagt, das verstehe ich überhaupt nicht.

Und da ist wieder Markötter, der anscheinend zu allen dreien eine Verbindung hatte. Und er hat Jana Gruber angerufen, schon über zwei Wochen, bevor ihm angeblich die SIM-Karte gestohlen wurde. Ich bin einfach ratlos und fühle mich ein bisschen wie ein Hamster im Rad: Immer, wenn der das Gefühl hat, nicht wirklich voranzukommen, dreht er sich um und rennt wieder in die andere Richtung ... «

Ines trank einen Schluck, dann stellte sie das Glas wieder vor sich ab und sagte: »Du hast eigentlich schon alles gesagt, was die konkreten Personen angeht. Markötter, Gassion – die sehe ich genau wie du. Mir geht nur noch ein anderer Aspekt durch den Kopf.«

»Und der wäre?«

»Die Inszenierungen unseres Täters sind fast perfekt. Allein die Flucht aus dem Herrngarten. Der Mann hat die ganzen Poller im Vorfeld aus dem Weg geräumt. Er ist bewusst mit seinem Vespacar ins Wasser gefahren, ist danach den Weg bis zum Parkplatz getaucht. Er hat vorher ein Schwein geklaut, einen Hund erschossen, nur um dieses blöde Schauspiel aufzuführen. Welch ein Aufwand.«

»Was willst du damit sagen?«

»Der, hinter dem wir in Wirklichkeit her sind, will uns vielleicht nur glauben machen, wir hätten es mit einem irren Serienkiller zu tun. In Wahrheit wollte er genau diese drei Menschen umbringen, die seinem Treiben zum Opfer fielen. Er tötet nicht wahllos. Dennoch – das mit dem Wasser ist kein Fake, das muss irgendeine Bedeutung haben. Und da ist auch irgendein Bezug zur Bibel.«

»Unser Killer ist bibelfest?«

»Muss er nicht sein. Aber er hat seine Erfahrungen mit der Bibel gemacht.«

»Keine positiven.«

»Offensichtlich nicht. Aber wenn ich mit dieser Theorie – und mehr ist es noch nicht, das musst du bedenken –, wenn ich damit richtig liege, dann ist Gassion genauso Opfer wie Markötter, und der Täter kennt die beiden ganz genau. Damit meine ich nicht persönlich. Er muss sie nur studiert haben.«

»Vielleicht.«

»Ja. Vielleicht.«

»Kennst du den Mann, der Sandra immer die Rosen schickt?«, fragte Horndeich auf einmal ganz unvermittelt. Und verfluchte sich selbst dafür. Er hatte diese blöde Frage nicht stellen wollen.

Er schaute auf das leere Bierglas. Der halbe Liter Bier hatte nicht nur seine Zunge gelöst, sondern auch einige Schranken in seinem Gehirn geöffnet.

»Steffen, Steffen. Diese Frage kann und will ich dir nicht beantworten. Die musst du Sandra stellen. Und zwar besser morgen als übermorgen.«

Montag

Margot schlürfte ihren Kaffee. Vor ihr auf dem Schreibtisch hatte sie Ausdrucke aus dem Film liegen, den sie in Susanne Bretz' Haus gefunden hatte. Großaufnahmen des Messers und des Teppichs. Sie tippte eine Mail an Hinrich, in der sie das Messer beschrieb und einige Fotos als Datei anhängte. Sie fand auch im Internet Informationen über das legendäre Ka-Bar-Messer mit den genauen Abmessungen. Vielleicht konnte Hinrich ja sagen, ob das Messer als Tatwaffe in Betracht kam oder ob es auszuschließen war.

Sie klickte auf »Hohe Priorität« – obwohl sie sicher war, dass wahrscheinlich jede E-Mail an den Gerichtsmediziner als besonders wichtig gekennzeichnet war. Dennoch – sie wollte ja nicht gleich ganz nach hinten in der Bearbeitungsliste rutschen, nur weil sie die Markierung *nicht* machte. Dann verschickte sie die Mail.

In diesem Moment klopfte eine rothaarige junge Frau an den Türrahmen. »Frau Hesgart?«, fragte sie.

»Ja?«

Das Gesicht der jungen Dame war blass, und ihre Augen verrieten, dass sie geweint hatte. »Simone Kodian. Ich bin ... ich *war* die beste Freundin von Jana.«

»Kommen Sie herein, nehmen Sie Platz. Schön, dass Sie gleich kommen konnten.«

»Ich war über das Wochenende bei meinen Eltern. Gestern Abend haben mich Ihre Kollegen angerufen. Da bin ich. Wissen Sie schon, wer Jana ermordet hat?«

Margot bedeutete Simone, sich auf den Besucherstuhl zu setzen. »Nein. Deswegen ist es wichtig, dass wir mehr über sie erfahren. Wir wissen nicht viel über Janas Freundeskreis. Gab es dort irgendwelche Probleme? Oder wissen Sie, ob Jana in Schwierigkeiten steckte? Wir vermissen ihren Rucksack und ihr Netbook – können Sie uns dazu etwas sagen?«

Simone Kodian hängte ihre Jacke über die Lehne, bevor sie sich auf dem Stuhl niederließ. »Ihr Freundeskreis war nicht sehr groß«, sagte die junge Frau. »Sie war mit Matthias von Wallburg zusammen. Schon eine Weile. Ich denke, sie haben nicht so gut zusammengepasst. Jana war sehr introvertiert, Matthias hingegen ist eher oberflächlich. Aber vielleicht hat das dann doch gar nicht so schlecht gepasst, weil er nicht der Typ war, der ständig alles ausdiskutieren wollte und musste. Ansonsten ... Nun, sie hat viel gearbeitet. Sie musste sich das Studium selbst finanzieren. Sie hat gekellnert und auch sonst immer noch mal hier und da einen Job angenommen. Ich habe da selbst nie ganz durchgeblickt. Aber außer mir und Matthias – ich glaube, mehr als ihre Familie gab es nicht mehr. Ich habe sie nie auf irgendwelchen Fachschaftsfeten gesehen oder an den Orten, wo man sich einfach abends mal trifft.«

»Können Sie uns die Kneipe nennen, in der sie gejobbt hat?«

»Klar. War das ›Green Sheep‹, eine irische Kneipe.«

Die kannte Margot, weil sie direkt neben dem »Pueblo« lag.

»Und hatte Sie dort Schwierigkeiten?«

Simone zuckte mit den Schultern. »Keine Ahnung – wenn, hat sie mir nichts darüber erzählt. Das heißt dann, dass sie wahrscheinlich auch niemand anderem darüber erzählt hat, muss aber nicht heißen, dass sie keine Schwierigkeiten gehabt hat. Wie ich schon sagte, Jana war eher introvertiert.«

»Wie lange kannten Sie sich?«

»Meine Eltern zogen nach Darmstadt, als ich in die zehnte Klasse kam. In der Oberstufe hatten wir dann einige Kurse zusammen, sowohl Geschichte- als auch Matheleistungskurs.«

»Das ist aber eine ungewöhnliche Kombination.«

»Nun, bei mir war es Verzweiflung. Entweder Englisch bei dem schlimmsten Lehrer der Schule oder Mathe mit der Chance, wenigstens eine Drei zu bekommen.«

»Und bei Jana?«

Simone lachte. »Bei Jana – da war es Berufung. Sie liebte beide Fächer, wenn ihr auch klar war, dass sie lieber Geschichte studieren wollte als Mathe. Diese Seite lebte sie mit ihren Computern aus. Sie hatte mehr drauf als mancher selbst ernannte PC-Doktor. Sie hat sowohl meinen Rechner als auch den von Matthias immer wieder auf Vordermann gebracht. Was bedeutet: Solange wir die Kisten nur nutzten und nichts selbst veränderten, liefen die Teile so stabil und unkompliziert wie bei keinem anderen. Bei den ganzen Mensagesprächen, wo, wie und weshalb der Rechner mal wieder zickt, da konnten wir nicht mitreden, denn unsere Compis liefen dank Jana stets tadellos. Ich habe nicht einmal irgendein Referat oder eine Hausarbeit verloren, einfach weil Jana dafür gesorgt hatte, dass alles, was ich schrieb, dreimal gesichert wurde.«

»Da komme ich noch auf einen Punkt zu sprechen: Was für Daten waren auf ihrem Netbook?«

Simone grinste nun breit. »Alle.«

»Alle? Wie meinen Sie das?«

»Sie kennen doch die Jungs, die an ihrem Motorrad rumbasteln oder an ihrem Auto. Höher, schneller, weiter. So war Jana auch – bei ihren Rechnern. Das Netbook sah aus wie ein Gerät von der Stange, aber das Innenleben hatte nur noch wenig mit dem Original zu tun. Sie hatte eine Platte mit einem Terabyte eingebaut. In ein Netbook!«

»Meinen Sie, jemand könnte sich dafür interessieren, was auf ihrem Rechner war?«

Simone lachte auf. »Haben Sie in ihrem Zimmer Ordner gefunden? Ich meine solche, auf denen steht: *Rechnungen, Finanzen, Verträge* oder so was?«

»Nein«, musste Margot zugeben – und mit einem Mal war ihr klar, was sie unter anderem an dem Raum irritiert hatte.

»Jana hat sich immer lustig gemacht über Leute, die Angst davor hatten, dass man auf dem Rechner ihre Geheimnisse ausspäht, aber ihre Kontoauszüge in einer unverschlossenen Schreibtischschublade aufbewahren. Das gab es bei ihr nicht. Sie scannte alles gleich ein, und ab damit auf die Rechner. Sie sagte immer, wenn man das mit Verschlüsselungsprogrammen ernsthaft betreibt, dann wäre jeder Rechner sicherer als eine Wohnung mit drei Sicherheitsschlössern.«

»Sie meinen also, selbst wenn jemand ihren Rechner oder das Netbook hätte, könnte er nichts damit anfangen?«

»Da bin ich mir ganz sicher.«

»Auch die Rechner in ihrem Zimmer – die sind ähnlich gesichert?«

»Wie die Rechner der CIA.«

»Wissen Sie, bei welchem Anbieter Jana ihre E-Mail-Adresse hatte?«

»Ja. Keiner der großen. Sie sagte immer, da sei der Service zu schlecht. Matthias hatte einmal all seine Mails verloren. Er dachte, der Anbieter hätte ja zigtausend Sicherheitskopien. Hatte er, aber er spielte die Mails nicht zurück. Nützte ihm also nichts. Nein, Jana war bei einer Darmstädter Firma, ein kleines, aber feines Unternehmen. Nicht ganz so billig wie die Massenanbieter, aber mit einem echten Menschen am Telefon, wenn's mal Probleme gibt. Der dann sogar persönlich dafür sorgt, dass das Problem innerhalb von Stunden behoben wird. ›Double Omega‹ heißen die, geschrieben mit einem griechischen Omega-Zeichen. Jana war sehr zufrieden.«

Margot notierte sich den Namen. Wenn der Dieb der Festplatten Jana nur ein bisschen kannte, hatte er gewusst, dass er an die Daten nicht würde herankommen können. Aber vielleicht wollte er ja auch nur, dass niemand *anderes* an die Daten kam. Die ihn vielleicht auf einem Foto zeigten. Oder irgendwelchen Schriftverkehr mit ihm beinhalteten.

»Ich muss Sie noch mal fragen: Ist Ihnen irgendwas seltsam vorgekommen in den letzten Tagen, in den letzten Wochen?«

Simone antwortete nicht gleich. »Wissen Sie, für eine beste Freundin – und ich war ihre beste Freundin – wusste ich verdammt wenig über das, was Jana dachte und tat. Manchmal hatte ich fast den Eindruck, sie hatte etwas von einem Autisten – Sie wissen ja, ›Rain Man‹ und so. Sie war oft völlig in sich gekehrt. Sie erzählte nicht viel darüber, was sie machte und was in ihr vorging. Ich hatte aber den Eindruck, dass sie wirklich in den letzten zwei Wochen etwas mit sich rumschleppte ... Nein, eher in der letzten Woche. Ich habe sie darauf angesprochen. Aber sie hat mir nichts gesagt. Sie hat nur gemeint, sie müsse das selbst regeln – was auch immer es war.«

»Haben Sie eine Vorstellung, was sie gemeint haben könnte?«

»Keine Ahnung. Aber wie gesagt, das war nichts Außergewöhnliches.«

»Könnte Matthias darüber etwas wissen?«

»Ich will nicht überheblich klingen, aber wenn sie mir nichts gesagt hat, dann weiß er auch nichts darüber. Matthias – der war gut für die Streicheleinheiten, ein wenig Zärtlichkeit und Sex.«

Nachdem Simone gegangen war, nahm sich Margot einen weiteren Kaffee. Vielleicht hatte ja der E-Mail-Anbieter noch Zugriff auf Daten und Mails, die Jana verschickt hatte. Wenn Simone allerdings recht hatte, würden sie die nicht direkt lesen und auswerten können. Doch womöglich konnte Sandra damit etwas anfangen. Da war sie gefordert und konnte zeigen, was sie konnte.

Das Telefon schlug an. Margot sah aufs Display. Horndeich.

»Hallo, auch schon aufgewacht?«, meldete sie sich.

»Sorry, ich bin unterwegs. Ich muss noch mal am Jugendstilbad vorbei.«

»Was willst du denn da? Eine Runde schwimmen?«

»Nein. Ich hab da so eine Idee. Bin in einer halben Stunde wieder im Büro.«

»Okay, bis gleich«, sagte Margot und legte wieder auf. Noch während sie darüber nachdachte, was Horndeich dort wollte, dudelte der Apparat erneut. Hinrich. Prima. Das ging ja fix ...

»Hallo, Herr Doktor. Sie haben schon etwas herausgefunden? Ist das Messer die Tatwaffe?«

»Werte Kollegin, Sie haben mir kein Messer geschickt. Sondern Bilder und Daten einer möglichen Tatwaffe.«

»Keine Haarspaltereien, Hinrich, bitte. Eine simple Antwort genügt mir.«

Hinrich am anderen Ende der Leitung seufzte vernehmlich. Margot wusste, was den Mediziner so nervte, denn er hatte sich schon öfter langwierig darüber ausgelassen: Die hart erarbeiteten wissenschaftlichen Erkenntnisse und Ergebnisse standen in krassem Missverhältnis zu dem steten Wunsch nach einfachen und schnellen Antworten.

»Solch ein Messer wie das von Ihnen beschriebene könnte die Tatwaffe gewesen sein. Die Breite der Klinge ist nicht zu klein und auch nicht zu groß. Ebenfalls ist die Klinge lang genug, dass sie den Organen und Knochen die dokumentierten Verletzungen zugefügt haben könnte.«

»Könnte sie zu lang sein?«

»Unwahrscheinlich. Dann hätte der Täter das Messer damals nicht bis zum Schaft in den Körper gestoßen. Das widerspräche jedoch der Kraft, mit der die Tatwaffe offenbar geführt wurde.«

»Also kommt das Messer als Tatwaffe infrage?«

»So ein Messer *könnte* es gewesen sein, nicht mehr. Frau Hauptkommissarin Hesgart, es gibt sicher Hunderte solcher Kampfmesser.«

Diesmal war es an Margot zu seufzen, was in diesem Falle die ganze Frustration der Ermittlerin akustisch manifestierte. »Danke«, meinte sie.

»Bitte«, erwiderte Hinrich kühl. Er hatte wohl etwas mehr Begeisterung und vor allem Dankbarkeit erwartet. Er fügte noch trocken hinzu: »Bei eurer Jana Gruber war die Todesursache übrigens tatsächlich Genickbruch. Mit ziemlicher Sicherheit durch einen Kampfgriff. Oder etwas genauer: Sie starb an zentralem Regulationsversagen infolge von Läsionen im Hirnstamm.«

»Danke, werter Doktor. Das hilft uns schon ein Stück weiter.«

»Immer gern«, grummelte Hinrich und legte auf.

Margot überlegte. Dass Jana Gruber durch einen solchen Griff getötet worden war, passte nicht wirklich zu Sunnyboy Markötter.

Was das Messer betraf – Annika Sander hatte erzählt, dass Karl Bretz seinerzeit zu Wutausbrüchen gegenüber seiner Frau geneigt hatte. Vielleicht hatte er doch einmal die Grenze überschritten. Vielleicht hatte er mit dem Messer seines Sohnes zugestochen.

Wenn Gassion das Messer nicht mit nach Frankreich genommen hatte, wo war es dann? Weggeworfen? Margot kam ein Verdacht: Wenn Susanne Bretz wirklich nichts hatte wegwerfen können, dann konnte das Messer noch in ihrem Haus sein. Irgendwo in dem Chaos dort. Mit Spuren, die die Kollegen vom LKA wahrscheinlich noch immer auswerten konnten.

Margot wusste, dass Relgart nicht begeistert wäre, wenn sie ihm erzählte, sie wolle einfach nur Gewissheit haben in einem Mordfall, bei dem wahrscheinlich die möglichen Täter schon gestorben waren. Nur im Fernsehen bei »Cold Case« stellte man Mittel für solche Untersuchungen bereit.

Da Susanne Bretz jedoch selbst Opfer eines Mordes geworden war, könnte Margot nochmals Baader und seine Truppe in das Haus der alten Dame schicken. Die würden diesmal auch wissen, wonach sie suchen sollten: nach einem Kampfmesser!

Sie stand auf und ging zu Baaders Büro.

Als sie zurückkam, saß Horndeich auf seinem Platz.

Und Dorothee ihm gegenüber.

Sie konnte Margot nicht sehen, da sie ihr den Rücken zuwandte. »Rollmopps, echt, das hilft total gut, wenn man einen Kater hat. Oder eine Aspirin. Also ich, ich nehme immer beides. Sicher ist sicher. Und doppelt gemoppelt hält besser.«

Horndeich rieb sich die Schläfe.

»Oh, Sie Armer. Als ich vor einer Woche hier in Darmstadt angekommen bin, da hatte ich auch einen leichten Absturz. Bin schon froh, dass Ihre Chefin das nicht mitbekommen hat, also die Frau von Rainer.«

Horndeich sah auf und nickte in Richtung des Türrahmens. »Jetzt weiß sie's«, brummte er. Und rieb sich abermals die Schläfen.

Dorothee wandte den Kopf und sah Margot mit schreckgeweiteten Augen an. Die musste sich ein Grinsen verkneifen ob der altklugen Vorschläge der lebenserfahrenen Fünfzehnjährigen. »Ooops, sorry. Also, Margot, das war der Abend, wo du eh nicht da warst, ich meine …«, stammelte sie.

Margot sah demonstrativ auf ihre Armbanduhr und sagte: »Du bist nicht in der Schule.«

»Nee, die haben uns schon gehen lassen.«

»Und deshalb bist du direkt zu mir ins Präsidium gekommen und nicht nach Hause gegangen?«

»Ich war schon zu Hause.«

»Und was treibt dich hierher?«

Dorothee sah zu Horndeich, dann wieder zu Margot. »Kann ich dich unter vier Augen sprechen?«

Horndeich sah bemitleidenswert aus. Margot konnte sich vorstellen, wie sein Kopf brummte. Sie nickte Dorothee zu. »Komm mit.«

»Zumindest eine Aspirin, Herr Horndeich. Das hilft wirklich.«

Horndeich nickte nur. Wobei ihm anzusehen war, dass die Bewegung neue Schmerzattacken durch seinen Schädel jagte.

»Komm, wir gehen in die Cafeteria. Ich glaube, einen Kaffee können wir beide vertragen.«

Margot erinnerte sich an ihren letzten Besuch in der Cafeteria mit weiblicher Verwandtschaft. Na ja, zumindest Verwandtschaft in spe. Iris, die Freundin von Ben und Mutter von Zoey, hatte ihr dort damals ihr Herz ausgeschüttet, als sie schwanger war und Ben von seiner Vaterschaft … nun, nicht begeistert gewesen war, um es mal freundlich zu formulieren. Viele Kollegen waren Zeugen geworden, wie sie die verzweifelte junge Frau hatte trösten müssen. Diesmal würde es wohl keine Tränen geben, nur weil Dorothee offenbar die Schule schwänzte.

Sie setzten sich mit zwei Cappuccinos an einen Platz am Fenster. Es war derselbe Platz, an dem sie auch mit Iris gesessen hatte.

»Du warst nicht in der Schule«, sagte Margot ihrer – ja, was war sie nun eigentlich für sie? –, der jungen Frau ins Gesicht.

»Stimmt. War ich nicht.«

»Und warum nicht? Du hast mir gestern Abend gegen das Schienbein getreten, als Rainer von der Schule anfing.«

»Ich wollte den heutigen Tag abwarten«, meinte sie.

»Das verstehe ich nicht.«

»Die eine Klinik hat mir eine Ausbildungsstelle angeboten. Und ich wollte warten, ob heute die Zusage im Briefkasten ist.«

»Sag mal, bist du so naiv, oder tust du nur so? Ich meine, willst du vielleicht auch noch morgen warten und den Rest der Woche, und wenn dann alle Absagen gekommen sind, dann schaust du vielleicht nächstes Jahr mal wieder in der Schule vorbei?«

»Nein. Ich wollte nur den heutigen Tag abwarten.«

»Und morgen dann zur Schule gehen?«, fragte Margot ungläubig.

»Nein, ich gehe auch morgen nicht zur Schule.« Während Dorothee das sagte, strahlte sie wie eine Christbaumkugel im Kerzenschein.

»Du hast doch gerade gesagt ...«, wollte Margot protestieren, als Dorothee ihr einen Brief unter die Nase hielt.

»Sie nehmen mich. Ich habe eine Ausbildungsstelle ab September. Ich kann Kinderkrankenschwester werden.«

Margot war sprachlos.

Dorothee umarmte sie kurz. »Ich bin so froh.«

Wenn Margot eines wusste, dann, dass Rainer die Begeisterung seiner Tochter nicht teilen würde. »Dorothee ... Ich meine, ich finde das unglaublich toll, dass du dich so engagierst, dass du dich sofort um eine Ausbildungsstelle bemüht hast – und sogar eine gefunden hast. Hut ab. Aber meinst du nicht, du solltest vielleicht doch erst das Abi machen? Ich meine, du bist gut in der Schule, du bist intelligent – und ohne Abi, da findest du heutzutage ja kaum mehr eine Ausbildungsstelle.« Noch während sie den Satz vollendete, begriff sie, was für einen Quatsch sie da von sich gab. Dorothee hatte ihr den Gegenbeweis gerade unter die Nase gehalten.

Die Fünfzehnjährige grinste sie schief an.

»Und um das Finanzielle, da müsstest du dir auch keine Gedanken machen, wenn du weiter zur Schule gehst«, fuhr Margot fort. »Wir würden das schon hinkriegen. Dein Vater arbeitet, ich arbeite. Du kannst in Bens Zimmer wohnen ...«

Dorothees Grinsen verschwand.

»Das wäre besser für dich, glaub mir.« Sie konnte verstehen, dass das Mädchen, die junge Frau, über ihre Worte nicht erbaut war. Aber in diesem Fall musste Margot Rainer recht geben: Ein Abi war eine gute Grundlage. Und es würde kein Problem sein, wenn Doro bei ihnen wohnte. Und Che. Sie hätte es nicht für möglich gehalten, dass sie so etwas mal denken könnte. Noch nicht vor einer Woche.

Dorothee rann eine Träne über die Wange. Wieso denn schon wieder Tränen an diesem Tisch? War Doro so gerührt?

Margot legte einen Arm um ihre Schulter. »Hey, Che kann auch bleiben.«

Dorothee schluchzte und weinte nun richtig. Und schob Margots Arm weg. »Nein, Margot. So geht das nicht. Ich will nicht von euch durchgefüttert werden. Ich will von niemandem abhängig sein.«

»Aber, Dorothee. Das verstehe ich jetzt nicht.«

Dorothee wischte sich mit dem Handrücken die Tränen aus dem Gesicht. »Es war ja nicht so, dass meine Mutter und ich uns wirklich gut verstanden hätten. Ich meine, nur weil sie tot ist, heißt das nicht, dass wir ein Herz und eine Seele waren. Ich wollte auch in Berlin eine Ausbildung machen, und meine Ma war genauso dagegen wie jetzt du und Rainer. Es war mir egal. Der Gedanke, noch vier weitere Jahre von ihr abhängig zu sein und auf Gedeih und Verderb mit ihr unter einem Dach wohnen zu müssen … Das wäre nicht gut gegangen. Sie mochte meine Freunde nicht und ich nicht ihre.«

»He, du kannst hier Freunde finden und sie auch zu uns mitbringen. Wir haben ja noch die Einliegerwohnung. Du kannst mitbringen, wen du möchtest.« Was sagte sie da eigentlich gerade? Versuchte sie, Dorothee das Leben in ihrem Haus schmackhaft zu machen, jenem Mädchen, das sie vor einer Woche am liebsten ohne Rückfahrschein in die Transsibirische Eisenbahn gesetzt hätte? *»Wie soll ich wissen, was ich denke, bevor ich höre, was ich sage?«*, erinnerte sie sich an den Ausspruch eines Kabarettisten, dessen Namen sie jedoch vergessen hatte.

»Danke, Margot. Ich weiß das zu schätzen, und ich werde sicher noch gern eine Weile bei euch wohnen. Aber ich will nicht das Gefühl haben, dass ich das *muss*, weil ich kein Geld habe, um allein zu wohnen.« Sie machte eine Pause, nahm einen Schluck des inzwischen fast kalten Cappuccino.

Margot konnte Dorothee verstehen. Sehr gut sogar. Auch sie hatte sich von ihren Eltern manchmal erdrückt gefühlt.

Dorothee sagte nichts mehr, doch die Tränen rannen weiterhin über ihre Wangen.

»He, es ist okay, Kleines. Mach deine Ausbildung. Ich kann mit Rainer sprechen, wenn du willst.«

Dorothee nickte nur. Dann brach ein weiterer Tränenstrom aus ihr hervor, und wieder einmal schluchzte und weinte eine junge Frau an Margots Schulter.

»Sie fehlt mir so«, jammerte Dorothee.

Auch das war ein Gefühl, das Margot sehr gut kannte. Als ihre Mutter gestorben war, hatte es Monate gedauert, bis sie den Schmerz einigermaßen überwunden hatte.

Sie strich mit der rechten Hand sanft über den bebenden Rücken ihrer Pflegetochter oder was auch immer sie war. Und mit der linken wischte sie sich selbst eine Träne aus dem Augenwinkel.

Horndeich saß neben Sandra in deren Büro. Dorothees Tipp mit der Aspirin war gar nicht schlecht gewesen. Um die Erfolgschancen zu erhöhen, hatte Horndeich einfach gleich drei genommen. Gesundheitstechnisch sicher nicht empfehlenswert, kopfschmerztechnisch gesehen jedoch ein voller Erfolg.

Er hatte gestern nach dem Treffen mit Ines noch eine Weile darüber nachgedacht, ob er Sandra auf ihren Rosenkavalier ansprechen sollte. Und war – nach zig Gläsern Whisky – zu dem Schluss gekommen, dass er sich diese Blöße nicht geben würde. Dafür hatte er sich in seiner Verfassung an diesem Morgen bereits eine andere Blöße gegeben.

Ines Milbach stand hinter ihnen. Sie hatte den Abend nicht mit Whisky ausklingen lassen. Und noch etwas stand fest: Es standen keine Rosen im Büro.

Sandra saß an ihrem Schreibtisch, klickte und klapperte sich durch ihre Computerprogramme und hatte mehrere Videofenster auf dem Bildschirm geöffnet.

Horndeichs Blick wanderte von einem zum anderen Fenster. Alle zeigten Aufnahmen verschiedener Überwachungskameras aus dem Jugendstilbad.

Horndeich hatte sich vor einer halben Stunden noch mal alle Verbindungswege zeigen lassen, die vom Sauna- zum Spa-Bereich führten, wo Susanne Bretz umgebracht worden war. Es gab den Hauptweg über das große Treppenhaus, über den die Badegäste von einem in den anderen Bereich wechseln konnten.

Dann gab es noch einen weiteren Zugang, allerdings vom gewöhnlichen Schwimmbereich her. All diese Übergänge wurden von je einer Videokamera überwacht.

Horndeich war eine Idee gekommen, wie er dem Marktköter vielleicht zu einem Alibi verhelfen konnte. Der hatte ausgesagt, er sei zur Tatzeit im Saunabereich gewesen. Dort gab es verständlicherweise kein Überwachungsequipment. Ein Zeuge hatte Markötter den Saunabereich betreten sehen, etwa zehn Minuten vor der Tatzeit. Auch Markötters Schlüsselchip hatte verraten, dass er den Bereich ordnungsgemäß durch das Drehkreuz betreten hatte. Markötters Alibi konnte sich genau daraus ergeben, dass ihn die Überwachungskameras eben *nicht* erfasst hatten. Denn wenn er in den Spa-Bereich gegangen wäre, dann hätte er einen der überwachten Übergänge passieren *müssen*. Oder er wäre außen an der nackten Fassade des Bades heruntergeklettert. Was ungefähr so unauffällig war wie ein Trabbi auf dem Nürburgring.

Sandra, Horndeich und Ines Milbach schauten auf die Videofenster.

Auch Margot trat hinzu. »Welches Fernsehprogramm schaut ihr euch denn da an?«

»Versteckte Kamera«, antwortete Horndeich, dann klärte er Margot kurz über seine Gedankengänge auf.

Danach sagte Sandra: »Ich starte jetzt ab dem Moment, in dem Markötter und die alte Dame das Bad betreten haben. Ich lasse es doppelt so schnell abspielen – da sollten wir nichts verpassen.«

Denn wenn Markötter in den Spa-Bereich gegangen wäre, hätte er sich über das Drehkreuz schwingen müssen.

Die Überwachungskameras zeigten mehrere Leute, die den Drehkreuzübergang nutzten – aber stets, indem sie mit dem Chip die Sperre im Durchgang aufhoben. Und Markötter war nicht darunter.

Und auf der anderen Aufzeichnung war er auch nicht zu sehen. Diesen Übergang hatte überhaupt niemand genutzt.

»Du hast recht, Steffen«, sagte Sandra. »Er ist in dieser Zeit nicht in den Spa-Bereich gegangen. Dann kann er Susanne Bretz auch nicht ermordet haben.«

»Was nicht heißt, dass er nicht Marina Gassion auf dem Gewissen hat. Und Jana Gruber«, sagte Margot.

»Aber dann konnte er nichts von dem ersten Bekennerschreiben wissen«, erklärte Horndeich. »Hätte er aber müssen, wenn er uns nach den Morden an Marina und Jana Briefe von der gleichen Machart hat zukommen lassen.«

»Vielleicht wusste er, dass jemand Susanne Bretz ermorden würde«, überlegte Margot laut, »und hat den ersten Brief einfach abgeschickt und danach die anderen Inszenierungen und Morde begangen.«

»Und was wäre in diesem Fall gewesen, wenn Susanne Bretz nicht ermordet worden wäre?«, fragte Sandra.

»Nichts wäre gewesen. Er hätte den Plan abgeblasen, und die Polizei wäre einfach um den Brief eines Spinners reicher gewesen.« Margot zuckte mit den Schultern.

»Sehr weit hergeholt«, meinte Horndeich.

»Heißt das jetzt, dass wir Markötter doch wieder laufen lassen?«, fragte Sandra.

Darauf gaben ihr weder Horndeich noch Margot eine Antwort. Dieser Fall war einfach zu undurchsichtig …

Es war nicht Horndeichs Art, bei Margot um einen freien Nachmittag zu betteln. Dennoch hatte er es getan. Sollte sie denken, was sie wollte. Aber das, was er vorhatte, war zu wichtig, um es noch länger aufzuschieben. Und das Präsidium war dafür definitiv nicht der richtige Ort.

Er sah auf die Uhr: Es war zwanzig nach vier. Und er kalkulierte eine ganze Menge Zeit ein.

Zu Hause angekommen, warf er den Laptop an und machte sich einen Kaffee. Er setzte sich an seinen Arbeitstisch und steckte den USB-Speicherstick in die Buchse des Computers.

Darauf hatte er die Verlaufsprotokolle der Erotikseitenanbieter gespeichert. Fünf der vierzehn hatten inzwischen ein solches Verlaufsprotokoll geschickt. Horndeich hatte sie noch nicht gesichtet. Und er wusste auch nicht, ob er mit diesen Daten zurechtkam. Aber er wollte es versuchen. Er glaubte auch nicht, dass er etwas Relevantes finden würde. Doch er wollte bei Paul Gassion Gründlichkeit walten lassen.

Er öffnete die erste Datei. Ein Wust aus Zeichen und Zahlenfolgen. Die einzigen Wörter, die er auf Anhieb verstand, waren »Internet Explorer« und »Firefox« – offenbar verzeichnete das Protokoll auch die Namen der Browserprogramme, mit denen die Seiten aufgerufen worden waren.

Horndeich öffnete eine weitere Datei: »Log-File-Info.txt« nannte die sich. Horndeich hatte sie gestern flüchtig angeschaut. Einer der Angestellten der Firma, die die Seite »Schlampen-fuer-dich« betrieb, hatte sich sehr kooperativ gezeigt und ihm ein kleines Infoblatt zusammengestellt, aus dem Horndeich entnehmen konnte, wie die Daten zu interpretieren waren.

Horndeich wusste nicht, wie er vorgehen sollte. Das Einfachste wäre wohl, die Verläufe Zeile für Zeile manuell abzuarbeiten. Er hatte keine Ahnung, ob ihn das weiterbrachte, doch er wusste, dass er den Toten die Mühe schuldig war. Oft bestand Polizeiarbeit aus dem scheinbar sinnlosen Sichten von Listen, auf der Suche nach der einen Unregelmäßigkeit, auf der Suche nach dem kleinen Detail, das nicht stimmte oder nicht ins Schema passte.

Horndeich überflog das Protokoll – und erschrak, denn es umfasste über dreitausend Seiten. Er war in den vergangenen Jahren zwar nicht zum Computerfreak Nummer eins mutiert, aber er konnte mit der Textverarbeitung und der Tabellenkalkulation umgehen. Was hilfreich war, denn in der Datei waren nicht nur die Klicks von Paul Gassion vermerkt, sondern alle Klicks von allen Surfern, die sich im fraglichen Zeitraum für die »Schlampen« interessiert hatten.

Ein paar Mausklicks später hatte er die Tabelle nach den

IP-Adressen der Surfer sortiert. Dann löschte er alles, was nicht zu Gassion gehörte. Danach war die Liste immer noch zehn Seiten lang …

Er sortierte nach Uhrzeit. Und begann am vergangenen Montag, 8 Uhr 45, Eineinviertelstunden, bevor Susanne Bretz ermordet worden war.

Die erste Adresse war die Startseite von »www.schlampen_fuer_dich.de«. Horndeich gab Zugangskennung und Passwort ein, die ihm die Betreiberfirma ebenfalls hatte zukommen lassen. Er landete auf der Startseite für zahlende Kunden. Was sich zunächst dadurch auszeichnete, dass die schwarzen Balken verschwunden waren.

Die nächste Zeile im Protokoll führte auf eine Seite, von der aus man diverse Fotogalerien abrufen konnte.

Wovon Gassion auch reichlich Gebrauch gemacht hatte, wie Horndeich in den kommenden dreißig Minuten feststellte. Er ging Gassions Aktivitäten Klick für Klick durch. Auch wenn es ihm peinlich war – Horndeich musste feststellen, dass Gassion Bilder von Frauen heruntergeladen hatte, die ausnehmend hübsch waren.

Er hatte das Protokoll ausgedruckt und hakte jeden Klick auf dem Papier ab. Als er die zehn Seiten abgearbeitet hatte, schaute er auf die Uhr. Die Aktion hatte ihn gut zwei Stunden gekostet. Und dabei hatte er sich diszipliniert darum bemüht, den Fotos und besonders den Videos keinerlei Beachtung zu schenken. Sonst hätte er sicher noch länger gebraucht.

Für das, was er in diesen zwei Stunden zusammengeklickt hatte, hatte Gassion keine Viertelstunde gebraucht. Doch der hatte sich auch nur von Button zu Button und von Bild zu Bild geklickt. Horndeich hingegen hatte per Hand mit »Kopieren« und »Einfügen« die ganzen Seiten- und Dateinamen in das Adressfeld des Browsers setzen müssen. Wenn er so alle Seiten überprüfen wollte, würde er acht- bis zehnmal so lange brauchen wie Gassion.

Horndeich überlegte, wie er weiter vorgehen sollte. Die Seite »Schlampen-fuer-dich« hatte Gassion auch an jenem Donnerstag besucht, als seine Frau umgebracht worden war. Sollte er erst auch diese Seite ansehen? Oder sich zunächst alle Verlaufsprotokolle der Seiten vornehmen, die Gassion am Montag aufgesucht hatte?

Er entschied sich dafür, sich von Seite zu Seite zu hangeln. »www.schlampen-fuer-dich.de« war ja nun schon fast eine alte Bekannte. Horndeich brauchte keine zehn Minuten mehr, um das Protokoll von Marina Gassions Todestag so aufzubereiten, dass es nur noch den Besuch ihres Göttergatten chronologisch aufzeigte.

Offenbar hatte sich Gassion donnerstags länger am Inhalt der Seite erfreut – die Datei war rund vierzehn Seiten lang.

Das Erste, was Horndeich auffiel, war, dass sich Gassion Bildergalerien mehrmals heruntergeladen hatte. »Janina auf der Couch« schien es ihm angetan zu haben, »Janina unter der Dusche« und auch »Janina im weißen String«. Okay, die Dame war sicher eine der attraktivsten und hätte bei »Germany's next Topmodel« reelle Chancen auf einen der vorderen Plätze gehabt – dennoch fragte sich Horndeich, was es brachte, sich dieselbe Datei doppelt herunterzuladen.

Eigentlich ist die Antwort doch ganz einfach, stöhnte der kleine Besserwisser, der in seinem Kopf spukte. Wie oft hast du, lieber Steffen, bereits Dateien gelöscht, die du nicht hast löschen wollen?

Horndeich nickte, obwohl der Besserwisser das nicht sehen konnte. So viel dazu, Indizien finden zu wollen, die es nicht gab.

Horndeich gab weiter die Namen von Seiten und Dateien ein – und musste auch manches Video doppelt herunterladen. Er war gerade bei der nächsten Bildergalerie von Gassions Surfrunde angelangt, als statt der gewünschten Datei eine Fehlermeldung erschien: In fetter Schrift stand auf einmal »Error 404 – Not found« auf dem Bildschirm, darunter, in etwas kleinerer Schrift: »Die angegebene Seite konnte nicht gefunden werden.«

Offensichtlich wurde der Seiteninhalt von »www.schlampen_fuer_dich.de« immer wieder aktualisiert. Oder der Betreiber hatte die Bildergalerie, aus welchem Grund auch immer, aus dem Angebot und vom Server genommen. Schade, denn auch »Sybille auf dem Rad« wäre durchaus eine Kandidatin für

Heidi Klums Modelcasting gewesen, gestand sich Horndeich ein.

Er schaute auf die dazugehörige Zeile des Verlaufsprotokolls: Siehe da, die »404« stand unmittelbar hinter der Adresse, die Horndeich in die Adresszeile des Browsers eingegeben hatte. Er schaute auf die Erklärung in der Anleitungsdatei des Providermitarbeiters. Bei der »404« handelte es sich um einen sogenannten Statuscode. Den Code »404« gab der Internetserver an den Surfer zurück, wenn die angeforderte Seite oder Datei nicht auf dem Server zu finden war. Horndeich überflog die anderen Codes. »200« stand etwa für »Die Anfrage wurde erfolgreich bearbeitet, und das Ergebnis der Anfrage wird in der Antwort übertragen«. »304« besagte, dass auf dem anfordernden Rechner die Datei bereits abgelegt war und daher nicht noch einmal übertragen wurde.

Horndeich sortierte die Tabelle des Protokolls mit wenigen Mausklicks neu und überflog die Zeilen des Protokolls. Es wimmelte nur so von 200ern und 304ern – also gut sichtbaren Internetseiten. Die »404« kam nur das eine Mal vor. Jetzt war er schlauer. Wenn er auch nicht wusste, ob er dieses Wissen jemals in seinem Leben würde gebrauchen können. Aber Bildung, so hatte ja schon John Malkovich zu Uma Thurman in »Gefährliche Liebschaften« gesagt, ist nie umsonst.

Es war halb zehn, als er auch dieses Protokoll abgearbeitet hatte. Sein Zustand konnte nur als erschöpft bezeichnet werden – leider nicht aufgrund erfüllter sexueller Lust, sondern einfach, weil er das Gefühl hatte, bereits viereckige Augen zu haben. Aber er hatte schon zuvor befürchtet, dass es zu einer Fleißarbeit ausarten würde, die Protokolle manuell anzugehen.

Er ging in die Küche, nahm sich ein Weizenbier aus dem Kühlschrank und ließ es in ein Weizenglas fließen, das er zuvor mit Wasser ausgespült hatte, damit das Bier nicht zu sehr schäumte.

Dann überlegte er, wie er weiter vorgehen sollte. Sich auf diese Weise durch die Protokolle zu ackern würde ihn viel Zeit kosten. Sehr viel Zeit. Dafür wollte er nicht extra Urlaub nehmen. Diese Seiten vor den Augen der Kollegen aufzurufen war ihm aber auch zu peinlich. Möglich auch, dass er gar nicht mehr würde arbeiten können, weil das Büro wegen Überfüllung geschlossen werden müsste ...

Er beschloss daher, die anderen Protokolle zunächst nur zu überfliegen. Er konnte die Tabellen nach verschiedenen Kriterien sortieren. Etwa nach den Browsertypen. Oder noch mal nach den Uhrzeiten, zu denen die Seiten besucht worden waren. Oder nach den Statuscodes. Vielleicht fielen ihm dabei noch Besonderheiten auf. Wenn nicht, konnte er immer noch alle anderen Protokolle Schritt für Schritt abarbeiten.

Er rief das Protokoll der nächsten Seite auf. »www.stuten-mit-riesenmoepsen.de«, aufgerufen am Montagvormittag. Vielleicht handelte es sich dabei ja nur um die Seite des Freundschaftsvereins der Pferde- und Mopszüchter.

Er hielt sich an das gewohnte Prozedere: Erst entfernte er alle Zeilen mit IP-Adressen, die nicht von Gassion stammten, dann sortierte er sie chronologisch. Dabei fiel ihm nichts Außergewöhnliches auf. Nur, dass die Datei größer war als jene, die er zuvor überprüft hatte. Sie hatte fast dreißig Seiten. Offenbar war Gassion ein Hundefreund.

Gut, dass er das nicht alles per Hand überprüfte, dachte er und sortierte nach Browsertyp. Doch da gab es nicht viel zu sortieren. Es erschien nur das Programm, das Gassion verwendet hatte: der Feuerfuchs von Mozilla.

Er klickte auf die Sortierung nach Statuscodes. Die üblichen Verdächtigen: 200er, die besagten: »Alles paletti.« Dann folgten ein paar 304er: »Alte Bekannte, müssen wir nicht neu laden.« Ab Seite 11 kamen die 404er: »Sorry, gibt's hier nicht.« Die 404er-Meldungen füllten die restlichen zehn Seiten.

Horndeich nahm einen Schluck Bier. Er sah auf die Uhr: Es war schon halb elf.

So viele 404er? So viele Seiten, die Gassion nicht hatte aufrufen können? Wer surft denn stundenlang auf Seiten, die statt heißer Bildchen nur eine Fehlermeldung präsentieren?

Horndeich spürte, wie ein Adrenalinstoß seinen Körper durchflutete. Wie ein Jagdhund witterte er plötzlich eine Fährte.

Er rief das Verlaufsprotokoll für Donnerstag auf. Gassion hatte sich auch an diesem Tag für die Stuten mit Riesenmöpsen interessiert. Mit fast routinierten Klicks bereitete Horndeich das

Protokoll so auf, dass er wieder nur die Aktivitäten Gassions sah.

Fünfundzwanzig Seiten Protokoll. Davon fünfzehn 404er-Seiten: Dateien, die nicht auf den Servern waren, wo sie hätten sein sollen.

Zwei oder drei solcher Meldungen, das hätte Horndeich verstanden. Aber fünfzehn Seiten voll? Was hatte das zu bedeuten? Warum besuchte Gassion die Seiten am Donnerstag noch mal, wenn er doch schon am Montag damit Probleme gehabt hatte? Und wenn er am Donnerstag die Seite erneut nicht hatte aufrufen können, warum war er dann nicht auf eine andere Seite ausgewichen?

Horndeich checkte noch drei weitere Seiten nur auf den Statuscode hin. Das Ergebnis war, wie er es erwartet hatte: 200er und 304er. Kein einziges Mal eine 404.

Daraufhin tippte Horndeich die Adresse der Startseite von »www.stuten-mit-riesenmoepsen.de« ein. Die Titelseite war ziemlich neutral gehalten, nur eine Frau, die sich lasziv via Flash-Animation die Lippen leckte. Horndeich gab die Zugangskennung ein. Keine schwarzen Balken. Und definitiv nicht die Seite des Freundschaftsvereins der Pferde- und Mopszüchter. Und auch keine Seite, die er Sandra hätte zeigen wollen.

Sandra. Würde er ihr die Protokolle zeigen, sie würde sie lesen wie Rubinstein eine Partitur von Chopin. Doch Horndeich wusste nicht, ob er wollte, dass Sandra diese Partitur las.

Ein weiterer Schluck Bier, Zeit schinden auf dem Weg zu einer Entscheidung, die Horndeich eigentlich schon getroffen hatte. Er konnte es drehen und wenden, wie er wollte. Es führte kein Weg an Sandras fachmännischer – in diesem Falle fachfraulicher – Kompetenz vorbei. Sie musste diese Protokolle sehen. Und das nicht erst, wenn er alles Seite für Seite überprüft hätte.

Es gab keine Alternative. Er speicherte die aufbereiteten Dateien auf den USB-Stick.

Dann rief er Sandra an.

»Komm rein«, sagte Sandra keine halbe Stunde später.

Sie stand in der Haustür, trug eine Jogginghose, ein schlabberiges T-Shirt und feuerrote Socken.

Und sah so erotisch aus, wie Horndeich sie nie zuvor wahrgenommen hatte. Offenbar hatten die Recherchen des Abends seine Wahrnehmung doch in eine bestimmte Richtung … nun, *sensibilisiert*.

Horndeich betrat das kleine Haus.

»Was hast du so Wichtiges?«, fragte sie, als sie Horndeich durch die Küche ins Wohnzimmer geleitete.

»Ich habe mir die Verlaufsprotokolle der Erotikseiten zuschicken lassen, die Gassion während der Mordzeiten besucht hat.«

Sandra grinste süffisant.

Horndeich ignorierte es. »Ich habe sie überprüft. Zum Teil Klick für Klick. Und da stimmt was nicht. Das kann ich aber nicht allein beurteilen. Du kennst dich mit diesen Sachen besser aus.«

»Meinst du?«, fragte sie keck.

Er wurde fast rot. »Ich meine, mit Internet und so.«

»Hat's Spaß gemacht?«

Horndeich verfluchte sich selbst, dass er am späten Abend privat zu ihr gekommen war. Wäre doch besser gewesen, das alles im Präsidium offiziell abzuhandeln. Er hatte keine Lust, sich von Sandra dumme Bemerkungen anzuhören.

»Bist du allein?«

Das Lächeln auf Sandras Gesicht löste sich so schnell wie Schimmelpilz unter einer Chlordusche auf. »Okay, ich hab verstanden. Keine dummen Bemerkungen von beiden Seiten. In Ordnung. Ich schmeiß den Rechner an. Dann schauen wir, was du herausgefunden hast.«

Im Wohnzimmer bemerkte Horndeich den immer noch nur zur Hälfte aufgebauten Schrank, nicht ohne einen Anflug von Genugtuung. Was auch immer die Stärken des Rosenkavaliers waren – Ikea-Schränke aufbauen gehörte jedenfalls nicht dazu.

»Hast du deinen Rechner hier stehen?«

»Nur den Laptop. Hier ist es gemütlicher. Hängt per W-LAN am Netz.«

Horndeich zog den USB-Speicherstick aus der Tasche und reichte ihn Sandra.

»Magst du einen Schluck Wein?«, fragte sie. »Ich hab mir gerade einen Cabernet aufgemacht.«

Horndeich war nach dem Glas Weizenbier noch zu Sandra gefahren. Wenn er ihr Angebot annahm, würde er sich nicht mehr hinters Steuer setzen können. Aber wozu gab es die hübschen beigen Autos mit den netten gelben Schildchen auf dem Dach? »Gern«, sagte er.

Sandra startete den Rechner, dann verschwand sie kurz in der Küche und kam wenig später mit einem Tablett zurück. Darauf eine Weinflasche – offensichtlich noch nicht angebrochen – und ein paar Schälchen mit Oliven, gefüllten Peperoni, Schafskäse und getrockneten Tomaten.

Bevor Horndeich das kulinarische Angebot verbal würdigen konnte, fragte Sandra bereits: »Welches Dateiformat?«

»Excel. Tabellenkalkulation.«

»Wunderbar. Dann lass uns mal loslegen.«

Sandra trug den Laptop, der nicht einmal mit einem Netzkabel verbunden war, vom Wohnzimmertisch auf den Esstisch, der zur Sitzecke gehörte. Horndeich setzte sich, Sandra ebenso. Zufall, dass ihr Knie kurz das seine streifte? Steffen, Steffen, du hast dir heute Abend entschieden das falsche Programm im Internet angeschaut, sagte der Besserwisser in ihm.

Aber immerhin standen keine Rosen auf dem Tisch. Neben dem Wein. Und den Leckereien. Und dem Laptop.

Sandra öffnete den Browser. »Jetzt mal Klartext: Was ist dir aufgefallen?«

»Es gibt eine Seite, die Gassion besucht hat.«

»Und die heißt?«

»›www‹, dann ›Stuten‹, dann Bindestrich, dann ›mit‹, dann Bindestrich, dann ›Riesenmöpsen‹ – Möpsen mit ›oe‹ –, dann Punkt und dann ›de‹.«

Parallel zu Horndeichs Diktat hatte Sandra die Adresse in das Adressfeld des Browsers getippt. Sie drückte die »Bestätigen«-Taste, und schon erschien die Horndeich bereits vertraute Seite auf dem Bildschirm. Er diktierte noch Gassions Zugangskennung – und sah genau die Seite, die er Sandra unter normalen Umständen niemals zugemutet hätte.

Sandras Gesicht verriet keinerlei Regung. »Die Datei ist auf dem Stick?«

»Ja.« Horndeich zeigte auf dem Monitor, welche Datei die richtige war.

Sandra öffnete die Liste. Und sagte sogleich: »So kann ich nicht arbeiten. Lass uns hochgehen.«

Horndeich schaute Sandra irritiert an. Er war eigentlich hergekommen, um die Sache mit den Fehlermeldungen zu klären. Sandras Aufforderung kam ihm nun selbst wie eine solche vor. *404 – keine passende Antwort gefunden.*

Sandra stellte die Gläser und die Leckereien wieder auf das Tablett, legte den Speicherstick dazu und erhob sich. »Auf, ab nach oben! Nimmst du den Wein?«

Oben – das war Sandras Schlafzimmer, wenn Horndeich sich richtig erinnerte. Er war nur einmal im Allerheiligsten gewesen.

Er folgte ihr mit der Weinflasche in der Hand.

Die steile Treppe führte ins Dachgeschoss. Sandra balancierte das Tablett und öffnete die Tür. Es ging nach rechts und nach links. Sandra bog nach rechts. Horndeich warf einen Blick nach links. Das war der Schlafbereich. Sandra hatte ein neues Bett gekauft. Zwei mal zwei Meter. Das Bettzeug war mit dunkelroter Satinwäsche bezogen. Auch in ihrer einzigen gemeinsamen Nacht hatten sie sich zwischen Satinlaken geliebt.

Ein Kribbeln durchfuhr seinen Körper. Flugzeuge im Bauch? Damit hätte er leben können. Ameisen im Unterleib waren viel unangenehmer. Oder angenehmer, je nach Betrachter.

Während er immer noch auf das Bett sah, nahm er aus den Augenwinkeln den stummen Diener wahr – keine Männerklamotten darauf.

»Hallo. Nach rechts, mein Guter.«

Horndeich wandte den Blick in die Richtung, aus der Sandras Stimme kam.

Sie hatte das Tablett auf einem kleinen Beistelltisch abgestellt und steckte den Stick in die entsprechende Buchse. Die Monitore erwachten auf eine Mausbewegung hin zum Leben.

»Wow«, entfuhr es Horndeich, den der Raum wie eine abgespeckte Version des Leitstands von Raumschiff Enterprise vorkam.

Sandra rollte einen zweiten Bürostuhl an die große Arbeitsfläche.

Während sie die Pornoseite auf den einen, die Datei mit der Liste auf den zweiten Monitor zauberte, machte sich Horndeich nützlich, indem er wenigstens den Wein in die Gläser füllte.

Sandra sortierte die Liste wieder chronologisch und speicherte sie. Dann rollte sie ihren Stuhl ein wenig zur Seite, griff zu einer zweiten Maus und tippte auf einer weiteren Tastatur.

»Was machst du?«, fragte Horndeich.

»Ist das Original-Log-File auch auf dem Stick?«

»Das was?«

»Das Verlaufsprotokoll.«

»Ja.« Horndeich zeigte auf die Datei in der Dateiliste, die Sandra gerade auf dem bislang noch dunkel gewesenen Bildschirm Nummer vier aufgerufen hatte.

Sandra tippte und klickte, und die Darstellungen auf dem Bildschirm veränderten sich laufend. Horndeich hatte keinen blassen Schimmer, was Sandra da machte. Zeit, sie zu fragen: »Was machst du da?«

»Moment«, sagte sie, in ihre Arbeit vertieft.

Auf einem der Monitore tauchte wieder die inzwischen vertraute Startseite des Portals für Pferde- und Hundefreunde auf…

Die verschiedenen Unterseiten erschienen auf dem Bildschirm – aber immer wieder auch die 404er-Fehlermeldung.

Horndeich rollte mit seinem Stuhl ein paar Zentimeter zurück. Er hätte gern einen Schluck Wein getrunken, wollte damit aber warten, bis Sandra mit ihm anstoßen konnte. Er beobachtete ihre Finger, die schnell über die Tasten flogen, sie dennoch nur zu streicheln schienen – kein Vergleich zu den Hammerattacken, mit denen Horndeich die armen Buchstabensklaven seiner Tastatur verdrosch. Auch Sandras Handbewegungen hatten etwas Tänzerisches, wenn sie die Maus hin und her schob.

Zwischen zwei Klicks griff sie gedankenverloren nach ihrem Weinglas, nahm einen Schluck, ohne den Blick vom Bildschirm zu nehmen. Sie stellte das Glas zurück. Hätte Horndeich sie nur wenige Sekunden später danach gefragt, hätte Sandra sicher abgestritten, getrunken zu haben, so konzentriert war sie auf ihre Arbeit.

Horndeich schaute wieder auf die Stutenseiten. Immer wieder

zeigte der Bildschirm großbusige Frauen – zum Teil in ziemlich eindeutigen Posen mit menschlichen Pendants von Hengsten. Bei einigen der Aufnahmen hätte sogar Horndeich einen schwarzen Balken empfohlen. Manchmal sogar bildschirmfüllend. Besonders, da er gerade neben einer Frau saß, die – so musste er sich eingestehen – wesentlich erotischer auf ihn wirkte als alle Möpse der Seite zusammen. Zwar gehörte das Sweatshirt eindeutig zu den weiter geschnittenen Exemplaren, doch verbarg es nicht, dass Sandra keinen BH trug. Und er erinnerte sich wieder der gemeinsamen Nacht, eine Erinnerung, die er sich seit Monaten nicht gestattet hatte. Und die mit umso mehr Wucht das Kopfkino in Technicolor befeuerte.

Sandra hingegen schien keinerlei Blick für die Brachialerotik der Bildchen zu haben. »Seltsam«, murmelte sie.

»Was ist?«

Sie drehte sich zu ihm um und strahlte ihn an. »Ich glaube, du hast Gassions Alibi geknackt. So einen Schwachsinn gibt kein Mensch bewusst in seinen Rechner ein.«

Horndeich lachte zurück. Sollte es ihm trotz seines mangelnden Computerwissens gelungen sein, nur durch Spürsinn und Verbissenheit auf die richtige Spur zu stoßen?

Sandra hauchte ihm einen Kuss auf die Wange. Wenn das keine Belohnung war!

»Kannst du mich aufklären?«, fragte er.

»Bist du das nicht?«, fragte Sandra keck.

»Wie?« Horndeich stand wirklich auf dem Schlauch. Dann schaltete der fallende Groschen auch die Blutzufuhr zur Gesichtshaut frei. Was das Blut wenigstens aus anderen Regionen abführte.

»Sorry. Ich kann dir natürlich zeigen, was hier nicht stimmt.« Sandra ignorierte Horndeichs Gesichtsrötung und rief eine Unterseite auf. Links erkannte Horndeich die Menüstruktur. Eine barbusige Frau reckte ihre Pracht dem Surfer entgegen und leckte sich dabei ebenfalls lasziv die Lippen. Nun, es sollte wohl lasziv wirken. In der endlosen Wiederholung wirkte es eher wie eine missglückte Werbung für Lipgloss.

»Schau – das ist die Seite, von der aus man zu den einzelnen Fotogalerien kommt.«

»Ja, kenne ich«, murmelte Horndeich.

Auf Sandras Schmunzeln hin verbesserte er sich: »Also, ich meine, ich habe die Seite heute schon mal gesehen, vorhin, als ich zu Hause …« Es war nicht leicht, solch eine Recherche mit einer attraktiven Frau an der Seite durchzuführen.

Sandra unterbrach seinen Redefluss. »Schau dir mal diese Zeile des Protokolls an«, sagte sie und unterlegte die entsprechende Zeile auf dem anderen Bildschirm mit Signalgelb. »Von hier aus, also von der Seite aus, die wir gerade sehen, wurde eine weitere Unterseite aufgerufen. Und zwar diese hier.« Sie deutete mit einem Stift auf die Stelle in der Datei, die diese Seite benannte.

»Und?«

»Diese Seite gibt es nicht.«

»Deshalb die 404er-Meldung.«

»Genau.«

»Aber weshalb so oft?«

»Das ist erst die zweite Frage. Die viel wichtigere lautet: Wieso überhaupt?«

»Das verstehe ich nicht.«

»Stell dir eine Internetseite vor, auf der steht: ›Welche Seite wollen Sie als Nächstes ansehen?‹ Darunter siehst du drei Schaltflächen. Sie sind beschriftet mit A, B und C. Du aber willst auf D.«

»Aber da kann ich gar nicht hinkommen.«

»Stimmt. Nicht über die Seite, auf der die Frage steht.«

»Aber überhaupt?«

»Klar. Jeder Internetauftritt besteht ja aus vielen Unterseiten. Und jede Seite hat eine eigene Adresse. Wenn du diese Adresse kennst, kannst du sie auch direkt in das Adressfeld eingeben.«

»Ich kann also ›www.internetseite.de – Unterseite D‹ eintippen.«

»Ja.«

»Und das hat Gassion gemacht?«

»Offensichtlich. Schau dir das Menü dieser Galerieseite an. Du kannst wählen zwischen ›Möpse im Haus‹, ›Stuten auf der Koppel‹, ›Suche nach Model‹ und ›Die hundert geilsten Möpse‹.«

Horndeichs Blick folgte Sandras verbaler Führung. Eine schlechte Methode, das Rot im Gesicht loszuwerden.

Nach und nach klickte Sandra die Seiten an und deutete auf das Adressfeld im Browser. »Schau, die Namen der Seiten entsprechen in etwa den Bezeichnungen auf den Buttons. Aber die Seite, die Gassion aufgerufen hat, heißt ›vierziggeilstemoepse.htm‹. Diese Seite gibt es nicht. Nur das Pendant ›hundertgeilste moepse.htm‹.«

»Das heißt, er hat diese Seite manuell in das Adressfeld eingegeben?«

»Du hast es erfasst. Eine Erklärung wäre, dass ihm diese Seite gefallen hat, als er das letzte Mal dort reingeschaut hat. Dann muss er sich aber den genauen Namen der Seite gemerkt haben. Oder er hat sie noch im Verlaufsprotokoll seines Browsers gespeichert gehabt. Auf jeden Fall kann er sie nicht mehr direkt per Mausklick über die eigentliche Homepage der Stuten erreicht haben.«

»So weit kann ich folgen. Aber warum hat er sie so oft aufgerufen?«

»Nein, er ruft sie gar nicht oft auf.«

»Das verstehe ich nicht.«

»Er ruft weitere Unterseiten jener Seite auf, die er nicht mehr direkt anklicken kann. Und auch diese Unterseite kann er nicht mehr anklicken.«

»Jetzt verstehe ich gar nichts mehr.«

»Ich erkläre es dir an einem Beispiel. Stell dir eine Seite für Herrenbekleidung vor. Du kannst wählen zwischen Hemden und Hosen. Du möchtest aber Socken. Also gibst du die Seite ›Socken‹ manuell ein. Die gibt es aber nicht oder nicht mehr. Dann willst du auf ›Rote Socken‹, dann auf ›Blaue Socken‹, dann auf ›Grüne Socken‹.«

»Was ich nicht kann, weil der Sockenbutton nicht da ist.«

»Richtig. Aber genau das zeigt das Protokoll. Er hat von der Seite ›vierziggeilstemoepse.htm‹ lauter Unterseiten aufgerufen, etwa ›jennyundpeterimbuero.htm‹, ›jennyundmarkimbadezimmer‹ und so weiter und so fort. Selbst wenn er so versessen auf diese Unterseiten war – wie sollte er sich diese Seiten alle gemerkt haben?«

»Dann belegt das Protokoll, dass kein Mensch am Computer gesurft hat, sondern auf dem Computer ein Programm lief, das all diese Seiten aufgerufen hat?«, versuchte sich Horndeich in einem Resümee.

»Genau. So sehe ich das. Ein Mensch wäre normalerweise wohl per Mausklick auf die Seite ›hundertgeilstemoepse.htm‹ gegangen. Da gibt's ja schließlich auch viel zu sehen – nehme ich an. Aber die Seite hat er nicht aufgerufen.«

»Und kann man das beweisen? Dass die Seiten durch ein Programm aufgerufen wurden?«

»Im Moment ist es nicht mehr als ein starkes Indiz. Aber normalerweise müssten wir auf Gassions Rechner Spuren dieses Programms finden. Es kann aber auch sein, dass jemand richtig clever programmiert hat und nichts mehr da ist. Aber einen Versuch ist es wert. Morgen sollten wir seinen Rechner einsacken, und ich werde ihn mir mal vornehmen. Jedenfalls können wir davon ausgehen, dass Gassions Alibi futsch ist. Dafür hat er, wenn ich mich recht entsinne, einen dicken Sack an Motiven.«

Horndeich schaute auf den Bildschirm, auf dem noch immer eine Stute mit Riesenmöpsen ihre Lippen leckte, die eigentlich schon hätten wund sein müssen.

»Kannst du die jetzt mal wegklicken?«, fragte Horndeich verlegen.

Sandra grinste verhalten und verbannte Stuten und Tabellen von den Bildschirmen, dann fuhr sie die Rechner herunter. Nach ein paar Sekunden war es im Raum still, kein Rauschen der Lüfter war mehr zu hören.

Sandra nahm ihr Glas, reichte Horndeich das seine. »Prost, Steffen.«

Sie stießen miteinander an, tranken.

Sandra stand auf, platzierte die Antipasti so, dass beide davon essen konnten.

Schweigend nahmen sie von den Leckereien. Sahen sich an.

»Das hast du gut gemacht«, sagte Sandra. »Ich habe mich zu schnell mit den Verbindungsdaten des Handyproviders zufriedengegeben. Super.«

Horndeich sagte nichts.

Sandra nippte an ihrem Rotwein. Nippte abermals. Und

schon war das Glas leer. Horndeich sah zur Flasche, sah Sandra an, und mit ihrem Blick gebot sie ihm, den Kavalier zu geben. Er schenkte nach.

Er sah in ihre Augen, und sie schaute nicht weg. Er erinnerte sich daran, wie sie als Zehnjährige auf dem Schulhof dieses Spiel gespielt hatten: Wer zuerst wegschaute, der hatte verloren. Horndeich war immer schon in der Vorrunde ausgeschieden. Und Markus – den hatte nur der Pausengong davon abbringen können, weiter in die Pupillen seines Gegenübers zu starren.

Ja. Sie hatte verdammt schöne Augen. Dennoch, Horndeich wandte den Blick ab. Dann sagte er: »Dein Rosenkavalier …«

»Schhhh«, machte Sandra und legte ihm einen Finger auf die Lippen. Was sollte das nun wieder?

Wenige Sekunden später begriff Horndeich. Ihre Hand strich sanft weiter zu seinem Ohr. Den frei gewordenen Platz auf dem Mund besetzte sie mit ihren Lippen. Die sich ein wenig öffneten. Wie auch Horndeichs. Als seine Zungenspitze die ihre berührte, hatte er wieder jenes elektrisierende Gefühl, das er damals im Krankenhaus gehabt hatte, als er sie hatte füttern müssen und ihre Zunge seine Finger berührt hatte. Nur war es diesmal so, als hätte er nicht in die Steckdose gegriffen, sondern direkt die Hochspannungsleitung umfasst.

Sandra schlang ihre Arme um ihn, löste sich aus ihrem Stuhl, wodurch auch Horndeich gezwungen war, sich zu erheben.

Der Rosenkavalier …, dachte er abermals. Aber nur kurz. Wenn der Typ nicht in der Lage war, einen Wohnzimmerschrank fertig aufzubauen, dann hatte er diese Frau auch nicht verdient.

Horndeich legte seinerseits die Arme um Sandra und erwiderte ihren Kuss. Die Richtung zum Bett wurde stolpernd von beiden vorgegeben. Und als Horndeichs Hand unter Sandras Sweatshirt wanderte, gingen ihm nur noch zwei Gedanken durch den Kopf: Wie armselig waren Pornoseiten doch gegenüber der Realität. Und wie gut und richtig fühlte es sich an, was er gerade machte und spürte.

Dann dachte Horndeich für lange, lange Zeit gar nicht mehr, sondern gab sich ganz seiner Sandra hin.

Seiner Sandra?

Seiner Sandra.

Dienstag

Vier Uhr morgens. Margot seufzte. Morgen würde ihr Sohn mit seiner Freundin aus Amerika zurückkehren. Endlich. Dann würde das Geschrei der Kleinen wieder Ben und Iris aus dem Bett holen, nicht mehr sie oder Rainer. Denn genau das hatte sie geweckt. Wie schon in fast jeder Nacht zuvor, seit die beiden Zoey bei den Großeltern abgegeben hatten.

Anfangs war sie es gewesen, die das Kind immer aus der Wiege genommen und durch die Wohnung getragen hatte. Doch seit Rainer aus Berlin zurück war – und sie wieder in einem gemeinsamen Bett schliefen –, teilten sie sich das Babybesänftigen. Immer abwechselnd war mal der eine, mal der andere dran.

Kurz rekapitulierte sie, wer diesmal an der Reihe war. Dann stieß sie Rainer mit dem Ellenbogen sanft in die Seite. »Rainer, deine Enkelin schreit.«

Eine Mischung aus Brummen und Grunzen war die Antwort. Zoeys Geschrei schien den Schlaf ihres Lebensgefährten offenbar nicht im Mindesten zu beeinträchtigen.

»Rainer, du bist dran!«

Ein weiteres Grunzen war die einzige Reaktion.

Margot überlegte kurz, wie sie vorgehen sollte. Sie konnte aufstehen und ihren Freund einfach weiterschlafen lassen. Sie konnte ihn wachrütteln. Sie konnte ihn kneifen. Sie konnte ihm die Nase zuhalten.

Zoey jaulte auf. Rainer grunzte. »Margot, deine Enkelin schreit«, raunte er, wälzte sich auf die andere Seite und fing an zu schnarchen.

Na, super. Margot setzte sich im Bett auf. Sie wollte weiterschlafen. Sie *musste* weiterschlafen. Sie hatte einen anstrengenden Tag vor sich. Sie würde sich mit Relgart, dem Haftrichter und sicher noch einer weiteren Horde unliebsamer Menschen herumschlagen müssen. Sie brauchte ihren Schlaf.

Sie rüttelte an Rainers Schulter. »Rainer. Aufwachen. Du bist dran.«

Die Antwort kam sofort. »Nein. Du.«

Es war einer jener kleinen Momente, in denen Margot an

Scheidung dachte. Wenn einer Scheidung auch zunächst mal eine Heirat hätte vorangehen müssen. »Nein. Du – bist – dran!«

Wieder nur ein Grunzen.

Sie rüttelte abermals an seiner Schulter. »Rainer!«

»Ja«, knurrte er zurück.

Na, das nährte doch die Hoffnung.

Tatsächlich schwang Rainer die Beine über den Bettrand und stand auf. Margot kuschelte sich in ihr Kissen, in froher Erwartung der bald eintretenden Ruhe. Sie nahm wahr, wie Rainer die Kleine aus ihrem Bettchen hob. »Na, mein Goldschatz, was machen wir denn für einen Lärm?«

Das Geschrei schwoll zu einem sirenenartigen Geheul an.

Rainer hielt sich an die Abmachung. Wenn das Kind keine Ruhe gab, dann hieß das: wandern. Und zwar im Erdgeschoss, drei geschlossene Türen und ein Treppenhaus vom Schlafzimmer entfernt.

Tatsächlich hörte Margot die Türen ins Schloss fallen, dann herrschte himmlische Ruhe. Sie räkelte sich, drehte sich noch einmal um und kuschelte sich in die leichte Decke.

Das Glück währte keine zehn Minuten. Zuerst nahm sie wieder ein leichtes Kindergeheul wahr, dann das Klacken der Tür. Rainer stapfte die Treppe hinauf. Eine weitere Tür wurde geöffnet – jene zum Schlafzimmer.

Margot tippte auf die Nachttischlampe, die durch Fingerberührung anging.

»Wie kriege ich sie ruhig?« Die verzweifelte Frage eines Mannes, der es gewohnt war, für jedes Problem eine technische Lösung präsentiert zu bekommen.

»Weiß ich nicht«, raunte Margot. Dann schwang auch sie die Beine über den Bettrand.

Sie ging zu Rainer und nahm ihm instinktiv das schreiende kleine Menschenbündel aus den Armen. Sie wiegte die Kleine, jedoch ohne Erfolg. »Na, meine Süße, was fehlt uns denn?«, fragte sie das Baby und wurde sich bewusst, was für einen verbalen Schwachsinn sie da von sich gab. Zoey fehlte nichts. Aber ihr selbst fehlte etwas: Schlaf.

Rainer hatte sich mit dem Babyhalterwechsel abgefunden und legte sich wieder ins Bett.

»Hallo?«, rief sie ihm zu.

»Was ›hallo‹?«, fragte er unschuldig.

»Vielleicht ist es diesmal dein Part, das Mädchen zu beruhigen?«

Rainers Blick schien zu besagen: Ihr Frauen könnt das doch viel besser. Doch zumindest schob er sich wieder aus dem Bett.

Margot gab ihm die schreiende Zoey zurück, die den neuerlichen Positionswechsel mit einer Lautstärkesteigerung um weitere Dezibel quittierte.

»Und wie kriege ich sie jetzt ruhig?«

Margot war müde. Und wollte schlafen. »Keine Ahnung. Nicht mein Problem.«

Jemand klopfte an die offene Schlafzimmertür.

»Ja?«, brummte Rainer.

Dorothee trat ein. »Was hat sie denn, die kleine Maus? Klingt ja zum Steinerweichen.«

»Es *ist* zum Steinerweichen.«

»Darf ich mal das große Licht anmachen?«

Im Schein der Deckenlampe erkannte auch Margot, dass Zoey sich rot geschrien hatte.

Dorothee stürmte auf Rainer zu, entriss ihm Zoey förmlich. »Na na na, was tut uns denn weh?«

Margot würde nie verstehen, weshalb Erwachsene, wenn sie mit Babys sprechen, zum Plural neigen. Dorothee schien jedenfalls nichts wehzutun.

Sie ging zwei Schritte zur Seite, und Zoeys Gesicht wurde von der Deckenbeleuchtung angestrahlt. Sie schrie. Wobei sie den Mund öffnete. Und damit quasi ihr Innerstes preisgab.

»O-o-oh, du Arme. Da kommen grad die Zähnchen, mein Schatz, was?«

Margot sah Rainer an, dann sahen beide zu Dorothee. Die erwiderte den ratlosen Blick. »Ja, habt ihr das nicht gesehen? Da kommen die Backenzähne durch. Kein Wunder, dass sie so schreit. Margot, hast du eine Kette aus Bernstein?«

Margot war zu verdutzt, um eine Diskussion über geeignetes und weniger geeignetes Babykauwerkzeug vom Zaun zu brechen. Während Dorothee das Zahnfleisch des Säuglings mit der Zeigefingerkuppe massierte, ging sie zu ihrem Kosmetikschrank. Darin war eine kleine Schatulle, darin ihr Schmuck. Sie fand die Bernsteinkette, die sie von ihrer Tante geschenkt bekommen hatte. Original Bernstein aus Pommern. Sie nahm die Kette und reichte sie Dorothee.

Rainer stellte die Frage, die auch Margot im Kopf herumspukte. »Hilft das, wenn sie auf Schmuck rumkaut?«

Dorothee strahlte, als würde sie das Geschrei der Kleinen auf ihrem Arm gar nicht hören. »Sie wird nicht darauf kauen, Scherzkeks. Ich leg sie ihr um. Und es ist egal, ob du dran glaubst oder nicht – es hilft.«

Dorothee legte der Kleinen die Kette um und fuhr dann fort, das Zahnfleisch zu massieren. »Ich nehme sie mit zu mir«, sagte Dorothee. »Und ich werde ihr noch mal eine frische Windel machen. Die hier ist voll.«

Margot seufzte. Und stieg zurück ins Bett.

Rainer starrte ungläubig in Richtung Tür, durch die Dorothee und Zoey gerade entschwunden waren.

Sie hörten Zoey noch schreien, während Dorothee ihr die Windel wechselte. Fünf Minuten später kehrte Ruhe ein. Himmlische Ruhe. Und das lag nicht daran, dass Dorothee alle Türen geschlossen hätte.

»Das macht sie gut«, brummte Rainer anerkennend.

»Das macht sie sehr gut«, bekräftigte Margot – und dachte: jetzt oder nie. »Und deshalb wird sie ab September auch Kinderkrankenschwester lernen. Sie hat sich selbst um einen Ausbildungsplatz gekümmert und tatsächlich einen bekommen.«

»Hmmm«, brummte Rainer.

Margot war nicht ganz sicher, ob er ihre Worte nicht verstanden hatte oder ob ihn die gnädige Ruhe milde stimmte. Sie würde das klären. Ein für alle Mal. Sie machte die Nachttischlampe noch mal an. »Sie geht nicht mehr zur Schule.«

»Hmmm-mmm.«

»Sie macht ab September eine Ausbildung.«

»Hmmm-mmm.«

»Hast du intellektuell begriffen, was ich dir gerade gesagt habe?«

»Hmmm-mmm. Sie macht eine Ausbildung.«

»Und sie macht kein Abi.«

»Sie macht kein Abi. Soll sie tun, was sie glücklich macht. Wer sind wir, dass wir meinen, das Leben unserer Kinder bestimmen zu können?«

Schade, dass sie kein Diktiergerät im Bett hatte. Aber Rainer hatte die Botschaft verstanden. Sei's drum. Für Doro war es bestimmt das Beste. Und für viele, viele Kinder wie Zoey bestimmt auch. Sie drehte sich um. Noch drei Stunden Schlaf.

»Mein Mädchen. So ein Talent«, brummte Rainer noch. Da hatte ihm jemand seinen Schlaf zurückgegeben, und schon gab er sich großmütig.

Alter Pragmatiker, dachte Margot.

Er fühlte sich schlecht. Und auch wieder großartig.

Vor ihm stand ein Müsli. Mit Honig. Und mit Himbeeren, Banane und Pfirsich.

Sandra trug nur ein knappes T-Shirt und ein Höschen. Es betonte ihre Figur deutlich besser als das Schlabbersweatshirt.

Sie reichte ihm einen Becher Kaffee und setzte sich neben ihn.

»Sandra …«

»Schhht. Erst frühstücken.«

Sie hatten nicht viel geschlafen in der vergangenen Nacht. Zuerst waren sie übereinander hergefallen wie ausgehungerte Hunde über die Fleischtheke des Metzgers. Dann hatten sie sich aneinander gekuschelt, geredet, sich gestreichelt, bis wenig später wieder die Leidenschaft erwacht war. Gegen vier waren sie eingenickt, und Horndeich hatte sich noch vorgestellt, dass Margot am kommenden Morgen sicher viel fitter aussehen würde als er. Und während er sanft vom Wachsein in den Schlaf geglitten war, hatte er gedacht, dass es sich so verdammt richtig anfühlte, bei Sandra zu sein.

»Sandra, ich wollte keine Situation ausnutzen. Ich bin wirklich nur wegen dieser verdammten Protokolle zu dir gekommen.«

»Ich sagte, erst frühstücken.«

»Ich meine, wenn du und der Rosenkavalier …« Er verfluchte sich, dass ihm der Spottname über die Lippen gekommen war.

Sandra lachte ihn nur an.

»Sandra, ich meine, wir hatten diese Diskussion doch schon

einmal. Wir arbeiten beide in derselben Abteilung. Und jeden Tag im Büro zusammenarbeiten und dann auch privat zusammen sein …«

»… das kann nicht funktionieren. Da gebe ich dir recht. Ich glaube auch nicht daran. Da gibt es für keinen von uns mehr eine Rückzugsmöglichkeit.«

»Ich will dir nicht … Also die vergangene Nacht … Ich meine, du hast jemanden, und ich kann damit leben, wenn du diese Nacht einfach aus deinem Leben streichst. Ich würde dir keinen Strick daraus drehen. Ich meine, von mir würde niemals jemand etwas erfahren …«

Sandras Lachen war verschwunden. Sie griff nach Horndeichs Hand. »Würdest du diese Nacht denn streichen wollen?«

Horndeich wurde heiß und kalt zugleich. Er fühlte sich wie ein Pingpongball, der gerade zwischen der Sahara und dem Nordpol hin und her gespielt wurde. »Sandra, ich habe ihn gesehen, deinen Freund. Ich habe euch gesehen. Im Ratskeller. Ich will nicht kaputtmachen, was du dir gerade aufbaust.« Er machte eine kleine Pause. »Wo habt ihr euch kennengelernt? Im Internet?«

Sandra ignorierte seine letzte Frage. Und wiederholte die ihre: »Würdest du diese Nacht denn streichen wollen?«

»Sandra, wir sind Kollegen. Das macht es schwierig für uns. Sehr schwierig. Zu schwierig.«

»Das beantwortet meine Frage nicht.«

Er sah ihr in die Augen, dann wanderte sein Blick hoch zu den kleinen Wirbeln an der Stirn, ihre einzige Reminiszenz an Locken. Er sah das kleine Grübchen an ihrem Kinn. Wäre sie keine Kollegin, hätte er ihre Frage klipp und klar beantwortet. Auf der anderen Seite – nur als Kollegin hatte er sie so gut kennenlernen können, dass er jetzt sagen konnte, dass er diese Frau … Er wehrte sich gegen das Wort.

»Du magst meine Frage nicht beantworten. Das ist okay.«

Das war alles andere als okay. »Ich will sie beantworten, Sandra, auch wenn ich damit dem Rosenkavalier an den Karren fahre. Ich möchte die letzte Nacht nicht streichen. Und der Genießer in mir und mein Herz, sie möchten diese Nacht wiederholen. Noch oft.«

War das nun einfach nur sexistisch? Oder eine Liebeserklärung? Wie dem auch war, Horndeich erfasste eine tiefe Traurigkeit. Denn es war ihm klar, dass diese Nacht keine Wiederholung erfahren würde. Sandra *hatte* einen Rosenkavalier, der *nicht* bei der Polizei arbeitete …

»Schön«, sagte sie nur und nahm nun auch mit ihrer zweiten Hand die seine. »Und wenn ich nicht bei der Polizei wäre?«

Dann hätten wir uns nie kennengelernt, dachte Horndeich, bevor er verstand, dass Sandra nicht von der Gegenwart sprach, sondern von der Zukunft.

»Ich werde nicht mehr lange in Darmstadt arbeiten.«

Horndeich starrte sie verständnislos an.

»Ich werde nach Wiesbaden gehen. Zum LKA.«

»Du wirst … eine Kollegin von Ines?« Die Verständnislosigkeit in seinem Blick war nicht mehr steigerungsfähig.

»Nicht direkt. Ich fange bei der Ermittlungsunterstützung an. Die haben jemanden gesucht, der sich mit Rechnern auskennt. Na, und da haben sie mich genommen.«

»He, Gratulation. Das ist ja … toll. Aber dann … dann bist du nicht mehr bei uns.«

»Nein. Dann bin ich nicht mehr bei euch.«

»Weiß Margot das schon?«

»Ja. Ich habe es ihr gleich gesagt, als ich die Zusage erhalten habe.«

»Das ist gut, dann gibt es da keine Geheimnisse.«

»Nein, die gibt es nicht.«

Super, dachte Horndeich, damit war der wichtigste Hinderungsgrund einer Beziehung zwischen ihm und Sandra wie ein Lemming von der Klippe gestürzt. Nun, so stimmte das auch nicht, denn es gab ja noch den Rosenkavalier. »Wie geht es dir mit …«, Horndeich suchte nach einer unverfänglichen Umschreibung.

»… mit dem Typen, mit dem du mich im Ratskeller gesehen hast?«

»Ja. Mit dem. Wie heißt er? Die Bezeichnung Rosenkavalier wird ihm sicher nicht gerecht.«

»Er heißt Dr. Bernward Sülzer. Und er ist der Oberpersonaler beim Landeskriminalamt. Wir haben uns gestern getroffen, um die letzten Details meines Vertrags festzulegen. Deshalb musste ich dir gestern absagen. Sie wollen mich so sehr, dass er sogar an einem Sonntagabend nach Darmstadt gekommen ist. Ich habe gestern unterschrieben. In zwei Monaten werde ich in Wiesbaden anfangen.«

In Horndeichs Gehirn überschlugen sich die Informationen. Sülzer war nicht der Rosenkavalier. Aber die Rosen waren da. Das hieß, die Rosen kamen von einem anderen. Der einfach ein besseres Timing an den Tag gelegt hatte. Der zugeschlagen hatte, als Sandra sich entschlossen hatte, ihr Leben radikal zu ändern, auch beruflich. Die Rosen und der Jobwechsel – das hatte nur bedingt miteinander zu tun.

»Und wer schickt dir die ganze Zeit über Rosen?«, fragte er.

Sandra ließ Horndeichs Hände los. »Steffen, was glaubst du, wer mir diese Rosen schickt? Und warum?«

Welch blöde Frage, dachte Horndeich. Ihr Lover schickte ihr die Rosen. Im besten Falle, weil er sie liebte, im schlechtesten, weil der den Platz in ihrem Bett warm halten wollte. »Wer ist es? Hinrich?« Doofer Scherz. Der hatte ja sein Blondchen. Dennoch hatte sich Horndeich die Spitze nicht verkneifen können.

Sandra rückte ihren Stuhl und ihren Körper näher an ihn heran. »Nein. Es ist nicht Hinrich.«

Was zumindest tröstlich war, dachte Horndeich.

»Steffen, Steffen. So brillant du als Ermittler bist, so sehr stehst du in deinem Privatleben auf der Leitung.« Sie schlang ihm die Arme um den Hals. »Ich weiß, dass es der Part des Mannes ist, irgendwelche Anträge und Ähnliches zu machen. Dennoch«, sagte sie und führte ihre Lippen direkt an sein Ohr. »Ich liebe dich.«

Womit sie aussprach, was Horndeich seit Stunden dachte. Nein, seit Wochen und Monaten, was er sich nur nicht eingestanden hatte.

»Von wem sind die Rosen?«, fragte er.

»Ist das noch wichtig?«

»Ja. Nicht für den Mann, aber für den Ermittler«, log er.

Sandra seufzte. »Ach, Steffen.« Sie strich ihm zärtlich durchs Haar. »Ich weiß, dass ich es nicht sagen sollte. Dennoch. Wenn unsere Liebe dieses Geständnis nicht aushält, was dann? Die

Rosen sind von mir. An mich. Beziehungsweise an dich. Ich habe sie mir nur geschickt, damit du sie siehst.«

Er riss die Augen auf, war für einen Moment völlig baff. »Es gibt keinen Rosenkavalier?«

»Nein, es gibt keinen Rosenkavalier. Schlimm für dich?«

»Nun, es erklärt zumindest, warum der Schrank noch nicht aufgebaut ist.«

»Es wäre toll, wenn du …«

»Ja. Aber nur in unserer gemeinsamen Wohnung.«

»Unserem gemeinsamen Haus.«

»Wenn du meinst.«

Sie küssten sich. Und Horndeich dachte noch, dass diese Szene in jedem Pilcher-Film ein gutes Finale abgegeben hätte. Wenn auch manche Szenen im Leben zu romantisch waren, um sie im Film oder in einem Buch schildern zu können.

Er erwiderte Sandras Kuss. Und das erste Mal in seiner Polizistenkarriere entschied er sich, zu spät zum Dienst zu erscheinen …

Margot sah ihren Kollegen an. Irgendwie hatte sie den Eindruck, dass auch er in der vergangenen Nacht nicht allzu viel Schlaf abbekommen hatte. Was sie noch mehr irritierte, war der plötzlich so vertraute Ton zwischen Horndeich und Kollegin Sandra. Sollte ihr Rosencoup doch Erfolg gezeigt haben?

Sandra hatte mit ihr nie über Privates gesprochen. Doch nachdem sie von ihrer neuen Stelle in Wiesbaden erzählt hatte, war ihr allerdings herausgerutscht, dass sie nicht wisse, ob und wie sie Horndeich für sich gewinnen könne. Es war Margot gewesen, die die Idee mit den Blumensträußen gehabt hatte.

»Schick Rosen«, hatte sie damals gesagt.

»Ich soll Steffen Rosen schicken?«, hatte Sandra irritiert erwidert.

Margot hatte geseufzt. So waren sie, die Informatiker. Immer geradeheraus, sie praktizierten Denken ohne Umleitung. »Nein, du musst *dir selbst* Rosen schicken«, hatte Margot geantwortet. »Damit er glaubt, es gäbe einen anderen.« Offenbar hatte der Trick gewirkt. Der Knutschfleck an Horndeichs Hals war jedenfalls nicht zu übersehen.

»Könnte ich bitte mit Ihrem Geschäftsführer sprechen?«, sagte Horndeich in den Hörer seines Telefons. »Nein, nur Behinderung laufender Ermittlungen. Ist auch nicht billig«, entgegnete er energisch auf den Einwand seines Gesprächspartners.

Margot hatte keine Ahnung, worum es eigentlich ging, aber das würde ihr Horndeich schon noch erklären.

»Ja, es geht um die Änderung des Startmenüs bei den Galerien.«

Wovon sprach Horndeich?

»Genau, die Seite ›vierziggeilstemoepse.htm‹. Die Seite ist nicht mehr verfügbar. Seit wann?«

Wovon sprach Horndeich?, frage sich Margot erneut. War das Fachsimpelei unter Pornoseitenbesuchern?

»Ja, ›hundertgeilstemoepse.htm‹ – ich weiß, ausgetauscht. – Okay. Seit wann? – Vor zwei Wochen? Wunderbar. – Wäre toll, wenn Sie uns das auch schriftlich bestätigen könnten. – Ja, gern per Fax. Herzlichen Dank.«

Horndeich legte auf.

»Was war das jetzt?«

»Gassions Alibis sind Müll«, sagte Horndeich.

»Wie bitte?«, fragte Margot.

»Sandra hat rausbekommen, dass Gassion im Wochenendhaus nicht selbst gesurft hat. Die Seiten sind von einem Programm aus aufgerufen worden.«

»Wie kommt sie darauf?«, fragte Margot verblüfft.

»Ganz einfach: Aus den Protokollen eines Seitenanbieters ist ersichtlich, dass zu den vermeintlichen Alibizeitpunkten immer wieder Bilderseiten aufgerufen wurden, die gar nicht mehr beim Anbieter existieren. Gerade habe ich die Bestätigung erhalten: Am Wochenende, bevor Susanne Bretz ermordet wurde, hat der Anbieter die Seitenstruktur seines Internetangebots geändert: Die Seite ›Die vierzig geilsten Möpse‹ wurde ersetzt durch ›Die hundert geilsten Möpse‹. Das Programm versuchte jedoch ständig, auf die nicht mehr vorhandene Seite zuzugreifen – die es bis zwei Tage vor dem Mord auch noch gegeben hat.«

»Wow«, sagte Margot. »Und wie ist Sandra darauf gekommen?«

Sandra erschien im Türrahmen. »Ich bin gar nicht darauf gekommen, muss ich zu meiner Schande gestehen. Unser Internetcrack in spe hier hatte den richtigen Riecher.« Sie trat ins Büro, gefolgt von Ines Milbach, die direkt hinter ihr gestanden hatte.

»Damit ist Markötter draußen, was?«, fragte Margot.

»Auf jeden Fall sollten wir uns Gassion noch mal vornehmen«, meinte Horndeich.

»Wenn er die Bretz aus Rache umgebracht hat, nach so langer Zeit, und dann seine Frau – was war der Auslöser dafür?«, fragte Sandra.

Horndeich schaute in die Runde, und Margot hatte den Eindruck, dass über seinem Kopf eine schwebende Glühbirne eingeschaltet worden war – wie bei Daniel Düsentrieb in den Micky-Maus-Comics, wenn dieser eine Idee hatte. »Ich ruf eben mal bei Annette an – ich hab da so eine Idee.«

»Was für eine Idee?« – »Wer ist Annette?«, fragten Margot und Sandra zeitgleich.

Horndeich tippte eine Nummer, die er offenbar auswendig kannte, in die Tastatur seines Telefons.

»Hallo, hier ist Steffen Horndeich. Annette, kannst du mir eben mal auf dem kleinen Dienstweg einen Gefallen tun?«

Margot konnte die Antwort von Annette Wer-auch-immer nicht hören, aber Horndeichs Schweigen entnahm sie, dass sie ziemlich wortreich war.

»Ja, mir geht's gut«, antwortete Horndeich. Er kam um ein paar Takte Small Talk nicht herum und rollte dabei die Augen. »Ja, ich bräuchte eine Auskunft. Wir haben ein Mordopfer – und ich würde gern wissen, ob das bei euch bekannt ist. Marina Gassion.« Horndeich buchstabierte den Namen, dann schwieg er, was diesmal offenbar daran lag, dass seine Gesprächspartnerin ein wenig Zeit brauchte, sich die gewünschten Informationen auf den Schirm zu holen; er schaute jedenfalls deutlich entspannter drein.

»Vor acht Wochen? Das ist ja hochinteressant. Ja, danke, das ist sehr nett.«

Wieder folgte ein Monolog auf der Gegenseite, den Horndeich damit beendete, dass er sagte: »Du, ich bin nicht allein gerade. Feind hört mit. – Ja, mach ich. – Bis bald, danke.« Dann legte er wieder auf.

»Wer war das?«, hakte Sandra noch mal nach. Margot lag die gleiche Frage auf der Zunge, aber sie hätte einen anderen Tonfall gewählt. Eher sachlich, nicht betroffen.

»Das war mein Kontakt zur Familienabteilung des Amtsgerichts. Ihr erratet nicht, was Marina Gassion vor acht Wochen gemacht hat.«

»Die Scheidung eingereicht«, vermutete Sandra.

»Bingo. Der Marktköter hat recht gehabt: Sie wollte sich wirklich von ihrem Mann trennen. Sie hat die Scheidung eingereicht. Zusammen mit dem Fremdgehen ist das sicher ein gutes Motiv. Glaube nicht, dass Gassion ihr das Leben gemeinsam mit Marköter auch noch finanziell versüßen wollte. Und da hat er gedacht, dass er gleich auch noch den Tod seiner Mutter rächen und das alles als Pseudo-Serienkiller-Inszenierung verkaufen kann.«

»Und wie passt Jana Gruber da hinein?«

Sandra meldete sich zu Wort. »Ich hab die Zugangsdaten zu ihrem E-Mail-Provider. Die werde ich gleich mal checken. Wenn sie mit ihm nicht telefoniert hat, haben sie vielleicht per E-Mail miteinander kommuniziert.«

»Gut. Und ich werde mir jetzt Gassion kaufen. Frau Milbach – wollen Sie mitkommen?«

Ines Milbach schaute Margot verdutzt an. Horndeich ebenso.

»Kümmert ihr euch um die E-Mails«, sagte Margot nur. Zum einen hatten die beiden ja nun bewiesen, dass sie als IT-Team ziemlich gut waren. Was Margot nie geglaubt hätte. Noch vor wenigen Jahren hatte sie Horndeich erklären müssen, wie eine Online-Versteigerung à la eBay funktioniert. Und zum anderen hatte sie verhindern wollen, dass private Gefühlsduselei die beiden von der Arbeit abhielt. Aber da das zarte Pflänzchen inniger Bande zwischen den beiden gerade erblühte, wollte sie es eher pflegen statt zertrampeln.

Diesmal war es Horndeich gewesen, der für sie beide einen Kaffee gezaubert hatte. Sandra hatte derweil an ihrem Rechner das E-Mail-Konto von Jana Gruber geöffnet.

»Sie hat ein prima Passwort.«

»Welches?«

Sandra gab die Lettern ein und buchstabierte sie dabei laut: »g-s-e-t-n-i-a-i-d-f-s.«

»Wie kann man sich eine solch bescheuerte Kombination merken? Als ich damals auf Russisch zählen lernte, war das ja ein Klacks dagegen.«

»Du brauchst dir die Buchstabenfolge gar nicht zu merken. Der Trick geht andersherum: Du lernst einen Satz und nutzt die Anfangsbuchstaben.«

Horndeich schaute auf das Fax mit den Zugangsdaten.

»Ich merke mir zum Beispiel: ›Steffen baut gern Schränke auf.‹ Und schon habe ich ein für andere kryptisches Passwort: ›s-b-g-s-a‹.«

Horndeich betrachtete das Passwort von Jana Gruber. »›Glücklich schaut ein Teddybär nächtens ins Aquarium, in dem Fische schwimmen‹ – so was meinst du?«

»Wow – du bist gut. Genau das meine ich.«

Sie saßen nebeneinander vor dem Bildschirm. Nach der Eingabe des Passworts erschien ein E-Mail-Programm. Das Postfach war reichlich gefüllt. Zuerst checkte Sandra, wie lange die elektronische Korrespondenz zurückreichte. Es war genau ein Jahr.

Sie gab den Namen »Gassion« ins Suchfeld ein – aber weder im Postausgang noch im Posteingang landete sie einen Treffer. Auch mit »Markötter« oder einem der Firmennamen von Gassions kleinem Imperium landete sie keinen Treffer, weder im Adressfeld der Mails noch im Betreff oder in den Texten der einzelnen Mails.

»Was heißt das? Das war's? Kein Kontakt? Kein Hinweis?«, fragte Horndeich.

»Abwarten«, beschwichtigte Sandra. »Ich gehe jetzt einfach mal die Mails der Woche vor ihrem Tod durch. Mal schauen, ob sich etwas Interessantes findet.«

»Tut mir leid, Herr Gassion ist außer Haus. Er hat nicht gesagt, wann er da sein wird«, teilte die Dame an der Empfangstheke Margot und Ines Milbach mit. Es war Dörte Springer, dieselbe Dame, die sie und Horndeich am Donnerstag empfangen hatte.

»Wann hat er denn das Haus verlassen?«, fragte Margot nach.

»Gar nicht. Er rief heute Morgen von zu Hause aus an, dass er erst später kommen wird. Er nannte aber keine Uhrzeit.«

»Könnten Sie mir bitte seine Mobilnummer geben?«

»Nein, das kann ich nicht.«

Margot glaubte, sich verhört zu haben. »Doch, das können Sie!«

Der Blick von Dörte Springer wurde ebenso frostig wie der von Margot. »Herr Gassion hat mich angewiesen, niemals seine Mobilnummer an Dritte weiterzugeben.«

»Mit Verlaub, wir sind nicht ›Dritte‹, wir sind die Mordkommission!«

»... und damit ›Dritte‹. Tut mir leid.«

Margot dachte kurz darüber nach, wie sie am besten Druck auf Frau Springer aufbauen sollte: Behinderung von Ermittlungen, Dummschwätzerei. Besser Ersteres. »Sie behindern Ermittlungen in einem Mordfall!«

»Ich kann gern versuchen, Herrn Gassion auf seinem Handy zu erreichen. Aber ich werde Ihnen nicht die Nummer geben.«

Margot zuckte mit den Schultern, und Frau Springer drückte eine der Kurzwahltasten auf dem Apparat ihrer Telefonanlage. Sie wartete, dann hielt sie die Hörermuschel zu: »Mailbox. Soll ich etwas hinterlassen?«

»Ja. Er möge mich bitte zurückrufen. Hauptkommissarin Margot Hesgart, Kriminalpolizei Darmstadt. Die Nummer hat er.«

Frau Springer tat, wie ihr geheißen, dann legte sie auf.

»Kann ich sonst noch etwas für Sie tun?« Mit ihrer antrainierten Freundlichkeit hätte sie sicher auch als Stewardess oder an der Hotelrezeption eine gute Figur gemacht.

»Nein, danke«, flötete Margot, »das wäre es fürs Erste. Auf Wiedersehen.«

»Was machen wir jetzt?«, fragte Ines Milbach, als sie das Gebäude verließen.

»Jetzt fahren wir zu seiner Wohnung, dann zu seinem Wochenendhaus.«

Als Margot den Wagen in den Verkehr einfädelte, fragte Ines Milbach: »Glauben Sie bei Susanne Bretz an das Rachemotiv?«

Margot schaltete einen Gang höher und warf der Kollegin einen kurzen Blick zu. »Nein«, gestand sie, als sie wieder durch die Windschutzscheibe sah. »Und das bereitet mir ein wenig Kopfzerbrechen. Gassion scheint ein kühler und sehr rationaler Mensch zu sein. Um seine Tante umzubringen, bedarf es eines handfesteren Motivs, eines Ereignisses, das ihn handeln lässt. Ein vages Rachegefühl ist für diesen eiskalten Hund zu wenig.«

Ines Milbach nickte.

»Haben Sie eine Idee, was das mit dem Wasser auf sich hat?«, fragte Margot.

»Nein, nicht wirklich. Aber ich bin mir sicher, dass die Verbindung mit Wasser etwas zu bedeuten hat.«

»Ein traumatisches Erlebnis aus seiner Zeit in der Fremdenlegion?«

»Ich weiß es nicht«, gab Ines Milbach zu. »Würde ich seinen Lebenslauf kennen, könnte ich Ihnen sagen, was ich für den Auslöser halte. Aber so ... So ist jede Aussage von mir so fundiert wie sechs Kreuze auf einem Lottoschein.«

Das war wenigstens ehrlich.

Das Mailpostfach von Jana Gruber war enttäuschend.

Keine einzige Mail an Markötter, keine an Gassion. Mails an Kommilitonen, an Dozenten. Verweise in den Mails auf irgendwelche Diskussionsforen, in denen man den Verbleib des jüdischen Tempelschatzes diskutierte oder über die Existenz des Heiligen Grals. Jana Gruber schien sich für die verschwörungstheoretisch ergiebigen Themen der Geschichte interessiert zu haben.

Dann fand Sandra eine Mail, die Jana an Simone Kodian gesendet hatte.

»Hallo Simmi, hier die Fotos vom letzten Wochenende.«

Darunter ein Link – ein Verweis auf eine andere Internetseite. Sandra klickte darauf.

»Was ist das denn?«, fragte Horndeich.

»Das ist eine virtuelle Festplatte. Kann man mieten. Bieten auch viele E-Mail-Provider an. Du kannst dort Daten hochladen. Und von überall über das Internet darauf zugreifen. Oder du kannst anderen den Zugriff gestatten. Du kannst auf diese Weise Freunden Fotos schicken. Du lädst sie hoch, schickst ihnen einen Link wie diesen hier, die klicken dann drauf – und sehen die Dateien und können sie sich runterladen. Auf diese Weise brauchst du nicht mehr CDs voller Fotos für die ganze Clique zu brennen.«

»Und warum sehen wir jetzt keine Fotos?«

»Weil Jana diesen Ordner auf der virtuellen Festplatte mit einem Passwort geschützt hat. Und das bekommen wir jetzt hoffentlich gleich von ...«

»Simone Kodian«, beendete Horndeich den Satz und suchte nach der Mobilnummer von Janas Freundin. Sekunden später hatte er die junge Dame am Apparat.

»Horndeich hier, Mordkommission. Frau Kodian, wir durchforsten gerade die E-Mails Ihrer Freundin Jana. Dabei sind wir auf eine Mail gestoßen, die sie Ihnen in der vergangenen Woche geschickt hat. Mit einem Link zu Bildern. Wir würden uns die Fotos gern ansehen, benötigen dazu jedoch das Passwort.«

Simone Kodian schwieg.

»Es ist wichtig.«

»Sicher. Es ist nur so ... Mein Gott, wenn ich mir vorstelle, dass jemand nach meinem Tod auch in den letzten intimen Details aus meinem Leben herumschnüffelt ...«

»Frau Kodian, ich kann Sie verstehen. Und ich ... Wir tun so etwas nicht gern. Aber Sie haben doch sicher auch ein Interesse daran, dass wir den Kerl finden, der Ihre Freundin umgebracht hat.«

Wieder schwieg die junge Dame. Dann sagte sie: »Ich möchte nicht, dass Sie diese Fotos sehen.«

Horndeich nahm sich Zeit für eine Antwort. »Frau Kodian, Ihre Freundin wurde von einem Irren umgebracht, und wir haben noch keinen Schimmer, wer er ist. Und schon gar nicht, warum er sie umgebracht hat. Vielleicht mordet der Typ wieder. Möglicherweise hat er zuvor schon zwei andere Menschen umgebracht. Wir brauchen jede Unterstützung, die wir bekommen können. Ich kann Sie nur bitten, dass Sie uns helfen. Für Jana. Und das tue ich hiermit…«

»›Niemand weiß so gut wie du, dass ich mit dir schlafen will.‹ Nehmen Sie jeweils den ersten Buchstaben, dann haben Sie das Passwort. Ich hoffe nur, Sie gehen mit den Fotos nicht hausieren.« Damit beendete sie das Gespräch.

Horndeich legte den Hörer auf. Nachdenklich. Offenbar waren es keine Fotos, die man öffentlich herumzeigte.

Er wandte sich Sandra zu: »Niemand weiß so gut wie du, dass ich mit dir schlafen will.«

Sie sah Horndeich mit großen Augen an. »Steffen«, flüsterte sie. »Wir sind im Dienst.«

Erst da wurde sich Horndeich über den Inhalt des Satzes bewusst, den er achtlos nachgeplappert hatte. »Nein, das meine ich doch gar nicht. Ich meine, das ist das Passwort. Jana Gruber hat das genauso gemacht, wie du angenommen hast: Die Anfangsbuchstaben der Wörter dieses Satzes ergeben das Passwort. ›Niemand weiß so gut wie du, dass ich mit dir schlafen will.‹« Horndeich schrieb die Buchstaben auf die Schreibtischunterlage – n-w-s-g-w-d-d-i-m-d-s-w –, Sandra tippte sie ein. Und der Ordner auf der Festplatte im Internet öffnete sich.

Darin befanden sich rund vierzig Bilder, alle mit Datum und Uhrzeit versehen, danach folgte der Titel »Wochenende mit Simmi« und dann die Endung »jpg«, die die Dateien als Fotodateien auswies.

Sandra lud die Fotos auf die lokale Festplatte. Klickte auf das erste Bild.

Es zeigte Jana, die den Fotografen oder die Fotografin anstrahlte. Im Hintergrund nur Natur und ein bisschen Wasser. Vielleicht ein Badesee.

Auf dem nächsten Bild war Simone Kodian zu sehen, die ihrerseits in die Kamera strahlte.

Es folgten mehrere Fotos, die den See zeigten. Horndeich kannte ihn nicht. Das Fleckchen, das sich Simone Kodian und Jana Gruber ausgesucht hatten, war idyllisch und abgelegen. Zwei Fahrräder lagen vor einem Busch. Musste also ein See im näheren Umkreis sein.

Die beiden hatten am Boden eine Decke ausgebreitet und machten Picknick. Wein, Käse, Wurst, Salat, Brot. Horndeichs Magen knurrte leise bei diesem Anblick. Er konnte allerdings nicht begreifen, weshalb Simone nicht gewollt hatte, dass sie sich die Fotos anschauten.

Einige der Aufnahmen waren offensichtlich mit Selbstauslöser aufgenommen. Jana und Simone bissen simultan in ein Brötchen. Sie stießen an, tranken Wein. Sie umarmten sich. Sie küssten sich.

»Oops«, entfuhr es Sandra.

Der Kuss, der auf diesem Foto zu sehen war, ging deutlich über ein Freundschaftsküsschen hinaus. Was dadurch unterstrichen wurde, dass Janas Hand auf Simones Brust lag. Unter dem T-Shirt.

»Okay, jetzt kann ich Frau Kodian verstehen«, murmelte Horndeich und stellte fest, dass auch Sandra etwas rot geworden war.

Sie klickte die Fotos nochmals durch. Eine Datei ließ sich nicht öffnen. Der Bildschirm war nur schwarz.

»Was meinst du, was auf der Aufnahme zu sehen ist?«

»Keine Ahnung«, log Horndeich. Seine Fantasie zeigte ein ganzes Potpourri möglicher Bilder. Er hatte sich wohl in letzter Zeit zu intensiv mit Pferden und Hunden beschäftigt …

»Ist die Datei kaputt?«

»Ich weiß es nicht. Schauen wir mal.«

Was danach kam, konnte Horndeich nicht mehr nachvollziehen.

Sandra öffnete ein paar Programme, danach sahen sie nur noch Zahlen und Tabellen auf dem Bildschirm.

»Komisch … seltsam …«, brummelte sie.

Nach fünf Minuten, in denen Horndeich einfach nur schweigend neben ihr saß, drehte Sandra die Datei durch den Wolf dieser ganzen Programme. Bildete sich Horndeich das nur ein, oder sah Sandra auf einmal anders aus?

Sie nahm den Blick nicht vom Bildschirm, als sie sagte: »Das ist keine Bilddatei.«

»Sondern?«

»Ich weiß es nicht. Ich weiß es *noch* nicht.«

Horndeich beobachtete, wie Sandras Finger über die Tastatur huschten, während ihr Blick auf den Bildschirm fixiert war. Er bewunderte sie für ihre Fähigkeiten.

»So. Jetzt drück uns mal die Daumen. Ich habe da so einen Verdacht.« Sandra lehnte sich zurück.

In einem kleinen Fenster bewegten sich Textzeilen wie ein Rollo nach oben.

Sandra grinste zufrieden. »Yep.«

Sie drückte auf die »Escape«-Taste, die das Textzeilenwandern unterband, klickte auf eine Datei.

Und auf dem Bildschirm erschien Janina. Auf der Couch. Sozusagen eine alte Bekannte von den Stuten mit Riesenmöpsen.

»Wie kommt die denn auf den Bildschirm?«, fragte Horndeich fassungslos.

Sandra strahlte. »Ich habe gezaubert.«

»Ohne Witz. Wie kommt Janina hier auf den Bildschirm?«

»Janina? Kennst du diese ... Frau?«

»Ja. Sie ist auch auf meinem Bildschirm aufgetaucht, als ich die Protokolle von Gassion überprüft hab. Umso weniger verstehe ich, wie sie jetzt hier auf den Bildschirm kommt.«

»Ich habe das Programm gefunden.«

»Welches Programm?«

Sandra sah zur Tür. Die Luft war rein. Also umarmte sie Horndeich. »Das Programm, das Gassion genutzt hat, um seine Anwesenheit im Wochenendhaus vorzutäuschen.«

»Und das ist eine Bilddatei?«

»Nein. Das ist keine Bilddatei. Das war nur eine Tarnung. Simone Kodian hat dieses Programm umbenannt, sodass es aussieht wie eine Bilddatei. Eigentlich war es ein ausführbares Programm, eine ›Exe‹-Datei. Sie hat sie einfach nur umbenannt. Und damit getarnt.«

Jemand trat auf das Gaspedal in Horndeichs Gehirn. Das Räderwerk lief im gelben Bereich. »Das heißt, dass Jana Gruber das Programm hatte, das Paul Gassions Alibi geliefert hat? Wieso hatte das Jana Gruber?«

»Das ist die falsche Frage. Die richtige lautet: Wie kommt das Programm zu Gassion?«

»Du meinst, Jana Gruber hat das Programm für Gassion geschrieben?«

»Ja. Genau das meine ich.«

Margot steuerte den Wagen in Richtung Gundernhausen.

»Wieder nichts«, kommentierte Ines Milbach die verschlossene Tür von Gassions Haus, vor der sie noch vor wenigen Minuten gestanden hatten.

»Ja«, murrte Margot. »Keine Ahnung, wo der Typ steckt.«

Ihr Handy in der Freisprechanlage meldete sich. Sie nahm das Gespräch an.

»Margot, hier Sandra. Wir kennen jetzt die Verbindung von Jana Gruber zu Paul Gassion.«

»Lass hören!«, forderte die Hauptkommissarin.

»Sie hat das Programm geschrieben, das seine Aktivitäten im Internet simuliert hat.«

»Und *deshalb* hat er sie umgebracht?«

»Keine Ahnung. Vielleicht hat sie das Programm geschrieben und ihn dann damit erpresst. Ich weiß es nicht. Auf jeden Fall ist das Programm von ihr.«

»Okay. Vielleicht hat Marktötter den Kontakt hergestellt. Vielleicht stecken die beiden sogar unter einer Decke. Wir versuchen Gassion jedenfalls gerade zu finden.«

Margot beendete das Gespräch per Knopfdruck und steuerte den Wagen am Ostbahnhof auf die Bundesstraße 26 in Richtung Osten, als ihr Handy wieder dudelte.

»Hesgart«, meldete sie sich.

»Margot – ich bin's, Cora.«

»Hallo, meine Gute. Bist du wieder zu Hause?«

»Ja, gestern Nacht bin ich wieder hier gelandet. Komisches Gefühl. Mein Vater weg, für immer. Winfried weg, auch für immer. Na ja, ich hab erst mal richtig ausgeschlafen. Und jetzt mache ich gerade die Post.«

»Und – hast du es einigermaßen hinter dich gebracht?«

»Ja, aber das ist nicht der Grund, warum ich dich anrufe. Ich hab ein Päckchen bekommen.«

Sofort dachte Margot an das Päckchen, das Marina Gassion an Cora geschickt hatte. »Was ist damit?«

Cora sog laut die Luft ein. »Es ist das Päckchen von Marina.«

Margots Nackenhaare stellten sich auf. Sie bemerkte, dass Ines sie von der Seite her anschaute. »Was ist mit dem Päckchen. Und woher kommt es? Es war nicht bei deiner Nachbarin – und auch nicht im Wohnzimmer.«

»Es lag in der Küche. Meine Putzfrau war gerade da, als der Postbote kam. Sie hat es netterweise angenommen. Und auf der Arbeitsplatte in der Küche abgelegt, mit einem kleinen Zettel.«

Super, dachte Margot. Sie hätte nur einen Blick in die Küche werfen müssen, dann hätte sie das Päckchen entdeckt. Aber sie hatte nicht durch Coras Wohnung streunen wollen wie ein Dieb.

»Ich habe das Päckchen aufgemacht«, fuhr Cora fort. »Obenauf lagen die zwei Ketten, die ich bei Marina habe reparieren lassen. Aber darunter, da ist noch ein zweites Päckchen. Ich habe es auch aufgemacht. Da drin ist ... Du glaubst es nicht!«

Sag schon, dachte Margot, aber sie wollte die Freundin nicht drängen.

»Es ist ein Messer, Margot! Und an dem Messer ist Blut.«

Margot ärgerte sich, dass sie gerade auf die B26 aufgefahren war, weil sie auf der ausgebauten Straße mit getrennten Fahrspuren nicht wenden konnte.

Ein kurzer Seitenblick zeigte ihr, dass Ines stocksteif neben ihr saß und sie fassungslos anstarrte.

»Was ist das für ein Messer?«, fragte Margot. »So ein Kampfmesser?«

»Margot, ich kenne mich doch mit Messern nicht aus. Möglich, dass es ein Kampfmesser ist. Ich meine, es ist lang. Und es ist jedenfalls kein Küchenmesser.«

»Cora, rühr dich nicht von der Stelle und das Messer nicht an!«

»He, was ist? Ich verstehe deinen Ton nicht. Klar rühr ich das Messer nicht an. Wie gesagt, es ist voller Blut.«

»Wenn mich nicht alles täuscht, Cora, dann ist das Messer eine Mordwaffe.«

»Scheiße. Margot, ich glaube, ich habe eine Riesendummheit gemacht.«

»Was ist?«

»Ich habe zuerst Marinas Mann angerufen und ihm davon erzählt. Er sagte, er werde das Messer abholen. Und ich hab ihm vorgeschlagen, dass wir es ja gemeinsam zur Polizei bringen können. Aber dazu hat er nichts gesagt, hat ganz komisch reagiert. Daraufhin habe ich dich angerufen. War das ein Fehler?«

Cora klang auf einmal wie ein kleines Mädchen, das neben der ruinierten Mikrowelle stand, in der sie hatte Eier kochen wollen ...

»Cora – vergiss, was ich gesagt habe. Nimm das Päckchen mit dem Messer, und fahr sofort zu Horndeich aufs Präsidium. Mach schnell!«

»Okay«, murmelte Cora, »ich komme dann ...«

Die Verbindung brach ab.

»Hat sie aufgelegt?«, fragte Ines Milbach.

Margot antwortete nicht, sondern drückte die Kurzwahl für Horndeichs Apparat.

»Was gibt's? Habt ihr ihn?«, fragte der.

»Nein, aber er hat gleich meine Freundin Cora. Und die hat Gassions Messer – höchstwahrscheinlich. Fahrt zu ihr, aber ratzfatz. Gassion ist auf dem Weg zu ihr!« Sie gab Horndeich die Adresse im Heinrichwingertsweg durch. Das war gottlob nicht weit vom Polizeipräsidium. »Ich komme, so schnell ich kann, aber ihr werdet zuerst da sein!«

»Alles klar. Bis gleich.«

»Horndeich!«, rief sie noch. »Seid vorsichtig! Wenn Gassion der Killer ist und dort auftaucht ...«

»Klar. Ich pass schon auf.«

Ein kalter Schauer tastete sich Margots Rücken hinab bis zum Becken. Wenn das mal keine berühmten letzten Worte waren ...

»Können Sie mir erklären, wie Cora an das Messer ...«, setzte die Milbach an.

»Später«, sagte Margot nur.

Ines Milbach nickte und machte sich nützlich, ließ das Seitenfenster herab, setzte das Blaulicht aufs Dach und schaltete die Sirene an.

Und Margot gab Gas.

Nach wenigen Sekunden erschien bereits die Abfahrt nach

Roßdorf. Sie fuhr ab, machte einen illegalen U-Turn und fuhr wenig später wieder auf der Gegenfahrbahn auf.

»Wie kommt Ihre Freundin Cora an das Messer?«, fragte Ines Milbach abermals. Sie hielt sich mit einer Hand am Haltegriff des Dachholms fest.

»Von Marina. Die beiden waren Freundinnen. Marina hat Cora noch auf die Handymailbox gesprochen, dass sie ihr ein Päckchen schickt und sich noch mal melden werde. Aber Cora war an dem Tag nach Ostfriesland aufgebrochen und hatte ihr Handy vergessen.«

»Und das Messer – gesetzt den Fall, es ist Gassions Messer, und es ist die Mordwaffe, mit der Kathrin Bretz umgebracht wurde –, woher hatte Marina das Messer? Von ihrem Mann?«

»Vielleicht.«

»Aber warum sollte der die Mordwaffe aufheben, mit der sein Vater und seine Tante seine Mutter umgebracht haben? Das macht ja wohl wenig Sinn.«

Margot fegte inzwischen mit siebzig Sachen an der Tankstelle vorbei, gelangte auf die Heinrichstraße. Und gleichzeitig schoben auch ihre grauen Zellen weiter Puzzleteile hin und her. »Das macht nur Sinn, wenn er selbst der Mörder seiner Mutter ist. Und seine Frau in den Besitz des Messers kam.«

»Seine Unterstützung ihres Ladens – das war also kein Liebesdienst, sondern sie hat ihn erpresst. Und als sie die Scheidung einreichte, konnte er sich nicht wehren, weil er sonst wegen des Messers in den Bau gegangen wäre. Das nenne ich jetzt allerdings ein starkes Motiv. Aber wie hat sie ihm das Messer abgenommen?«

Margot schaltete einen Gang runter. Hupte, damit der Polo vor ihr sie vorbeiließ. Endlich konnte sie ihn überholen. Ines schloss die Augen. »Sie hat das Messer nicht von ihrem Mann«, sagte Margot. »Sie hat das Messer von Susanne Bretz. Die hat das Messer in ihrem Messietum aufgehoben.«

»Und als sie in Gassion Hans Bretz erkannte, erpresste sie ihn. Wollte einen Chauffeur …«

»… und einen schönen Fernseher. Und einen schönen Herd. Und sie nahm Kontakt zu Marina Gassion auf.«

»Aber sie wird ihr doch nicht erzählt haben, dass sie ihren

Mann in der Hand hat und ihn erpresst. Das wäre schon etwas riskant. Es hätte ja sein können, dass Marina zu ihrem Mann steht.«

Margot näherte sich der Kreuzung zur Nieder-Ramstädter. Setzte instinktiv den linken Blinker. Bog ab. Was der entgegenkommende Benz trotz Blaulicht und Sirene offenbar ignorieren wollte. Er raste auf den Polizeiwagen zu.

Margot drückte das Gas durch. Die Reifen radierten kreischend über den Asphalt, der Wagen schlingerte – aber Ines Milbach bekam keinen unfreiwilligen Besuch durch die geschlossene Beifahrertür.

»Ich glaube eher«, fuhr Margot fort, »Marina Gassion war für Susanne Bretz die letzte Freundin, der letzte Rettungsanker, um nicht ganz in die Isolation abzudriften. Die Bretz, sie hatte beginnenden Alzheimer. Sie merkte, dass ihr Gehirn nicht mehr richtig funktionierte. Vielleicht hat sie es deshalb Marina erzählt. Oder vielleicht sogar während solch eines Aussetzers.«

»Und Marina ließ sich das Messer geben. Versteckte es. Sagte ihrem Mann, es sei an sicherer Stelle. Und als Susanne Bretz starb, hatte Marina Gassion gleich den Verdacht, dass ihr Mann der Täter war. Sie wollte das Messer vor ihm verstecken, vielleicht als eine Art Faustpfand, falls auch ihr was zustößt, und schickte es Cora.«

»Ja. So kann es gewesen sein«, sagte Margot und scheuchte weiterhin Autos vor sich her.

»Abflug!«, sagte Horndeich nur. Auf dem Weg zum Wagen erklärte er Sandra, worum es ging.

»Sie hat das Messer – wahrscheinlich die Waffe, mit der Kathrin Bretz damals umgebracht wurde.«

»Und warum sollen wir direkt hinfahren?«

»Gassion ist auf dem Weg zu ihr. Warum, weiß ich nicht. Wir müssen vorsichtig sein.«

Horndeich nahm einen der Dienstwagen, einen dunklen Mercedes, Sandra stieg auf der Beifahrerseite ein.

Keine zwei Minuten später hielt Horndeich vor dem Haus von Cora Wilk.

Er griff zum Handy. »Margot? Wir sind jetzt da. Und wir gehen rein.«

Abermals ermahnte ihn die Kollegin zur Vorsicht. Unnötig. Von allen Menschen auf der Welt war er sicher der, dem am meisten an seinem Leben lag. Er wollte noch viele Tage – und Nächte – mit Sandra verbringen.

»Türklingel?«, fragte Sandra.

Horndeich nickte. »Nimm die Waffe.«

Sandra und Horndeich zogen ihre Dienstpistolen, dann drückte Horndeich die Klingel.

Niemand öffnete. Doch Cora Wilks Smart stand im Carport.

»Wir gehen nach hinten. Da ist eine kleine Terrasse.« Einmal war Horndeich zusammen mit Anna auf einer Party gewesen, die Cora Wilk und ihr Mann gegeben hatten, daher kannte er das Terrain zumindest grob.

Er sprang über das Gartentörchen, Sandra tat es ihm gleich.

Sie schlichen am Carport vorbei in den Garten.

Sandra sicherte nach hinten, während Horndeich voranschlich.

»Die Terrassentür ist nur angelehnt«, erkannte er.

»Was machen wir?«

Horndeich rechnete Wahrscheinlichkeiten gegen Chancen auf. Cora war zu Hause. Und wenn sie nicht öffnete, gab es drei Möglichkeiten. Erstens: Gassion hatte sich das Messer geschnappt, und Cora lag verletzt in ihrem Haus. Variante zwei: Gassion war noch im Haus, weil Horndeich und Sandra einen Tick zu schnell auf der Matte gestanden hatten. Variante Nummer drei: Cora saß auf dem Lokus.

Variante drei war für alle Beteiligten sicherlich am ungefährlichsten. Im schlimmsten Fall bekam Cora einen höllischen Schrecken, wenn sie vom Klo kam und sie beide mit gezückten Waffen in ihrem Wohnzimmer standen. Variante zwei wäre unangenehm. Leider erschien Horndeich Variante Nummer eins am wahrscheinlichsten. Und die erforderte unverzügliches Handeln.

»Wir gehen rein. Ich zuerst. Dann sichern wir den Raum. Dann Stück für Stück weiter durch das Haus. Handys auf Vibrationsalarm, okay?«

Sandra nickte, und beide entzogen sie ihren Mobiltelefonen die Lizenz zum Klingeln.

Horndeich schob die Terrassentür ganz auf, nachdem er durch das Fenster gespäht, aber niemanden entdeckt hatte.

Er sicherte den Raum, Sandra folgte.

Sie hielten ihre Waffen schräg nach oben gerichtet.

Horndeich blickte zur Tür, die in den Flur führte. Er nickte in die Richtung.

Doch bevor sie auch nur einen weiteren Schritt machen konnten, erschien Cora Wilk im Türrahmen. Fest im Griff von Paul Gassion.

»Wirklich willkommen sind Sie nicht«, höhnte er. »Schade, dass sie zwei Minuten zu früh hier aufgetaucht sind.«

Horndeich und Sandra spielten Standbild und rührten sich nicht.

Der Grund war die Pistole mit Schalldämpfer, die Gassion der zitternden Cora unters Kinn presste.

Ines Milbach hatte Sirene und Blaulicht abgeschaltet. Sie waren nur noch gut zweihundert Meter von Coras Haus entfernt. Dass Paul Gassion versuchen würde, das Beweisstück einzusacken, stand für Margot außer Frage. Auch wenn er noch nicht wusste, dass seine Alibis für die Morde an Susanne Bretz, seiner Frau und Jana Gruber Müll waren – das Messer würde ihn des Mordes an seiner Mutter überführen.

Als Ines »Achtung!« rief, hatte sie den Fuß schon auf der Bremse. Unmittelbar hinter dem Knick, den die Straße beschrieb, stand ein Müllwagen. Quer.

»Was ist denn hier los?«, stieß Margot hervor. Die Frage war rein rhetorischer Natur. Ein kleines Motorrad lag quer auf der Straße. Sein Zustand verriet, dass es näheren Kontakt mit dem Müllwagen geschlossen hatte.

Auf dem Boden saß ein junger Mann. Den Helm hatte er abgenommen, er blutete am Arm und hatte ebenso eine Wunde am Kinn, das vom Jethelm nicht geschützt worden war. Margot würde nie verstehen, wie man mit diesen »Helm lights« unterwegs sein konnte. Der Werbeslogan für diese Dinger ohne Kinnschutz konnte nur lauten: »Genießen Sie Ihre erste Pizza durch die Schnabeltasse!« Offenbar hatte der Motorradfahrer jedoch keine schwereren Verletzungen davongetragen.

»Kommen Sie«, forderte Margot ihre Kollegin vom LKA auf.

Sie sprangen aus dem Wagen, Margot zückte den Dienstausweis und steuerte direkt auf den Fahrer des Müllwagens zu, der neben dem Jungen stand und auf ihn einredete.

»Hesgart, Kripo Darmstadt. Bitte fahren Sie auf der Stelle den Wagen zur Seite.«

»Naa, naa. Lady. Isch wadd hier, biss die rischdisch Pollizei da iss. Die muss den Scheiß hier aufnehme. Isch brauch da a rischdisch genau Proddtokoll, weil maan Scheff, der reisd mir graad de Kopp ab, wenn der auch nur a bisssche glaubd, dass isch da an dem Scheißunfall schuld bin. Isch bewesch den Waache kaan Millimeder, des saach isch Ihne.«

»Legen Sie beide die Waffen beiseite. Langsam. Zuerst die Dame, dann Sie, Herr Horndeich.«

»Gassion, machen Sie doch nicht alles noch schlimmer.« Ein Satz, tausendmal in Fernsehkrimis von den TV-Helden gesprochen, von Erik Ode über Horst Tappert bis zu den heutigen »Tatort«-Größen. Nun, einzig Axel Prahl, der Kommissar aus Münster, würde sich vielleicht nicht zu einer solchen Plattitüde hinreißen lassen. Er würde einfach nur die Augen rollen, die Waffe weglegen und hoffen, dass Kollege Jan Josef Liefers nicht mit einer Panzerfaust in den Raum gestürmt kommt.

»Horndeich, nur einmal fürs Protokoll: Es gibt keine Diskussionen, nur Befehle!«, schnappte Gassion. »Ich gehe nicht in den Knast. Auf keinen Fall. Also, ein letztes und gleichzeitig allerletztes Mal: Waffen weg!«

Horndeich nickte nur und nahm die zweite Hand von der Waffe. Kein Risiko. Wenn sie hier anfingen zu pokern, gefährdeten sie Coras Leben.

»Sichern und zur Seite. Flott.«

Sandra gehorchte, dann auch Horndeich.

»In die Ecke kicken.«

Sie taten, wie ihnen geheißen. Die Waffen landeten unter dem Sofa.

»Jetzt die Handys.«

Sie folgten den Waffen. Die würden sich also nicht ganz so allein fühlen.

»Sehr gut.«

Gassion führte Cora Wilk einen Schritt in den Raum.

Was hat er vor?, fragte sich Horndeich.

Die Antwort folgte prompt. Nach einem blitzschnellen und bestens platzierten Schlag sank Cora Wilk ohnmächtig nieder. Noch bevor sie auf dem Boden aufschlug, hatte Gassion die Waffe schon auf Sandra gerichtet. »Kommen Sie her.«

Sandra sah Horndeich an. In ihren Augen stand die Angst geschrieben. Doch sie tat, was Gassion verlangte. Keine drei Sekunden später stand sie in der Position, in der sich gerade Cora befunden hatte.

»Gassion, was soll das? Glauben Sie wirklich, Sie kommen damit durch?«, fragte Horndeich mit ruhiger Stimme. »Glauben Sie, Sie können jetzt einen Hubschrauber bestellen und damit nach Kuba fliegen?«

»Halten Sie einfach die Klappe. Und nehmen Sie das Paket, das auf dem Tisch dort steht. Drücken Sie es Ihrer Kollegin in die Hand. Aber langsam. Ganz langsam.«

Horndeich zweifelte nicht daran, dass Gassion die Waffe benutzen würde. Er hatte während seiner Zeit bei der Legion sicherlich so einige Menschenleben vorzeitig beendet.

Er ging zum Wohnzimmertisch. Das Päckchen, das Margot erwähnt hatte. Es war geöffnet. Daneben lagen zwei Halsketten und Füllmaterial. Und darin das Messer. Wäre es möglich, Sandra mit einem Trick aus ihrer misslichen Lage zu befreien? Vielleicht sogar das Messer gegen Gassion einzusetzen? Er wollte das Beweisstück. Vielleicht ...

»Denken Sie nicht mal dran«, sagte Gassion. »Fassen Sie das Päckchen unten an. Und Sie – wie heißen Sie eigentlich? –, Sie fassen das Paket ebenfalls nur unten an. Wenn Sie das Messer auch nur anrühren, leg ich Sie um!«

Sandra nannte ihren Namen nicht – und Gassion hakte auch nicht nach.

Horndeich brachte das Päckchen zu Sandra, die es ihm zitternd abnahm.

»Prima. Und jetzt Abflug. Horndeich, Sie gehen vor. Durch

die Vordertür. Zu dem schwarzen Audi. Sie setzen sich ans Steuer. Alles ganz langsam.« Er wiederholte nicht, dass jede Zuwiderhandlung Sandras Tod zur Folge hätte. Er musste es nicht. Das wusste Horndeich auch so.

Der Audi stand direkt vor Horndeichs Benz. Im Kofferraum befanden sich ein schwarzer Reisekoffer und mehrere Kabelbinder. Mit denen musste Horndeich Sandra die Hände auf dem Rücken fesseln. Danach stiegen Sandra und Gassion in den Fond, Gassion auf der rechten Seite, sodass er auch Horndeich im Blick und schnell im Visier hatte. Sekunden später saß Horndeich hinter dem Steuer. Das Päckchen mit dem Messer befand sich im Kofferraum. Horndeich wollte sich anschnallen.

»Finger weg. Der Einzige, der sich hier anschnallt, bin ich«, sagte Gassion und ließ den Worten Taten folgen. »Sie werden mich nicht durch bescheuerte Bremsmanöver austricksen. Vergessen Sie's einfach.«

Gassion hielt die Mündung der entsicherten Pistole immer noch auf Sandra gerichtet. Horndeich hoffte, dass Gassion nicht versehentlich schoss, zum Beispiel bei einer Bodenwelle. Er erinnerte sich, dass er im Kino Tränen gelacht hatte, als im Film »Pulp Fiction« die Geisel eines Gangsterpärchens genau auf diese Art und Weise ums Leben gekommen war. Die folgenden zehn Minuten drehten sich nur darum, wie der Wagen wieder sauber zu kriegen war – damals ein königlicher Spaß. Horndeich wusste, dass er sich diesen Film nie wieder würde anschauen können.

Auf der anderen Seite war er auf einmal seltsam beruhigt. Gassion war ein Perfektionist. Er hatte bestimmt keine Waffe gewählt, die zu leicht losgehen konnte. In dieser Situation brauchte er Kontrolle und keine weitere Leiche. Hoffte Horndeich. Inbrünstig.

»Ab auf die Autobahn. A5. Nach Norden.«

Horndeich wendete den Wagen, sah in den Rückspiegel. Aber Margots Wagen tauchte einfach nicht auf. Wo war sie, verdammt noch mal?

Sie fuhren schweigend durch die Stadt. Gassion dirigierte Horndeich über Schleichwege und einige Schlenker in Richtung Autobahn. Niemand verfolgte sie. Sie erreichten die Auffahrt.

»Wohin?«, fragte Horndeich.

Nachdem er sich auf dem rechten Fahrstreifen eingefädelt hatte, schien sich sein ungeliebter Fahrgast etwas zu entspannen. »Flughafen.«

»Flughafen?«

»Ja. Überrascht?«

»Gassion – wir haben das Programm gefunden, das Jana Gruber für Sie geschrieben hat. Sie haben kein Alibi mehr. Sie hatten die Gelegenheit, die Mittel und das Motiv, Susanne Bretz, Ihre Frau und auch Jana Gruber umzubringen.«

Gassion antwortete nicht. Die Machtverhältnisse im Wagen waren klar und wurden in keiner Weise infrage gestellt. Nur deshalb traute sich Horndeich zu sprechen. Wenn er Gassion auf die Nerven ging, würde der das schon sagen.

»Paul, Sie kommen damit nicht durch. Ihr Plan ist nicht aufgegangen. Er war gut, aber nicht gut genug.«

»Herr Horndeich, Sie sind ein Klugscheißer. Ich war lang genug in den Krisenherden der Welt aktiv, und ich habe lange genug eine Firma geleitet, um immer – und damit meine ich nicht nur *fast* immer – einen Plan B und einen Plan C in der Tasche zu haben.«

Das war eine Behauptung, die Horndeich ihm sogar abnahm. Dennoch versuchte er ihn zum Reden zu bewegen, um zu hören, ob all seine Vermutungen und Theorien auch richtig waren: »Wissen Sie, ich kann das mit Ihrer Frau nachvollziehen. Sie hat einen anderen, sie will sich scheiden lassen und dabei noch einen saftigen Anteil Ihres Vermögens mitnehmen. Das würde mich auch auf die Palme bringen. Ich kann auch verstehen, dass Jana Gruber im Weg war. Sie hat Ihr Alibi programmiert, und das wirklich gut. Doch dann hat sie Sie mit dem Programm erpressen wollen. Ein großer Fehler. Es war Zufall, dass wir gemerkt haben, dass kein echter Mensch Ihre Pornoseiten aufgerufen hat …«

Gassion unterbrach ihn. »Wie haben Sie es eigentlich gemerkt? Das würde mich wirklich interessieren.«

»Sie hatten einfach Pech. Zwischen dem Tag, an dem Jana Gruber Ihre Internetbesuche programmierte, und dem, an dem Sie sie das erste Mal laufen ließen, hat einer der Betreiber seine

Seitenstruktur geändert. Und damit gab es auf dieser Seite nur noch Fehlermeldungen. Das hat uns stutzig gemacht.«

»Schade. Der Plan war gut.«

Dem musste Horndeich zustimmen. »Aber warum Susanne Bretz? Da steige ich nicht durch. Wenn Sie solche Anstrengungen unternehmen, an das Messer zu kommen, muss ich fast vermuten, darauf Ihre Fingerabdrücke zu finden.«

Gassion schwieg zunächst, dann aber stieß er hervor: »Ach, was soll's? In ein paar Stunden habe ich die Grenzen der EU hinter mir gelassen. Also kann ich es Ihnen auch erzählen. Vielleicht ist es gut, wenn es endlich jemand erfährt. Erfährt, wie es *wirklich* war.«

»Also waren Sie es, der Ihre Mutter umgebracht hat?«, fragte Sandra.

Horndeich kannte seine Kollegin nun schon sehr lange. Sie hatte immer eine kräftige, klare Stimme gehabt. In diesem Moment war ihre Stimme so dünn wie Twiggy nach einer Nulldiät. Nun, kein Wunder, denn Gassion hielt nach wie vor die Pistole auf sie gerichtet. Horndeich konzentrierte sich auf den Verkehr, denn er wollte Sandra nicht durch eine plötzliche Vollbremsung gefährden. Er schlich mit achtzig hinter einem Lastwagen her, denn die A5 wurde gerade neu asphaltiert, und das Resultat waren kilometerlange Baustellenabschnitte.

»Ja. Ich habe meine Mutter erstochen. Und ich bin sicher, wenn das heute vor einem Gericht verhandelt würde, dann würde ich zumindest mit mildernden Umständen davonkommen. Was aber dennoch Knast bedeutet. Wohin ich nicht gehen werde.«

»Und Sie haben Ihre Mutter dann dort vergraben, wo später das Betonfundament der neuen Lehrschwimmhalle ausgegossen wurde.«

»Nein. Das waren mein Vater und sein Fickvergnügen.« Gassion hob nicht einmal die Stimme, als er das letzte Wort aussprach.

»Nachdem meine Mutter tot war, bin ich zu meinem Vater gegangen. War ja nicht weit. Ich wusste ja, dass ich ihn bei der Hure finde. Er kam. Mit ihr. Und er überlegte sicher zehn Minuten, was er tun sollte. Es war meine Tante, die ihn davon überzeugte, dass es für alle Beteiligten das Beste wäre, wenn man meine Mutter unauffällig verschwinden ließe. Sie dachte dabei besonders an sich. Wie immer. Sie wollte meinen Vater. Und mit dem Mord an meiner Mutter, da hatte ich ihr eigentlich einen Gefallen getan. Jetzt war die Nebenbuhlerin – aus ihrer Sicht – endlich Geschichte. So einfach und so schnell. Sie hätte mich auch der Polizei ausliefern können, doch sie wusste, dass mein Vater mit den Schuldgefühlen nicht würde leben können, sollte ich ins Gefängnis gehen. Also wickelten mein Vater und meine Tante meine Mutter in den Wohnzimmerteppich und trugen sie zur Baustelle, an der am kommenden Tag das Fundament ausgegossen werden sollte. Die Baustelle lag ja keine hundert Meter von unserer Wohnung entfernt. Ich saß derweil zu Hause wie ein paralysierter Affe. Meine Mutter war tot. Das war das Einzige, was mir durch den Kopf ging.«

»Aber warum haben Sie sie umgebracht? Waren Sie so ein Hitzkopf?«, fragte Sandra.

»Sie haben nichts begriffen. Wie auch.«

»Dann machen Sie es uns begreiflich.« Horndeich blieb stur auf der rechten Spur hinter dem Lastwagen.

»Meine Mutter – sie war sehr speziell, um es einmal wertfrei zu formulieren. Sie hat den Krieg überlebt und die Bombennacht in Darmstadt, und das mitten in der Stadt, die gebrannt hat wie ein Weihnachtsbaum, den man mit Petroleum übergießt. Sie und ihre kleine Schwester Susanne waren die Einzigen der ganzen Familie, die den Krieg überlebten. Heute weiß ich, dass sie dadurch ein Trauma erlitten hat, mit dem sie nicht zurechtkam. Sie hatte danach auch noch die kleine Schwester am Bein. Wissen Sie, heute, wenn da eine Bank überfallen wird, und zehn Angestellte werden für fünfzehn Minuten bedroht, nehmen sich zwanzig Psychodoktoren anschließend ein halbes Jahr lang dieser armen Opfer an. Meine Mutter, die hatte keinen Psychodoktor. Aber sie hätte dringend einen benötigt. Es hätte ihr Leben in bessere Bahnen gelenkt. Und auch meins.

Wissen Sie, ich war fünfundzwanzig Jahre in der Legion. Ich habe viele Menschen sterben sehen. Ich habe Dinge gesehen, von denen wollen Sie nicht mal hören. Aber ich habe einen stabilen Charakter entwickelt, schon als Jugendlicher. Durch puren Willen. Nun, meine Mama – sie kam nach dem Krieg nicht zurecht. Sie fand ihre Zuflucht in Gott. Nein, viel schlimmer, sie fand ihre Zuflucht in ihrer persönlichen Auslegung der Bibel. Gepaart mit der immer stärker hervortretenden Schizophrenie war das eine explosive Mischung.«

»Und das hieß?« Sandras Stimme war nicht fester geworden. Aber sie stellte die richtigen Fragen. Die richtigen Fragen, um Antworten zu bekommen. Und die richtigen Fragen, um Gassion am Reden zu halten.

»Meine Mutter, sie lebte das Wort Gottes. Was bedeutete, dass sie fast die ganze Bibel auswendig konnte. Und sie versuchte, das Wort Gottes ihrem Sohn einzutrichtern. Seit er drei oder vier Jahre alt war. Die Kinder im Kindergarten – und sicher auch die Kindergartentanten –, sie wunderten sich über die altklugen Bemerkungen, die der Kleine ihnen da täglich servierte. Die *ich* ihnen servierte.«

»Das Wort Gottes ... Was bedeutete das?«

»Das bedeutete, dass sie mich strafte. Wenn irgendwas nicht so lief, wie sie es sich wünschte. Wenn ich etwas umschmiss, wenn ich mich mal mit einem anderen Kind stritt, wenn ich von der Schule eine Vier nach Hause brachte.«

»Und dann ... dann strafte sie Sie mit Wasser.« Sandra zählte eins und eins zusammen und kam ungefähr bei 1,94 heraus.

»Ja. Mit der die Seele reinigenden Kraft des Wassers in der Badewanne. Abends um sechs Uhr, eine halbe Stunde, bevor mein Vater nach Hause kam. Das Wasser war selten unter vierzig Grad. Oft schlug sie mich dabei noch mit dem Kreuz. Nicht so ein Zwanzig-Zentimeter-Plastikkreuz. Eher so ein Vierzig-Zentimeter-Holzkreuz. In den Nacken. Auf den Kopf. Auf die Arme. Während ich in dieser Scheißbadewanne saß und mein Sack und die Haut meiner Beine vom heißen Wasser knallrot wurden. Unter den Worten, dass das Wasser mich reinige, mich heile, mir den göttlichen Segen bringe.

Ich saß in der Wanne, und die Glühbirne zeichnete den Schatten meiner Beine auf das Email der Wanne. Bei jedem Schlag bewegte ich mich und damit das Wasser und damit scheinbar mein Schatten. ›Vor Gott beben die Schatten unter den Wassern und ihren Bewohnern.‹ Das Buch Hiob. Ich kenne nicht viel aus der Bibel auswendig, aber diese Zeile werde ich niemals vergessen. Diese Tortur wiederholte sich im Schnitt jeden zweiten Tag, manchmal öfter. Besonders schlimm wurde es, wenn ich das Bett eingenässt hatte. Sie können mir glauben, dass dieser Erziehungsstil nicht eben dazu beitrug, dass ich seltener ins Bett pisste.«

Horndeich zog in Gedanken den Hut vor Ines Milbach. Sie hatte recht gehabt mit ihrer These, dass der Täter ein schweres Trauma durch Wasser erlitten habe. Chapeau, Frau Milbach, dachte er, um sich der Wortwahl des Geiselnehmers anzupassen.

»Und dann kam noch der Fahrradunfall dazu«, hakte Sandra weiter nach.

»Fahrradunfall!« Gassions Stimme, die bislang immer in derselben monotonen Tonlage gesprochen hatte, wurde laut und schrill.

»Kein Fahrradunfall?«, frage Sandra.

Gassion sagte nichts. Die nächsten zwei Kilometer fuhren sie schweigend. Horndeich sah immer wieder in den Rückspiegel. Kein Wagen der Kollegen zu sehen. Margot schien irgendwo aufgehalten worden zu sein und keine Ahnung zu haben, wo Horndeich und Sandra sich derzeit befanden. Kein tröstlicher Gedanke.

»Ich hatte nie einen Unfall mit dem Fahrrad. Ich hatte nur Unfälle mit meiner Mutter. Mit ihren Kreuzen. Es war ein Kreuz mit ihren Kreuzen.« Gassion lachte über sein eigenes Wortspiel.

»Sie war wieder wütend auf mich. Keine Ahnung mehr, warum. Es war egal. Es zählte das Resultat. Sie verfolgte mich durch die Wohnung, prügelte mit diesem Riesenkreuz auf mich ein. Und lamentierte dazu immer ›Dein Reich komme, dein Wille geschehe‹, als ob es irgendeines Gottes Wille sein könne, Kinder zu traktieren. Schließlich stand ich in der Ecke des Esszimmers. Konnte nicht weiter fliehen. Und war in diesem Moment nicht mehr bereit, auch innerlich noch weiter zurückzuweichen. Ich sagte nur ›Scheiß-Jesus‹ – und das brachte mich fast um. In ihrer Raserei stach meine Mutter mit der spitz geschnitzten unteren Seite des Kreuzes zu. In meinen Bauch. Es dauerte ein paar Minuten, bis sie begriff, dass ihr Herr Jesus durch sie ein bisschen zu weit gegangen war. Ich hatte inzwischen den ganzen Boden vollgeblutet.

Sie rief einen Arzt. Und trichterte mir ein, dass es ein Unglück mit dem Fahrrad gewesen sei. Der Arzt hat keine Fragen gestellt. Und mich sofort ins Krankenhaus gebracht.

Das war der Moment, in dem ich mir schwor, ihr niemals mehr körperlich unterlegen zu sein.«

»Und Sie haben es geschafft«, vermutete Horndeich.

»Ja, das habe ich. Ich trainierte meinen Körper. Doch ich erlag der Illusion, dass körperliche Stärke ihre Tiraden im Zaum halten könnte. Jeden Tag schrie sie auf mich ein, lamentierte über meine angeblichen Sünden. Sie schlug mich nur noch mit Worten. Und mit Worten, mit Worten konnte ich mich nicht wehren. Ich wurde kräftiger, wurde stärker – aber ich wurde nicht wortgewandter. Und ich erkannte auch nicht, dass ich gegen ihre Tiraden nie eine Chance haben würde. Sie besprühte mich nun mit Weihwasser, nachdem sie mich nicht mehr baden konnte. Sie bespritzte meine Kleider, bis sie klitschnass waren, oder mein Bett, das dann ebenfalls patschnass war, als würde ich noch immer einnässen. Im Winter ein echtes Vergnügen.«

Es wurde wieder still im Wagen – abgesehen von dem dezenten Motorengeräusch, das bei diesem Wagen bei achtzig Kilometern pro Stunde auch nicht wirklich ins Gewicht fiel.

»Und was passierte im Mai '63?« Sandras Stimme hatte ein bisschen mehr an Kraft gewonnen.

»Ich … hatte ein Mädchen getroffen«, begann Gassion zögernd. »Elisabeth. Aus der Schule. Ich hatte sie zu einem Eis eingeladen – kein billiges Vergnügen in jenen Zeiten. Beim Eis-Roth. Meine Mutter hatte uns zufällig gesehen. Als ich nach Hause kam, fing sie an mit ihrem Wortschwall. Der sich bis zum Abend hinzog. Mein Vater war kurz nach Büroschluss nach Hause gekommen, um dann nach einer halben Stunde zu Susanne zu gehen. Ich war wieder allein.

An diesem Abend, da war es anders. Es war so wie wenige Jahre zuvor, als sie mich mit dem großen Kreuz durch die Wohnung gejagt hatte.

Sie kreischte wieder los. Meinte, ich hätte mich nicht mit

Mädchen zu treffen, ich sei zu jung, es sei Sünde, ich solle meine Zeit lieber mit dem Studium der Bibel verbringen. Sie stellte sich vor die Wohnzimmertür, damit ich nicht raus konnte. Das tat sie öfter. Ich war zwar stark genug, dass ich sie einfach aus dem Weg hätte schieben können, aber das habe ich nie getan, ich habe meine Mutter nie angefasst. Doch in dieser Nacht war es einfach zu viel. Es war der berühmte Tropfen, der das Fass zum Überlaufen brachte. Ich hatte meine Wut immer nur gegen mich selbst ausgelebt. Indem ich Sport trieb, bis ich zusammenbrach. Mehrfach. Aber in dieser Nacht ... Da lag das Messer im Wohnzimmer. Ich hatte es zuvor geschärft und eingeölt. Ich griff danach, rannte auf sie zu und rammte es ihr in den Leib. Sie wehrte sich, ich stach noch mal zu. Dann sank sie zusammen, auf den Teppich. Blutete. Sie starb innerhalb weniger Minuten. Den Rest kennen Sie.«

»Und Ihre Tante hat dann das Messer an sich genommen.«

»Ja, aber das wusste ich zunächst nicht. Weder mein Vater noch meine Tante schienen zu wissen, wo das Messer abgeblieben war. Ich dachte, die Polizei hätte es vielleicht, aber die haben mich nie dazu befragt. Und wenige Wochen später legte mir meine Tante nahe, das Haus zu verlassen und mein Glück woanders zu suchen. Sie sprach nicht aus, dass sie das Messer hatte. Sie gab mir nur sehr deutlich zu verstehen, dass ich meinem Vater und ihr im Weg stand. Dann zeigte sie mir einen Artikel über die Fremdenlegion. Es hielt mich nichts in Darmstadt. Und mit Susanne im Haus war ich genauso verraten und verkauft wie zuvor mit meiner Mutter. Wenn der Terror auch anderer Natur war. Also ging ich.

Ich nahm den anderen Namen an, falls man mich doch noch wegen des Mordes belangen würde. Und was meine Tante sicher nie geglaubt hätte: Ich war zufrieden. Die Legion wurde zu meiner Familie. Zu der Familie, in der Ehre und Ehrlichkeit zählen, bei der der kleinste Verrat schon den Tod bedeuten konnte. Ich war meiner Tante sogar dankbar. Mit den Jahren verflog der Groll. Weshalb es für mich auch kein Problem war, nach den vielen Jahren wieder zurückzukommen nach Darmstadt. Aber ich behielt meinen neuen Namen. Es war der Name des Menschen, der in seinem Leben Erfolge gehabt hatte. Nicht der, der sich mit dem Kreuz hat prügeln lassen und ins Bett gepisst hat. Ich habe Susanne in Darmstadt mehrfach gesehen, in der Innenstadt oder im Theater, aber sie hat mich nicht erkannt.«

»Irgendwann dann aber doch, nicht wahr?«, fragte Sandra.

»Ja. Es war erst vor vier Jahren. Ausgerechnet im Jugendstilbad. Es war damals ja noch nicht so edel wie heute. Ich wollte einfach ein bisschen schwimmen. Sie war da. Und sie hat mich an der Narbe auf dem Bauch erkannt.«

»Und sie hat Sie erpresst, weil sie das Messer aufbewahrt hatte.«

»Ja. Drei Tage später stand sie auf der Matte, erzählte mir, dass sie das Messer mit meinen Fingerabdrücken darauf immer aufbewahrt habe. Sie habe immer damit gerechnet, dass ich eines Tages zurückkommen würde, um ihr und meinem Vater Schwierigkeiten zu machen. Das Messer war ihre Versicherung. Nun, mein Vater war tot – aber sie witterte Geld. Zuerst sollte ich nur einmal einen Handwerker bezahlen, der zwei Fenster abdichten sollte. Dann brauchte sie eine neue Waschmaschine.

Nun, meine ermordete Mutter lag ja unter dem Fundament des Lehrschwimmbads. Sie hätten das Bad wegen des Messers sicher nicht abgerissen – und keiner rechnete damit, dass von ihr überhaupt noch was übrig war. Aber als die Überreste meiner Mutter wieder ans Tageslicht kamen, da sah der Fall von einem Moment auf den anderen anders aus. Meine Mutter war quasi auferstanden, also bekam Tantchen den Marköter als Chauffeur und Bespaßer. Und ab und an etwas Luxus wie den Fernseher und den Herd.«

»Und wann wurde es für Sie gefährlich?«, fragte Sandra.

»Nun, Tantchen wollte nicht nur Kohle. Das Wichtigste war ihr, der Einsamkeit zu entfliehen. So suchte sie meine Frau auf. Freundete sich mit ihr an. Traf sich mit ihr. Und meine Frau entdeckte ihr Herz für die alte Dame, von der niemand wusste, dass sie meine Tante war. Ich war ja Paul Gassion und nicht mehr Hans Bretz. Aber ich behalte gern die Kontrolle, deshalb gefiel mir der Zustand ganz und gar nicht. Brenzlig wurde es, als meine Tante Alzheimer bekam. Ich spielte mit dem Gedanken, sie aus dem Weg zu räumen. Aber ich wollte zuvor natürlich das Messer. Ich machte einen Fehler und wartete zu lang.

Ich hätte sie mit dem ganzen verdammten Haus in die Luft sprengen sollen.

Vor einem halben Jahr offenbarte mir meine Frau, dass sie meine Identität kenne und auch über meine Tat Bescheid wisse. Tantchen hatte während eines Anfalls geistiger Umnachtung geplaudert. Und sie sagte mir, selbst wenn ich Susanne etwas antun würde – sie hätte dafür gesorgt, dass das Messer dann der Polizei zugespielt werden würde. Sie wollte Geld für ihren Laden. Und dann hat sie die Scheidung eingereicht. Und listete mir auf, was sie alles an Abfindung haben wollte. Da musste ich handeln.«

»Und Sie begannen zu planen«, vermutete Sandra.

»Ja. Ich erkannte, dass Markötter einen wunderbaren falschen Verdächtigen abgab, einen Irren, der dem Wasser und der Bibel regelrecht verfallen war. Was ich dann systematisch anging. Durch die Wasser- und Bibelsymbolik habe ich dann ja sogar die Psychopathen – ich meine natürlich die Psychologen – des LKA aufgescheucht.«

»Und Jana Gruber?«

»Ich hatte einen Aushang an der Uni, bei den Maschinenbauern und den Informatikern. Irgendjemand stellte den Kontakt zu der Gruber her. Das alles lief über eines meiner Prepaidhandys, also kein registrierter Besitzer. Nun, Jana war unglaublich talentiert, sie brauchte Geld – alles wunderbar. Aber sie wurde gierig, wollte plötzlich noch mal die gleiche Summe. Es war mir klar, worauf das hinauslief: Sie hätte mich bis an mein Lebensende erpresst. Also musste ich mich auch ihrer entledigen.«

»Wie sind Sie in das Wasserreservoir reingekommen? Und ins Jugendstilbad? Wir haben Sie auf keinem Bild der Überwachungskameras, außer im Solebad.«

»Wäre ich nicht in der Lage, ungesehen in so ein Gebäude rein- und auch wieder rauszukommen, hätte ich so manchen militärischen Einsatz kaum überlebt. Das Jugendstilbad – klar, da gibt es ein paar Kameras, innen. Aber das ist schließlich nicht der Hochsicherheitstrakt von Stammheim. Ein bisschen Recherche, ein bisschen Planung – schon wandeln Sie als Gespenst durch die Hallen. Allein der Zaun vor der Außentreppe ist – mit Verlaub – wirklich kein Hindernis für einen erfahrenen Soldaten. Und dort ist auch keine Kamera. Da bin ich schon in ganz andere Gebäude eingestiegen. Und den Schlüssel für das Reservoir – den hab ich aus dem Souvenirshop der Mathildenhöhe entführt und nachmachen lassen. Falls Sie nun noch nach dem Zyankali fragen – die Uni in Darmstadt hat das Zeug kiloweise in der chemischen Fakultät. Das alles ist Pillepalle, wenn Sie wissen, wie Sie es anstellen müssen. Auch Markötters SIM-Karte auszutauschen war eine Kleinigkeit.«

»Das ist der einzige Punkt, den ich noch nicht verstehe«, gestand Horndeich. »Markötter behauptete, die SIM-Karte sei ihm erst einen Tag vor der Ermordung Ihrer Frau gestohlen und gegen eine andere ausgetauscht worden. Aber Jana Gruber wurde unter Markötters Nummer schon rund zwei Wochen vorher angerufen.«

Gassion lachte leise. »Der Markötter hat sein Handy doch überall rumliegen lassen«, sagte er. »Mal vergaß er es auf dem Tisch in der Umkleidekabine der ProGlide-Chauffeure, dann wieder ließ er es einfach in der Freisprechanlage seiner Limousine stecken, wenn er aufs Klo ging. Da ergab sich dann für mich die Gelegenheit, die Gruber anzurufen.«

»Aber Jana hätte doch Ihre Stimme erkannt, hätten Sie mit ihr gesprochen«, sagte Horndeich.

»Ja, aber ich hab *nicht* mit ihr gesprochen«, antwortete Gassion. »Sie hatte mir erzählt, dass sie vormittags nie übers Handy zu erreichen sei, weil sie dann an der Uni war und ihr Handy nie dorthin mitnahm, damit es nicht während einer Vorlesung oder mitten im Seminar losdudelt, denn sie vergaß immer, es auszuschalten. So konnte ich ihr dann ein, zwei Minuten lang auf die Mailbox schweigen.«

»Was im Protokoll so aussieht, als hätten Sie ihr eine längere Nachricht hinterlassen«, begriff Horndeich. »Hätte sie den Anruf angenommen, und Sie hätten einfach nur geschwiegen, hätte sie die Verbindung gleich gekappt ...«

»... und Sie hätten anhand der Protokolle sofort begriffen, dass da irgendwas nicht stimmt und Markötter vielleicht doch die Wahrheit erzählt«, bestätigte Gassion.

»Raffiniert geplant«, gestand Horndeich ein. »Nur ... wissen Sie, was sich daraus ergibt?«

»Ich bin gespannt«, behauptete Gassion.

»Dass Sie Jana Gruber nicht umgebracht haben, weil die Sie erpressen wollte«, erklärte Horndeich. »Sie haben Sie gut zwei Wochen vor Susanne Bretz' Tod das erste Mal über Markötters Handy angerufen. Schon da war geplant, sie aus dem Weg zu räumen und Markötter auch diesen Mord anzuhängen.«

Horndeich sah im Rückspiegel, wie Gassion mit den Schultern zuckte. »Okay, Sie haben recht: Ich bin ein eiskalter Hund.«

»Das alles war von sehr langer Hand vorbereitet.«

»Ja«, sagte Gassion und seufzte übertrieben schwer. »Und nun ist mir die Umstellung einer Pornoseite zum Verhängnis geworden. Das Lustige daran ist, dass ich bis zur Planung dieses Coups all diese Seiten gar nicht kannte – im Gegensatz zu Ihnen, Herr Horndeich, nicht wahr?«

Horndeich fühlte sich nicht bemüßigt, auf diese Frage zu antworten; das war er Gassion bestimmt nicht schuldig.

Inzwischen hatten sie die Autobahn verlassen und fuhren in Richtung Flughafen. »Terminal eins oder zwei?«

»Terminal eins«, antwortete Gassion knapp. Er war am Ende seiner Erzählung angelangt.

Sandra sagte ebenfalls nichts mehr.

Horndeich ordnete sich ein. »Was wollen Sie? Sollen wir Sie oben vor dem Eingang absetzen?«

»Sie belieben zu scherzen. Tiefgarage, Einfahrt P4, von Osten her. Und dann stellen Sie den Wagen in eine Parkbucht gleich in eine der ersten Reihen.«

Horndeich tat, wie ihm geheißen, lenkte den Wagen zunächst am Terminal eins vorbei, um dann in den Hades der Autos abzutauchen. Er zog einen Parkschein und lenkte den Wagen in die erste Parkreihe.

»Bis zum Ende durchfahren, dann parken«, befahl Gassion.

Nachdem Horndeich den Motor abgestellt hatte, warf Gassion ihm ein paar Kabelbinder zu. »Fesseln Sie Ihre Füße.«

Horndeich wagte nicht, sich zu widersetzen.

Eine halbe Minute später konnten sich Horndeich und Sandra kaum mehr bewegen. Ihre Hände waren an den Haltegriffen des Dachholms gefesselt und beider Münder mit Klebeband verschlossen.

Gassion ging noch an den Kofferraum, hantierte dort kurz herum, dann verschwand er ohne ein weiteres Wort.

Horndeich war noch nie mit Kabelbindern gefesselt worden. Er hätte nie gedacht, dass Plastik so scharf sein kann. Er rüttelte nur kurz an seiner Fessel, und schon lief ihm Blut die Hand hinab.

Nach wenigen Momenten war ihm klar, dass er sich selbst nicht würde befreien können. Wie ging es wohl Sandra hinter ihm? Aus seiner Position konnte er sie nicht einmal sehen. Durch das Klebeband auf seinem Mund stieß er ein Grunzen aus, bekam aber von der Rückbank keine Antwort. Hoffentlich war sie nicht bewusstlos geworden und dann erstickt. Panikattacken kannte Horndeich bislang nur aus Erzählungen. Atemnot, ein Engegefühl in Brust und Kehle … So hatte es ihm einmal eine Bekannte geschildert. Und sein Körper machte sich gerade daran, diese Symptome lehrbuchgerecht nachzuspielen.

Er zerrte abermals an den Fesseln, und der Schmerz ließ sein Herz rasen, als wolle es bei der Puls-WM zumindest die Bronzemedaille erringen.

Dreißig Minuten vorher:

Margot fuhr an Coras Haus vorbei. Sie sah den Dienstwagen, den Horndeich und Sandra genommen hatten. Und sie sah Coras Smart im Carport.

Dreißig Meter weiter die Straße hinunter fand Margot den nächsten freien Parkplatz und lenkte den Wagen an den Bordstein, dann stiegen sie und Ines Milbach aus.

Margot hielt den Blick auf die Tür von Coras Haus gerichtet. Die öffnete sich, und augenblicklich zischte Margot: »Runter!«

Ines Milbach folgte dem Zuruf instinktiv. Sie ging in die Hocke und huschte zwischen den BMW und einen davor parkenden Volvo.

Zuerst erschien Horndeich, dann folgte Gassion, der Sandra mit einer Waffe bedrohte.

»Scheiße«, flüsterte Margot. Und malte sich für den Bruchteil einer Sekunde aus, wie es wohl um Cora bestellt war, die nicht durch die Tür trat.

Gassion dirigierte Horndeich an den Kofferraum eines Audi, den er per Funkschlüssel entriegelte. Horndeich musste den Kofferraumdeckel hochklappen, holte etwas aus dem Wagen hervor und fesselte dann Sandra die Hände auf den Rücken. Anschließend stiegen alle drei in den Audi; Gassion und Sandra schoben sich auf die Rückbank, Horndeich musste sich hinters Steuer klemmen.

Gassion wollte ihre Kollegen nicht umbringen, erkannte Margot, sonst hätte er das gleich in der Wohnung erledigen können. Zugleich war ihr aber klar, dass Gassion nicht zögern würde, sich den Weg freizuschießen, wenn er sich bedrängt fühlte. Und ebenso wenig würde er zögern, Sandra oder Horndeich zu töten, wenn ihm das die Flucht ermöglichte.

Der Audi fuhr los.

Margot wartete, bis er weit genug entfernt war, dann sprang sie hinter das Steuer ihres Dienstwagens, und im nächsten Moment saß Ines wieder neben ihr.

»Fahren Sie nicht gleich los«, mahnte die Profilerin. »Er wird genau darauf achten, ob man ihm folgt.«

Margot nickte. »Rufen Sie einen Krankenwagen und die Kollegen«, wies sie Ines an. »Sie sollen in Coras Haus gehen, aber subito. Vielleicht lebt Cora noch.«

Sie ließ ein paar Sekunden verstreichen, bevor sie den Motor startete und den Wagen aus der Parklücke manövrierte.

Sie überlegte. Auf welche Weise wollte Gassion fliehen? Wozu brauchte er die beiden Geiseln?

Ines Milbach stellte offenbar die gleichen Überlegungen an. »Anscheinend will er nicht mehr Menschen umbringen als nötig, auch wenn das ein ziemlich perverser Gedanke ist. Aber so durchdacht und diszipliniert, wie er bislang vorgegangen ist, ist das sehr wahrscheinlich.«

»Dann schmeißt er also Sandra und Horndeich an einer Autobahnraststätte raus? Damit bringt er uns doch auch auf seine Spur.«

»Ich glaube, Gassion hat noch immer einen Plan, den er verfolgt, auch wenn ihm Horndeich und Sandra gerade in die Parade gefahren sind. Ich denke, er will die beiden sehr schnell loswerden. Und er will zum Bahnhof oder zum Flughafen; von dort kann er sich besser absetzen. Er hat sicher falsche Papiere und eine Tasche mit dem Nötigsten im Kofferraum.«

Kurz überlegte Margot, ob sie das große Aufgebot auffahren lassen sollte: das MEK, das SEK oder die GSG9. Aber sie wollte Sandra und Horndeich nicht noch mehr in Gefahr bringen. Lieber die kleine Variante.

Sie bog in die Klappacher Straße ab. Ines hatte sicherlich recht: Gassion würde genau darauf achten, ob er verfolgt wurde. Aber er würde ebenso darauf achten, dass sich Horndeich an die Geschwindigkeitsbegrenzung hielt, damit er nicht etwa von einer Streife angehalten wurde. Also würde Margot schneller sein.

Sie schoss über die Klappacher nach Norden. Selbst wenn Horndeich denselben Weg fuhr wie sie, würde Gassion der Wagen nicht auffallen, denn Margot würde einfach an ihm vorbeibrausen und dafür sorgen, dass er den BMW kein zweites Mal zu sehen bekam.

Sie telefonierte mit der Autobahnpolizei. »Ich brauche ein Zivilfahrzeug vor dem Eingang des Maritim-Hotels. In drei Minuten.«

Das Hotel lag an der Ausfallstraße nach Westen in Richtung Autobahn. Gassion musste dort vorbeikommen, wenn er zum Flughafen und nicht noch zwanzig Kilometer Umweg in Kauf nehmen wollte. Und auch wenn er den Zug nehmen wollte, würde er diese Strecke wählen, denn vom ICE-Bahnhof in Frankfurt kam er wesentlich besser weg als vom Darmstädter Hauptbahnhof; in den vergangenen Jahren waren dort nämlich so viele Fernverbindungen gekappt worden, dass Spötter behaupteten, er sei die teuerste S-Bahn-Haltestelle Deutschlands.

Sie überholten Gassions Wagen nicht. Margot parkte ihren BMW in der Seitenstraße neben dem Maritim, Ines und sie verließen den Wagen und eilten zu dem Porsche, der vor dem Hotel stand.

Jörg Blanken, Kollege von der Autobahnpolizei, stieg breit

grinsend aus und fragte: »Schnell genug, um die bösen Buben zu verfolgen?«

Margot dankte ihm kurz, dann stieg sie mit Ines in den Porsche. Blanken blieb im Eingangsbereich des Hotels stehen. Er würde Margot Zeichen geben, wenn – und falls – Gassions Audi auftauchte.

Fünf Minuten später reckte Blanken den rechten Daumen nach oben. Margot winkte ihm zu und setzte den Blinker, als der Audi sie passierte. Sie fädelte sich in den Verkehr ein und blieb sechs Wagen hinter Gassion.

Der Porsche hatte ebenfalls eine Freisprecheinrichtung. Margot ließ sich mit ihrem Kollegen Marlock verbinden. »Was ist mit Cora Wilken?«

»Der Krankenwagen war da. Sie hat nur eine dicke Beule am Kopf. Gassion hat sie niedergeschlagen. Ansonsten ist sie gesund. Ich soll Ihnen ausrichten, dass Gassion das Messer mitgenommen hat.«

»Danke«, sagte Margot.

Ines sprach aus, was Margot gerade durch den Kopf ging: »Welch ein Glück, dass er sie nicht ernsthaft verletzt hat.«

Wie unterschiedlich man von Fall zu Fall »Glück« definieren konnte, kam es Margot in den Sinn, und der Gedanke war so bitter wie eine Tasse Kaffee ohne den halben Löffel Zucker.

»Marlock, ich brauche einen Ansprechpartner beim Polizeipräsidium Frankfurt, Direktion Flughafen. Ich denke, Gassion wird zum Airport fahren. Schick denen ein Bild von Gassion. Findest du auf der Homepage seiner Firma. Ich sag Bescheid, wenn er wirklich zum Flughafen abbiegt. Aber bitte – nur Zivile. Und der Mann ist clever. Also keine Grünschnäbel.«

Sie folgten dem Audi mit großem Abstand. Margot wollte nicht Gefahr laufen, dass auch nur der Funke eines Verdachts in Gassion aufglimmte. Da war die Baustelle auf der Autobahn ein regelrechter Segen. Niemand wunderte sich, weshalb der schnelle Porsche nicht zum Überholen ansetzte.

Margots Handy in der Freisprechanlage dudelte. »Marlock hier. Ich hab einen Ansprechpartner bei den Kollegen vom Flughafen. Aber Staatsanwalt Relgart ... Nun, er ist wenig begeistert von der Vorstellung, hier Steuergelder aufs Geratewohl zu verbraten.«

Ines ergriff das Wort, bevor Margot etwas erwidern konnte. »Hier Ines Milbach. Gruß an Relgart: Ich halte die Aktion für dringend geboten. Er kann zurückrufen – oder sich die Zeit sparen und ganz schnell sein Okay geben. Doch bevor Sie ihm das verklickern, stellen Sie uns bitte erst mal zu den Kollegen vom Frankfurter Flughafen durch.«

»Alles klar«, antwortete Marlock.

Wenige Sekunden später meldete sich der Kollege vom Flughafen. »Weber, hallo. Sie haben ein Problem?«

Margot übernahm wieder das Reden und instruierte den Kollegen. Weber hatte bereits das Bild von Gassion auf dem Schirm. Margot schloss mit den Worten: »Der Mann sitzt nicht am Steuer, sondern im Fond. Einer unserer Kollegen, den er als Geisel genommen hat, fährt den Audi!«

»Verstanden«, bestätigte Weber. »Wir werden auf den Typ auf der Rückbank achten.« Dann beendete er das Gespräch mit den Worten: »Wir fangen Ihren Vogel schon ein.« Was Margot einigermaßen beruhigte.

Nach dem Gespräch sagte sie zu Ines: »Danke. Ich hasse es, Einfluss und Beziehungen spielen zu lassen. Aber ich hasse es noch mehr, wenn mir die bösen Buben entwischen.«

Ines lachte sie an. »Da haben wir ja dann was gemeinsam.«

Margot wechselte frühzeitig die Spur, um die Bundesstraße zum Flughafen zu nehmen.

Der Audi tat es ihnen wenig später nach. Margot ließ drei Wagen zwischen sich und Gassion fahren. Schließlich bog der Audi von der B43 in Richtung der Parkhäuser ab.

Ein alter Mercedes mit einem Kennzeichen aus Zwickau fuhr zwischen ihnen. Offenbar war der Fahrer über die Beschilderung ähnlich irritiert wie Margot, als sie zum ersten Mal jemanden vom Flughafen hatte abholen sollen. Mit hundert über die vierspurige Bundesstraße zu rauschen und dabei die Schilder richtig zu interpretieren – und das, obwohl die Fahrspuren wegen der Baustelle ohnehin anders verliefen –, das war selbst für eine Frau schwierig, Multitasking hin, Multitasking her.

Der Fahrer bremste auf sechzig ab, schlingerte nach links,

dann nach rechts – und Margot traute sich nicht zu überholen. Als sich der Fahrer endlich für eine Spur entschieden hatte, war der Audi längst außer Sichtweite.

»Welches Parkdeck haben sie genommen?«, sprach Ines das große Rätsel aus. Denn es gab fünf verschiedene Einfahrten, und insgesamt hatte das Parkhaus elf Stockwerke, die Tiefgarage noch mal drei, und die zogen sich über mehr als sechshundert Meter in die Länge; zehntausend Autos fanden dort Platz. Für Terminal zwei gab es noch mal eine eigene Tiefgarage mit viertausendfünfhundert Stellplätzen.

»Ich denke, das werden die Kollegen von der Flughafenpolizei uns sagen können«, hoffte Margot.

Zwei Spuren führten zu den Zufahrten in die verschiedenen Parkbereiche. Margot bremste, schaltete die Warnblinkanlage ein und blieb einfach stehen.

Sie ignorierte das Hupen hinter sich und ebenso die Flüche, die vorbeifahrende Herren den beiden Damen im Wagen zukommen ließen.

»Herr Weber, hier ist noch mal Hesgart. Der Verdächtige ist inzwischen in den Parkbereich von Terminal eins gefahren. Können Sie uns sagen, welche Zufahrt er genommen hat?«

Weber bat Margot um ein paar Minuten Geduld. Margot nannte noch mal das Kennzeichen des Audi. Weber informierte sie seinerseits darüber, dass er alle Zugänge zum Terminal mit Zivilbeamten besetzt habe. Auch das Foto von Gassion läge allen vor. »Der wird uns nicht durch die Lappen gehen«, sagte er zuversichtlich.

Margot beschrieb die Kleidung, die Gassion getragen hatte, als er aus Coras Haus gekommen war: beige Sommerjacke, hellblaues Hemd, Jeans und schwarze Schuhe. Auf der Polizeischule hatte man ihr beigebracht, so etwas instinktiv abzuspeichern.

Das Hupen hinter ihnen wollte kein Ende nehmen. Margot und Ines Milbach hörten die ganze Bandbreite neuzeitlicher Varianten, vom tiefen Horn bis zur quietschenden Heiserkeitsimitation.

Weber rief sie nach wenigen Minuten wieder an. »Wir haben ihn. Sitzt auf der Rückbank des Audi, wie Sie gesagt haben. Der Wagen ist vor sechs Minuten in die Zufahrt P4 eingefahren und wurde in der Parkreihe 233 abgestellt. Ihr Mann stieg aus dem Fond des Fahrzeugs, holte ein Gepäckstück aus dem Kofferraum und ist damit Richtung Terminal unterwegs. Wir müssten ihn in den kommenden Minuten schnappen.«

»Prima. Wir fahren zum Wagen. Dort sind sicher noch unsere Kollegen.«

Es klopfte an die Scheibe. Es war ihm nicht bewusst gewesen, dass er die Augen geschlossen hatte.

Als er sie aufschlug, sah er in Margots Gesicht.

Das Klopfen war eine nette Geste, aber Horndeich war nicht in der Lage, die Tür zu öffnen.

Margot betätigte den Türgriff von außen. Die Tür war nicht verschlossen. Ines Milbach öffnete die hintere linke Tür.

»Blöder Mist«, fluchte Margot. »Ich hab natürlich kein Taschenmesser einstecken.«

Ines Milbach griff in ihre Handtasche und zog ein kleines Schweizer Messer heraus. »Profiler-Grundausstattung«, meinte sie trocken und durchtrennte Sandras Fesseln. Dann reichte sie Margot das Messer, die daraufhin Horndeichs Plastikbande durchschnitt.

Horndeich riss sich das Klebeband vom Mund, murmelte nur ein »Danke«, dann stieg er aus dem Wagen und ging zur offenen Fondtür. Sandra saß noch im Audi, wenn auch inzwischen ohne Fesseln und Klebeband auf dem Mund. Tränenspuren zeichneten ihr Gesicht.

Horndeich kniete sich an der offenen Fondtür nieder und nahm Sandra in die Arme.

»Ich hatte solch eine verdammte Angst«, hauchte sie, dann weinte sie an Horndeichs Schulter.

Margot nahm ihr Handy, sagte: »Weber, haben Sie ihn?«

»Nein. Er hat keinen unserer Leute passiert. Wir können das noch nicht ganz nachvollziehen. Wir checken gerade die Aufzeichnungen der Kameras.«

»Wer war das?«, fragte Horndeich seine Kollegin.

»Weber von der Flughafenpolizei.«

»Sie haben ihn nicht?«

»Nein, noch nicht.«

»Dann werde ich ihn mir kaufen«, knurrte Horndeich. Er konnte seine Wut auf Gassion kaum im Zaum halten. Sicher, professionelle Distanz war wünschenswert bei dem Job, mit dem er seine Brötchen verdiente. Aber diese Distanz war bei Horndeich soeben von Sandras Tränen fortgeschwemmt worden. Sozusagen.

»Was willst du machen?«, fragte Margot, und ihrem Tonfall konnte er entnehmen, dass sie von blindem Aktionismus in dieser Situation nicht viel hielt.

»Der Kerl ist vor gut fünf Minuten durch diese Tür verschwunden«, erklärte er und zeigte auf die automatische Glastür, »und er ist noch nicht an einer der Kontrollen vorbeigekommen. Also ist hier irgendwas schiefgelaufen.«

»Meinst du, er ist durch irgendwelche Lüftungsschächte abgehauen?«

»Keine Ahnung. Komm mit.« Und im nächsten Moment stürmte auch er durch die Glastür.

Margot folgte ihm.

Kaum durch die Tür getreten, sah Horndeich zwei Dinge: zum einen linker Hand einen Lebensmittelladen, zum anderen ein Hinweisschild zu den Toiletten.

»Was wissen die Kollegen über Gassion?«, fragte Horndeich, während er weiterstürmte.

»Sie haben ein Foto von ihm, ich habe ihnen auch seine Kleidung beschrieben, und sie haben ihn sogar auf einer Überwachungskamera im Parkhaus gesehen.«

Horndeich joggte weiter auf die nächste automatische Glastür zu. »Die sollen die Aufnahmen checken. Hier ist eine Toilette. Dort hat er sein Äußeres verändert. Der Mann, den wir suchen, sieht sicher nicht mehr so aus wie auf den Überwachungsaufzeichnungen.«

Margot griff zum Handy, rief Weber an und gab ihm Horndeichs Theorie weiter.

»Wo will er hin?«, fragte sie Horndeich, während sie auch die nächste Glastür passierten. Unmittelbar darauf standen sie auf einer Rolltreppe, die sie nach oben brachte.

»Er will wegfliegen. Ich glaube nicht, dass er bereits ein Ticket hat. Gassion hatte einen Notfallkoffer im Auto, um jederzeit abhauen zu können, wenn wir ihm auf die Schliche kommen, aber gewiss kein Ticket nach Jamaika, das ausgerechnet heute gültig ist.«

»Also muss er ein Ticket kaufen. Und wohin geht die Reise?«

Sie hatten das Ende der Rolltreppe erreicht und konnten nur nach links weitergehen, in den westlichen Teil des Flughafens.

»Hier müsste er lang sein.«

Margot beantwortete zunächst ihre eigene Frage. »Er hat den Flugplan nicht im Kopf. Also wird er einen Flug wählen, der ihn schnell außer Landes bringt. Einen Flug, für den er kein Visum braucht. Für Gassion heißt das: Lufthansa und Air France.«

Horndeich nickte. Margot hatte recht. Er hastete durch den Ankunftsbereich auf die nächste Rolltreppe zu. Sie führte nach oben – in die Abflugetage.

Air France oder Lufthansa – Margot hatte recht. Das waren die wahrscheinlichsten Optionen. »Geh du zu Air France. Ich nehme mir die Lufthansa vor.«

Margot nickte. Sie hielt direkt auf eine der Infotafeln zu. Darauf waren die Schalter der Fluggesellschaften verzeichnet.

»Achte auf das nicht Passende«, sagte Horndeich – und hätte sich daraufhin ohrfeigen mögen, seiner Kollegin einen solch trivialen Tipp zu geben.

Margot verzog keine Miene. »Die Air France sitzt im anderen Flughafengebäude, Kollege«, sagte sie. »Da muss er diese Shuttlebahn benutzen.«

»Dann such du dort nach ihm!«

Margot machte sich auf zur Shuttlebahn Richtung Terminal zwei, Horndeich steuerte weiterhin die Lufthansa-Schalter an. Die deutsche Airline flog ihre Kunden quasi zu jedem Land der Welt. Ließ man diejenigen außen vor, für die Gassion ein Visum benötigt hätte, blieben immer noch genug Fleckchen auf der Erde, die ihm als Fluchtort dienen konnten. Oder als Umsteigeplatz zu einem anderen Ziel.

Als die größte deutsche Airline unterhielt die Lufthansa auf dem Frankfurter Flughafen eine ganze Batterie von Schaltern. Horndeich sah sich um. Wie nur sollte er Gassion da finden, zumal wenn der sein Aussehen verändert hatte? Er hatte nur noch schütteres Haar, fast eine Glatze, und konnte daher jede

Art von Perücke problemlos tragen. Zudem konnte er sich einen falschen Bart angeklebt haben, rot, schwarz oder braun. Was Horndeich zuerst auffiel, war der Trenchcoat. Er hatte deutliche Falten, so als habe er längere Zeit gefaltet in einem Koffer gelegen und sei gerade erst daraus hervorgeholt worden. Horndeich sah noch einmal hin. Rote Locken, roter Bart. Helle Hosen, helle Schuhe. Und der Kerl trug auch keinen schwarzen Koffer, wie Gassion ihn aus dem Auto geholt hatte, sondern eine Sporttasche.

Aber, so dachte Horndeich weiter, der Koffer war recht klein gewesen. Hatte Gassion die Sporttasche auf der Flughafentoilette aus dem Koffer genommen und dann den Koffer darin verfrachtet? In so eine große Sporttasche würde das Teil locker reinpassen.

Horndeichs analytischer Denkapparat lief auf Hochtouren. Am Lufthansa-Schalter standen nur wenige allein reisende Herren in den Warteschlangen. Er sah Familien, Reisegruppen, verliebte Pärchen, aber allein reisende Männer gab es kaum, abgesehen von wenigen Geschäftsleuten in ihren dunklen Anzügen, von denen zwei ganz gewichtig die »Financial Times« unterm Arm geklemmt hatten.

Was blieb, war der Mann mit den roten Haaren und in dem auffällig zerknitterten Trenchcoat.

Alles auf eine Karte?

Horndeichs Bauchgefühl warnte ihn davor, noch mehr Zeit zu verlieren. Dieser Mann, das war Gassion.

Andererseits ermahnte ihn seine Professionalität, sich nicht auf diese eine Person zu versteifen.

Was nun?

Horndeich näherte sich der Warteschlange, in der der Rothaarige stand, hielt sich in dessen Sichtschatten. Hätte sich der Rothaarige umgedreht, Horndeich hätte immer noch rechtzeitig hinter den anderen Wartenden in der Schlange in Deckung gehen können.

Automatisch tastete er nach seiner Dienstpistole. Und musste feststellen, dass im Gürtelholster gähnende Leere herrschte. Seine Pistole lag unter Cora Wilks Sofa.

Die Statur passte, die Größe. Horndeich rechnete in seinem

Kopf Wahrscheinlichkeiten hoch und runter. Der Rothaarige sah sich nicht ständig um. Das war professionelles Tarnverhalten. Oder Leichtsinn. Oder gänzliche Unschuld.

Wie sollte Horndeich an den Burschen möglichst schnell herankommen, ohne dass der gewarnt wurde, falls es sich tatsächlich um Gassion handelte? Wer sich in Deutschland an einer Warteschlange vorbeidrängelt, dem ist die Aufmerksamkeit des gesamten Umfelds gewiss.

»He, was soll das?«, fragte bereits der Erste, als sich Horndeich an ihm vorbeischob.

Mehrere Menschen in der Schlange drehten die Köpfe.

»Entschuldigung«, murmelte Horndeich.

Auch der Rothaarige wandte den Kopf.

Gassion konnte sich eine Perücke und eine Brille mit Fensterglas aufsetzen und sich einen falschen Bart ankleben. Aber die Augen des Mannes, den Horndeich im Rückspiegel beobachtet hatte, während der Kerl Sandra bedrohte, diese Augen hätte er jederzeit und an jedem Ort der Welt wiedererkannt.

Es war eine Sache von Sekunden.

Horndeich drängelte sich an zwei weiteren Reisenden vorbei und drängte sich durch ein Liebespaar, das er kurzfristig voneinander trennen musste, dann stürzte er sich auf den Kerl, während um ihn herum alles aufkreischte.

Horndeich hatte die üblichen Nahkampfkurse bei der Polizei absolviert. Gassion war fünfundzwanzig Jahre lang bei der Fremdenlegion gewesen und hatte Jana Gruber mit einem einzigen Griff das Genick gebrochen. Horndeichs Chancen waren also nicht wirklich die besten, wie ihm schlagartig bewusst wurde.

Er versuchte seine erlernten Griffe und Schläge anzubringen. Und erkannte, dass sich Gassion auch mit über sechzig seiner Haut zu wehren wusste. Eine äußerst schmerzhafte Erkenntnis.

Während er ein paar üble Tritte und Schläge einsteckte, kam ihm der Gedanke, dass Gassion wohl gottlob keine Schusswaffe mehr bei sich trug. Die wäre bei der Sicherheitskontrolle sicherlich negativ aufgefallen.

Horndeich krümmte sich und schrie, während Gassion sein Söldnerkönnen an ihm demonstrierte. Doch auch er konnte ein paar Treffer platzieren, an die sich Gassion sicher noch am nächsten Tag erinnern würde. Dann spürte er, wie eine Rippe brach. Und er bekam kaum mehr Luft, ging zu Boden. Und Gassion rannte.

»Auf den Boden!«, gellte eine Stimme. »Hände hinter den Kopf und nicht bewegen!«

Und Horndeich begriff, dass ihm irgendwer zu Hilfe gekommen war.

Gassion war gefasst. Das war Horndeichs vorletzter Gedanke, bevor er ohnmächtig wurde.

Der letzte war: Das war für dich, Sandra.

Epilog

Fackeln erhellten die Nacht. Margot hatte den Grill übernommen. Die Gäste standen im Garten verteilt.

Die Fete war nicht geplant gewesen.

Zumindest nicht von ihr.

Aus den Boxen tönte Musik von Alana Levandoski, einer kanadischen Sängerin, die Rainer unlängst für sich entdeckt hatte. Sie besang gerade das »Red headed girl«. Auch Margot mochte diese Musik. Sie sah zu Rainer hin, der sich mit ihrem Vater unterhielt. Der zeigte ihm gerade einen Prospekt. Evelyn stand neben ihm. Und bemühte sich, freundlich zu schauen, aber sie konnte kaum verbergen, dass sie das, was in der Broschüre zu sehen war, nicht begeistern konnte. Margot fragte sich, was ihr Vater Rainer wohl da gerade voller Stolz präsentierte.

Eigentlich hatten sie nur essen gehen wollen, nachdem Ben mit Iris wieder aus Amerika zurückgekehrt war. Doch wer hätte dann auf die kleine Zoey aufgepasst? Dorothee natürlich.

Nun, es war Dorothees und Rainers Initiative zu verdanken, dass sich an diesem Abend alle in ihrem Garten eingefunden hatten.

Ben und Iris traten zu ihr hin, als Margot gerade ein Putensteak wendete. »Mama – Iris und ich haben dir was mitgebracht.«

Margot sah auf.

Ihr Sohn holte ein kleines Päckchen aus der Tasche. Reichte es seiner Mutter.

Sie zog die Verpackung ab. Darunter kam eine kleine Schmuckschatulle zum Vorschein. Sie öffnete sie. Darin lag eine goldene Kette mit einem kleinen Anhänger aus Bernstein. Der Gedanke »Ich zahne doch nicht mehr« sprang ihr in den Kopf, doch sie sprach ihn nicht aus, sondern sagte stattdessen »Danke« und umarmte ihren Sohn.

»Ich danke. Also, *wir* danken.«

Auch Iris umarmte sie, was Margot immer noch als befremdlich empfand.

»Wir haben auch noch eine Neuigkeit«, sagte Ben und ergriff Iris' Hand.

Die junge Frau strahlte, und Margot wusste, was kommen würde.

»Wir werden heiraten«, sagte Ben.

Margot schluckte.

»He, du bist doch nicht wirklich überrascht, oder?«

»Nein. Ja. Nein.«

»Siehst du, ich hab dir gesagt, deine Mutter wird schockiert sein.« Iris griente und schmiegte sich an Ben wie Aschenputtel an ihren Prinzen.

Nein, dass Ben und Iris heiraten wollten, das überraschte sie nicht. Aber dass Ben heiraten würde, bevor Rainer und sie …

»Komm«, sagte Iris, »wir sagen es auch deinem Vater.« Und damit zog sie ihren Prinzen in Richtung Rainer.

Welchen Namen würde Ben wohl tragen? Hesgart – den Namen, den auch Margot noch trug, obwohl ihr Mann schon so lange tot war? Und der ja auch gar nicht Bens Vater gewesen war? Oder würde er den Namen von Iris annehmen – Jansen –, den Namen, den auch die kleine Zoey trug? Oder den von Rainer, seinem leiblichen Vater?

Sie sah zu Rainer. Er umarmte Ben und Iris, zitierte Margots Vater nebst Freundin zu sich, und das große Umarmen ging weiter. Warum fühlte sich Margot so … ausgegrenzt?

Vielleicht lag ihr einfach der Fall des Wassermörders noch im Magen. Gestern hatte Horndeich den Killer gestellt und dabei viele Prügel eingesteckt, bis Ines Milbach vor Ort gewesen war und Paul Gassion verhaftet hatte. Sie hatten Markötter wieder freigelassen. Margot ärgerte sich, dass sie Gassion auf den Leim gegangen waren und Markötter festgenommen hatten. Drei Menschen waren gestorben, mit Kathrin Bretz sogar vier. Sie hatten den Fall gelöst, aber sie hatten keinen der Morde verhindern können. Vielleicht war das der Grund, dass sie sich so mies fühlte.

Sie seufzte. Und wendete das Putenschnitzel. Das immer ein bisschen schneller gar war als das Rinderpendant und die Grillfackeln, die erst schmeckten, wenn sie fast schon schwarz waren.

In den folgenden Minuten stand Margot allein an ihrem Freiluftherd. Nur Che hatte sich zu ihren Füßen niedergelassen. Treue Seele, dachte Margot. Sie legte einige durchgebratene Steaks auf den Steakteller. Che hob die Ohren, sah sie an – aber in der Gewissheit, nichts abzubekommen, erhob er sich nicht mal.

Horndeich kam in den Garten. Arm in Arm mit Sandra. Und beide steuerten direkt auf Margot zu. Horndeich trug unter dem Hemd einen Stützverband wegen der gebrochenen Rippe. Sandra war glimpflicher davongekommen. Zumindest auf den ersten Blick. Ein Schießeisen, das einen über eine halbe Stunde lang bedroht, kann tiefere Schäden hinterlassen.

Doch den Blick in Sandras Gesicht, den hatte Margot gerade schon bei Iris gesehen. Nicht auch noch die beiden, dachte sie.

»He, Kollegin, ich möchte, dass du die Allererste bist, die es erfährt. Ich habe mich verlobt. Mit Sandra Hillreich.«

Horndeich strahlte. Und ebenso strahlten die Ringe, die Sandra und Horndeich jeweils an der linken Hand trugen.

Sandra schmiegte sich an Horndeich. Noch ein Aschenputtel. Margot konnte sich ein Grinsen nicht verkneifen. »Na, das wurde ja auch Zeit. Alles Gute für euch. Wenn nicht ihr füreinander bestimmt seid, dann weiß ich nicht, wer sonst.«

Margot waren diese Worte sehr ernst. Sie hatte das Gefühl, dass die beiden ihren Weg gehen würden. Und sich nicht mehr trennen würden.

»He, du siehst aus, als ob du schon eine Weile hier stehst. Geh zu deinem Sohn, zu Rainer«, schlug Horndeich vor. »Wir machen das hier.«

Das »Wir« ging Horndeich schon sehr locker über die Lippen.

»Danke«, sagte Margot.

Sie klopfte den beiden auf die Schulter. Es fühlte sich näher an als die Umarmung mit Iris. Mein Gott, wie schräg bist du denn drauf?, fragte sie sich selbst.

Sie ging zu ihrem Vater. Che folgte ihr, als sei sie mittlerweile Frauchen Nummer eins. Nun, solange Dorothee in ihrem Haus lebte, war das auch richtig so.

Und genau die kreuzte ihren Weg. »Hey, Margot, ich hätte da 'ne Bitte.«

Margot blieb stehen, zog eine Augenbraue hoch. »Ja?«

»Kannst du nicht auch Doro zu mir sagen? Wie Rainer? Und wie meine Mum?«

Margot sah sie an, wie eigentlich nur Mütter ihre Töchter ansehen.

»Ist das ein Ja?«, fragte Doro.

Was sollte Margot da noch sagen?

Sie grinste. »Das ist ein Ja.«

Und die junge Dame fiel ihr ebenfalls um den Hals.

Auch das fühlte sich näher an als die Umarmung mit Iris. Und näher als der Schulterklopfer bei Horndeich. Sie hätte nie gedacht, dass ihr diese kleine Göre mal ans Herz wachsen könnte.

»Komm, Che«, rief Doro.

Der Hund sah zu ihr hoch. Dann zu Margot. Die ging zu ihrem Vater. Und der Hund folgte ihr.

»Na, Papa. Schön, dass ihr gekommen seid.« In diesem Fall hatte sie mit dem Plural noch ziemliche Probleme. Sie umarmte ihn. Das Gefühl der größten Nähe, konstatierte der nervige Distanzmesser in ihr.

»Schau mal«, sagte Sebastian Rossberg und hielt auch ihr den Prospekt unter die Nase. Dabei sah er zu Evelyn.

Die lachte, winkte ab. »Ich muss mich mal ein bisschen frisch machen.« Und ging.

»Schau«, sagte Margots Vater noch mal, »das werden meine neuen Boxen. Backes & Müller BM 12. Die arbeiten aktiv. Und eine passende Vorstufe ist hier.« Er blätterte zielstrebig im Prospekt weiter und zeigte dann auf einen silbrigen Kasten. Dabei strahlte er wie ein kleiner Junge, dem man vier Plastikindianer geschenkt hat.

Margot grinste. »Wie kommt's?«

»Wir haben uns geeinigt: Mein Arbeitszimmer ist meins, und ich brauche meine Musik. Punkt. Du hattest ganz recht, mein Mädchen.« Dann sah er sie ganz ernst an. »Danke.«

Sie umarmte ihren Vater noch mal.

Zoey schrie.

Margot drehte sich ganz automatisch zum Kinderwagen um. Doro ebenfalls. Sie schauten sich an, dann lachten beide. Das war nicht mehr ihr Job.

Iris nahm ihre Tochter aus dem Wagen und versuchte sie zu beruhigen.

Rainer hatte sich nicht nach dem schreienden Kind umgedreht.

Margot seufzte.

Zum Glück hatten sie das Thema »Kinder« mit Ben abgehakt.

Rainer. Er stand am Grill und unterhielt sich mit Horndeich. Sandra zeigte Rainer den Ring. Rainer kommentierte das gute Stück.

Margot war sich immer zu schade gewesen, Rainer zu fragen, ob er sie heiraten wollte. Das war Sache des Mannes.

Sie sah Rainer nicht kommen, so sehr war sie in ihre Gedanken vertieft. Er schlich sich in einem Bogen von hinten an sie heran, umfasste ihren Bauch, drückte sie an sich. Auch wenn sie es nicht wollte, sie schmiegte sich an ihn. Ein Reflex. Und auch wenn sie ihn manchmal auf den Mond schießen mochte, sie gehörte doch zu ihm.

»Kommst du mit rein?«, fragte er.

»Was soll das werden? Ein Quickie, während die anderen draußen im Garten sind?«

»Das wäre ein reizvoller Gedanke. Aber nein, darum geht es nicht.«

»Schade«, raunte Margot. Sie sehnte sich nach seiner Nähe, nach seinen Berührungen. Vielleicht war sie auch nur deshalb so schlecht drauf, weil Rainer die ganze Zeit über für die anderen den Unterhalter spielte. Wobei sie ihn doch so sehr für sich haben wollte.

Er nahm ihre Hand.

Zog sie ins Haus.

Im Wohnzimmer umfasste er ihre Schultern.

»Meine liebe Margot. Vielleicht mag es sich für dich lächerlich anhören, was ich dich fragen möchte. Vielleicht hältst du es für nicht zeitgemäß, für überflüssig, sogar für gefährlich, weil du schon mal damit gescheitert bist. Dennoch möchte ich dich fragen: Margot Hesgart, willst du meine Frau werden?«

Margot stand der Mund offen.

»Du musst ja nicht gleich antworten. Aber bitte, denk wenigstens drüber nach.«

Es war ihr nicht bewusst gewesen, dass sie Rainer je signalisiert hatte, dass sie nicht wollte.

»Ja«, sagte sie.

Rainer strahlte übers ganze Gesicht. Den Ring, den er ihr dann an den linken Finger steckte, konnte sie wegen des Tränenschleiers vor ihren Augen nicht mal richtig sehen.

Als sie wieder in den Garten kamen, stand dort ein feixender Sebastian Rossberg. »War eine gute Entscheidung.«

Er hatte es wieder einmal vorher gewusst. Und auf ihn musste es wirken, als schmiegte sich Margot wie Aschenputtel an ihren Prinzen.

So also hatten sich Iris und Sandra gefühlt, dachte Margot. Und drückte ihrem Rainer einen Kuss auf den Mund.

Danksagung

Darmstadt ist nicht nur eine Stadt im Grünen, es ist auch eine Stadt des Wassers. In meinem Buch konnte ich natürlich nicht alle Bäche, Teiche und Bäder aufzählen, aber es lohnt sich, die Stadt auch mal unter diesem Aspekt zu betrachten und das ein oder andere Gewässer und Gebäude aufzusuchen.

Bei meiner Spurensuche, nicht nur im Wasser, halfen mir viele Personen, damit es mir gelang, die Geschichte nicht allzu fern der Realität anzusiedeln. Sie unterstützten meine Recherchen mit ganzem Herzen. Deshalb möchte ich ihnen danken – und Sie, werte Leserin und werter Leser, bitten, auch diese letzten Worte noch zu überfliegen. Die Genannten haben es mehr als verdient.

Eine der schönsten Wasserstellen der Stadt ist das Jugendstilbad; es ist nach der Restaurierung und Renovierung zu einer Perle Darmstadts geworden. Und wenn dieses Buch Sie auf das Bad neugierig gemacht hat – geben Sie der Neugier nach. Es lohnt sich. Martina Preisher von der Stadt Darmstadt hat mich bei den diesbezüglichen Recherchen sehr unterstützt. Ein ganz dickes »Danke« an Sie, Frau Preisher, Sie haben mir viele Blicke hinter die Kulissen des Bades gewährt! Auch Jörg Jansen und seine Kolleginnen und Kollegen vom Jugendstilbad haben mir viele Fragen beantwortet. Nur um eins deutlich zu sagen: Das von mir in der Geschichte beschriebene Personal arbeitet nicht im Bad. Zum Glück.

Dank gebührt auch den Mitarbeitern des Hessischen Staatsarchivs. Ohne ihre aktive Unterstützung wäre die Spurensuche nicht so erfolgreich gewesen.

Auch der Woog, Badesee mitten in der Stadt, ist einen Besuch wert. Heinrich Mink von der Stadt Darmstadt und seine Kolleginnen und Kollegen vor Ort beantworteten meine neugierigen Fragen – merci!

Ein besonderer Dank gebührt Nikolas Heiss. Er zeigte mir die Unterwelt des Ausstellungsgebäudes – konkret: das alte Wasserreservoir auf der Mathildenhöhe. Außerdem half er mir ebenfalls bei Fragen zum alten Jugendstilbad weiter. Danke, auch für das stets offene Ohr bei allen anderen Fragen zum »alten« Darmstadt.

Die Idee eines falschen Alibis durch simuliertes Internetsurfen trug ich schon mehrere Jahre mit mir herum. Daraus ein glaubhaftes, mögliches Szenario zu entwickeln, dabei halfen mir Jens Heider vom Fraunhofer-Institut für Sichere Informationstechnologie, Darmstadt, sowie seine Kollegen. Die Adressen der Erotikseitenanbieter sowie die dazugehörigen IP-Adressen hingegen entspringen ausschließlich meiner Fantasie. Weder die Adressen noch die Seiten waren bei der Fertigstellung des Manuskripts im Netz existent.

Dr. Kathrin Gerlach, Institut für Rechtsmedizin, Universität Basel, beschrieb mir ausdauernd alle Aspekte der Gerichtsmedizin. Liebe Kathrin, dir gebührt ein ganz besonderer Dank. Ich würde dich ja so gern mal mit Kollegen Hinrich bekannt machen – aber der hält sich mit seinen Kontaktdaten immer sehr bedeckt.

Dr. Harald Schneider vom Kriminalwissenschaftlichen und -technischen Institut am LKA in Wiesbaden half mir immer wieder weiter, wenn ich mit meinen Kenntnissen hinsichtlich der DNA-Analyse am Ende war.

Klaus Gedeon und seine Kollegen vom Polizeipräsidium Südhessen haben mir geholfen, grobe Fehler bei der Schilderung der Polizeiarbeit zu vermeiden – oder sie zumindest bewusst zu begehen. Richter Joachim Becker beriet mich zu juristischen Problemen.

Das Team von Aquanaut in Darmstadt verhalf meinem Wassermörder zur nächtlichen Unterwasserflucht durch den Woog. Experte bei Fragen zur Fremdenlegion ist Peter Rutkowski. Werner Hupfer und seine Freunde halfen mir beim Sublimieren meiner mangelnden Lateinkenntnisse.

Nicht bei den unmittelbaren Recherchen, wohl aber beim Geschichtenspinnen und der Schreibarbeit haben mir weitere Menschen geholfen: Jochen, Matthias und Martin, der Dank geht an euch. Meinem Vater und Marlies möchte ich für das »Schreibasyl« danken, meiner Mutter für ein stets offenes Ohr und zahlreiche Anregungen – ebenso Jürgen und seiner Crew für das lauschige Plätzchen in meiner Lieblingskneipe. Und Susi – dir ein ausdrückliches Merci für unzählige Bögen mentalen Schmirgelpapiers und Ausdauer beim Schleifen des Manuskripts!

Anja Rüdiger hat an dieses Buch geglaubt, und Peter Thannisch hat mir geholfen, die bestmögliche aller Schattenwasser-Varianten zu schreiben. Dank auch an die Mitarbeiter des Piper Verlags. Auch ohne sie gäbe es dieses Buch nicht. Dank auch an meinen Agenten Georg Simader, den besten Sparringspartner und Rückenfreihalter, den man sich wünschen kann.

Tja, die allerletzten Zeilen gleichen denen der vergangenen Nachworte. Was wie ein Disclaimer auf einer Internetseite klingt, ändert nichts daran, dass diese Worte ganz aufrichtig gemeint sind: All diese Menschen haben mir für dieses Projekt ihr Wissen und ihre Zeit geschenkt oder mich inspiriert. Um eines ganz deutlich zu sagen: An Fehlern ist der Autor schuld, nicht seine Helfer. Sollte ich jemanden vergessen haben, tut es mir sehr leid. Aber – es gilt immer noch dieselbe Währung zur Entschädigung: ein Bier im »Pueblo«.

Michael Kibler